W0348853

PROMESSES

Katherine Stone

PROMESSES

Roman

PRESSES DE LA CITÉ

Titre original : *Promises*
Traduit par Thierry Arson

La loi du 11 mars 1957 n'autorisant aux termes des alinéas 2 et 3 de l'article 41, d'une part, que les *copies ou reproductions strictement réservées à l'usage privé du copiste et non destinées à une utilisation collective*, et, d'autre part, que les analyses et les courtes citations dans un but d'exemple ou d'illustration, *toute représentation ou reproduction intégrale ou partielle, faite sans le consentement de l'auteur ou de ses ayants droit ou ayants cause*, est illicite (alinéa 1er de l'article 40). Cette représentation ou reproduction, par quelque procédé que ce soit, constituerait donc une contrefaçon sanctionnée par les articles 425 et suivants du Code pénal.

© Katherine Stone, 1993
© Presses de la Cité, 1993, pour la traduction française
ISBN 2-258-00109-9

PREMIÈRE PARTIE

1

San Francisco - Californie
Août 1991

Le Dr Elizabeth Jennings renonça au sommeil peu avant l'aube. Elle était réveillée depuis près de deux heures déjà, trop énervée — et anxieuse — pour s'abandonner à la douceur des rêves. En effet, elle allait aujourd'hui assister le Dr Nicholas Chase, qui devait transplanter un fragment de foie prélevé sur une jeune mère pour sauver sa fille. Si tout se passait bien, ce que l'immense talent de Nick garantissait, mère et fille auraient bientôt l'assurance d'une longue vie de santé et de tendresse réciproques.

L'intervention de ce jour ne serait pas une première. Une transplantation du foie avait été réussie vingt et un mois plus tôt, mais pas à San Francisco, ni avec la participation d'Elizabeth. Nick n'était pas un nouveau venu dans le domaine des opérations délicates, bien sûr. Il avait fait partie de l'équipe de Chicago ce jour historique de novembre 1989, et depuis était devenu un expert qui officierait d'ici à quelques heures devant un aréopage d'éminents confrères installés dans l'amphithéâtre surplombant la salle d'opération. Elizabeth serait le seul chirurgien présent aux côtés de Nick pour l'assister.

Elle aurait aimé croire qu'il l'avait choisie pour ses capacités, sa précision et son calme imperturbable, mais elle n'avait aucune preuve que le grand Nicholas Chase appréciât le moins du monde ses aptitudes de chirurgien. Il ne l'avait pas désignée pour être son assistante. Il l'avait simplement confirmée dans son rôle antérieur.

A l'arrivée de Nick, Elizabeth se trouvait déjà au département de chirurgie de l'établissement. Ses connaissances en traumatologie l'avaient fait sortir du rang, puis, à cause d'une extension du programme des greffes, le chef du service de transplantation l'avait convaincue de suivre une formation dans cette spécialité chirurgicale. Elizabeth venait de terminer cette formation quand Nick était arrivé, huit mois auparavant, pour prendre la direction du service. Il avait hérité d'elle comme assistante, et elle était la personne la plus proche de lui dans le travail, l'autre moitié de cette équipe bicéphale.

Dans la hiérarchie académique, le Dr Elizabeth Jennings était inférieure au Dr Nicholas Chase. Il était son aîné de huit ans en âge comme en expérience professionnelle. Malgré sa valeur certaine, Elizabeth, face à Nick, doutait d'elle. Il se montrait toujours d'une extrême politesse envers elle, de cette politesse qui crée une distance entre les gens.

Et derrière cette attitude et ces silences malaisés, Nick regrettait peut-être qu'elle n'ait pas suivi son prédécesseur à Boston, afin de recruter quelqu'un de son choix plutôt que de travailler avec une assistante imposée. S'était-il réveillé aujourd'hui, le sommeil gâché par le déplaisir de savoir qu'elle le seconderait pour cette intervention délicate ? C'est cette inquiétude qu'elle ressentait pour la journée à venir qui tira Elizabeth du lit.

Du salon de son appartement de Pacific Heights, Elizabeth jouissait d'une vue exceptionnelle sur la baie de San Francisco et elle pouvait admirer le ciel et l'océan dans toutes leurs métamorphoses. L'aube chasserait son angoisse, décida-t-elle, et ensuite elle concentrerait toute son énergie et son attention sur la tâche extraordinaire qui l'attendait.

Elizabeth se prépara un thé brûlant, propre à dissiper ses inquiétudes, et s'installa dans un fauteuil confortable du salon pour contempler le panorama. Elle devait encore passer l'heure la plus sombre de la nuit, celle qui précède l'aube, et elle laissa ses interrogations concernant Nick vagabonder dans son esprit. Elle referma ses yeux émeraude, comme si elle espérait ainsi éclaircir la personnalité mystérieuse du séduisant Dr Chase.

Sans conteste, Nick était le meilleur chirurgien qu'elle ait côtoyé. Au centre médical, tout le monde le connaissait, au moins de réputation ; de même, tout le monde semblait au courant de ses aventures avec les plus belles femmes de l'hôpital. Ces aventures étaient toujours très brèves et restaient entourées d'un halo de mystère, avec des rendez-vous nocturnes passionnés qui commençaient à minuit pour se terminer avant l'aube. Le Dr Chase ne séduisait pas à la lueur romantique des chandelles d'un souper, il n'en avait pas besoin, pas plus qu'il ne faisait l'effort de propos d'approche lourds de sens. Il se contentait de quelques phrases précisant bien que les sentiments ne l'intéressaient pas.

Elizabeth ne voulait rien savoir de la vie amoureuse, ou plutôt sexuelle, de Nick. Elle ne voulait pas savoir que son extraordinaire talent de chirurgien était éclipsé par ses qualités d'amant. Mais les aventures de l'irrésistible chirurgien brun au regard d'un bleu magnétique constituaient un des sujets de conversation les plus répandus dans l'hôpital, et la jeune femme en surprenait des bribes. Plus d'une fois, à son grand étonnement, des conquêtes de Nick étaient venues spontanément se confier à elle et lui demander conseil, comme si elle détenait une connaissance particulière sur ses secrets et ses mystères. Après tout, elle était la partenaire de Nick, et toutes ces heures tendues passées auprès de lui à sauver des vies avaient dû lui donner une vision privilégiée de cet homme. Si Elizabeth avait su quelque chose, jamais elle ne l'aurait répété, mais bien sûr elle ne savait rien. Même dans les moments les plus chargés d'émotion, Nick avait gardé une attitude polie et distante, sinon silencieuse.

Non, Elizabeth ne voulait rien connaître des aventures amoureuses de Nick. Pourtant elle était au courant de sa sensualité débordante, de son talent à donner du plaisir, de sa passion insatiable doublée d'un soin surprenant à préserver l'intimité de ces rapports, et de la raison supérieure qui dictait sa conduite.

Nicholas Chase ne voulait pas devenir père, toutes ses conquêtes l'assuraient. D'après elles, d'ailleurs, si par accident il venait à concevoir un enfant, il ne le reconnaîtrait pas.

Mensonge ! Elizabeth était certaine que Nick assumerait pleinement ses responsabilités, dussent-elles lui peser. Il se montrerait un père aimant et attentionné, à l'image de son attitude envers ses patients.

Elizabeth défendait Nick en silence, et elle souffrait chaque fois que le hasard l'incluait dans une discussion au sujet du chirurgien. Savait-il tout ce qu'on disait sur lui ? S'il avait entendu, en aurait-il conçu de l'irritation ? Elle l'espérait, le sujet était tellement intime... Les femmes qui avaient partagé quelques heures de passion avec Nick sentaient le danger que représentaient sa nature exigeante, l'intensité de sa personnalité. Les amantes de Nick ne voulaient pas de lui, pas plus qu'il ne voulait d'elles sinon pour une nuit de plaisir. De son côté, Elizabeth ne voulait pas entendre parler de ces instants.

Pourquoi Nick se trahissait-il ainsi ? Pourquoi se dévaluait-il avec une telle indifférence ? On eût dit qu'il ne s'accordait aucune valeur, qu'il ne se donnait aucune importance. Il en avait pourtant beaucoup pour Elizabeth Jennings, bien qu'il fût douloureusement évident pour la jeune femme que ses sentiments n'étaient pas partagés.

Dans les premiers temps, elle s'était demandé si Nick sentait sa présence comme une menace. Ses remarquables succès professionnels rivalisaient avec la carrière exemplaire de Nick au même âge. Comme elle, il s'était spécialisé dans la traumatologie et les transplantations. Lui portait-elle ombrage ? Ou était-il simplement gêné par son assurance et la calme compétence avec lesquelles elle avait envahi l'espace traditionnellement masculin de la salle d'opération ?

Rien de tout cela, elle devait le reconnaître. C'était un homme moderne, qui n'avait rien d'un phallocrate attardé. Certes, il avait des aventures sans lendemain avec des femmes médecins, mais ces nuits de passion naissaient d'un accord mutuel et, durant les journées de travail, il portait un intérêt égal aux avis de ses collègues féminins et masculins.

Nick ne méprisait pas les femmes de son entourage professionnel. Simplement, il ne l'aimait pas, elle. Les yeux au bleu profond qui plus d'une fois avaient naturellement flirté avec d'autres étaient toujours restés graves quand ils se posaient sur elle. Et, quand Nick semblait oublier sa présence, de violents courants traversaient le calme sensuel de son regard, en éclairs fugitifs d'émotions secrètes et tourmentées. Elizabeth croyait apercevoir dans ses moments d'abandon une douleur, une incertitude et une tristesse aussi sombres et profondes que la couleur de ses yeux.

Elle devait se tromper : Nick était plein d'assurance et même d'arrogance, justifiées sur le plan personnel comme sur le plan professionnel. Il était sûr de lui, séduisant et dangereux, et non pas angoissé ni triste. Sans doute laissait-elle ses émotions fausser son interprétation.

— C'est sans espoir, murmura-t-elle au ciel qui commençait à pâlir devant l'aube.

Un sourire passa sur ses lèvres. Ses relations — ses relations ? — avec Nick étaient bien sans espoir. Comment le très extraordinaire Nicholas Chase aurait-il pu désirer la très ordinaire Elizabeth Jennings ? Même si c'était son rêve le plus cher...

— Sans aucun espoir, répéta-t-elle doucement.

Elle quitta le confort du fauteuil pour aller se faire un second thé avant que l'or du jour ne se déverse dans le ciel, qu'il soit temps de prendre une douche et de se préparer pour les deux minutes de marche qui séparaient son appartement du centre médical.

En attendant que l'eau de son thé chauffe, Elizabeth considéra d'un regard songeur la chope qu'elle avait en main. L'objet était orné de ballons colorés flottant parmi des tourbillons de confettis, et personnalisé par une inscription fuchsia : « Elizabeth ! Ça s'arrose ! »

La chope était un des deux cadeaux reçus de sa meilleure amie pour son vingt et unième anniversaire. L'autre présent de Larisa avait été une bouteille de Courvoisier.

« Parce que, ma chère Liz, avait-elle dit d'une voix solennelle que démentait son regard malicieux en prononçant ce diminutif qu'elle seule employait, maintenant que tu as vingt et un ans, il est temps que tu connaisses au moins le goût de l'alcool ! »

Neuf ans plus tard, la bouteille de cognac restait presque pleine, et la chope était devenue un des objets fétiches d'Elizabeth.

Elle soupira doucement en se remémorant ce jour... et les années de succès qui avaient suivi, pour elle comme pour Larisa. Trois années s'étaient écoulées depuis qu'elle avait posté sa dernière lettre à sa meilleure amie. Larisa ne lui écrivait plus depuis déjà six mois, et ses lettres ponctuées de points d'exclamation manquaient beaucoup à Elizabeth, tout comme les appels téléphoniques tardifs, flot de secrets partagés naturellement, de rêves confiés entre deux éclats de rire, qui avaient cessé avant le courrier.

Elizabeth emplit la chope d'eau bouillante et imagina une rencontre entre sa meilleure amie et cet homme qui hantait ses rêves. Nick lui-même serait ébloui par la beauté de Larisa, captivé par ce regard d'un bleu limpide qui le jaugerait avec son habituelle candeur provocante.

Larisa examinerait Nick avec une tranquille nonchalance, puis elle lui déclarerait sans rougir qu'elle appréciait sa chevelure ébène, son regard sombre, le modelé énergique de ses traits et le charme de son sourire.

— Eh bien, Nick, dirait-elle, vous voilà renseigné. Je vous trouve tout à fait séduisant.

Sans nul doute les prunelles de Nick lui retourneraient le compliment. Alors elle ajouterait :

— J'ai quelques questions à vous poser, docteur. La plupart intéressent Elizabeth, mais j'en garderai quelques-unes, plus personnelles, pour la fin. Pour commencer donc, êtes-vous sûr de vous, ou incertain et triste ? Vous me paraissez arrogant, et très dangereux. Mais bien que je ne voie que la séduction dans le bleu de vos yeux, Liz m'a dit y avoir parfois aperçu une lueur de souffrance. Or, voyez-vous, je ne peux rejeter ses impressions pour la simple raison que ses intuitions sur les gens sont en général exactes. Mais, je vous l'accorde, elle est si généreuse qu'elle a tendance à trouver le bon là où il n'est pas...

Pendant un moment, les pensées de Larisa abandonneraient Nick pour Elizabeth et l'immense fierté qu'elle éprouvait à connaître la générosité d'âme de son amie. Puis elle reviendrait au chirurgien, en qui elle ne verrait toujours qu'un homme au charme dévastateur, et lui demanderait :

— Que signifient ces aventures sans lendemain ? Oh, ne vous méprenez pas. Qu'elles soient sans lendemain ne me choque aucunement. Mais pourquoi vous cantonner dans ce rôle aberrant de prince des ténèbres ? Un subterfuge pour vous parer d'un peu plus de mystère, d'attrait ? Vous n'avez pas besoin de ces artifices, Dr Chase. En plein jour, dans la lumière la plus crue, je suis certaine que vous pourriez séduire tout aussi bien.

Larisa gratifierait le regard indéchiffrable de Nick d'un sourire radieux et, comprenant qu'il lui resterait à jamais fermé, s'autoriserait un soupir résigné.

— Eh bien, ajouterait-elle, je vois bien que jamais vous ne me révélerez la cause de cette angoisse enfouie en vous. Aussi vais-je vous poser ma question.

La voix jusqu'alors légère de Larisa prendrait des accents réfléchis et elle dirait avec un étonnement non feint :

— Pourquoi mon amie ne vous plaît-elle pas, docteur ?

Devant le silence qui très certainement suivrait, son regard songeur finirait par s'illuminer de colère et elle assènerait cette interrogation indignée :

— Comment osez-vous ne pas aimer Elizabeth ?

Rêveuse, Elizabeth secoua doucement la cascade de boucles brunes de sa chevelure en imaginant Larisa, droite et irrévérencieuse, sa loyauté féroce et son côté protecteur. C'était cette Larisa qu'elle avait connue à Berkeley. Le hasard avait voulu qu'elles partagent la même chambre d'étudiantes, la très sophistiquée Larisa Locksley et la très naturelle Elizabeth Jennings. Malgré leurs différences, elles étaient devenues les meilleures amies du monde au cours de ces trois ans de cohabitation, et elles l'étaient resté par la suite alors que leurs existences prenaient des directions diamétralement opposées. Larisa était partie à New York pour embrasser une carrière de mannequin tandis qu'Elizabeth restait à San Francisco pour suivre des études de médecine.

Six ans plus tôt, une Larisa débordante de joie lui avait annoncé ses fiançailles avec le richissime et très beau Julian

Chancellor, âgé de trente ans, et lui avait demandé d'être sa demoiselle d'honneur. La date du mariage, en juin, avait été fixée de façon à s'accommoder du planning rigoureux suivi à l'époque par l'interne en chirurgie de Parkland, à Dallas. Elizabeth avait réussi à dégager vingt-quatre heures, arrivant à New York à temps pour le dîner somptueux au restaurant *La Côte basque*, et elle avait quitté le *Southampton Club* de Long Island le lendemain dans l'après-midi, quelques minutes après que les nouveaux époux eurent pris congé de leurs invités. Ces vingt-quatre heures se résumaient en un tourbillon d'élégance et d'éblouissements dont le sommet avait été un mariage en plein air parfait. Pourtant Elizabeth était repartie pour Dallas avec un sentiment de tristesse, l'impression inébranlable et inquiétante que la personnalité exubérante de Larisa avait été soumise.

Elizabeth n'avait pas revu Larisa. Les trois années suivantes avaient été ponctuées de lettres et de conversations téléphoniques dont chacune renforçait l'impression dispensée par la précédente : le caractère vibrant et joyeux de son amie s'évanouissait. Pendant leurs années d'études, Elizabeth avait senti que Larisa ne lui confiait pas tout de sa vie et gardait pour elle quelques secrets particulièrement importants. Bien sûr, Elizabeth n'avait jamais pressé son amie de questions. Existait-il à présent de nouveaux secrets ? Des secrets que Larisa ne voulait pas ou ne pouvait pas partager ?

Toujours Elizabeth se contenta d'offrir à Larisa sa compréhension et son amitié, mais celle-ci se replia peu à peu sur elle-même. Les appels téléphoniques cessèrent, les lettres se firent plus brèves et de moins en moins fréquentes. Finalement, après quatre lettres restées sans réponse sur une période de six mois, Elizabeth elle-même renonça à écrire, désolée de constater l'évidence : son amie ne désirait plus correspondre.

Mais peut-être le caractère enjoué de Larisa n'était-il pas en cause, s'était dit Elizabeth. Peut-être le moment était-il venu de la fin de leur amitié, simplement. Cette idée l'attristait, moins cependant que l'image d'une Larisa dépérissant.

Elle avait compris que l'enfance de Larisa n'avait pas dû

être heureuse, bien que son amie ait très peu abordé ce sujet. Or elle lui souhaitait tout le bonheur de la terre : le bonheur, et l'amour. Durant leurs années communes, Larisa avait connu des hommes, mais jusqu'à Julian ses relations sentimentales avaient toujours été légères. Larisa y mettait un terme assez rapidement, sans cruauté, toujours avec étonnement quand sa décision entraînait la colère de son partenaire, comme si elle pensait qu'il n'avait pu désirer que sa beauté, et non elle.

— Julian m'aime pour ce que je suis, lui avait confessé Larisa peu après son mariage de conte de fées, avec une incrédulité pleine de douceur et de joie.

Elizabeth avait été ravie pour Larisa, et impatiente de rencontrer l'homme qui comblait son amie d'un tel bonheur. Mais quand elle avait fait la connaissance de Julian Chancellor, un malaise étrange l'avait envahie, dont elle n'avait pu se défaire ni définir la cause. Elle n'en avait rien dit à Larisa, malgré ce quelque chose qui déclenchait en elle des frissons glacés.

Elizabeth chassa un froid soudain en serrant entre ses mains la chope chaude, dont l'injonction imprimée la fit sourire. « Ça se fête, Larisa, commanda-t-elle silencieusement en retour. J'espère de tout mon cœur m'être trompée au sujet de Julian. J'espère qu'il t'a donné tout l'amour et le bonheur que tu mérites et qu'en ce moment même, alors que tu t'éveilles dans ton appartement de Manhattan, de l'autre côté du continent, ton cœur déborde de joie... »

2

Manhattan
Août 1991

Huit heures et demie indiquait la pendule en cristal de Lalique, à côté du lit. A l'extérieur, Manhattan était déjà réveillé, dans la chaleur humide de ce jour d'été.

Huit heures et demie ! Une vague de panique saisit Larisa. A trois heures, cette nuit, quand elle avait été certaine du départ de Julian, elle s'était traînée dans la salle de bains pour prendre une longue douche brûlante indispensable. A cet instant elle avait voulu partir, mais elle se sentait beaucoup trop faible, étourdie. Elle avait dû se recoucher pour quelques instants...

Mais elle avait sombré dans le sommeil pendant cinq précieuses heures, et maintenant Julian risquait de rentrer...

« Non, il ne reviendra pas, se dit-elle pour se redonner courage, *pas avant ce soir.* » Comme d'habitude... comme si de rien n'était. Il passerait la journée à négocier d'autres affaires de centaines de millions, et peut-être à récupérer cette propriété immobilière qu'il avait perdue la veille. Un échec qui avait déclenché sa colère et sa violence.

« Julian ne reviendra pas, se répéta Larisa. Mais je dois me lever, faire ma valise et partir. Maintenant. »

Il lui fallait chasser les rêves si agréables qui avaient meublé ses cinq heures de sommeil. C'étaient des rêves où elle se sentait pleinement elle-même, mais à présent elle était revenue à la réalité, dans le grand appartement où Julian risquait à tout moment d'entrer. Elle devait partir au plus tôt.

Alors que les dernières brumes du sommeil s'évanouissaient, la femme courageuse de ses rêves parut se dissoudre devant la vie réelle : comment pourrait-elle le quitter ? N'était-elle pas liée à lui pour toujours ? Et si elles étaient invisibles, les chaînes qui l'attachaient à Julian n'en étaient pas moins douloureusement vraies. Elle lui appartenait car elle lui avait offert son cœur, son esprit, son corps, son destin, dans un don d'amour total.

Ces chaînes invisibles suffisaient à emprisonner le fantôme qu'elle était devenue. Elle avait l'impression de ne plus posséder de substance, d'être plus légère que l'air et de flotter... Ses pensées papillonnèrent un instant, embrumées par les coups reçus à la tête. Elle pourrait se réfugier dans ces rêves où elle était une femme courageuse et...

« Non ! » Le cri venait du plus profond de son être, de quelque endroit qui n'appartenait pas à Julian parce que toutes ces années Larisa elle-même l'avait ignoré. Et la voix intérieure poursuivit, avec une calme assurance : « Tu pourras dormir plus tard. Mais pour l'instant, tu dois te lever, et accomplir ces gestes dont tu as si précisément rêvé. Maintenant ! »

Larisa obéit à sa voix intérieure. Trop vite : elle s'en rendit compte quand la pièce se mit à tourbillonner autour d'elle et qu'elle dut s'asseoir. Mais l'étourdissement était en elle. Dans sa tête à cause des coups reçus ? Ou dans son ventre qui hurlait d'une douleur silencieuse, comme un témoin horrifié de saignements invisibles ? Quelle que soit sa source, Larisa comprit que ce vertige l'accompagnerait dans sa fuite. Elle laissa s'écouler quelques secondes pour s'y habituer, pour l'accepter. Quand elle se mit debout, elle vacilla un peu et dut attendre encore. Enfin, elle maîtrisa son vertige sans parvenir à le faire disparaître.

Ses mouvements étaient lents, pour économiser son énergie, mais ils étaient décidés. Ils suivaient le scénario victorieusement rêvé. D'abord se vêtir avec élégance. Elle était la ravissante épouse du milliardaire Julian Chancellor et il était essentiel qu'en la voyant on ne soupçonne rien d'anormal. Elle devait choisir une tenue d'été qui dissimule ses ecchymoses sans serrer trop son corps meurtri. Larisa opta pour un corsage ample à manches longues, en soie, et un pantalon flottant coordonné. Une ceinture dorée marquerait sa taille douloureuse jusqu'à ce qu'elle soit loin de tout regard connu.

La tenue convenait parfaitement. Elle cacherait les traces de coups sur son corps. Mais sur son visage ? Pourrait-elle porter sa coiffure habituelle, sa chevelure au blond doré remontée en un chignon épais ? C'était l'aspect que Manhattan s'était habitué à lui voir arborer. Ces six dernières années, cette même masse de cheveux magnifiques qui avait signé sa carrière de mannequin avait été cachée dans cette coiffure, et elle ne la défaisait que pour le plaisir de Julian. Il avait beaucoup insisté pour qu'il en soit ainsi.

Pourrait-elle exposer son visage aujourd'hui ? s'interrogea-t-elle en approchant du miroir. Elle redoutait ce qu'elle allait découvrir. Dix-huit ans plus tôt, après cette première fois où elle avait été trahie de la pire des façons, elle ne voyait plus rien dans le miroir. Là où aurait dû apparaître son visage, elle n'apercevait qu'une vague forme ovale. Le phénomène avait duré quatre ans avant qu'elle puisse de nouveau contempler son reflet, et elle avait alors vu un masque d'une extraordinaire beauté, un déguisement ravissant qui lui permettrait dorénavant de montrer au monde entier une confiance souriante malgré l'incertitude et la peur. Ces traits exquis avaient rendu Larisa Locksley riche et célèbre, et ils avaient attiré l'intérêt de Julian Chancellor. A plusieurs reprises ces dernières années, certains matins Larisa n'avait vu qu'un ovale brouillé dans le miroir.

Si, enfant, Larisa avait été incapable de reconquérir le reflet de son visage, ces dernières années elle avait appris par nécessité à le faire apparaître. Elle tressaillit en voyant les yeux hantés par le désespoir, mais se força à chercher d'éventuelles marques.

Un peu au-dessus de ses tempes, elle repéra de légères bosses, qui marquaient la fin de son amour. Mais ces bosses étaient cachées par les boucles de cheveux, personne ne les remarquerait.

Son visage lui-même n'avait subi aucun dommage, si l'on exceptait ce désespoir qui éteignait le bleu des iris. Bien sûr, Julian avait pris grand soin de ne pas endommager l'image de sa possession. Larisa trembla en songeant à cette idée et aux horreurs qu'elle supposait. Se pouvait-il que sa rage ait été empreinte de réflexion et d'un certain contrôle ? Elle ne le savait pas et préférait ne pas savoir. Elle lui était simplement reconnaissante d'avoir épargné son visage.

Reconnaissante ? Oui, car ainsi elle pourrait fuir aujourd'hui. Et elle était également reconnaissante à la personne, quelle qu'elle soit, qui avait ravi à Julian cette propriété immobilière qu'il convoitait avec tant d'ardeur. Larisa ne savait rien de cette affaire sinon que Julian, maître dans l'art de la ruse, avait été battu, ce qui l'avait mis dans une rage folle. De façon aussi inexplicable qu'irrationnelle, il avait tourné sa colère vers elle. D'abord en paroles, puis en actes, la frappant malgré ses suppliques terrifiées avant de la prendre de force, contre sa volonté, comme si elle n'avait aucun droit, qu'elle lui appartenait entièrement et qu'il pouvait l'utiliser, la violenter, la détruire à sa guise.

Et elle était à lui, en effet, elle s'était donnée à lui par amour, car elle l'avait aimé et avait eu un besoin de son amour, tout comme elle avait eu un besoin désespéré de croire qu'elle ne s'était pas trompée en lui accordant une telle confiance. Pour lui elle avait abandonné sa carrière, parce que Julian la voulait disponible pour son désir insatiable, à n'importe quel instant. Et il avait exigé plus : qu'elle oublie aussi ses amis et tout ce qui la rattachait au passé. Elle avait cru à quelque requête romantique plutôt qu'à la volonté de ce descendant des pèlerins du *Mayflower* d'éradiquer tout souvenir peu glorieux de sa promise moins bien née.

Larisa s'était convaincue du romantisme de la demande formulée par Julian, et sans hésiter elle avait rompu tout lien avec sa carrière, son passé, ses amis, y compris celle qui avait le plus compté. Et trois ans et demi plus tard, elle se demandait encore si elle avait mis fin à ses contacts avec Elizabeth pour plaire à Julian ou pour cacher à son amie ce qu'elle était devenue, ce qu'elle avait laissé advenir d'elle.

Julian exigeait, Larisa donnait, se donnait au point de se

gaspiller, mais en se cachant la vérité parce qu'elle avait tant besoin de croire à son amour. Elle aurait pu vivre jusqu'à la fin de ses jours avec Julian. Mais la nuit dernière...

Elle avait été violée auparavant, à l'âge de douze ans. Lors de cette ancienne nuit de terreur, il n'y avait eu personne pour la protéger ou la secourir. Quand Julian l'avait forcée la nuit dernière, il avait violé une seconde fois la petite fille innocente qui vivait toujours en elle. Ses suppliques n'avaient pas suffi à la protéger de la violence de Julian. Mais à présent, grâce à la force et au courage que lui donnaient ses rêves, elle allait secourir l'enfant et la femme, et les soustraire à tout danger.

Larisa était infiniment reconnaissante à la personne qui avait fait échouer les plans immobiliers de Julian, car ainsi il s'était démasqué. Et elle savait maintenant tout de son mari et de son « amour ».

Larisa avait l'impression de se mouvoir, au ralenti, dans un monde de douleur et de peur. La douleur était constante, un rappel du venin de Julian, mais la peur arrivait par vagues qui la submergeaient, déclenchées par le moindre bruit susceptible de révéler l'arrivée de Julian.

Il serait pris d'une colère folle en constatant sa fuite, elle ne pouvait en douter. Et la rage dont elle avait été victime la nuit précédente, alors qu'il n'avait pu ajouter une propriété à son empire pourtant déjà vaste, paraîtrait légère comparée à celle déclenchée par la trahison de son épouse.

« Hâte-toi ! » se répéta-t-elle, en sentant la faiblesse de son corps meurtri.

Elle était maintenant habillée, avec une élégance discrète. Il ne lui restait plus qu'à faire sa valise et prendre tout l'argent qu'elle pourrait trouver dans le bureau de Julian. Ces deux tâches seraient vite menées à bien. Sans état d'âme, elle plaça plusieurs robes de marque dans une valise, gardant de la place pour les quelques vêtements qui lui étaient vraiment précieux, ceux qu'elle avait toujours cachés à Julian.

« Cachés ? » fit un écho dans son esprit. N'était-ce pas là un signe ? Cacher des vêtements à son mari ne trahissait-il pas un mariage voué à l'échec ?

Et pourtant ces vêtements étaient des plus anodins : son vieux jean usé datant de l'université, le sweat-shirt marqué BERKELEY, la robe de chambre élimée et la chemise de nuit qu'elle portait quand elle partageait jusqu'à l'aube ses secrets et ses rêves avec son amie Elizabeth... Ces habits étaient usés, mais ils représentaient les seuls témoignages de son passé.

Une fois ces vêtements pliés, la valise offrait encore un peu de place. Sur une impulsion, elle ajouta la longue robe de soie blanche diaphane qui était dissimulée — elle aussi — au fond de la penderie. Dès qu'elle l'avait vue, elle avait aimé cette robe, le romantisme et l'innocence qu'elle symbolisait si bien avec ses broderies délicates, roses et argentées. Elle avait été impatiente de montrer cette magnifique création à Julian. Cette robe était parfaite pour la soirée enchantée précédant leur mariage de conte de fées.

Mais Julian n'avait pas aimé la robe. D'ailleurs il avait déjà décidé de ce qu'elle porterait pour la soirée, une robe née des mains d'un grand couturier et qui célébrait avec beaucoup de classe et une indéniable sensualité la perfection physique de la jeune femme. Mais cette tenue était provocante, sans rien de la pureté innocente qu'aurait aimé montrer Larisa. Larisa avait obéi. Que se serait-il passé si elle avait dit non le soir de leur nuit de noces ? Julian l'aurait-il contrainte, par la force ? Aurait-elle vu son vrai visage dès le premier instant ?

Pendant six ans, elle avait caché à son époux ces vêtements. Les aurait-il découverts, il aurait sans doute été ennuyé de cette sentimentalité rattachée à un passé qu'il ne maîtrisait pas. Mais s'il avait trouvé aussi ces petites boîtes roses...

Un frisson glacé parcourut Larisa quand elle pêcha les boîtes de pilules contraceptives sous les piles de linge. Elle avait pourtant désiré plus que tout avoir des enfants, leurs enfants. Et, quatre mois avant leur union, sa joie avait été immense quand le gynécologue consulté lui avait affirmé que les dommages infligés aux trompes de Fallope ne remettraient sans doute pas en cause sa fertilité. Il avait personnellement suivi des mères atteintes de problèmes comparables, et ces patientes avaient eu des grossesses tout à fait normales et des enfants en parfaite santé. Ainsi s'était-elle dit, cette nuit de terreur passée ne viendrait pas ruiner son avenir.

Larisa n'avait jamais confié à Julien qu'elle essayait d'être enceinte. Elle voulait lui en faire la surprise, certaine qu'il serait ravi, imaginant la joie et la fierté d'être père sur son visage énergique. Et elle avait caché sa tristesse à mesure que les mois passaient sans que ses efforts soient récompensés.

Après cinq ans, le diagnostic paraissait incontournable : elle ne pouvait être que stérile. Peut-être arriverait-elle à son but grâce aux dernières techniques chirurgicales et à la conception *in vitro*, bien sûr. Mais il n'y avait à l'évidence aucune raison pour elle d'utiliser un moyen contraceptif.

C'est néanmoins l'extrémité à laquelle son intuition l'avait poussée, neuf mois plus tôt. Au plus profond de son être, elle avait acquis la conviction que bâtir une famille avec Julian serait un désastre. Il n'était pas prêt, ils n'étaient pas le genre de parents qu'elle espérait pour leurs enfants. Concevoir après cinq ans de stérilité serait certes une sorte de miracle, et Larisa était peu portée à y croire. Toutefois, elle s'astreignit à la contraception pour empêcher ce qu'elle avait naguère désiré de tout son cœur.

Et six mois plus tôt, pour la première fois depuis leur mariage, Julian lui avait annoncé qu'il désirait des enfants d'elle. Docile, Larisa avait approuvé, mais en secret elle avait continué de prendre chaque jour une pilule.

« S'il les trouvait, il me tuerait », songea-t-elle avec une terrible certitude en glissant les petites boîtes cartonnées dans la robe de soie blanche pliée au sommet de sa valise. Elle terminerait la plaquette en cours, décida-t-elle, pour s'assurer que la violence de Julian la nuit dernière n'avait pas créé de lien physique autres que ceux, invisibles, dont elle souffrait déjà. Ensuite elle se débarrasserait des autres boîtes. Il lui était impossible de s'imaginer faisant l'amour à l'avenir. Par ailleurs, si ce jour bien improbable arrivait, elle n'aurait pas réellement besoin de contraceptifs.

Larisa referma la valise puis se rendit dans le bureau de son mari. Pour le succès de son évasion, il lui fallait de l'argent liquide. Or, si elle était l'épouse d'un des hommes les plus riches de ce pays, elle ne possédait ni carte de crédit ni chéquier, et disposait seulement de l'argent qu'il laissait à contrecœur dans son bureau, pour ses menus frais.

Jusqu'alors, elle ne s'était pas sentie piégée par sa situation. Sa simple signature, Mme Julian Chancellor, lui autorisait l'achat de fortunes en vêtements ou bijoux dans n'importe quelle boutique de Manhattan, aussi bien qu'un repas fin aux restaurants *Le Cirque* ou *La Côte*. Et Julian laissait toujours plus qu'assez d'argent dans le tiroir de son bureau à son intention. Lui-même aimait avoir en poche quelques milliers de dollars, mais longtemps il avait rechigné à l'idée que sa femme puisse avoir besoin de liquide, elle aussi. Et si elle voulait lui faire une surprise, par exemple en achetant quelque lingerie sexy, ou si elle désirait laisser un pourboire dans un établissement ? Ces arguments avaient fini par vaincre les réticences de Julian, et il laissait régulièrement une somme confortable en liquide à sa disposition dans un tiroir de son bureau. C'est avec cet argent que Larisa lui avait acheté quelques cadeaux... et avait payé ses boîtes de pilules contraceptives.

A présent il allait lui servir à fuir.

Mais s'il avait pris cet argent avant de partir, la nuit dernière ? Larisa y avait déjà réfléchi, et elle avait certes un plan de secours, mais sa seule évocation l'emplissait de terreur : elle mettrait en gage sa bague de fiançailles au magnifique diamant de huit carats. En agissant ainsi, elle impliquerait d'autres personnes dans le scandale de leur mariage raté, or l'aristocratique Julian Chancellor détestait presque autant le scandale que la perte de ses possessions.

Larisa poussa un léger soupir de soulagement en ouvrant le tiroir du bureau. Les billets de vingt, cinquante et cent dollars étaient proprement rangés en petites piles. Elle prit le tout et les compta en retournant prendre sa valise. Une vague d'optimisme la fit frissonner devant le montant dont elle disposait maintenant : quatre mille trois cent cinquante dollars. Elle pourrait fuir très loin.

Avant de sortir de la chambre, Larisa ôta de son doigt la magnifique bague de fiançailles ainsi que son alliance en or incrustée de diamants. Elle posa les deux bijoux et son jeu de clefs sur le petit secrétaire de Julian, près de sa garde-robe. Elle n'avait pas l'intention d'écrire de lettre d'adieu. Les bagues, les clefs et la porte ouverte de la penderie seraient une déclaration assez explicite de son départ.

Après avoir apporté la valise dans le vestibule en marbre, Larisa appela le chasseur de l'immeuble. Mme Julian Chancellor ne portait pas sa valise sur le trottoir, même quand elle s'enfuyait du foyer conjugal. L'employé apparut un instant plus tard et prit le bagage sans poser de question ni marquer le moindre étonnement. Comme tout le personnel de cette résidence de luxe, il savait être discret et avait appris à ne pas engager de conversation avec les locataires. De plus, il n'y avait rien d'inhabituel à voir Mme Chancellor quitter les lieux avec une valise. Souvent, Julian lui demandait de le rejoindre à Paris, Londres ou Rome, et parfois, durant ses absences, elle partait seule pour quelques jours dans une station thermale.

Rien d'étrange donc à sa conduite, et pourtant le cœur de Larisa battait la chamade. Et si Julian avait donné la consigne d'être prévenu sur-le-champ au cas où sa femme sortirait ?

« Paranoïa ! » se sermonna-t-elle, mais sans parvenir à réduire sa tension.

Quand ils atteignirent le trottoir, le chasseur proposa d'appeler une des limousines qui étaient toujours à la disposition des Chancellor.

— Oh non, merci, répondit Larisa avec un sourire gracieux en voyant un taxi stationné à quelques mètres. Ce taxi fera très bien l'affaire.

— Le terminal d'Air France, je vous prie, dit Larisa comme ils approchaient de l'aéroport Kennedy.

De la sorte, si plus tard Julian lançait des enquêteurs à sa recherche, le chauffeur de taxi se souviendrait qu'il l'avait déposée devant la compagnie aérienne française, sans doute pour prendre le Concorde à destination de Paris.

S'efforçant à un pas ferme en dépit de la douleur, Larisa pénétra dans le terminal avec sa valise, passa les comptoirs d'enregistrement et entra dans les toilettes voisines. Là, elle ôta les aiguilles en or qui maintenaient son chignon, libérant la masse soyeuse de sa chevelure qui cascada sur ses épaules et masqua un peu son visage. Puis elle défit sa ceinture dorée, ce qui transforma le corsage serré en un vêtement ample. Devant la glace elle se concentra sur son reflet, jusqu'à pouvoir le détailler. Elle ne ressemblait plus à l'élégante Larisa Chancellor mais à la personne qu'elle était en vérité, une voyageuse épuisée.

Trop épuisée peut-être pour mener à bien la seconde phase de son plan, elle s'en rendit compte. Elle avait prévu de prendre la navette jusqu'au terminal de United, puis le premier vol en partance, sans souci de la destination. Oui, elle était bien trop lasse... bien trop faible... Et malgré la chaleur oppressante de cette journée, elle se sentait transie de froid.

Elle lutta contre une envie subite de s'allonger là, sur le sol carrelé, pour s'abandonner au repos. Si elle succombait à cette tentation, on la découvrirait bientôt et une ambulance l'emmènerait au Memorial Hospital de Manhattan. Puis quelqu'un préviendrait Julian que sa femme avait été apparemment victime d'une agression dans des toilettes à l'aéroport. Ensuite... Ensuite, d'autres violences seraient presque certaines.

Mue par la peur plus que par les forces qui subsistaient dans son corps fragile, Larisa ressortit du terminal et prit le premier minibus de motel en maraude. Pendant les années où elle avait exercé la profession de mannequin, et à cause de sa célébrité, elle avait souvent voyagé sous des noms d'emprunt embellis par des accents étrangers fort bien imités. A l'époque tout cela n'était qu'un jeu sans véritable conséquence hormis quelques autographes si la supercherie était découverte. Mais aujourd'hui il était indispensable que le réceptionniste du motel ne l'identifie pas. Son accent français et son vocabulaire anglais hésitant devaient le persuader qu'elle était bien Chantal Chandon, une jeune femme française sans doute jolie, cachée derrière une frange de cheveux dorés et des lunettes de soleil et qui très probablement avait quelque rendez-vous clandestin avec un amant. Que l'employé la crût ou se désintéressât totalement d'elle, Larisa n'aurait pu le dire. Mais elle se dirigea vers sa chambre avec l'impression réconfortante qu'il oublierait tout d'elle dès qu'elle aurait quitté son champ de vision.

Arrivée dans sa chambre, elle en verrouilla la porte puis coupa le système de conditionnement d'air, car elle frissonnait. Ensuite, après avoir troqué son élégant ensemble en soie contre sa vieille chemise de nuit élimée, elle se pelotonna sous les couvertures.

Elle mit longtemps à se réchauffer, mais peu à peu elle glissa dans une somnolence agréable peuplée de souvenirs. Elle se revit avec Elizabeth, traversant d'un pas alerte le campus, son amie s'extasiant devant la magnificence du ciel même si le temps était gris et couvert, ou s'émerveillant de la fragrance délicate des parterres de fleurs alors qu'on ne pouvait discerner dans l'air que les relents de la pollution citadine. C'était tout Elizabeth, joyeuse, optimiste, inconsciente des tristes réalités. Larisa ne les avait pas ignorées. Bien avant l'université, elle savait que les nuages étaient lourds et que parfois les plus belles fleurs mouraient parce que personne ne se souciait de les sauver.

A dix-huit ans, Larisa était consciente des noirceurs de la vie comme des regards qui les suivaient quand elles marchaient toutes deux sur le campus de Berkeley. On l'observait toujours avec un désir évident, une attirance très charnelle pour son physique extraordinaire, mais parfois aussi un curieux mépris. Et Elizabeth ? Quels regards attirait-elle ? Quel que fût leur sexe ou leur âge, les gens lui souriaient toujours. Pour tous, elle était une sorte de sœur ou de fille, perdue de vue depuis longtemps, et qu'ils auraient enfin retrouvée avec joie.

A présent Elizabeth devait se trouver à San Francisco, songea Larisa dans son demi-sommeil. C'est du moins là qu'elle voulait aller, elle l'avait écrit dans sa dernière lettre restée sans réponse, trois ans auparavant. Dès qu'elle aurait fini sa formation en chirurgie traumatologique à Dallas, elle devait aller travailler au Pacific Heights Medical Centrer de San Francisco. Cette dernière lettre de son amie contenait d'autres informations plus personnelles, Larisa s'en souvenait. Elizabeth parlait en particulier d'un cardiologue qu'elle fréquentait depuis plusieurs mois. « Il est possible, avait écrit Elizabeth, — et seulement possible, Lara ! — qu'il me suive à San Francisco. »

Le cardiologue d'Elizabeth l'avait-il rejointe ? se demanda Larisa. Elizabeth était-elle enfin tombée profondément amoureuse ? Ses mains fines et précises de chirurgien portaient-elles maintenant une alliance d'or ? Car, elle en était certaine, c'était ce genre de bijou que choisirait Elizabeth, une simple alliance en or, symbole de l'engagement de son cœur. Rien à voir avec les bijoux étincelants qu'avait portés Larisa et qui n'étaient le symbole de rien du tout, ou seulement d'illusions luxueuses et fausses... comme elle.

3

— La petite Molly va bien ?
— Comment se porte Mary Ann ?

De multiples variations sur ces deux questions accueillirent l'équipe de transplantation de Pacific Heights alors qu'elle pénétrait dans la grande salle de conférence de l'hôpital pour rencontrer les représentants des médias peu après la fin de l'opération historique. Dans les semaines précédant l'intervention, Molly et sa courageuse mère Mary Ann étaient devenues familières au public par l'intermédiaire des articles et des reportages télévisés, et la vaste salle contenait tout juste une armée de journalistes impatients d'avoir de leurs nouvelles.

La conférence de presse avait été partiellement écrite. Le directeur des relations publiques du centre médical assurerait l'entrée en matière, résumerait la technique de transplantation employée et rappellerait que cette opération était la première du genre conduite à San Francisco, avant de présenter ses artisans. Puis il céderait la place à Nick qui répondrait aux questions spécifiques à l'acte opératoire.

Il se plaça derrière le podium et un silence attentif s'établit aussitôt parmi l'assistance.

— Molly et Mary Ann vont bien, annonça-t-il. Dans un instant, le Dr Chase vous donnera tous les détails, mais tout d'abord j'aimerais attirer votre attention sur le dossier de presse que vous avez tous reçu...

Elizabeth écoutait d'une oreille distraite pour être prête à sourire quand le directeur citerait son nom, mais elle était surtout possédée par l'excitation au souvenir de l'opération. Tout s'était si bien passé... Elle n'avait échangé que quelques mots avec Nick durant toute l'intervention. Il lui avait si bien expliqué les différentes phases de leur tâche auparavant que toute précision avait été inutile durant l'acte, et ils avaient opéré en silence. Et leurs mains avaient effectué une chorégraphie parfaite, sans une hésitation.

— L'opération a été effectuée par les docteurs Elizabeth Jennings et Nicholas Chase. Le Dr Jennings est maître de conférence en chirurgie, spécialiste en traumatologie ainsi qu'en chirurgie transplantatoire.

Le moment était venu pour Elizabeth de sourire poliment à la foule des journalistes, ce qu'elle parvint à faire malgré le trouble subit qui l'assaillait. Le directeur aurait dû dire : « L'opération a été effectuée par le Dr Nicholas Chase assisté du Dr Elizabeth Jennings. » Certes, Nick lui avait permis de faire beaucoup plus de sutures qu'elle n'aurait osé l'espérer. En fait, elle avait placé la plupart des sutures les plus délicates. Mais il restait le maître, et elle l'élève. Pourtant le directeur donnait à présent autant de crédit à l'un qu'à l'autre. Nick était-il irrité par cette erreur manifeste dans le protocole en vigueur ? Il avait certainement parcouru le texte que devait lire le directeur. A moins qu'il n'ait vérifié que les détails techniques, sans imaginer une telle bévue.

Les projecteurs accompagnant les caméras de télévision passèrent rapidement sur elle pour se poser sur Nick. Il sourit aux objectifs tandis que le directeur le présentait et lui cédait la place. Il était impossible de détecter une éventuelle colère dans son expression ni même dans sa voix :

— L'intervention s'est déroulée sans aucune complication, tant pour le donneur que pour le receveur, commença-t-il.

— Et maintenant, docteur ?

— Maintenant commence la phase de surveillance, surtout pour Molly. Il y a naturellement les risques postopératoires classiques, saignements en particulier, mais pour Molly j'ajouterai les possibles complications immunologiques et physiologiques. Elle a subi une thérapie immunodépressive pour minimiser les risques de rejet du greffon, mais le doute subsiste : son système immunitaire acceptera-t-il les tissus transplantés ? Et si oui, le foie deviendra-t-il fonctionnel ?

La conférence de presse dura une trentaine de minutes, durant lesquelles les journalistes accaparèrent le Dr Nicholas Chase. En effet, la prestance du chirurgien avait ces derniers jours assuré aux diverses chaînes une audience féminine croissante.

Après la conférence, Elizabeth et Nick allèrent voir Molly et Mary Ann puis leurs autres patients. L'état de la mère et de la fille était très satisfaisant, les paramètres vitaux stables et les mesures postopératoires excellentes.

— Eh bien, dit Nick alors qu'ils venaient de terminer leur ronde et faisaient halte dans la salle des infirmières de la section pédiatrique, je vais aller me changer.

Elizabeth savait que ces paroles n'étaient en rien une proposition à l'accompagner trois étages plus bas, au vestiaire des chirurgiens. Et elle ne le suivrait pas, même si le moment était opportun puisque tout était sous contrôle. Cette nuit, elle était de garde et pourrait donc se changer quand bon lui semblerait. Quant à Nick, il s'apprêtait à partir.

Le Dr Nicholas Chase n'était pas de garde cette nuit, mais il s'attendrait à ce qu'elle l'appelle par pager si le moindre problème surgissait. Par pager et non par téléphone, car Nick, bien qu'il lui ait transmis son numéro personnel depuis longtemps, préférait être averti par le signal plus impersonnel du petit boîtier électronique. Ainsi, il pouvait appeler quand il le décidait plutôt que de devoir répondre à un moment peut-être mal choisi. Nick rappelait toujours très vite Elizabeth quand elle l'avertissait ainsi, même en pleine nuit. De son côté, Elizabeth préférait ne pas avoir à composer son numéro de téléphone. Le pager paraissait plus impersonnel, moins intime, même si la seule intimité qu'elle troublait était celle du sommeil.

Elizabeth n'accompagna donc pas Nick pour aller se changer aussi. Avec tout autre collègue elle l'aurait fait et ils auraient discuté et plaisanté, laissant paraître une petite partie de leur bonheur et de leur soulagement. Mais avec Nick, elle le savait, il n'y aurait qu'un silence gêné.

— Je vais faire une ronde, dit-elle enfin.

Elle savait aussi bien que lui l'inutilité de cette ronde, puisqu'ils venaient ensemble d'en terminer une et que tout allait bien. Mais Nicholas Chase ne montra aucun étonnement.

— Très bien, dit-il. Alors à plus tard.

A mi-chemin des portes battantes qui marquaient le bout du couloir, Nick rencontra Sara, la très jolie anesthésiste qui avait travaillé avec eux sur Molly. Elle lui bloqua malicieusement le passage et ils échangèrent quelques phrases à voix basse avec une évidente décontraction teintée de sourires complices. Puis ils se séparèrent, Nick pour les vestiaires et Sara pour établir les derniers contrôles post-anesthésiques sur Molly, mais les sourires planaient encore sur leurs lèvres, peut-être par anticipation d'un rendez-vous amoureux le soir même.

Quand Nick eut enfin disparu derrière les portes battantes, Elizabeth hésita un moment. Que devait-elle faire ? Cette ronde dont elle avait parlé, mais qui était inutile ? Ou bien devait-elle descendre aux vestiaires en préparant quelques propos intelligents et spirituels à dire à Nick ?

Elizabeth se sentait un peu désorientée. Ses moments de désœuvrement à l'hôpital étaient très rares. Certainement il y avait quelque chose à faire durant dix minutes, le temps que Nick soit dans le vestiaire des hommes, afin qu'elle puisse se glisser dans celui des femmes. Alors qu'elle cherchait une occupation, elle fut soudain sauvée par la sonnerie insistante de son pager. Le moment de calme était terminé. On avait besoin d'elle. Parfait.

— Un appel extérieur, docteur Jennings, lui dit l'opératrice du central quand elle l'appela.

— Elizabeth ? fit une voix féminine une fois la communication établie. Je ne me suis pas rendu compte qu'ils iraient te chercher. Je demandais seulement si tu étais là, pour te laisser un message.

Larisa avait parlé d'un ton précipité, et à présent elle reprenait son souffle, la poitrine embrasée par le manque d'air.

— Larisa ? dit Elizabeth doucement. C'est bien toi ?

Elle était surprise de cette voix lointaine qui n'était plus vraiment celle de son amie, une voix ternie par la fragilité.

— Oui, dit Larisa. C'est bien moi. Une voix de ton passé.

Recroquevillée sous les couvertures, dans le lit du motel, Larisa était transie de froid malgré la température ambiante et sa douleur intérieure. Mais la douceur contenue dans la voix d'Elizabeth fit déferler en elle une chaleur réconfortante. Serrant dans sa main le combiné, seul lien avec cette merveilleuse source d'espoir, elle écouta la réponse d'Elizabeth :

— C'est tellement extraordinaire. Je pensais justement à toi aujourd'hui... Parle-moi, Larisa.

— Tu peux discuter maintenant ? Pas d'urgence ?

« Pas d'urgence sinon moi, ton amie tellement ingrate. Et malgré cela tu sembles m'avoir pardonné aussitôt... »

— Non, ce soir je suis de garde pour le service de transplantation.

— Je croyais que tu avais fait une spécialisation en traumatologie ?

— C'est exact, et je suis de garde aussi pour le service de traumato... (Elizabeth eut un rire velouté.) C'est une longue histoire.

— Et comme toujours tu en fais deux fois plus que l'humain le plus dynamique, dit Larisa en se sentant revigorée par l'amitié qu'elle éprouvait pour son amie. Je n'ai pas oublié ta double spécialisation en biologie et en chimie. Si je me souviens bien, à l'époque ces deux matières te paraissaient tellement intéressantes que tu ne pouvais pas en choisir une au détriment de l'autre.

— C'est la même chose avec la traumatologie et la transplantation, admit Elizabeth, avant d'ajouter avec une certaine gravité : Aujourd'hui, Lara, j'ai participé à une greffe de foie, avec un donneur vivant : une mère de ton âge pour sa fille de huit mois.

— Oh, Liz... souffla Larisa sans cacher son émerveillement. Et... ?

— Jusqu'alors elles semblent aller bien. C'est une opération très impressionnante. Mais ne me laisse pas commencer à parler des miracles de la transplantation, ou nous ne parlerons jamais de toi !

« Peu m'importe que nous ne parlions pas de moi », songea Larisa en serrant un peu plus fort le récepteur dans sa main et en se ramassant un peu plus dans le lit.

— Je veux justement tout entendre sur le miracle des transplantations, Elizabeth. Et tout sur toi.

— Alors avant de terminer cette conversation, il faut que nous convenions d'une de nos célèbres nuits blanches dédiées au papotage. Mais, en gros, je peux dire que la transplantation et la traumato résument assez bien mon existence ces derniers temps. Et je ne suis toujours pas mariée.

— Le cardiologue de Dallas ?

— Ça a traîné pendant près de deux ans, à distance. Et il y a environ huit mois, nous avons décidé d'un commun accord d'arrêter.

« Huit mois plus tôt, quand Nicholas Chase était arrivé... » Réprimant fermement cette pensée, Elizabeth conclut d'un ton enjoué :

— Pour l'instant je n'ai aucune liaison, et je me consacre entièrement à ma carrière.

— Et ta famille ? s'enquit Larisa, sachant très bien que bientôt la conversation s'orienterait sur elle, ce qu'elle tenait à éviter le plus longtemps possible. Tes parents ? Et Mark ?

— Tout le monde va bien. Mes parents ont fini par se décider à prendre l'année sabbatique dont ils parlaient depuis une éternité. La semaine dernière ils sont partis pour Londres où ils doivent séjourner jusqu'en juin. Et Mark travaille dans un cabinet d'avocats très réputé ici. Lui et Wendy vont bien, et les gamines sont en pleine forme. Neuf et onze ans déjà, en pleine santé. Voilà. Tout le monde est au mieux... Et toi, Lara ? Parle-moi de toi... Il s'est passé quelque chose, n'est-ce pas ?

— Oui, admit-elle doucement, et elle se rendit compte de ce qui les opposait : la terreur glaciale de son mariage contre la chaleur réconfortante de sa meilleure amie. Et elle s'adressa à cette amitié : J'ai quitté Julian aujourd'hui, Liz. Il doit être en train de s'apercevoir que je suis partie.

— Et que tu ne reviendras pas, termina Elizabeth sur le ton de la constatation.

Non, certainement son amie ne retournerait pas auprès de cet homme qui avait prétendu l'aimer, et avait réussi à éteindre le feu joyeux qui brûlait naguère en elle.

— Non, je ne reviendrai pas.

La voix de Larisa n'était pas aussi affirmative et assurée que celle de son amie. Elle avait réussi à réaliser une partie de cet impossible rêve de fuite, mais des chaînes invisibles lui rappelaient qu'elle appartenait à un autre et ne s'étaient relâchées le temps de ce rêve que pour se resserrer de nouveau sur elle et l'étouffer pour cette folie.

« Non ! Je n'appartiens à personne, sinon à moi ! Une fois déjà je me suis trahie. J'ai offert à Julian tout ce qu'il voulait posséder de moi, y compris ce que j'aurais dû protéger et chérir. Mais plus jamais je ne me trahirai ! »

— Lara ?

— Non, répéta-t-elle posément. Je ne retournerai jamais auprès de Julian.

— Bien. Où es-tu, en ce moment ?

— A l'aéroport Kennedy, dans un motel.

— Prête à prendre le premier avion pour San Francisco demain matin, j'espère ?

— Je ne sais...

— Si tu prends un vol arrivant demain soir, par exemple vers huit heures, à moins d'une urgence je devrais pouvoir t'accueillir. J'ai un appartement très spacieux avec une seconde chambre qui est inutilisée. Le lit est tout à fait confortable, il y a une commode et même un fauteuil, et elle est à toi pour le temps que tu voudras.

— Merci, murmura Larisa. C'est tellement agréable d'entendre une telle proposition...

— C'est très agréable pour moi de la formuler, je te le jure. Alors viens, Larisa.

— Oui, je viendrai, dit Larisa en parlant autant à son amie qu'à sa terreur intérieure.

— Magnifique ! Si tu veux prendre un vol plus tôt, pour quitter New York aussi vite que possible, l'immeuble a un concierge vingt-quatre heures sur vingt-quatre, et je peux le prévenir de t'ouvrir mon appartement.

— Non, assura Larisa en se demandant si le lendemain après-midi elle se sentirait assez robuste pour supporter un vol de six heures, puis en se le promettant. Demain soir à huit heures, ce sera parfait.

— Très bien. Voyons... Rappelle-moi quand tu connaîtras les détails de ton vol. Si je ne suis pas disponible, tu peux laisser un message à l'opératrice des pagers. Et si nous n'avons pas l'occasion de nous reparler avant ton arrivée, et en admettant que je ne sois pas à l'aéroport pour t'accueillir, appelle-moi de là-bas. Je donnerai à la standardiste les renseignements pour que tu me rejoignes. D'accord ?

— Oui, d'accord. Liz ? Merci.

— Bah, de rien !

— Je ne crois pas qu'il le fasse, il doit te croire toujours à Dallas — à moins qu'il n'ait lu les lettres que tu m'as écrites... — mais si Julian t'appelait...

— Ne t'inquiète pas. Je lui dirais que je n'ai pas de nouvelles de toi depuis plus de trois ans.

4

A dix-sept heures trente ce vendredi, Elizabeth terminait son rapport de la journée. L'état de Molly et de Mary Ann était remarquablement stable, de même que celui de tous les autres patients du service. Elizabeth avait passé la majeure partie de la nuit précédente et toute la journée à s'en assurer, réglant le moindre problème avant qu'il ne prenne de l'importance.

En qualité d'assistante, Elizabeth était censée exercer sa garde de chez elle et non à l'hôpital. Il y avait des internes, une équipe d'urgence présente vingt-quatre heures sur vingt-quatre, et son appartement n'était qu'à deux minutes de marche de l'hôpital. Pourtant elle passait la plupart de ses nuits de garde ici à moins d'une raison particulière.

Elle était retournée à son appartement à l'aube, avait pris une douche, s'était changée puis avait rangé ce qui traînait, au cas où elle n'aurait pas le temps de le faire plus tard. Mais à présent, il n'était que cinq heures et demie de l'après-midi, et Larisa n'arriverait pas avant trois heures. Elle pouvait donc acheter des fleurs, passer l'aspirateur et épousseter les meubles.

« Oui, beaucoup de fleurs », décida-t-elle, et cette pensée amena un léger sourire à ses lèvres.

— Elizabeth ?

Sa bouche se durcit au son de cette voix et tout son corps se tendit. Elle était assise sur un tabouret dans le bureau des infirmières, et lui se tenait immobile sur le seuil de la pièce. Avec tout autre homme, Elizabeth serait restée où elle était et aurait simplement levé les yeux vers l'arrivant pour l'accueillir d'un regard chaleureux. Et, elle le savait, avec toute autre femme, Nick se serait penché dans une pose décontractée, ses prunelles au bleu sombre brillant d'un éclat complice.

Mais il n'était pas n'importe quel homme, et c'est pourquoi Elizabeth quitta son siège.

Et comme elle n'était pas non plus n'importe quelle femme, Nick recula d'un pas quand elle se leva, élargissant l'espace entre eux.

— Oui, Nick ?

— Quelque chose... d'important... est arrivé, Elizabeth, dit-il d'une voix hésitante. Je me demandais s'il vous serait possible de prendre mes appels cette nuit ?

Tentait-il enfin de la charmer en emplissant son regard bleuté d'embarras pour cette requête de dernière minute ? Elizabeth lut certes l'embarras dans ses yeux, mais nulle lueur de séduction. En fait ce qu'elle vit — ou crut voir — lui sembla être une inquiétude très grande, peut-être même la peur. Une autre illusion d'optique sans aucun doute, mais elle répondit néanmoins d'une voix douce :

— Bien sûr.

— Mais il y a plus que la couverture des transplantées, Elizabeth. Je suis également second de garde en trauma cette nuit. Si cela vous pose un problème, je peux demander à Bill ou Ed de me dépanner.

— Non, c'est d'accord, Nick.

— Merci, dit-il en recouvrant son calme, et il soupira de soulagement. Je vous suis vraiment reconnaissant, Elizabeth. Vous êtes prévue pour dimanche, n'est-ce pas ? Je pourrai vous remplacer, si vous voulez ?

— Ça n'est pas un marché très équitable pour vous, Nick. Je suis première de garde en trauma dimanche, et c'est un week-end.

— C'est plus qu'équitable pour moi.

— D'accord, dit-elle, mais elle n'acceptait qu'à cause de cette nervosité soudaine qu'elle avait sentie en lui.

Visiblement, il désirait partir au plus tôt, mais il voulait s'arranger avec elle d'abord.

— C'est d'accord, Nick. Je transmettrai notre permutation au central des pagers.

Leurs regards se croisèrent et pendant un instant l'inquiétude du chirurgien fit place à une franche gratitude. Et elle crut discerner autre chose dans les profondeurs ténébreuses de ces yeux, quelque chose qu'elle ne put identifier mais qui la fit frissonner. Cela transparut quand il répondit avec douceur :

— Merci beaucoup, Elizabeth.

— C'est tout à fait normal, Nick.

Elizabeth resta debout, figée, tandis qu'il s'éloignait dans le long couloir, ses grandes enjambées souples l'emmenant vers l'objet — ou l'être — dont l'importance lui avait fait formuler cette demande étonnante. Nicholas Chase avait-il enfin rencontré une femme qu'il aimait véritablement ? Quelqu'un d'assez cher à ses yeux pour qu'il dégage une soirée entière avec elle, quelque romantique dîner aux chandelles avant des heures de passion ? Oui, apparemment, il avait croisé le chemin d'une telle femme, se dit Elizabeth. Et dans ce cas, il tenait déjà beaucoup à elle.

Nick une fois disparu, Elizabeth s'autorisa un soupir discret et se rassit. Elle devait notifier les changements de tours de garde, et prévenir le central des pagers qu'elle attendait un appel de Larisa pour un peu plus tard. Elizabeth risquait en effet de se trouver en salle d'opération quand Larisa atterrirait, ou à l'appartement, mais certainement pas au terminal de l'aéroport pour accueillir son amie. Être second de garde en traumato impliquait de pouvoir arriver à l'hôpital en quelques minutes, à n'importe quelle heure.

« Dr Nicholas Chase, vous êtes vraiment un salopard. » Cette pensée lui vint dans une bouffée de rage, mais le Dr Stephen Sheridan était persuadé de la pertinence de son jugement. L'ennui était qu'Elizabeth ne partageait pas son analyse. C'est pourquoi il n'était pas intervenu lorsqu'il était entré par l'autre porte dans le bureau des infirmières, à temps pour surprendre l'échange entre Elizabeth et Nick. Et c'est pourquoi il patientait encore, malgré le départ de Nick, alors qu'Elizabeth passait un coup de fil.

Il fallait qu'il se calme un peu, et qu'il n'oublie pas la trêve conclue avec la jeune femme au sujet de Nick.

Cette trêve était nécessaire afin de préserver leur amitié, née des années plus tôt, quand Elizabeth était étudiante de quatrième année en médecine et Stephen son assistant au service d'oncologie. Avec même de la rencontrer, il connaissait la réputation de cette prodige qui doublait son savoir-faire d'une réelle gentillesse. De son côté, Elizabeth avait entendu parler de l'héritier de la dynastie des Sheridan, les rois de l'édition, ce jeune homme très séduisant qui avait choisi de vouer sa vie aux mystères et aux défis de la médecine plutôt qu'au luxe et aux plaisirs que la fortune familiale lui promettait depuis sa naissance. Stephen s'était spécialisé dans la lutte contre le cancer, et beaucoup pensaient qu'un jour il trouverait le moyen de vaincre cette terrible maladie.

Elizabeth et Stephen avaient naturellement noué des liens d'amitié avant que la jeune femme ne parte compléter sa formation de chirurgien à Dallas. Ils s'étaient revus cinq années plus tard, quand Elizabeth était revenue à Pacific Heights, et ils avaient repris leurs conversations où ils les avaient laissées, sans plus d'ambages. C'est Stephen qui l'avait encouragée à suivre une spécialisation en chirurgie transplantatoire. Les doubles spécialisations étaient souvent complémentaires, avait-il expliqué en prenant pour exemple son propre cas, l'immunologie et l'oncologie. Par ailleurs, puisqu'il était un des deux immunologues qui s'occupaient du traitement immunodépresseur pour les receveurs de greffe, si elle prenait cette spécialité, ils travailleraient ensemble.

Peu à peu, les conversations détendues que le Dr Elizabeth Jennings et le Dr Stephen Sheridan avaient durant leurs nuits de garde étaient passées du domaine professionnel au domaine personnel, de façon naturelle. A présent, ils étaient pleins de respect l'un pour l'autre et œuvraient à sauver de jeunes vies comme celle de Molly. Ainsi, Elizabeth avait opéré l'enfant tandis que Stephen avait défini avec précision le dosage immunodépresseur qui soutiendrait la petite patiente sans la mettre en danger, l'amitié prenant le relais de leur sérieux professionnel.

Stephen avait tendance à la protéger, en particulier des incertitudes et des dommages que créait Nicholas Chase, mais c'était là une tâche énorme. Chaque fois qu'il avait un tant soit peu critiqué la façon de faire de Nick, surtout envers elle, Elizabeth s'était emportée et avait immédiatement pris la défense de Nick. Ils avaient donc fini par déclarer une trêve et s'étaient promis de ne plus aborder ce sujet de discorde.

Pourtant, en voyant maintenant Elizabeth appeler l'opératrice du central des pagers pour la prévenir du changement convenu avec Nick, Stephen bouillait intérieurement. Chase avait profité de la gentillesse de sa collègue, alors que celle-ci, comme elle l'avait confié à Stephen, attendait l'arrivée de son amie ce soir. Or Elizabeth se faisait beaucoup de soucis pour Larisa et désirait ardemment se trouver à l'aéroport pour l'accueillir. Cela, Nick l'ignorait sans doute, et c'était le seul point en sa faveur : il n'avait pas détruit le projet d'Elizabeth sciemment, mais son égoïsme arrogant n'en était pas moins insupportable pour Stephen. Nick savait qu'Elizabeth accepterait de le remplacer, car il ne pouvait manquer de voir combien la jolie Elizabeth Jennings se souciait de lui. Oui, Nick avait remarqué cette attention et la rejetait avec cruauté, sauf quand il avait besoin d'aide, comme ce soir... Alors, il utilisait simplement les bonnes dispositions de la jeune femme.

« Quel salopard ! » songea encore Stephen en faisant taire sa colère et en avançant dans le bureau des infirmières.

— Bonjour !

Pour la seconde fois en quelques minutes, Elizabeth reconnut la voix masculine derrière elle. Mais cette fois elle pivota sur le tabouret en souriant et leva les yeux vers son ami. Stephen était l'autre séducteur de l'hôpital, également célibataire, de trente-huit ans. Les deux hommes attiraient par une expression d'intelligence et de sensualité. Mais, alors que Nicholas Chase pouvait être comparé à une panthère aux yeux bleus, sauvage et dangereuse, Stephen Sheridan évoquait plutôt un pur-sang stylé.

— Bonjour, répondit Elizabeth. Vous avez l'air soucieux, Stephen.

— Je pensais à la perfusion de LKC que je dois administrer cette nuit.

La LKC était une création de Stephen, une immunothérapie révolutionnaire associant l'interleukine-2 avec des cellules tueuses activées ; pas encore un traitement total, mais l'avancée la plus prometteuse jusqu'alors dans la guerre contre le cancer. Aux injections de LKC présidaient toujours l'espoir et la gravité. Une réaction anaphylactique pouvait survenir à tout moment durant l'injection, mais les dangers de complications valaient largement d'être encourus devant le potentiel thérapeutique extraordinaire du traitement. Pourtant, pour quelque raison indéfinie, Stephen paraissait spécialement inquiet de la perfusion qu'il devait administrer ce soir.

— Y a-t-il un problème spécifique aujourd'hui ? s'enquit Elizabeth.

— Pas la perfusion elle-même, juste le temps nécessaire pour la faire. Nous avons prévu de commencer à sept heures, et le tout prendra environ trois heures et demie pendant lesquelles je ne pourrai quitter le chevet du patient.

Elizabeth jeta un regard étonné à son ami. Elle connaissait fort bien tous ces détails.

— Et l'avion de Larisa doit arriver à huit heures et quart ce soir, non ?

— Comme vous avez entendu ma conversation avec Nick, vous savez que je ne pourrai aller l'accueillir et vous cherchez une solution pour me remplacer. Mais nous nous sommes organisées. Elle prendra un taxi jusqu'à mon appartement et peut-être que tout sera assez calme ici pour que je sois chez moi à son arrivée. Vous ne pouvez pas repousser la perfusion, Stephen.

Il aurait été trop injuste, trop perturbant émotionnellement pour le patient de changer le programme établi. Ces perfusions de LKC étaient un espoir à double tranchant, la possibilité d'une prolongation de la vie ou d'une mort dramatique, malgré la présence de Stephen et de l'équipe d'urgence.

— Si je le pouvais, je le ferais, dit-il.

— Je le sais, Stephen. Et je vous en remercie.

— Malgré tout, vous devez admettre que Nick abuse honteusement de vous en vous demandant de prendre sa garde à la dernière minute.

— Il a probablement deviné que je n'aurais pas grand-chose à faire, même si nous sommes vendredi soir, dit Elizabeth d'une voix pensive. Puis, voyant une lueur de colère passer dans le regard de son ami à cette observation, elle ajouta d'un ton amusé : Stephen ! C'est vrai, après tout. Si Larisa n'arrivait pas à l'improviste ce soir, cela ne me dérangerait absolument pas.

— Eh bien, avez-vous remarqué que Nick ne vous a pas demandé de le remplacer uniquement parce que c'est vendredi soir et qu'il vous pensait disponible ?

— Ah, non ?

— Non. Quoi qu'il soit, et nous n'entrerons pas dans cette discussion maintenant, Nicholas Chase n'est pas stupide. Il sait très bien que vous êtes le meilleur chirurgien de San Francisco et de toute la région.

L'émeraude de ses yeux brilla de plaisir et Elizabeth rit doucement au compliment de son ami.

— Vous rêvez, docteur !

5

— Nick, murmura Margaret avec un évident soulagement quand le chirurgien apparut dans la cuisine de son — de leur — appartement à Pacific Heights.

Un sourire chaleureux éclaira brièvement son visage juvénile malgré ses soixante-quatre ans, pour reprendre aussitôt la gravité que Nick avait détectée dans sa voix lorsqu'elle l'avait appelé pour lui demander de rentrer au plus vite.

— Je suis tellement heureuse que vous ayez pu vous libérer.

Margaret n'avait pas un tempérament à s'inquiéter aisément. Malgré son désir jamais satisfait d'avoir des enfants, elle les connaissait fort bien pour avoir exercé pendant cinquante ans la profession de puéricultrice. Durant cette longue carrière, elle avait travaillé dans tous les domaines de son métier, avec des enfants en pleine forme ou malades, au service des urgences pédiatriques et en unité de soins intensifs, et elle avait vu des enfants de tout âge dans tous les états. Or cette nuit, Margaret décelait dans le regard vitreux du petit garçon dont elle s'occupait quelque chose qui la terrifiait.

Elle avait l'impression que Justin avait cédé à un désespoir total.

— Comment est-il ? interrogea Nick, et ses yeux étaient emplis de la même terreur qu'elle.

— Dans le même état que lorsque je vous ai contacté,

Nick. J'allais essayer de lui faire avaler un peu de soda. Je n'arrive pas à le faire boire, et sa température est toujours très forte. Je ne lui ai donné ni aspirine ni Tylenol, bien sûr, bien que les symptômes semblent être les mêmes que pour le virus d'été qui touche les enfants du voisinage...

Margaret n'alla pas plus loin dans la formulation de ses inquiétudes. Elle n'avait pas besoin d'exprimer ses craintes d'un symptôme précurseur de la varicelle, en quel cas l'aspirine ou le Tylenol auraient été dangereux, voire mortels. Elle et Nick connaissaient trop bien le syndrome de Reye et les autres maux qui pouvaient apparaître sans prévenir et arracher les petits êtres à leur famille. Margaret regarda Nick et comprit sa tension. Il voulait certes entendre son avis expérimenté, mais plus encore il désirait foncer dans la chambre mitoyenne de la sienne.

— Allez-y, Nick, dit-elle. J'apporte le verre de soda.

Justin n'était qu'une petite forme immobile recroquevillée sous la courtepointe en laine multicolore amoureusement tricotée par Margaret. C'est ce que la puéricultrice avait dit quand elle avait téléphoné au chirurgien : « Il est tellement calme, Nick, tellement inerte... » En approchant du lit de son fils, Nick vit une autre forme figée sous la couette, M. L'Ours. Naguère, la peluche amie avait été aussi grosse que Justin, mais l'enfant avait grandi — dans le bonheur et la santé — et M. L'Ours avait paru rapetisser. Mais le gamin l'aimait toujours autant, et il serrait maintenant la peluche dans ses bras.

Nick s'agenouilla auprès du lit et contempla un moment le visage empourpré de son fils de quatre ans. Les yeux de Justin étaient clos, mais il ne dormait pas, malgré son immobilité. Doucement, très doucement, Nick posa une main fraîche sur le front brûlant de son fils et murmura :

— Jussie ?

Les paupières de l'enfant battirent plusieurs fois, et les prunelles incrédules, du même bleu profond que celles de son père, se fixèrent sur le visage proche. Puis l'amour emplit ces yeux et les petits bras de l'enfant lâchèrent M. L'Ours pour se tendre vers Nick avec une douloureuse impatience.

— Papa !

Nick se pencha et serra le corps enfantin contre sa poitrine, et il baisa tendrement le front moite de sueur où étaient collées des boucles de ses cheveux dorés.

— Alors, comment va mon petit garçon ? dit-il tendrement. Tu es malade ?

Justin acquiesça gravement et se pelotonna un peu plus contre son père. Un instant, Nick ferma les yeux, pour quelques secondes de soulagement. Il examinerait son fils avec la plus extrême attention mais les yeux bleus de l'enfant étaient maintenant pleins de vie, et quand Nick rouvrit les siens, il vit le sourire de Margaret. Alors il sut que Justin ne souffrait que d'un de ces virus d'été sans gravité.

Mais il y avait autre chose, que Margaret n'avait pas dite mais que tous deux connaissaient : ce virus anodin avait réveillé d'anciennes peurs que Nick ne se pardonnerait jamais.

— Je t'aime, Jussie, dit-il à mi-voix. Tu m'as manqué, tu sais ? Tu as eu l'impression que j'étais absent longtemps ? Oui ? Je suis venu t'embrasser ce matin, avant de partir, mais tu dormais encore. C'est pour ça que tu ne t'en souviens pas.

— Il avait simplement besoin de son papa, dit Margaret sur le même ton.

Justin adorait Margaret et avait confiance en elle, mais cette nuit, parce qu'il était malade, il avait eu besoin de la personne qui pour lui comptait le plus au monde : son père.

— Je crois, oui, approuva Nick, toujours étonné de pouvoir représenter autant pour quelqu'un, même s'il s'agissait de son fils.

— Vous pouvez rester combien de temps, Nick ? s'enquit Margaret avant de les laisser à leur intimité.

— Toute la nuit. Elizabeth a accepté de prendre ma garde.

« La mystérieuse Elizabeth », songea Margaret avec un mélange maternel d'affection et de curiosité. Elle avait remarqué la douceur dans la voix de Nick chaque fois qu'il parlait de sa collègue. Et, un mois plus tôt, quand elle avait décidé de lui demander sans détour à quoi ressemblait cette Elizabeth, Nick avait simplement répondu : « Elle est remarquable. » Margaret avait résisté à la tentation de passer à l'hôpital pour la rencontrer, et renoncé à proposer que Nick l'invite à dîner un jour. Elle savait combien il tenait à séparer le plus important de sa vie personnelle — l'existence de son fils chéri — de son travail. Margaret avait espéré entrevoir Elizabeth lors des reportages télévisés sur la greffe du foie qu'ils avaient réussie, mais les directeurs de chaîne avaient tous préféré centrer leur compte rendu sur la personne fort attrayante du chirurgien.

Ainsi Margaret en était-elle réduite à des conjectures sur la personnalité de la femme avec qui Nick passait tant d'heures et dont il parlait si souvent — sans doute plus qu'il ne s'en rendait compte — et avec une telle douceur.

— C'est très gentil de sa part, dit enfin Margaret.

— Oui, ça l'est, approuva Nick avec une chaleur paisible. Si quelque chose se passait avec Molly ou Mary Ann, elle me contacterait par le pager, mais ça ne devrait pas se produire. Donc je pourrai sans doute rester ici toute la nuit.

Et c'était exactement son intention. Il voulait pouvoir serrer son fils dans ses bras, le rassurer en lui prouvant son amour, pour qu'il sache que jamais plus il ne serait abandonné.

Car, dans le cœur de l'enfant, les douleurs de ses six premiers mois d'existence, si elles n'étaient plus ressenties consciemment, n'en restaient pas moins vivaces. Et son immobilité de cette nuit, sa peur irraisonnée montraient qu'il souffrait toujours de ne pas avoir été aimé, même sans se souvenir...

— Nous allons avoir un enfant, déclara Glenna, le triomphe dans les yeux. Et maintenant, docteur Nicholas Chase essaie donc de me dire que notre relation est terminée.

— Pourquoi ? demanda Nick, possédé par une horreur instantanée doublée d'un calme étrange. Pourquoi nous infliger cela, et surtout l'imposer à un enfant innocent ? Explique-moi, Glenna.

— Tu ne crois pas que nous formerons une belle et heureuse famille ?

— Nous ne sommes pas heureux ensemble, Glenna, lui

rappela-t-il avec gravité. Nous ne le serons jamais. Nous ne nous aimons pas.

Il se savait incapable d'aimer, et toutes les femmes qu'il avait fréquentées avaient paru le comprendre aussi. Son physique, sa sensualité dangereuse mais irrésistible les attiraient vers lui, mais leur instinct les mettait en garde contre tout autre désir que celui de rapports physiques. Elles semblaient deviner qu'il valait mieux ne pas convoiter le cœur de Nicholas Chase. Parce qu'il n'en valait pas la peine.

Jusqu'à Glenna, ses aventures féminines avaient été assez fines pour se protéger émotionnellement. Glenna aurait dû le comprendre elle aussi, d'autant que Nick s'était montré encore plus froid et moins attentionné qu'à l'accoutumée. En dépit de cela, elle avait choisi de créer un lien permanent entre eux.

« Que voulait-elle vraiment ? » se demanda Nick. Pas l'amour, c'était évident. L'argent, une certaine position sociale, peut-être ? Le prestige d'être l'épouse du chirurgien célèbre ? Oui, sans doute. Mais à quel prix ?

— Je sais une chose, Glenna : je n'ai rien pour faire un parent convenable. Avec amertume, pensant à l'innocente vie qui grandissait en elle, il ajouta : Et je ne suis pas sûr que tu aies plus de capacités pour ce rôle.

— Merci de ta confiance, rétorqua Glenna d'un ton cinglant. Mais je te préviens, Nick, j'aurai ce bébé.

— Je ne t'empêche pas de l'avoir. Je te dis simplement que je pense qu'il n'est dans l'intérêt de personne, ni le tien ni le mien, et certainement pas celui du bébé, que j'aie un rôle dans sa vie.

— Peut-être que non. Mais tu dois essayer, au moins.

Nick et Glenna ne s'aimaient pas, pourtant ils se marièrent. Leur union dura le temps pour Justin de naître de parents légalement responsables et de porter le nom de Nick. D'après les tribunaux, le mariage dura cinq mois. Dans la réalité, ils ne vécurent ensemble que les deux premiers mois, après quoi Glenna dut accepter sa défaite à contrecœur.

— Tu ne voulais pas que ça marche !

— Je ne pouvais rien faire pour que ça marche, Glenna. Et toi non plus.

— Et le bébé ? rétorqua-t-elle, toutes griffes dehors. Je te préviens, je veux qu'il profite de tous les privilèges auxquels il a droit en tant que fils d'un chirurgien réputé.

— Très bien, accepta Nick sans hausser le ton.

Mais une question silencieuse emplissait son esprit : « Et l'amour ? » S'il donnait à Glenna tout l'argent qu'elle exigeait, parviendrait-elle à aimer cette vie innocente qu'elle portait ?

Elle prétendait vouloir de toute son âme le bébé, et l'aimer déjà de tout son cœur de mère. Nick priait pour que ce fût vrai. Il savait sans l'ombre d'un doute que malgré l'égoïsme de Glenna l'enfant serait mieux avec elle qu'avec lui. Aucune illusion ne lui restait quant à sa capacité, ou plutôt son incapacité à aimer. Mieux valait pour cet enfant à naître que son père ne soit pour lui qu'un compte en banque. Et c'est ce qu'ils conclurent. Glenna aurait la garde du bébé, et recevrait la part du lion des revenus de Nick jusqu'à la majorité de l'enfant. Les termes du divorce furent définis avant l'accouchement, et les papiers signés peu après la naissance de Justin.

Tout ce temps, Nick préféra croire que l'enfant était de lui.

Justin Chase naquit à l'hôpital de Chicago où Nick était en poste et où, jusqu'à leur mariage, Glenna avait été infirmière. Elle avait gardé des contacts avec ses amies de travail et ne se priva pas, par la suite, de répandre des commentaires acides sur le naufrage de leur union. A la naissance de Justin, tous ceux qui prêtaient une oreille complaisante aux plaintes de Glenna connaissaient l'infamie de Nick. Tous les torts étaient de son côté, l'infirmière n'était que la dernière victime de ce séducteur sans cœur, avec le bébé.

Seule Margaret Reilly, alors infirmière principale de l'unité pédiatrique, avait pris la défense de Nick. Elle le connaissait depuis son arrivée à l'hôpital, dix ans plus tôt, quand il n'était encore qu'un simple interne en chirurgie. Le mari de Margaret, le chirurgien pédiatrique Edward Reilly, avait reconnu en cet interne taciturne un futur chirurgien plein de talent.

Le couple Reilly n'avait jamais pu avoir d'enfant. Les petites vies que sauvait Edward et dont s'occupait avec tant d'amour Margaret étaient les seuls enfants dont ils prendraient soin. Puis Nick était arrivé, et sans le savoir ni surtout le vouloir consciemment, il avait réveillé leur fibre parentale. Il était si intelligent, sensible et doué, et en même temps tellement troublé, possédé d'un effrayant instinct d'autodestruction latent. Edward et Margaret l'avaient côtoyé de longues heures, le chirurgien dans la salle d'opérations sa femme à l'unité de soins intensifs, et tous deux auraient volontiers accepté de faire de Nick leur fils adoptif. Mais il restait en retrait, et les Reilly eux-mêmes étaient trop discrets et modestes pour forcer les choses. C'est à la faveur d'une tragédie que les liens qui les unissaient tous trois devinrent apparents.

Par cette nuit neigeuse de novembre, durant son service de garde, le Dr Edward Reilly eut une attaque cardiaque fatale. Et c'est Nick qui le prit dans ses bras alors qu'il s'effondrait, Nick encore qui le serra contre lui avec la tendresse d'un véritable fils pour son père. Et c'est grâce à Nick qu'Edward mourut en éprouvant un sentiment de paix profonde.

L'équipe d'urgence ne put rien faire pour sauver le chirurgien. Pour qu'elle soit avertie par quelqu'un qui les aimait tous deux, Nick prit sa voiture pour aller lui annoncer la terrible nouvelle dans leur maison de Winnetka. Il la serra dans ses bras tandis qu'elle cédait au chagrin, et bien qu'elle ne les vît jamais, Nick également laissait couler ses larmes.

Pendant les cinq années qui s'écoulèrent entre le décès d'Edward et la naissance du fils de Nick, les rapports entre le jeune chirurgien et Margaret parurent inchangés. Ils étaient collègues et travaillaient ensemble pour sauver de jeunes vies, rien de plus. Mais il existait maintenant entre eux un lien très fort qui poussait Margaret à prendre la défense de Nick quand on le critiquait, et ce fut elle qui vint lui annoncer dans son bureau la naissance de Justin.

— C'est un petit garçon en pleine santé, Nick, dit-elle gentiment.

— Je suis heureux qu'il soit en bonne santé, Margaret. Et j'espère qu'il sera heureux.

— Vous n'allez pas le voir ?

— Non.

— Nick...

— C'est inutile, Margaret.

Le regard de Nick était d'une sombre solennité, et empreint d'une résolution farouche. Il le fallait, car il savait que Margaret brûlait de le convaincre de voir son fils, d'être le père auquel le bébé avait droit.

Ils se regardèrent un long moment en silence et, seulement lorsqu'elle vit la peur au fond des prunelles bleu sombre, Margaret abandonna sa supplique muette.

— Très bien, Nick, dit-elle d'un ton compréhensif.

— Merci, répondit-il. Pourriez-vous faire quelque chose pour moi, Margaret ? M'obtenir un échantillon sanguin pour analyse ?

— Vous pensez... qu'il pourrait ne pas être de vous ?

— Je veux simplement en être sûr.

— D'accord, dit Margaret sans argumenter.

Elle connaissait Glenna, et elle savait qu'avec la jeune mère tout était possible. Elle s'étonna de souhaiter presque que le nouveau-né ne soit pas de Nick, pour épargner ainsi au chirurgien la culpabilité qui le tourmenterait assurément.

— Peut-être pourriez-vous vous arranger pour avoir un échantillon sanguin quand ils feront les tests de routine...

— Vous ne voulez pas qu'il subisse une prise de sang supplémentaire, constata-t-elle.

— Je ne veux pas que cet enfant souffre inutilement, Margaret...

Nick leva aussitôt les mains pour arrêter les paroles qu'il devinait sur les lèvres de son amie, des paroles l'implorant doucement d'être père, ce dont il se sentait incapable.

— Je comprends, l'assura-elle simplement.

L'échantillon sanguin révéla une similarité rare des

caractéristiques génétiques entre le père et le fils. La concordance des données constituait en elle-même un rêve de généticien tant elle était grande, mais Nick aurait préféré qu'il en soit autrement car il y voyait le legs de ses défauts. Pourtant, si un jour son fils avait besoin d'une transplantation, se consola-t-il, son père serait un donneur idéal. Et Justin ne vivrait pas l'enfer que lui-même avait enduré, simplement parce que son fils ne verrait jamais son père.

Ainsi, Justin ne connaîtrait pas les états d'âme sinistres, les cauchemars interrompus par des cris, le perfectionnisme insatiable de son père alcoolique. « Aime-le, Glenna », pria silencieusement Nick en contemplant les résultats de l'analyse qui prouvaient de façon indubitable qu'il était bien le géniteur de Justin. « Rends-le heureux, donne-lui l'amour et la sécurité. »

— J'ai besoin de te voir, dit Glenna sans prendre la peine de s'annoncer.

Mais elle savait que Nick reconnaîtrait le timbre de sa voix. Et malgré les six mois écoulés sans nouvelles, il l'identifia aussitôt. Il lui avait régulièrement envoyé des sommes d'argent conséquentes, pourtant ce fut d'un ton menaçant qu'elle lui parla.

— Très bien, répondit-il calmement. Je devrais avoir fini ici vers sept heures, et j'ai le week-end libre. Dis-moi quand et où.

— A ton appartement, ce soir à huit heures.

Nick atteignit son appartement de Lake Shore Drive trente minutes avant l'heure du rendez-vous. Il en profita pour prendre une douche et se changer — pour lui, non pour elle — et pour se servir son premier verre d'un week-end dévolu à l'absorption de scotch. Puisqu'il n'était pas de garde, il pourrait passer tout son temps à boire, dans le silence et la solitude. Il avalerait sa dernière rasade d'alcool assez tôt le dimanche soir pour que ses mains et son esprit aient la précision extrême habituelle au Dr Nicholas Chase quand il retournerait à l'hôpital lundi matin. Jamais il ne se laissait aller à prendre une goutte d'alcool quand il était au travail ou de garde chez lui. Il ne l'avait jamais fait et ne le ferait jamais. Mais lorsqu'il n'avait la responsabilité que de lui-même, il était très rarement à jeun.

Peu de gens auraient pu détecter l'ébriété de Nick. Depuis son adolescence il n'avait jamais paru ivre. Tout au plus des observateurs auraient-ils noté qu'il était plus renfermé encore qu'à l'accoutumée, et s'ils avaient pu pénétrer la carapace de ce silence maussade et lui demander pourquoi il buvait, il leur aurait dit la vérité : pour atténuer la douleur, annihiler les souvenirs, échapper aux cauchemars qui le hantaient même en plein jour.

L'interphone sonna à huit heures précises et le garde de l'immeuble annonça que Glenna était en bas. Tandis qu'il attendait que l'ascenseur la mène au vingt-quatrième étage où était situé son appartement, Nick avala la moitié du scotch qu'il s'était servi. La dose était importante et ingurgitée rapidement, mais elle n'eut virtuellement aucun effet. Sa résistance à l'alcool était très grande. Il lui en faudrait beaucoup plus pour seulement s'échapper de sa souffrance intérieure.

Aussi, quand il ouvrit la porte de son appartement, ce qu'il vit avec une parfaite clarté lui fut très dur à supporter : Glenna, dans une tenue nouvelle et visiblement très coûteuse, les yeux brillant de défi, un sac plein en bandoulière, tenant contre sa hanche le bébé aux cheveux blonds, dans une position peu maternelle qui le faisait regarder au loin au lieu d'être amoureusement tourné contre sa mère.

— Il est à toi, maintenant, dit-elle d'un ton accusateur, comme si tout était la faute de Nick. Je ne peux plus m'occuper de lui.

Dans ses yeux comme dans ses mots, Nick sentit la vérité. Du défi aussi, mais également une fragilité mal dissimulée. Peut-être avait-elle essayé d'aimer son enfant et avait-elle échoué. Ou peut-être n'avait-elle fait aucun effort. Mais peu importait, à présent. Nick considéra Glenna un moment, puis son attention fut irrésistiblement attirée par la petite forme humaine serrée contre la hanche de sa mère. Justin restait très calme, immobile comme Nick l'était souvent sous l'anesthésie de l'alcool. Et comme son père ivre, le bébé regardait dans le vide, l'expression vague et absente. Alors que Nick observait son profil, l'enfant tourna la tête vers lui. Ses grands yeux du même bleu sombre exprimaient l'étonnement, l'incompréhension, mais aucune attente. Il paraissait n'avoir déjà plus rien à attendre, ni joie ni amour.

Le mouvement de Nick fut inconscient, mais un instant plus tard il avait pris son fils dans ses bras et le serrait doucement contre sa poitrine. Justin ne chercha pas à retrouver le contact de sa mère, ne fit aucun effort pour échapper à l'étreinte de cet inconnu qui était son père.

Une fois libérée du fardeau du bébé, Glenna se débarrassa du sac qu'elle posa sur la moquette.

— Le reste de ses affaires et son berceau sont en bas, dans l'entrée de l'immeuble. Le gardien m'a aidée à les sortir de la voiture, tu pourrais donc lui donner un pourboire. Je n'ai pas eu de compensation pour m'être chargée de ton enfant durant ces six derniers mois, Nick. Or j'ai l'intention de quitter Chicago et j'aurai besoin d'argent pour mon déménagement et pendant que je chercherai un nouvel emploi. Mon avocat...

— Sors d'ici.

— Je ne plaisante pas, Nick, rétorqua Glenna avec hauteur malgré le tremblement de sa voix devant le regard glacé du chirurgien. J'ai essayé de m'en sortir, mais tu ne m'as pas donné assez...

— Je ne plaisante pas non plus, Glenna, dit Nick avec une fureur contrôlée. Sors d'ici immédiatement.

Pendant très longtemps, Nick se contenta de tenir son fils contre sa poitrine. Incapable de parler, il ne pouvait non plus endiguer les larmes qui coulaient de ses yeux, les seules larmes qu'il ait versées depuis qu'il était adulte, sauf à la mort d'Edward Reilly. Et avant cela, quand avait-il pleuré pour la dernière fois ? Il ne s'en souvenait pas. Certainement, il avait cédé aux larmes quand il était enfant, mais très vite il avait compris que les pleurs ne peuvent noyer la peur, pas plus que la tristesse ou la douleur.

A présent Nick pleurait sans retenue, et quand les larmes

tombant sur sa tête firent lever les yeux à Justin, Nick lui sourit et murmura :

— Bonjour, Justin. Je suis ton père.

« Oui, je suis ton père, songea-t-il alors, et je suis désolé pour ce que je t'ai infligé, Justin. Mais je croyais sincèrement que tu serais mieux avec elle qu'avec moi... »

Justin n'avait pu choisir ses parents, mais s'il avait eu cette liberté, nul doute qu'il n'aurait pas voulu de Glenna ou de Nick. A présent il n'y avait plus d'autre solution pour son père que de le garder avec lui, et cette constatation emplit le chirurgien de tristesse et d'inquiétude. Les gens remettaient leur vie entre les mains du Dr Nicholas Chase, bien sûr, et tant qu'ils étaient sous sa responsabilité, Nick ne trahissait pas cette immense preuve de confiance. Mais il jugeait les soins qu'il prodiguait uniquement techniques, sans aucune marque de sensibilité.

La petite vie maintenant recroquevillée contre sa poitrine avait un besoin désespéré de son amour, et Nick ne pouvait que faire le vœu solennel de lui donner tout celui dont il était capable.

« Je serai le meilleur père possible, Justin, je t'en fais la promesse. Jamais plus je ne t'abandonnerai comme je l'ai fait, et je t'aimerai de mon mieux pour être digne de toi... »

Nick tint son fils contre lui toute cette nuit, et la journée suivante, puis le jour et la nuit suivants, sans briser le lien physique un instant. Et il parla à son fils avec une douceur que jamais sa voix n'avait eue, le rassurant et lui avouant les secrets de sa propre enfance, qu'il n'avait jamais exprimés à quiconque.

Vers minuit le vendredi, Nick crut voir dans les prunelles de Justin fixées sur lui une faible lueur d'intérêt. Six heures plus tard, quand l'enfant s'éveilla après avoir dormi toute la nuit contre la poitrine de Nick resté vigilant, il salua son père d'un regard étonné où ne se lisait aucune inquiétude, et après une minute il leva une petite main potelée pour toucher le menton râpeux. Le samedi après-midi, Justin tenta un sourire qui fit monter des larmes de joie dans les yeux rougis du chirurgien. Et le dimanche, quand Nick le baigna avec lui, le bébé poussa un rire hésitant qui parut à son père le son le plus merveilleux de la création.

Les affaires de Justin apportées par Glenna comprenaient tout le nécessaire pour un bébé, mais aucun jouet, et les couches, le berceau, le biberon, la nourriture spéciale, les couvertures minuscules encombraient maintenant l'appartement jusqu'alors silencieux et froid. Cet endroit ne serait plus jamais froid ni silencieux, décida Nick en vidant dans l'évier le verre de scotch auquel il n'avait pas touché depuis l'arrivée de son fils. Et plus jamais il ne boirait d'alcool, pas tant qu'il serait responsable de cette petite vie innocente.

Le dimanche, après leur bain pris en commun et le déjeuner de Justin, Nick l'emmena au Water Tower, le célèbre complexe de magasins de Michigan Avenue, et là il lui acheta quantité de jouets, de cubes et de balles colorées, ainsi qu'une peluche au pelage soyeux, M. l'Ours. M. l'Ours était le dernier achat possible si Nick voulait porter à la fois son fils et ses acquisitions. De plus, il était temps de retourner à l'appartement car l'après-midi touchait à sa fin et Nick devait être à l'hôpital tôt le lendemain matin.

Le moment était venu pour lui de passer le coup de téléphone auquel il pensait depuis la nuit de vendredi.

Si jamais il avait demandé de l'aide dans toute sa vie, Nick n'en gardait pas souvenir. Pourtant il avait dû en demander jadis, peut-être de la même façon muette que son fils maintenant. Mais ses propres cris silencieux de terreur et de solitude n'avaient reçu aucune réponse. Pour Justin, les choses seraient différentes, il se l'était juré.

— Bonsoir, Margaret, c'est Nick. J'ai des nouvelles à vous annoncer...

— Oh ? Et parce que l'infirmière, tout juste retraitée, sentait une grande tendresse dans ces quelques mots, elle ajouta : On dirait que ce sont de bonnes nouvelles, je me trompe ?

— Justin est avec moi, Margaret. A partir de maintenant, il vivra avec moi... Nick contrôla la vague d'émotions qui montait en lui et poursuivit d'une voix claire : C'était une erreur de le laisser à la garde de Glenna. Il s'est enfermé dans sa coquille...

— Vous parviendrez à l'en faire sortir, Nick. J'en suis persuadée. Et je ferai tout ce qui est en mon pouvoir pour vous y aider. Vous pouvez compter sur moi.

— Eh bien... Justement, demain je dois aller travailler. Je ne veux pas le quitter, mais je ne peux pas l'emmener. Il me reste beaucoup de congés à prendre, mais il me faudra une quinzaine de jours avant que mon planning soit en ordre... J'ai passé le week-end avec lui au lieu de chercher quelqu'un pour s'occuper de lui quand je retournerai à l'hôpital et...

— Mais vous saviez que vous aviez quelqu'un, Nick. Je serai très heureuse de m'occuper de Justin, et pour autant de temps qu'il le faudra...

Ensemble, Nick et Margaret aidèrent le bébé renfermé à se transformer en un bambin joyeux, puis en un gamin heureux et éveillé. Pour parvenir à ce résultat, ils ne ménagèrent ni leur temps, ni leur patience, ni leur amour, et pendant longtemps ils craignirent que les cicatrices infligées par ces premiers mois sans amour ne se referment pas.

Margaret restait auprès de Justin presque constamment. Quand Nick devait s'absenter pour son travail, Justin entendait quand même sa voix. Son père lui téléphonait souvent, et avant même d'être capable de parler, l'enfant fut régulièrement rassuré en entendant le timbre aimant de son père dans l'écouteur du téléphone.

Enfant, Nick avait cruellement manqué de contacts physiques. En pleine nuit, quand il se réveillait en sursaut au milieu d'un cauchemar, il tremblait dans les ténèbres terrifiantes de sa chambre sans oser briser le silence écrasant de la maison. Nick toucha beaucoup son fils, dispensant sans compter des caresses pleines d'affection. Il restait assis à côté du berceau et regardait son fils dormir, prêt à le réconforter dès qu'il ouvrirait les paupières. Les premiers temps, Justin s'éveilla souvent, une lueur d'inquiétude dans ses prunelles sombres, et toujours Nick ou Margaret étaient là pour le rassurer d'un sourire et de quelques paroles. Peu à peu, l'enfant dormit plus longtemps, et souvent ses rêves amenaient à ses lèvres un sourire angélique.

Justin dormait d'un sommeil paisible, alors que celui de son père ne pouvait échapper aux cauchemars remontant à son enfance. Ces rêves atroces et les souvenirs de ses jeunes années qui leur avaient donné naissance s'étaient imbriqués de telle sorte que depuis longtemps il ne pouvait discerner le vrai de l'imaginaire. Avait-il vraiment découvert le corps sans vie de sa mère ? Dans ses cauchemars, c'était lui. Et s'était-elle tailladé les poignets avec une telle fureur parce qu'elle voulait échapper à son fils ? C'est l'accusation que son père avait imprimée dans son jeune cœur, avant que le corps de sa mère ne soit emporté. Il avait prononcé ces paroles terribles, qu'il devait répéter cent fois à l'enfant tétanisé d'horreur : « Regarde ce que tu l'as forcée à faire, Nicholas. Regarde ! »

L'idée qu'en lui quelque chose d'inexplicable mais de foncièrement mauvais avait poussé sa mère à se suicider était devenue dans la vie de Nick une vérité fondamentale. Mais tandis qu'il serrait Justin contre lui, Nick comprit enfin que l'enfant de trois ans qu'il était alors n'avait pu pousser sa mère à se tuer. A l'évidence elle avait cédé à ses propres démons, comme lui se débattait contre les siens depuis ce temps. Mais ceux de sa mère avaient été beaucoup plus forts, et assez terribles pour qu'elle abandonne son enfant.

Nick ne pouvait imaginer d'abandonner Justin, quelque force que puissent prendre ses démons intimes. Il vivrait désormais avec eux sans recourir à l'alcool, et si la douleur qu'il éprouvait était encore plus vive en contrepartie de l'amour merveilleux qui le liait maintenant à son fils, il résolut de la subir sans faiblir.

Sa souffrance intérieure devint en effet plus aiguë, de même que les cauchemars, et Nick dut trouver d'autres moyens de leur échapper. Tout d'abord, au milieu de la nuit, quand Justin et Margaret reposaient paisiblement et qu'il s'éveillait en sursaut, le souffle court, Nick se levait et sortait pour courir. Il courait aussi vite et aussi loin qu'il le pouvait, jusqu'à ce que chaque cellule de son corps hurle d'épuisement et que la douleur physique supplante la souffrance morale... Alors il courait encore.

Nick finit par trouver d'autres échappatoires en satisfaisant l'appétit sexuel de son corps robuste par des nuits de plaisir passionné. Plus que jamais, il prenait garde de ne pas blesser ou donner de fausses espérances à ses conquêtes féminines d'un soir. Un tel comportement l'avait paré d'une réputation de séducteur sans cœur. Dangereux, il l'était, bien sûr. Une fois déjà, au nom de l'amour, il avait causé une grande souffrance...

Justin remua un peu dans l'étreinte douce de ses bras, et Nick songea à la souffrance qu'il avait si involontairement fait subir à son fils. Il s'était laissé aller à croire que son fils, si gai et vivant, était totalement guéri de ses premiers mois passés sans amour. Mais ce qui s'était produit aujourd'hui prouvait que les blessures étaient toujours vivaces en lui, au plus profond de son petit cœur. Le virus qui l'avait rendu malade les avait ranimées, et ses yeux avaient traduit le même étonnement que lorsque Nick les avait vus pour la première fois.

— Jamais je ne t'abandonnerai, promit-il en baisant les boucles dorées de son fils assoupi. Et je ferai tout ce que je peux pour t'éviter de souffrir de nouveau.

Nick ne voulait blesser personne, et surtout pas quelqu'un qu'il aimait. Son amour pour Justin avait été pour lui une surprise enchantée, un don magique de bonheur qui était bien plus que ce qu'il méritait, et il ne pensait pas pouvoir aimer quelqu'un d'autre que son fils.

Mais à présent c'était le cas. Et dans les très beaux yeux émeraude, il avait vu un amour qui répondait au sien. Elizabeth ne semblait pas comprendre qu'elle méritait beaucoup mieux que lui, quelqu'un dont le cœur pouvait irradier une joie pure, comme le sien, et non hurler de douleur, comme celui de Nick.

Le chirurgien livrait constamment bataille pour ne pas se perdre dans ces magnifiques yeux verts, et il devait maîtriser l'envie de la prendre dans ses bras, de lui confesser ses sentiments, et surtout ne pas espérer qu'avec elle l'impossible pouvait se réaliser.

C'était une bataille perpétuelle, que toujours il remportait. Parce qu'il aimait Elizabeth et qu'il devait, pour elle, rester distant.

DEUXIÈME PARTIE

6

San Francisco
Août 1991

Elizabeth était en salle d'opération quand Larisa appela l'hôpital en arrivant à l'aéroport, à huit heures et demie du soir. La standardiste attendait son coup de téléphone et lui transmit aimablement les renseignements laissés par Elizabeth. Quarante-cinq minutes plus tard, Larisa se trouvait seule chez son amie, et l'anxiété qui l'avait accompagnée depuis l'instant où elle était sortie du motel à l'aéroport Kennedy disparut comme par magie. Elle avait réussi. Elle était là, au milieu de cet appartement clair et agréable, et elle se sentait enfin en sécurité.

Comme l'avait prévenue Elizabeth, sa chambre manquait certes un peu de décoration, mais elle offrait une vue spectaculaire sur San Francisco et la baie au-delà, et sur l'oreiller rose pâle était posée une rose, en souhait de bienvenue. Le lit... Pendant tout le vol transcontinental, Larisa s'était promis d'allonger son corps fourbu dès qu'elle arriverait. Mais, à présent, la joie d'être ici lui donnait une énergie renouvelée.

— Et puis, se dit-elle, Elizabeth sera bientôt là.

Larisa quitta sa chambre et passa dans la cuisine pour se préparer un thé. Quand elle vit les fleurs dans l'évier, elle en oublia de mettre de l'eau à chauffer. Il y avait là un énorme bouquet exubérant de couleurs et d'odeurs, les queues trempant dans l'eau qui emplissait le fond de l'évier. Sur le plan de travail voisin se trouvaient une paire de ciseaux, quelques morceaux de sucre, un vase en cristal de Lalique, un autre en porcelaine, un pichet en terre cuite et une carafe à vin vide. A l'évidence, Elizabeth s'apprêtait à répartir le bouquet dans ces différents supports quand elle avait été appelée à l'hôpital.

En souriant, Larisa approcha de l'évier et termina la tâche abandonnée en cours par son amie.

Elle était toujours absorbée dans sa composition florale quand Elizabeth rentra, vingt minutes plus tard. Le bruit du robinet ouvert masquait celui de la porte, et Elizabeth vit d'abord de son amie son dos, et sa chevelure dorée qui tombait jusqu'à ses épaules en boucles riches, sur le vieux sweat-shirt de Berkeley. Larisa portait ses vieux jeans déformés aux genoux, et elle disposait les dernières fleurs dans le vase en cristal avec des gestes d'une gracieuse précision.

Quand enfin Elizabeth parla, elle le fit doucement, pour ne pas effrayer Larisa.

— Lara ?

Mais quand celle-ci se retourna, Elizabeth fut presque effrayée. Depuis six ans, elle craignait que le caractère vibrant de Larisa n'ait été terni par la vie, mais à présent il lui semblait que son amie avait perdu beaucoup plus. Elles étaient exactement de la même taille et pourtant Larisa lui parut beaucoup plus petite, et fragile comme une poupée de porcelaine. La douceur souple de sa peau avait disparu pour faire place à un teint pâle de malade, presque translucide.

Elizabeth la contempla un moment sans bouger, partagée entre son envie de s'élancer pour l'embrasser et son inquiétude de médecin devant l'extrême pâleur et l'évidente fragilité physique qu'elle sentait en Larisa. L'amitié triompha, et elle s'avança en souriant dans la cuisine.

— Bienvenue ! s'exclama-t-elle en serrant affectueusement son amie dans ses bras.

— Merci, murmura Larisa.

L'étreinte d'Elizabeth était très délicate, et dès qu'elle s'écarta, Larisa nota l'éclair d'inquiétude dans l'émeraude de ses yeux. Aussitôt, l'ancien mannequin dit d'un ton enjoué et aussi insouciant que possible :

— Je sais que j'ai une mine affreuse. Mais le voyage a été une véritable épreuve.

— Tu es horriblement pâle, Lara...

— Trop de stress, pas assez de sommeil et de soleil, répondit Larisa avec un haussement d'épaules, et ce n'était qu'un demi-mensonge. Puis elle ajouta la vérité : Mais rien que d'être ici, Liz, je me sens déjà mieux.

— Je suis vraiment très heureuse que tu sois venue, dit Elizabeth en décidant de ne pas questionner plus son amie pour l'instant.

Puis elle remarqua que Larisa la regardait fixement, avec un étonnement non feint. Bien sûr, c'était la même Elizabeth qu'elle avait connue, toujours aussi naturelle et pourtant subtilement changée par les ans. Sa féminité s'était affirmée et affinée, et ses grands yeux possédaient maintenant une qualité magnétique et un charme indéniable. Bien que simple, sa robe avait une coupe élégante et une couleur de feu qui tranchait avec les marron et les bleus ternes qu'elle affectionnait naguère.

— J'ai peut-être une mine affreuse, dit enfin Larisa, ses propres yeux bleus pétillant soudain de malice, mais toi, Elizabeth Jennings, tu es positivement resplendissante !

— Resplendissante, je n'en sais rien... mais je prends un peu plus soin de moi, c'est vrai. Et je me suis offert une petite séance d'esthétique pour le Nouvel An.

Sa résolution de se mettre en valeur coïncidait certes avec le début de l'année, mais aussi et surtout avec l'arrivée à la tête du service de transplantation du Dr Nicholas Chase, le 15 janvier... Elle l'avait déjà rencontré une première fois au mois de décembre, quand il était venu pour préparer les détails de son installation. Il faisait le tour du centre médical quand elle était sortie de la salle d'opération où elle avait officié toute la nuit. Elle était harassée, décoiffée, les traits tirés, et très consciente de l'image peu flatteuse d'elle-même qu'avaient dû découvrir ces yeux attentifs au bleu sombre très séduisant...

— Il y a une boutique extraordinaire, à Union Square, qui s'appelle *Sydney's, Of Course.* C'est un centre qui combine boutique et salon de beauté, tu y entres et tu peux complètement te changer. Coiffure, robe, maquillage, la totale ! Et c'est exactement ce que j'ai fait.

— Eh bien, tu es absolument superbe ! dit Larisa en caressant entre deux doigts une des boucles brunes de son amie. Et ces cheveux...

— Coiffés par un artiste du ciseau très doué, expliqua Elizabeth en souriant, malgré son inquiétude que réveillait le tremblement spasmodique de la main de son amie. Si nous nous asseyions, Lara ? Je suis debout depuis des heures. Je vais mettre de l'eau à chauffer pour le thé et ainsi nous pourrons discuter ici, parmi toutes ces fleurs si joliment disposées.

Sans attendre l'avis de Larisa, elle passa à l'action, emplissant la bouilloire d'eau et faisant signe à son amie de s'asseoir à la petite table.

— C'est une jolie robe, dit Larisa quand elles furent toutes deux attablées devant un thé fumant. La couleur te va vraiment très bien.

— Je me souviens d'une amie très chère qui m'a poussée des années durant à porter des couleurs plus vives... répondit Elizabeth. Cette robe, en fait la quasi-intégralité de ma nouvelle garde-robe, est l'œuvre d'une femme qui travaille chez Sydney, Christine. Elle est comme toi, Lara. Elle possède un goût très sûr pour les couleurs, les styles et les coupes, un don que je n'ai jamais eu.

— Je ne suis pas spécialement une gravure de mode, en ce moment, reconnut Larisa, mais j'aime ces vieilles frusques.

— Moi aussi, et j'ai gardé les miennes, elles sont dans ma chambre. Un de ces jours, nous pourrions nous habiller comme dans le bon vieux temps et aller faire le tour de Berkeley en pèlerinage, qu'en dis-tu ? Ce week-end, c'est hors de question, j'en ai peur, car même si à partir de demain je ne suis pas officiellement de garde, je veux rester assez près du centre à cause de la transplantation du foie qu'on a réalisée récemment.

— Ça ne me dérange absolument pas de rester ici à boire du thé, dans cet appartement douillet.

— Et de passer une nuit blanche à bavarder, comme au bon vieux temps ?

— Je suis preneuse ! Rien qu'à voir ma tenue, on doit penser que je suis en pleine régression... Larisa soupira avant d'admettre d'un ton un peu nostalgique : Je crois que j'aimerais bien remonter dix ans en arrière pour recommencer.

— Dix ans ? Tu voudrais effacer ta carrière de mannequin ?

— Non, j'aimais bien ce métier. Mais si je pouvais changer les six dernières années... Devant le regard plein de sympathie de son amie, elle sourit faiblement. Je suis trop fatiguée pour parler de Julian ce soir. Restons-en à des sujets plus agréables, tu veux bien ? Comme ton aspect superbe.

— Ou comme mon tour de garde ! lâcha Elizabeth dans un éclat de rire comme la sonnerie du téléphone retentissait.

L'appel venait de l'hôpital, mais c'était seulement Stephen qui désirait la rassurer. La perfusion de LKC s'était parfaitement bien déroulée, et il espérait que Larisa était bien arrivée.

— Oui, elle est ici, saine et sauve ! répondit Elizabeth en souriant à Larisa sans être vraiment certaine de la véracité de ses propos. « Saine » ? Et « sauve » ? Nous sommes dans la cuisine, entourées de fleurs, à boire du thé.

Quand sa brève conversation avec Stephen prit fin, elle raccrocha et expliqua :

— C'était Stephen Sheridan, un immunologiste du centre et un bon ami. J'espère que tu ne m'en veux pas de lui avoir dit que tu venais. Il n'en parlera à personne.

— Non, ça ne me fait rien, dit Larisa. Un bon ami ?

— Un très bon ami, même. Stephen est quelqu'un de très gentil.

« Gentil... » se dit Larisa. Elizabeth avait toujours su attirer les hommes gentils, aimables, généreux comme Elizabeth elle-même. Et les hommes qu'elle, Larisa, avait attirés ? Jamais ils n'avaient été gentils. Comme Julian, ils avaient toujours voulu la posséder, la conquérir et la contrôler. Existait-il deux sortes d'hommes ? Et était-elle destinée à toujours attirer ceux qui se révélaient cruels et égoïstes ?

— Stephen est marié ?

— Non, mademoiselle la marieuse, mais il est fiancé.

Larisa se piqua au jeu :

— Et avec qui est-il fiancé ?

— Elle s'appelle Madolyn Mitchell, et c'est la présentatrice du bulletin météo d'une des chaînes de télévision locales. C'est la météorologue, en fait. Elle donne les bulletins du week-end, à cinq heures et onze heures, et elle draine soixante-dix pour cent de l'audience.

— On dirait qu'elle a des capacités pour faire mieux que la présentation de la météo sur une chaîne locale.

— C'est en tout cas ce qu'elle espère. Elle est en pleins pourparlers pour travailler sur une chaîne nationale, à New York.

— Et Stephen la suivrait dans l'Est ?

— Oh, je ne sais pas, dit Elizabeth en réfléchissant à cette éventualité un moment. Non, je ne le crois pas.

— A ton intonation, on dirait qu'il ferait mieux de ne pas accepter...

— Oh, en fait, je n'en sais rien, reconnut Elizabeth. Elle avait eu avec Stephen de nombreuses conversations amicales et depuis six mois qu'il fréquentait Madolyn, elle n'avait pas l'impression qu'il était vraiment heureux.

Le téléphone sonna de nouveau. Cette fois, c'était un appel du service des urgences : un blessé par balle à la poitrine, et l'annonce-radio de l'arrivée d'une ambulance transportant un accidenté de la route.

— Il faut que tu y ailles ! s'exclama Larisa après que son amie lui eut rapporté les dernières nouvelles. Sauve-toi !

— L'ambulance a encore une vingtaine de minutes de route et je peux être sur place en deux minutes. Mais ces interventions vont sans doute me retenir jusqu'à la fin de la nuit. Ensuite il faudra que je passe au service de transplantation pour m'assurer que tout va bien, donc je ne reviendrai sans doute pas avant demain midi...

— Pour t'écrouler dans ton lit et dormir.

— Je prendrai peut-être quelques heures de repos, mais je serai en forme, ne t'inquiète pas. J'ai rendez-vous à cinq heures chez Sydney avec Christine. Dans quatre semaines, il y aura un bal habillé au *Fairmont*, pour fêter le coup d'envoi de la construction de l'Institut d'immunologie — dont le directeur sera Stephen. Donc il me faut choisir une robe de soirée pour l'occasion... Et dans quatre semaines nous serons le 14 septembre...

— Ton trente et unième anniversaire !

— Oui. C'est bien pourquoi je veux être au mieux de mon éclat ce soir-là. Ça te dirait de venir chez Sydney avec moi ? Ou veux-tu continuer à te faire discrète ?

— Bah, on me connaît à Manhattan dans certaines boutiques de luxe et une poignée de restaurants, mais je serais très surprise qu'on me reconnaisse ici. J'ai cessé ma carrière de mannequin il y a six ans, et Julian a toujours détesté que des photos de nous apparaissent dans les pages « société » des magazines. Il trouvait cela d'une vulgarité tout juste bonne pour les parvenus... D'ailleurs, même si quelqu'un me reconnaissait, ce ne serait pas un problème. Seul Julian sait que je l'ai quitté, et il n'en parlera à personne. Il a une sainte horreur du scandale. S'il doit expliquer mon absence, il prétendra certainement que je suis en cure dans une quelconque station thermale.

— Très bien, en ce cas tu peux m'accompagner chez Sydney. Je suis impatiente de te montrer la boutique et de te présenter à Christine.

— Moi aussi.

— Il faut que j'y aille, maintenant. Mets-toi à ton aise et prends une bonne nuit de repos. Demain, après être passées chez Sydney, nous pourrons parler de Julian... si tu en as envie.

A cette proposition, Elizabeth vit l'espoir et l'appréhension lutter sur les traits fins de son amie. Naguère les jeunes Liz et Lara se confiaient leurs secrets sans hésiter. Sur une impulsion, Elizabeth décida de renouer la tradition et de confier à Larisa un de ses secrets du moment :

— Et demain je te parlerai de Nick.

— Nick ? répéta Larisa en souriant. Nick ?

— Je ne sais pas pourquoi j'ai dit cela ! Il n'y a rien à en dire. « Rien et tout. »

— Super ! dit Larisa avec un rire joyeux. Je suis très impatiente de connaître tous ces petits riens sur Nick...

7

« Comme si elle savait combien je me sens faible encore », songea Larisa en voyant qu'Elizabeth garait la voiture devant l'entrée de *Sydney's, Of Course* plutôt que sur le parking voisin. Malgré une nuit d'un sommeil réparateur sans cauchemar, Larisa éprouvait toujours une douleur brûlante à l'abdomen. Mais elle avait insisté pour accompagner son amie chez Sydney.

— Pour nous, la grande entrée, annonça Elizabeth avec un sourire en coupant le moteur.

Deux grooms vinrent leur ouvrir les portières, et en quelques pas elles furent dans la boutique. Larisa compara aussitôt l'intérieur à un magnifique jardin empli de parfums et de voilages. Une fragrance délicieuse provenait de centaines de roses artistiquement arrangées dans de très beaux vases en cristal ainsi que de multiples bouquets aux couleurs vives. Dans ce jardin intérieur, elle vit des miroirs habilement disposés, une fontaine miroitante et des lustres étincelants. On servait champagne et capuccino dans une sorte d'atrium, et dans l'air parfumé flottaient des mélodies discrètes de chansons sentimentales.

Sydney's, Of Course était un endroit très fréquenté le samedi après-midi, mais l'agencement de la boutique révélait une telle intelligence des volumes et des espaces qu'on éprouvait une impression de place et en même temps d'intimité malgré l'activité bourdonnante.

— C'est merveilleux, commenta Larisa après avoir admiré les lieux en silence durant quelques instants.

— Attends de voir les cabines d'essayage. Spacieuses et très tranquilles. Chacune est séparée en deux parties : une pour se changer et l'autre pour se regarder dans les miroirs. Il y a des canapés pour les amies qui attendent pendant qu'on essaie les robes. Il faut que je voie à la réception quelle cabine m'est attribuée ce matin. Christine s'y trouve sans doute déjà, avec les robes que j'ai sélectionnées la dernière fois.

— C'est très joli, ici, constata Larisa d'un ton appréciateur. Quelqu'un a vraiment réfléchi à la meilleure façon de rendre cette boutique agréable. Sydney, je suppose.

Les cabines d'essayage occupaient une partie du premier étage et en effet, confirma-t-on à Elizabeth, Christine l'attendait dans l'une d'elles. Quand elle suivit son amie vers le grand escalier qui montait en une lente spirale, Larisa réprima son angoisse. Tant qu'elles évoluaient calmement entre les bouquets de roses, elle s'était déplacée sans effort apparent, mais aurait-elle assez d'énergie pour gravir toutes ces marches ? Elle avait repéré la cage de verre d'un ascenseur, au fond de la boutique, mais...

« Un seul étage, se dit-elle pour se rassurer. J'y arriverai. Et si je suis trop essoufflée, je pourrai toujours faire halte à mi-chemin et me retourner sous prétexte d'admirer le rez-de-chaussée. »

Alors qu'elle allait mettre à exécution son subterfuge, elle fut sauvée par une jeune femme brune aux yeux violets qui les croisa et s'arrêta pour les saluer.

— Elizabeth !

— Bonjour, Madolyn, dit aimablement Elizabeth. Je vous présente Larisa. Larisa, Madolyn.

Elizabeth en était restée aux prénoms pour préserver l'anonymat de son amie, mais celle-ci comprit que la jeune femme était celle avec qui Stephen avait une liaison. La brune météorologue possédait un charme fait pour les caméras, et tandis qu'elles échangeaient des formules de politesse, Larisa se sentit observée, jaugée par les prunelles violettes. Madolyn ne parut pas l'identifier, mais la beauté de Larisa représentait une sorte de défi pour une femme telle que la présentatrice, et elle cherchait visiblement un quelconque défaut physique pour se rassurer. N'en trouvant pas, Madolyn laissa passer dans son regard cette hostilité que Larisa avait si souvent vue chez les femmes qu'elle rencontrait.

« Pourquoi me regarder comme ça ? songea l'ancien mannequin. Je ne suis pas un danger pour vous... »

— Vous sortez de chez Sydney les mains vides ? dit enfin Elizabeth en remarquant l'affrontement muet des deux jeunes femmes.

— En apparence, oui, répondit Madolyn en se tournant vers Elizabeth avec un soulagement perceptible. En fait, j'ai passé l'heure écoulée à choisir la qualité de soie pour la robe de soirée que Christine va me faire pour le bal au *Fairmont*. Elle l'a dessinée elle-même, sur mes conseils évidemment, et cette robe va être sensationnelle. Je voulais quelque chose de très spécial parce que cette soirée sera aussi très spéciale pour Stephen. Promettez-moi de ne rien lui en dire, Elizabeth, d'accord ? Je veux lui en faire la surprise.

— Bien sûr, Madolyn. Il n'en saura rien.

— Merci. Il faut que je me sauve. J'ai rendez-vous avec Stephen à six heures. Heureuse d'avoir fait votre connaissance... Elle laissa passer quelques secondes comme si le prénom lui échappait déjà, avant de lâcher d'un ton indifférent : Larisa.

Madolyn descendit les dernières marches tandis que les deux amies continuaient leur ascension. L'énergie de Larisa avait été revigorée par cette halte et la poussée d'adrénaline qui l'avait instinctivement envahie devant l'hostilité sans objet de Madolyn. Mais elle attendit d'arriver aux cabines d'essayage pour parler :

— C'était donc la célèbre Madolyn, dit-elle avec une mimique malicieuse.

Devant l'expression de son amie, Elizabeth sourit aussi.

— Bon, d'accord. Moi non plus je ne suis pas folle de Madolyn, avoua-t-elle sans difficulté. Et je pense que Stephen pourrait trouver quelqu'un qui lui corresponde mieux, mais... Elle eut un petit rire perlé avant d'ajouter : C'est quand même très gentil de sa part de demander à Christine de lui dessiner une robe. Christine adore créer des modèles uniques.

— J'ai comme l'impression que Madolyn le fait pour elle et pas du tout pour Christine, confia Larisa sans acrimonie.

Elizabeth ne commenta pas cette intuition.

— Je suis sûre que tu t'entendras bien avec Christine, éluda-t-elle. C'est le genre de personne dont tu prenais toujours la défense à l'université.

En fait, Larisa avait bien pris la défense de Christine durant leurs études.

— Larisa ? dit Christine dès qu'elles entrèrent dans la cabine où elle se trouvait.

Larisa pensa d'abord que Christine reconnaissait peut-être le mannequin qu'elle avait été, puisque la couturière gravitait dans l'univers de la mode. Mais le salut aimable de Christine lui avait paru contenir une note plus personnelle que professionnelle.

— Oui, c'est moi, Christine. Excusez-moi, mais nous sommes-nous déjà rencontrées ?

— Je ne pourrais pas affirmer que nous ayons été présentées l'une à l'autre, mais il y a douze ans, à Berkeley, vous m'avez tirée d'une situation très délicate, même si vous ne vous en êtes pas rendu compte à l'époque.

A présent, c'était au tour de Larisa de rester interdite, et Christine lui adressa un sourire rassurant en expliquant :

— Peut-être ne vous rappellerez-vous pas cet incident, mais vous souvenez-vous de ce séminaire de stylisme dirigé par David Andrews...

Le nom résonna dans l'esprit d'Elizabeth. Se pouvait-il que ce soit le même ?

— David Andrews... murmura Larisa en fouillant sa mémoire.

Oui, bien sûr. Il était une des célébrités du campus. De vingt ans plus âgé que la moyenne des étudiantes, David Andrews était un très séduisant professeur de matières artistiques et les jeunes filles se battaient pour assister à ses cours, et encore plus à ses séminaires dont les participants étaient comptés. Mais il gardait une distance respectueuse envers toutes ces étudiantes énamourées, ce qui d'ailleurs le rendait encore plus attirant.

— Oui, dit-elle, je m'en souviens. Il avait la réputation d'être un professeur excellent, mais c'est surtout son charme qui le rendait célèbre à Berkeley...

Le nom de David Andrews avait éveillé de lointains souvenirs, et, en regardant Christine, Larisa se remémora soudain la jeune fille réservée qu'elle était à l'époque. Sa chevelure blonde descendait alors jusqu'à ses reins, mais son regard lavande avait déjà cette extraordinaire limpidité que Larisa retrouvait maintenant.

— Et si je me souviens bien, nous nous étions inscrites toutes les deux à son séminaire, avec quatre autres filles.

— Oui, et une d'elles a demandé pour quelles raisons nous voulions suivre ce séminaire, et vous avez dit que, comme vous aviez l'intention de devenir mannequin, vous vouliez tout connaître sur le stylismc ct les couleurs.

— Et vous, que vous espériez devenir styliste ! enchaîna Larisa en se rappelant les secondes de silence moqueur qui avaient suivi cette étonnante déclaration venant d'une jeune fille aussi discrète et peu faite apparemment pour un univers aussi sophistiqué.

— Oui, dit doucement Christine, toujours reconnaissante pour la réaction immédiate qu'avait alors eue Larisa. Et vous espériez alors avoir un jour la chance de porter une de mes créations... C'était tellement gentil à vous de dire cela, Larisa... Et quand on nous a annoncé qu'il ne restait que cinq places libres pour le séminaire, vous avez retiré votre candidature pour me laisser m'inscrire...

— Résultat, dit joyeusement Larisa, vous avez suivi ce séminaire et maintenant, d'après ce que vient de nous expliquer Madolyn Mitchell, vous créez de très belles robes de soirée.

— J'ai suivi le séminaire, oui, et maintenant je dessine au moins une robe de soirée, que j'espère réussir... Christine marqua un petit silence, puis ses yeux brillèrent et elle poursuivit : Mais le plus important, c'est que, grâce à votre gentillesse ce matin-là, j'ai rencontré David Andrews, avec qui par la suite je me suis mariée.

— C'est vrai ? Comme je suis contente pour vous !

« Et contente pour David », ajouta-t-elle mentalement avec un soudain respect pour cet homme séduisant qu'elle n'avait connu que de réputation. Il avait résisté à toutes les avances d'étudiantes délurées, mais avait cédé au charme tranquille et discret de Christine.

— Je me souviens qu'il s'était marié, en effet. Mais personne n'a jamais connu les détails.

— Non. Il fallait que nous soyons très prudents parce qu'il était professeur et moi étudiante. Il m'a fait sa demande à la fin du séminaire.

— Comme c'est romantique... s'extasia Larisa avec sincérité.

Son regard pétillant passa de Christine à Elizabeth, s'attendant à voir dans les yeux émeraude la même joie. Mais elle ne lut qu'une gravité surprenante sur le visage d'Elizabeth. Après un moment de confusion, Larisa reporta son attention sur la styliste.

— Et nous avons vécu onze années de bonheur, termina Christine en souriant doucement. David est mort l'année dernière.

— Oh... Je suis désolée.

— C'est moi qui voulais aborder ce sujet, la rassura aussitôt Christine. J'ai toujours espéré avoir un jour l'occasion de vous revoir pour vous remercier de votre gentillesse ce matin-là. Cela représentait tant pour moi. J'étais horriblement timide à l'époque, et c'était si gentil de venir à mon secours... Et c'est parce que vous avez retiré votre candidature du séminaire que j'ai pu faire la connaissance de David... Je crois que c'est une coïncidence extraordinaire que vous soyez aussi l'amie d'Elizabeth.

Il existait une autre coïncidence, se dit Elizabeth en débattant intérieurement de l'opportunité d'en parler. Elle n'avait pas participé en personne aux soins apportés à David Andrews, mais elle en savait beaucoup sur l'artiste qui était décédé d'un cancer du foie. David avait été le premier patient à avoir suivi un traitement à base de LKC, une thérapie révolutionnaire effectuée par transfusions, après l'échec de la chimiothérapie. Ce traitement avait été mis au point par Stephen et avait accordé un an de sursis à David Andrews.

Durant cette année-là, Stephen avait souvent confié à son amie Elizabeth ses espoirs mais aussi la tristesse qu'il éprouvait pour son patient et pour sa courageuse épouse. Mais si Stephen avait souvent mentionné Mme David Andrews, Elizabeth ne se souvenait pas qu'il l'ait appelée par son prénom. Par ailleurs, même si elle avait su que Mme Andrews se prénommait Christine, Elizabeth n'aurait sans doute pas établi de rapport avec la styliste de chez Sydney.

Christine était au courant de l'amitié liant Elizabeth et Stephen, le médecin de son mari, de même que de la relation de Stephen avec Madolyn, une de ses clientes, mais elle ne les avait jamais révélées. Elle avait décidé de taire cette coïncidence, et ce choix lui revenait à l'évidence de plein droit.

C'était maintenant à Elizabeth de se décider, et garder le silence l'aurait misc mal à l'aise.

— Votre mari était le patient de Stephen Sheridan, n'est-ce pas ? dit-elle.

— Oui, répondit Christine. Je ne savais pas que vous aviez connu David.

— Pas personnellement, en fait. Mais entre médecins nous parlons parfois de nos patients respectifs. C'est quelque chose qui nous est nécessaire, sur le plan émotionnel. J'espère que vous ne lui en voulez pas.

— Non, je ne lui en veux pas, affirma Christine. Je sais combien il s'est montré attentionné envers David, et la façon extraordinaire dont il a pris soin de lui. J'aurais dû vous demander si vous connaissiez la maladie de David, mais ça m'a semblé plus... simple de ne pas en parler. Personne ici ne sait rien. J'ai commencé à travailler chez Sydney un mois après son décès et...

— Et c'est un sujet d'ordre privé, continua doucement Elizabeth. Et qui le restera, je vous le promets.

— Merci.

Après un court silence dénué de toute gêne et pendant lequel les trois femmes échangèrent des sourires exprimant la compréhension et une confiance mutuelle, Larisa prit la parole d'un ton enthousiaste :

— Christine, je suis vraiment impressionnée par les robes que vous avez faites pour Elizabeth. Je suis impatiente de voir celles que vous avez sélectionnées ensemble pour ce bal...

— Elles sont à côté, dans la cabine d'essayage. Je crois que plusieurs vous iront à ravir, Elizabeth, mais si elles ne vous plaisent pas, je serai très heureuse d'en dessiner une spécialement pour l'occasion...

Christine n'aurait pas besoin de créer un nouveau modèle pour Elizabeth : chacune des robes qu'elle avait déjà sélectionnées était un ravissement pour l'œil. Avec la bonne humeur complice de trois vieilles amies, elles discutèrent du choix difficile qui incomberait à Elizabeth, pour finalement s'accorder sur un modèle ravissant en soie corail. La couleur et la texture de la robe s'accordaient à merveille au teint et au type de beauté d'Elizabeth.

Larisa possédait elle-même un sens esthétique développé, mais elle voyait en celui de Christine un véritable don et un goût très sûr. Assise sur le canapé tandis qu'Elizabeth et Christine évaluaient le style de chaussures qui s'harmoniseraient le mieux à la robe, Larisa repensa à ce matin lointain à Berkeley, quand elle avait souhaité un jour porter un des modèles créés par Christine.

Elle savait que jamais ce souhait ne se réaliserait. Christine deviendrait peut-être une styliste célèbre, elle n'avait après tout que trente ans et son talent était indéniable. Mais pour Larisa, sa carrière de mannequin faisait partie du passé. Elle avait quitté la scène publique depuis six ans, et elle estimait irrémédiable le contraste entre le mannequin qu'elle avait été et la femme qu'elle était devenue.

Le problème n'était pas physique. Avec une légère remise en forme, son corps reprendrait très vite sa perfection provocante. Non, pour Larisa le problème insurmontable résidait dans son regard. Son mariage et ses séquelles y avaient éteint cet éclat qu'elle avait imité d'Elizabeth, chez qui il était naturel. Mais à présent les yeux de Larisa ne pouvaient plus feindre la joie de vivre, et ils ne transmettaient plus que des messages de tristesse, de souffrance et de désespoir.

8

Le jour était encore ensoleillé et l'air doux quand Elizabeth et Larisa sortirent de Sydney. Alors qu'elles s'installaient dans la voiture d'Elizabeth, celle-ci demanda à son amie de quelle façon elle préférait occuper l'agréable soirée d'été qui s'annonçait. Un souper sous forme de pique-nique dans le parc Ghirardelli, en bord de mer ? Un plateau de fruits de mer sur Fisherman's Wharf ? Ou une promenade paisible le long de Pacific Beach, pour profiter du coucher de soleil ?

« J'en serais incapable », songea Larisa. Son corps à présent épuisé tremblait de faiblesse et la douleur de son ventre était une brûlure lancinante. Plutôt que toutes ces propositions, peut-être devrait-elle prier son amie de l'emmener au centre médical pour un examen approfondi afin de s'assurer qu'elle ne souffrait d'aucune blessure interne dangereuse pour sa santé, en dehors de celle qui lacérait son cœur.

Mais Larisa se ravisa. Elle se sentait très lasse maintenant, mais toute la journée elle avait été en meilleure forme que la veille. Demain elle irait encore mieux, c'était certain, et lundi, quand Elizabeth serait partie à son travail, elle achèterait des vitamines dans une pharmacie. Ainsi, le week-end prochain, elle serait capable d'accompagner Elizabeth dans tous les lieux qu'elles avaient affectionnés par le passé.

— Tu n'es pas fatiguée, Liz ? demanda-t-elle d'une voix étonnée. Tu es restée éveillée toute la nuit et tu n'as pris que quelques heures de repos aujourd'hui.

Pensive, Elizabeth contempla un moment son amie qui

avait jadis débordé d'une inépuisable énergie. Malgré la pâleur de son teint, chez Sydney, Larisa avait été semblable à ce qu'elle était naguère, vive, enjouée, rayonnante. Mais Elizabeth le comprit en scrutant ce visage tendu, cette résurgence momentanée de l'ancienne Larisa avait beaucoup coûté à son amie.

— Ça va, Lara ? Je sais que tu as été soumise à un stress intense... Mais je me demande s'il n'y a pas autre chose. Inclinant la tête de côté avec un sourire amical, elle demanda d'une voix douce : Tu ne serais pas enceinte ?

— J'en suis sûre, affirma Larisa. Et je vais bien. Je suis simplement un peu fatiguée, Liz, rien de plus.

— Eh bien, moi aussi, un peu de repos ne me ferait pas de mal, accepta aussitôt Elizabeth. Pourquoi ne pas acheter à manger en chemin, rentrer, nous mettre à notre aise et bavarder jusqu'à ce que nous tombions de sommeil ?

A l'université, Elizabeth et Larisa avaient partagé leurs secrets, leurs souhaits et leurs rêves. A présent, assises dans le salon de l'appartement et tout en contemplant le spectacle somptueux du soleil couchant sur le Pacifique, elles se rappelaient ces temps de complicité... et les rêves d'alors.

Depuis toujours Elizabeth s'était destinée à la profession médicale. Bien sûr, elle désirait aussi rencontrer l'homme de sa vie, se marier et fonder une famille. Pour Larisa, l'avenir ne pouvait que satisfaire son amie, elle en avait eu la conviction intime.

— Je me souviens, tu m'imaginais dans une charmante maison blanche et jaune entourée de roses, dit Elizabeth en souriant. J'aurais mon cabinet de consultation dans une partie de la maison, et de la sorte je pourrais assumer mes rôles d'épouse, de mère et de médecin... Et pendant ce temps, toi tu parcourrais le monde pour présenter les dernières collections des plus grands couturiers et tu vivrais une série ininterrompue de passions aventureuses et somptueuses.

— Aventureuses, amoureuses... répéta Larisa d'une voix rêveuse.

A l'université, elle était pourtant persuadée que jamais elle ne tomberait amoureuse. Bien sûr, elle croyait à l'amour et aux sentiments profonds, mais pour Elizabeth. Pour elle-même, Larisa imaginait une vie éblouissante, avec des liaisons tumultueuses et brèves, mais jamais le grand amour. Tel était l'avenir qu'elle se forgeait. Et maintenant elle regrettait avec amertume qu'il ne se soit pas déroulé ainsi.

— N'est-ce pas curieux, Liz ? dit-elle. De nous deux, tu étais celle qui croyait vraiment au grand amour. Et pourtant j'ai réussi à me convaincre que j'avais trouvé mon prince charmant... A la vérité, c'est Julian qui m'a trouvée. Il avait vu des photographies de moi et voulait me rencontrer. A l'époque, je le savais, et je suppose que j'aurais dû me douter qu'il ne voyait en moi qu'un trophée de plus pour sa collection, mais je me suis laissée aller à la folie de croire qu'il m'aimait vraiment, pour moi et non pour mon image... Une ombre passa sur son joli visage. Et à présent je ne suis pas sûre qu'il m'ait jamais aimée.

— Un mariage peut commencer par un grand amour et échouer quand même, Larisa.

— Oui, eh bien, le nôtre a échoué, cela ne fait aucun doute, répondit-elle tranquillement. Peut-être m'a-t-il aimée au début, et qu'ensuite je l'ai déçu...

— J'en doute fort.

— Je dois accepter au moins la moitié de la responsabilité dans l'échec de notre mariage. Et je l'accepte volontiers, même si je ne sais pas trop quelle erreur j'ai pu commettre... Mais je sais que je me suis donnée tout entière à lui, et que ce n'était jamais assez pour lui... Je crois que je ne suis pas encore capable de parler de ça de façon cohérente. Tout est encore très confus pour moi... Mais une chose est très nette : jamais je ne retournerai auprès de lui.

— Bien, approuva Elizabeth avec gentillesse. Il me semble que plus tôt le divorce sera prononcé, plus vite tu pourras reprendre les rênes de ton existence.

Larisa fut parcourue d'un frisson incoercible en se remémorant l'accès de fureur de Julian causé par la simple perte d'une propriété.

— Je ne suis pas certaine que Julian accepte jamais de divorcer, Liz. Il déteste perdre ce qu'il estime posséder.

— Julian n'aura pas le choix, Lara. Si tu veux divorcer, tu le peux. Le choix t'appartient autant qu'à lui.

« Le choix. » Ce mot résonna délicieusement dans son esprit. Il n'y avait pas eu de choix durant ces six dernières années, malgré le luxe et la richesse. Même sa fuite n'avait pas été réellement un choix mais plutôt une nécessité dictée par l'instinct de survie et la révolte d'une enfant innocente, trahie une fois de plus.

— Julian est très puissant. Il prendra les meilleurs avocats. Rien que pour trouver quelqu'un qui accepte de me représenter, j'éprouverai sans doute les pires difficultés...

— Mais tu as déjà quelqu'un, contra Elizabeth avec une pointe de fierté dans la voix. Tu as mon frère.

— Mark ? Il s'occupe de divorces ?

— Oui. Il a commencé un peu par hasard, pour remplacer un collègue spécialisé dans ces affaires au cours de l'une d'elles. Il s'est découvert un talent de conciliation remarquable, et il a réussi à conclure ce divorce en évitant tout remous. Si bien que maintenant les divorces constituent une bonne partie de sa clientèle.

— Je ne suis pas surprise que Mark réussisse aussi bien dans ces cas, dit Larisa. « La gentillesse et la compréhension sont des traits communs aux Jennings. » Mais n'est-il pas désagréable de traiter les divorces ? Après tout, ce sont des aveux d'échec.

— Mark estime gratifiant d'aider à résoudre des situations aussi douloureuses avec autant de tact que possible.

— Tout comme toi avec tes patients condamnés.

— Oh, je ne sais pas... Mais Mark s'est fait une certaine réputation dans sa partie. Il a mené quelques-uns des divorces les plus épineux de Hollywood sans que personne n'en sache rien jusqu'au communiqué des attachés de presse annonçant la fin de la procédure. Mark pense qu'un divorce doit avant tout rester une affaire privée, et il refuse systématiquement tous les clients célèbres qui viennent le voir avec l'intention de faire de la procédure une partie de leur publicité... Elizabeth eut un petit sourire de triomphe. Or tu m'as déjà dit que Julian déteste le scandale. Mark est donc l'avocat rêvé !

Mark : Larisa avait fait sa connaissance peu après celle d'Elizabeth. Il était son frère aîné et se montrait quelque peu protecteur envers sa cadette, mais Larisa avait fini par apprécier sa discrète assurance. Saurait-il contrer les accusations que Julian ferait déverser sur elle par ses avocats ? Elle ne l'avait jamais trompé et n'avait pris de la cocaïne que parce qu'il l'y forçait, mais elle ne pourrait rien prouver. Et elle se refusait à parler de la dernière nuit de violence, même à son avocat.

— Mark sera très vexé si tu n'acceptes pas au moins de lui parler, dit Elizabeth devant le silence prolongé de son amie. Même si tu décides de ne pas le prendre pour te représenter, tu devrais faire confiance à la justesse de ses conseils.

— Je lui fais confiance. C'est simplement que tout cela est tellement sordide...

— Il voudra t'aider, appuya Elizabeth. Puis, sur un ton définitif : Allons, c'est donc décidé. Nous l'appellerons chez lui demain matin pour convenir d'un rendez-vous dans la semaine, d'accord ?

— D'accord, céda Larisa. Merci.

— Pas de quoi ! lança gaiement Elizabeth. Je sais que ce qui s'est passé avec Julian reste trop douloureux pour être disséqué froidement. Et pourtant un jour tu parviendras à y réfléchir sereinement, Lara. Mais il se peut aussi que tu n'y réussisses pas en totalité. Je ne suis pas sûre qu'on puisse ranger les sentiments dans de petits paquets bien nets... Parfois les relations entre les êtres humains échouent quoi qu'on fasse.

En voyant une tristesse discrète naître dans les yeux de son amie, et en percevant une pointe de mélancolie dans sa voix, Larisa ne put s'empêcher de demander :

— Est-ce qu'il en est de même avec toi et Nick ?

— Oh, non, dit Elizabeth avant de réfléchir un instant. Enfin, peut-être, oui. Ma relation avec Nick est un échec, mais ce n'est pas une grande histoire d'amour brisée par le temps. La vérité, c'est que Nicholas Chase ne m'a jamais appréciée.

— S'il ne t'apprécie pas, et quelles que soient ses qualités, laisse-moi te dire qu'il y a quelque chose qui ne tourne pas rond chez lui ! Allez, parle-moi un peu de lui, que je me fasse une petite idée...

Larisa écouta avec une attention sans faille Elizabeth lui raconter par le menu ses huit mois de cohabitation avec le

Dr Nicholas Chase, comment il avait « hérité » d'elle comme assistante, ses conquêtes sexuelles trop commentées dans l'hôpital, la distance qu'il gardait avec elle depuis le premier jour, et la crainte qu'elle éprouvait de n'être pas considérée comme un bon chirurgien...

— Mais il doit pourtant bien s'être rendu compte de tes qualités professionnelles ! Quant à toi, depuis des années assez de gens compétents te l'ont affirmé pour que tu sois rassurée.

— Oui, je suis un bon chirurgien, admit Elizabeth. Je le sais. Mes patients se rétablissent très bien, mais...

— Mais à cause de ce Nick, tu commences à douter de toi ! Eh bien, ne doute jamais, Liz, ce serait injustifié !

Larisa avait laissé parler son cœur, bien qu'elle-même ait vu son peu de confiance en elle anéanti par Julian. Mais elle ne pouvait laisser passer une telle hérésie sans réagir.

— J'essaie de ne pas trop m'en faire, dit Elizabeth, réconfortée par l'élan affectueux de son amie. J'essaie de garder une attitude scientifique et analytique face à la situation, mais je dois avouer que j'ai songé à chercher une place ailleurs...

— Mais tu adores San Francisco ! Non seulement tu y es chez toi, mais tu travailles dans un hôpital prestigieux où tu peux pratiquer deux spécialités qui te passionnent !

— C'est vrai. Mais le plus important, et la meilleure chose qui me soit arrivée ici, est de pouvoir travailler avec Nick. Il est doué d'un talent extraordinaire, et j'apprends tant de lui... Pourtant chaque jour qui passe accentue le malaise que je ressens dans nos rapports... Après cette confession, Elizabeth s'interrompit un instant, et quand elle reprit ce fut dans un murmure : J'ai du mal à vivre cette situation...

« Je le vois bien, songea Larisa. Tu éprouves vraiment quelque chose pour cet homme de glace. Oh, Liz, es-tu enfin amoureuse ? »

Tandis que le regard de Larisa quittait le visage mélancolique de son amie pour errer sur la nuit où étincelaient les lumières de San Francisco, elle se demanda comment ce Nicholas Chase pouvait se comporter aussi sottement.

9

— Vous allez opérer ? demanda l'interne avec incrédulité.

Le regard de Nick lui fit regretter cette interrogation étonnée.

— Je voulais dire... Enfin... D'après le scanner et les radios... la proportion de tissus détruits ne laisse pas vraiment d'espoir, non ?

Les prunelles de Nick perdirent un peu de leur froideur devant l'embarras de l'interne. C'était un élément de valeur, qui travaillait beaucoup et bien, et il avait sans doute raison : l'espoir était faible, sinon inexistant, de sauver l'enfant de quatre ans qui, une heure plus tôt, jouait dans son jardin, en sécurité. La promesse d'une jeunesse aussi ensoleillée que cette matinée paisible avait été irrémédiablement pulvérisée quand un chauffeur ivre avait lancé son véhicule sur lui. A cause de la réputation de son service de traumatologie pédiatrique, c'est le Pacific Heights Medical Center qui avait accueilli l'enfant, tandis que le chauffard, lui aussi blessé, était conduit à San Francisco General.

— Vous avez peut-être raison, admit Nick. C'est même probable. Mais j'opérerai quand même.

Nick hésita un instant. Il ne remettait pas en cause sa décision de donner au gamin toutes les chances possibles mais se demandait s'il devait ou non impliquer Elizabeth dans ce qui virtuellement se terminerait par une tragédie. Certainement, ils découvriraient d'irréparables lésions, bien au-delà de ce que pouvait sauver la chirurgie moderne. Pourquoi infliger à Elizabeth une telle épreuve ? La réponse lui vint immédiatement : s'il existait la moindre chance de sauver cette jeune vie innocente, il aurait besoin du calme résolu et des doigts habiles de sa collègue.

— Vous n'êtes pas forcé de participer, dit Nick à l'interne. Le Dr Jennings et moi opérerons, si du moins elle est libre. Voudriez-vous la prévenir par son pager, s'il vous plaît ? Pendant ce temps, je vais aller demander le consentement des parents de Danny.

Elizabeth se trouvait dans le service de pédiatrie quand son pager se déclencha. Elle remplissait la décharge de sortie pour Molly qui allait rentrer chez elle, sept jours seulement après sa greffe. Mary Ann aurait pu quitter l'hôpital quatre jours plus tôt, mais elle était restée auprès de sa fille et l'avait vue reprendre des forces chaque jour. Elizabeth composa le numéro inscrit sur le petit écran à cristaux liquides du pager. Aujourd'hui elle n'était pas en traumatologie.

Mais Nick y était, lui dit l'interne. Et il se demandait si elle serait libre pour opérer immédiatement sur un enfant aux blessures critiques. Elle répondit à l'interne qu'elle arrivait.

Alors qu'elle approchait de la salle des urgences, Elizabeth entrevit Nick. Il se trouvait dans une des salles privées qui avaient été installées pour les familles des opérés, assez loin des bruits et du chaos de la salle d'attente générale. Face au chirurgien, un jeune couple angoissé buvait chacun de ses mots. « Les parents de l'enfant », se dit Elizabeth en les rejoignant d'un pas silencieux.

Habituellement, lorsqu'ils opéraient tous deux un blessé, Elizabeth se chargeait de l'accueil de la famille tandis que Nick réglait les détails de dernière minute pour l'intervention. Il rencontrait lui aussi les parents avant d'opérer, bien sûr, mais bien après Elizabeth. Or, cette fois, c'est lui qui avait accueilli les parents, et qui leur parlait avec une extraordinaire honnêteté :

— Je ne veux pas vous donner de faux espoirs. Les chances de sauver Danny sont infimes, voire inexistantes. Mais je veux opérer, faire tout ce qui est possible.

— Vous opérerez vous-même, docteur Chase ? demanda le père de Danny avec une note d'espoir dans la voix.

Bien sûr, il avait reconnu le célèbre chirurgien spécialiste des greffes qui avait récemment exécuté une intervention miraculeuse et sauvé la petite Molly.

— Oui, dit Nick en se tournant vers Elizabeth. Et voici le Dr Jennings, qui opérera avec moi.

— Vous avez opéré Mary Ann et Molly aussi, n'est-ce pas ? s'enquit la mère de Danny en reconnaissant le nom de la jeune femme.

— Oui, répondit Elizabeth avec un sourire chaleureux.

Instinctivement, elle désirait les rassurer, mais elle se trouvait dans une situation embarrassante, après les propos de Nick qu'on ne pouvait qualifier d'optimistes. Néanmoins, elle pouvait les rassurer sur un point : confié à Nicholas Chase, leur fils Danny serait entre les mains du meilleur chirurgien.

Nick opérait avec des gestes souples possédés d'une urgence frénétique pour faire cesser le saignement, et les doigts délicats d'Elizabeth se joignaient à ce ballet de précision, en parfaite harmonie avec ceux de son collègue. Pourtant, pour la première fois depuis qu'ils travaillaient ensemble, Elizabeth s'interrogeait sur ce qu'ils faisaient. Plus d'une fois elle avait aidé Nick à sauver une vie qui semblait perdue. Mais pour Danny l'évidence ne pouvait être niée : il n'y avait aucun espoir. Son petit corps avait subi des destructions beaucoup trop sévères.

Elizabeth se souvenait avoir entendu Nick parler de la possibilité de greffe d'organes en cas d'urgence. L'idée lui avait paru aussi passionnante qu'osée, et s'ils avaient eu coutume de parler ensemble, ils en auraient sans doute discuté. Mais, même en admettant qu'un donneur soit disponible immédiatement et qu'ils tentent cette intervention novatrice, Elizabeth savait qu'ils ne pourraient sauver le petit garçon.

Nick n'avait aucune méthode révolutionnaire à appliquer, seulement son immense talent de chirurgien, tandis qu'il luttait désespérément pour sauver cette jeune vie. Il était pareil à un guerrier plein d'héroïsme engagé dans un combat perdu d'avance. Mais il ne verrait rien d'héroïque dans ce combat, Elizabeth le savait, et il souffrirait terriblement de la défaite pourtant inéluctable. La jeune femme ne pouvait se défaire de l'impression que la mort de Danny tuerait également quelque chose en Nick.

« Pourquoi faites-vous cela, Nick ? avait-elle envie de crier. Même vous, vous ne pourrez le sauver. Arrêtez, je vous en prie, avant de vous détruire vous-même ! »

Jamais, bien sûr, elle n'aurait osé proférer de telles paroles en salle d'opération. A l'instar de Nick, elle se comportait toujours comme si ses patients étaient éveillés, capables d'entendre leurs moindres propos et de sentir leurs craintes. Elizabeth ne formula pas ces mots, et ses mains efficaces aidèrent Nick sans commettre d'erreur.

C'est lui qui finalement brisa le silence tendu, et lorsqu'il le fit, sa voix était calme et douce, afin de ne pas alerter Danny s'il pouvait entendre, bien que ce fût très improbable.

— Il est temps de refermer.

Démentant son ton paisible, ses yeux étaient emplis d'une angoisse extrême.

Tandis que l'anesthésiste et l'infirmière préparaient Danny pour le transporter dans la salle de réanimation, Elizabeth et Nick sortirent de la salle d'opération pour donner des instructions à l'équipe de soins avant l'arrivée des parents, selon la procédure habituelle.

Cette fois, les instructions étaient très spéciales, et Nick les communiqua à Stephanie, une jolie infirmière qui le connaissait bien, peut-être même de façon intime.

— Danny ne survivra pas très longtemps, Steph. Je veux qu'il soit installé dans un endroit calme mais clair. S'ils le désirent, ses parents peuvent l'y rejoindre, je leur parlerai. Si cela leur est trop pénible d'être auprès de lui quand il mourra, je les remplacerai. Et s'ils veulent rester auprès de leur enfant jusqu'au dernier moment, je serai dans le vestiaire de la salle d'opération. Je compte sur vous pour me prévenir dès que vous penserez qu'ils ont besoin de moi.

— Très bien, Nick, dit-elle gravement. Vous pouvez compter sur moi.
— Merci.

Tandis qu'ils se rendaient dans la salle où les parents de Danny attendaient, Elizabeth sentait la tension de ce guerrier qui avait combattu, à son côté, avec une telle fièvre l'inévitable.

C'est lui qui parla aux parents de l'enfant. Il ne leur avait pas donné de faux espoirs avant l'opération, et maintenant, il gardait la même honnêteté pour leur apprendre la triste réalité.

— Danny est encore en vie, mais il ne le restera plus très longtemps, annonça-t-il avec une grande douceur. Je suis vraiment désolé...
— Pouvons-nous le voir ?
— Bien sûr. Il ne reprendra pas conscience, mais cela ne signifie pas qu'il ne peut pas percevoir ce que vous lui direz, et sentir que vous êtes auprès de lui. Si vous le pouvez, ne laissez pas transparaître votre peine mais seulement votre amour pour lui, votre joie de l'avoir pour enfant... L'émotion enroua sa voix et il s'interrompit un instant, pour demander ensuite, avec une douceur pleine de compréhension : Mais peut-être cela vous sera-t-il impossible ?
— Non, répondit la mère de Danny. Nous le ferons.
— Oui, approuva le père, ses yeux embués de larmes, mais la voix aussi résolue que celle de sa femme. Nous le ferons... Et nous voulons vous remercier du fond du cœur, docteur Chase. Nous savons que vous avez fait tout ce qui était en votre pouvoir.

Lorsque Nick avait averti Stephanie qu'il attendrait dans le vestiaire de la salle d'opération, il avait dit « je » et non « nous ». Néanmoins, Elizabeth l'accompagna jusqu'au vestiaire. Certes, les parents de Danny regardaient plus Nick qu'elle, mais elle s'était elle aussi battue pour sauver l'enfant. Et si les parents de Danny n'avaient pas besoin d'elle, Elizabeth voulait être là au cas où Nick manifesterait ce besoin.

Mais, très vite, l'aberration de cette position lui fut évidente. Nick, avoir besoin d'elle ? Le chirurgien s'était muré dans un mutisme taciturne et paraissait complètement perdu dans ses sombres pensées. Il ne semblait pas même être conscient de sa présence. En voyant ses yeux voilés par une tourmente intérieure, Elizabeth sentit naître en elle l'impuissance, mais aussi la colère, et cette dernière émotion lui était si peu familière, si difficile à cerner qu'elle aurait pu crier. Après des moments aussi lourdement chargés d'émotions contradictoires, d'espoir, d'impuissance, du désir de combattre une mort inévitable, avec tout autre chirurgien elle aurait parlé pour exprimer leur tristesse commune devant ce destin aveugle qui avait condamné un enfant innocent.

Mais pas avec Nick.

Était-ce ce qui nourrissait sa colère ? Le fait que Nick l'excluait de ses tourments ? Ou s'en voulait-elle de ne pas avoir le courage de chercher à le toucher ? Sans doute les deux. Et quand enfin elle parla, ce fut en prenant pour cible celui qui avait déclenché cette tragédie.

— Comment les gens peuvent-ils boire et prendre le volant ensuite ? dit-elle d'une voix calme.

Elle espérait faire sortir Nick de son silence, mais quand il leva les yeux vers elle ce qu'elle y vit la fit presque sursauter de frayeur. Les prunelles au bleu sombre étaient pleines de fureur, sans qu'elle puisse dire si elle s'adressait au chauffard ou à elle, pour son manque de compassion.

— Je suis désolée, Nick, balbutia-t-elle. Ce sont sans doute des paroles peu charitables. Je sais que l'alcoolisme est un mal terrible...

— Oui, coupa sèchement Nick, l'alcoolisme est un mal terrible, mais un mal qui devrait rester d'ordre privé. Si vous êtes alcoolique vous devriez passer chaque seconde de votre vie à vous assurer que votre mal ne rejaillit sur personne, et surtout pas sur un enfant innocent. Ne gaspillez pas votre compréhension pour les ivrognes, Elizabeth. Ils ne le méritent pas.

Choquée par la brutalité du ton comme des mots, Elizabeth le regarda sans répondre. « Je suis tellement désolé de vous avoir impliquée dans cette tragédie, songea Nick en voyant le désarroi dans les magnifiques yeux d'Elizabeth. Mais j'avais si désespérément besoin de votre talent, de votre courage et de votre force morale... Et maintenant je vous ai blessée... »

Mais sa dureté était née de vérités qu'il connaissait personnellement, et si ces mots trop honnêtes le rendaient plus antipathique à la jeune femme, ce serait une bonne chose. Au moins pour elle..

— Il est inutile que vous attendiez, poursuivit-il. Je resterai ici. Merci d'avoir opéré avec moi.

Et maintenant il la congédiait ! Elizabeth maîtrisa à grand-peine une nouvelle flambée de colère, mais elle ne voulait pas la montrer. A quoi cela aurait-il servi ? A rien, bien sûr. Elle avait tenté de lui parler, de le faire parler, mais c'était maintenant une évidente impossibilité.

Après quelques secondes de silence, Elizabeth sortit du vestiaire.

« Nicholas Chase, je vous déteste. »

Cette étonnante pensée s'était imposée à son esprit avec une telle force qu'Elizabeth en fut stoppée net une seconde dans sa retraite précipitée. Immobile dans le couloir désert, elle réfléchit à cette révélation. Était-ce la vérité ? Elle goûta cette possibilité et la calme certitude qu'elle pourrait en tirer. Si elle détestait Nick, s'il méritait un tel sentiment, son cœur pourrait cesser de le défendre et elle pourrait arrêter de souffrir secrètement...

Mais non, cette hypothèse ne résistait pas à la réflexion la plus superficielle. Elizabeth savait que ce qu'elle éprouvait envers Nick était très éloigné de la haine. Elle ne le détestait pas, tout simplement parce qu'elle en était incapable. Ce qui signifiait qu'elle devrait continuer de taire les élans de son cœur et souffrir en silence.

Elle se remit à marcher et, quand elle émergea du tumulte de ses pensées, elle se rendit compte que ses pas l'avaient inconsciemment menée vers le sanctuaire de compréhension que représentait le laboratoire de Stephen. Sans parler de Nick, elle pourrait se réconforter grâce à sa présence amicale.

Ce n'est qu'en tournant la clenche de la porte verrouillée qu'elle se souvint : Stephen était en ce moment même avec l'architecte de l'Institut d'immunologie, pour discuter de détails techniques concernant le bâtiment.

10

Lorsque le conseil d'administration du futur Institut d'immunologie du Pacific Heights Medical Center sélectionna le projet de l'architecte Peter London parmi tous ceux présentés par les différents cabinets d'architectes dans le pays, ce choix fut accueilli avec un mélange d'enthousiasme et de crainte. Si à trente-six ans son talent était unanimement salué et sa réputation de qualité établie, il était connu pour ses créations de maisons individuelles, d'hôtels, de centres commerciaux et de complexes de loisirs, mais n'avait jamais encore travaillé sur un hôpital. Or la zone de San Francisco Bay possédait déjà un hôpital magnifique mais pas aussi fonctionnel qu'il aurait dû l'être, avec des couloirs aux coudes trop étroits pour un passage aisé des civières et une répartition des différentes unités plus que discutable.

L'enthousiasme du conseil d'administration pour un bâtiment conçu par cet homme renommé pour l'élégance de ses créations finit par faire taire leurs inquiétudes. Néanmoins, ils demandèrent au futur directeur de l'Institut, le Dr Stephen Sheridan, de travailler en liaison étroite avec l'architecte afin de s'assurer que celui-ci comprenait bien toutes les nécessités imposées par un établissement hospitalier ultramoderne.

Avant de rencontrer l'architecte, Stephen avait redouté qu'il soit peu réceptif à ses suggestions, privilégiant l'esthétique à l'aspect fonctionnel. Mais, dès le premier instant, il fut rassuré : Peter London tenait autant à l'efficacité de sa création qu'à sa beauté, et il était toujours prêt à des modifications pour parfaire tel ou tel détail.

Les plans généraux étaient depuis longtemps tracés. A présent, à trois semaines de la réception d'inauguration à l'hôtel *Fairmont*, seuls des détails mineurs restaient à fixer, ces embellissements discrets qui distinguaient les créations de Peter London. L'architecte avait surpris Stephen en lui demandant son avis sur ces arrangements artistiques. Après tout, avait-il dit, cet institut deviendrait bientôt un second foyer pour les patients de Stephen. Ce qu'il ne précisa pas, c'est qu'il n'aurait jamais requis l'opinion du chirurgien si celui-ci n'avait partagé avec lui un goût certain pour l'élégance sobre.

Quelques décisions étaient encore en suspens et constituaient le sujet de la réunion du jour, afin que la maquette présentée lors de la réception soit la plus exacte possible.

— J'ai eu une idée de dernière minute pour l'entrée, ajouta Peter après qu'ils eurent réglé quelques autres détails. Je crois que je peux la rendre encore plus aérée et accueillante. Si vous avez le temps, il y a une boutique que j'aimerais vous montrer, près d'ici. L'entrée est similaire, dans la conception, à ce que j'ai en tête. Bien sûr, pour l'Institut l'ensemble serait moins somptueux que pour *Sydney's*, mais l'idée de base pourrait être la même.

— C'est vous qui avez fait *Sydney's* ?

— Oui. Vous y êtes déjà allé ?

— Non, mais j'en ai entendu parler. Je n'ai pas à retourner à l'hôpital pour l'instant, et je serais heureux de vous accompagner chez Sydney.

Tandis qu'ils cheminaient dans l'agitation d'Union Square vers *Sydney's*, Peter expliqua ses relations avec Sydney et Walter Prescott. Il s'agissait des Prescott de Napa Valley, propriétaires des célèbres Vignobles Prescott. Dix ans plus tôt, ils avaient pris le risque de confier à un jeune architecte au talent prometteur la réalisation de leur propriété. La bâtisse avait été une des premières commandes de Peter à être primée. Walter et Sydney avaient été enchantés par le résultat, au point de lui confier la conception de leur hôtel à Napa ainsi que de leur villa de Tiburon. Et quatre ans plus tôt, lorsque l'énergique quinquagénaire Sydney Prescott s'était fatiguée d'acheter ses vêtements à New York ou Paris et avait souhaité amener la mode féminine mondiale à San Francisco, c'est à Peter qu'elle avait demandé d'imaginer une boutique en rapport avec ses buts.

Peter termina ses explications au moment où ils arrivaient à *Sydney's*. Dès qu'ils eurent passé les grandes portes-fenêtres pour entrer dans la luxueuse boutique parfumée à la rose, Sydney en personne vint les accueillir.

— Peter ! s'exclama Sydney, visiblement ravie de cette visite impromptue. Ne me dites pas que vous m'apportez les plans de ma boutique sur la Cinquième Avenue avec deux semaines d'avance ?

— Non, mais vous les aurez dans les délais, ne vous inquiétez pas, lui affirma Peter. Sydney, j'aimerais vous présenter le Dr Stephen Sheridan. Stephen, je vous présente Sydney Prescott.

— Le fameux Stephen Sheridan, spécialiste en immunologie ? s'enquit Sydney, pour ajouter une seconde après, d'un ton malicieux : Très connu de Madolyn Mitchell ?

Stephen ne fut pas étonné outre mesure. Depuis longtemps il avait acquis l'impression, par Elizabeth et Madolyn, que *Sydney's* était une sorte de salon où les habituées se laissaient aller à certaines confidences. Apparemment, il faisait partie d'une de ces confidences.

— Coupable des deux chefs d'accusation, reconnut-il avec un sourire détendu.

— Eh bien, tous deux m'ont fourni une belle part de ma clientèle, dit Sydney avec amabilité. Madolyn s'habille ici, et je suis devenue le fournisseur officieux des robes de bal pour la réception de l'Institut d'immunologie. J'ai le pressentiment que tout ce qui compte à San Francisco se retrouvera au *Fairmont* ce soir-là. Et ce sera mérité. Fêter la création d'un établissement dessiné par le meilleur architecte du monde et qui sera dirigé par le plus brillant immunologue du monde, c'est une occasion à ne pas laisser passer.

— En fait, dit Stephen galamment, toutes ces dames achètent leur tenue chez vous à cause de vous. Madolyn adore votre boutique, tout comme Elizabeth.

— Ce qui signifie qu'elles raffolent de ce que fait Christine, dit Sydney. Je suis certaine qu'elle serait heureuse de vous rencontrer, Stephen. Voulez-vous que je voie si elle est libre ?

— Je ferai la connaissance de la célèbre Christine avec plaisir, affirma aimablement Stephen.

— Et en vous attendant, proposa Peter, nous examinerons cette entrée.

— Faites comme chez vous, dit Sydney.

Elle allait tourner les talons quand elle se reprit et demanda à l'architecte :

— Comment s'est passé votre voyage à New York, Peter ? Avez-vous trouvé votre modèle ?

— Non, avoua Peter avec une petite moue. Pas encore.

— Ce n'est pas grave, j'en suis sûre. *Promesses* se vendra tout seul. Se tournant vers Stephen pour quêter son appui, et devant son incompréhension, elle ajouta : Je devine que Peter ne vous a pas fait part de son dernier projet ?

— Je crois bien que non.

— *Promesses* est un parfum. Les raisons qui poussent Peter à créer un nouveau parfum découlent d'une longue histoire qu'il ne m'a pas totalement révélée, dit Sydney d'un ton amusé. Mais le résultat est que *Promesses* est un parfum sensationnel. Et modèle ou non, j'espère que sa sortie est toujours prévue pour le printemps prochain.

— Toujours, affirma paisiblement l'architecte.

— Parfait, dit Sydney. Je vous laisse regarder l'entrée, je vais chercher Christine.

Sydney et Christine n'étaient pas encore là quand Peter et Stephen eurent fini de s'accorder sur la version modifiée du hall précédemment dessinée par l'architecte pour l'Institut. Peter devait partir pour une réunion sur le marketing de *Promesses* à Sausalito, et Stephen décida d'attendre encore un peu pour rencontrer enfin cette fameuse Christine.

Mais Stephen n'avait pas besoin d'attendre, car il l'avait rencontrée deux ans auparavant. A cette époque, elle n'était pas la célèbre Christine mais plus simplement la courageuse et discrète Mme Andrews.

Mme Andrews : c'est ainsi que Stephen s'était toujours adressé à elle. Il appelait David par son prénom, et David de même, mais il était toujours resté une certaine distance formelle entre le médecin et la femme de David, malgré leurs centaines de rencontres durant cette année où ils avaient discuté intimement de la vie de son bien-aimé mari ; de sa vie et de sa mort. Stephen avait souvent entendu David appeler sa femme par son diminutif, Christie, et à présent Mme Andrews approchait.

Le visage de Christine ne trahit aucune surprise, bien sûr, et ses prunelles couleur lavande étaient rehaussées par une chaleur amicale. Pourtant Stephen y détecta autre chose... de la prudence.

— Bonjour, docteur Sheridan. Je m'appel Christine.

— Bonjour, Christine, dit-il en comprenant l'autre message envoyé par le regard lavande : Christine préférait que leur connaissance antérieure restât cachée. Il sourit légèrement pour approuver son désir d'intimité, puis, à cette femme aussi belle que réservée qui l'avait toujours appelé Dr Sheridan, il demanda :

— Je vous en prie, appelez-moi Stephen.

Tandis qu'ils échangeaient un sourire retenu, Sydney meubla leur silence par les éloges de chacun, comme s'ils étaient deux élèves particulièrement doués de sa classe. Christine était un génie de la couture, Stephen de l'architecture.

Quelques instants plus tard, ils se séparèrent. Christine devait s'occuper de sa cliente, qui venait d'arriver avec quelques minutes de retard, essoufflée et très pressée, sachant fort bien que Christine ne pourrait dégager de temps pour elle plus tard dans la journée, car la styliste était très demandée.

Tout en conduisant vers le centre médical, Stephen laissa son esprit revenir à l'époque où il avait pour la première fois salué Christine Andrews... et la dernière fois.

— Bonjour, Mme Andrews.

— Bonjour, M. Sheridan. Pourrez-vous prolonger la vie de mon mari ?

La question avait été posée avec un désespoir feutré, et c'était une prière non pour la guérison ou quelques dizaines d'années de sursis, mais pour tout le temps précieux qu'il pourrait lui donner en plus à partager avec son mari.

— Oui, Mme Andrews, je pense le pouvoir.

La LKC avait en effet donné à David Andrews un supplément de douze mois de vie et d'amour. Les onze premiers en pleine santé, le dernier sous le sceau d'une rapide détérioration menant à la fin. Pendant cette année, chaque fois que David recevait cette perfusion qui prolongeait sa vie mais pouvait aussi la mettre en danger, Stephen s'était trouvé à son côté. Dans les premiers temps, les deux hommes passaient des heures dans un silence tendu. Peu à peu, et bien que le risque mortel d'anaphylaxie restât constamment à leur esprit, les deux hommes avaient occupé ces longues heures par des discussions chaleureuses.

Et pendant cette dernière année de sa vie, David Andrews n'avait eu qu'un seul sujet de conversation : sa femme. Il avait appris à Stephen bien des détails concernant son épouse et l'immense amour qui les liait. Ses seules craintes étaient pour l'avenir qui attendrait sa femme quand il serait disparu. Mais il bénéficiait d'une excellente assurance maladie qui couvrirait fort bien la majorité du coût exorbitant engendré par le combat contre son cancer du foie. C'était Christie, avait-il ajouté doucement, qui toujours prévoyante avait insisté pour qu'ils contractent conjointement une assurance solide à leur sortie de l'université, malgré leurs revenus restreints de l'époque.

S'il n'avait plus l'inquiétude de laisser derrière lui une femme endettée, David conserva pourtant certains soucis. Il voulait qu'elle ait une vie aussi agréable que possible quand il ne serait plus, une vie emplie de rire et de joie et de rêves devenus réalité, comme celui de devenir un jour une grande créatrice de mode, et celui, plus récent, d'être mère.

Ils venaient de se rendre compte qu'il leur était maintenant économiquement possible d'avoir des enfants quand le cancer de David fut diagnostiqué. Ils avaient pourtant tenté d'être parents, mais comme l'avaient redouté les médecins, la chimiothérapie avait empoisonné le sperme. Pendant cette dernière année, leurs relations sexuelles avaient été un acte d'amour plus qu'un espoir de procréation. Mais David avait accepté l'immunothérapie novatrice de Stephen en remplacement de la chimiothérapie et de ses effets stérilisants, et Christine découvrit deux mois avant la mort de son mari qu'elle était enceinte.

C'est lors de sa dernière prise de LKC, alors qu'il se savait condamné, que David partagea avec Stephen l'immense joie de la grossesse de Christine. C'était bien une joie, car la vie qui grandissait en elle emplissait Christine d'un grand bonheur. Une fois tous les frais non couverts par l'assurance réglés, il resterait un peu d'argent sur leur compte d'épargne, expliqua David, et Christine pourrait gagner un complément en travaillant comme styliste ou même couturière, un métier qu'elle adorait et qu'elle pourrait accomplir à domicile.

Les yeux du mourant s'étaient illuminés d'amour quand il avait parlé à Stephen de l'enfant qu'il ne verrait jamais. Cette lumière avait toujours été là pour Christine, bien sûr, et aussi grâce à Christine, car jamais elle n'avait laissé voir à l'homme qu'elle aimait tant autre chose que son amour et son espoir. Mais, pendant les conversations qu'elle avait avec Stephen, les prunelles lavande de Christine se noyaient souvent de larmes angoissées et sa voix douce tremblait.

— David veut mourir à la maison, Dr Sheridan.

— Oui, je sais. Mais vous, Mme Andrews, que pensez-vous de cette solution ? J'arrangerai un service d'infirmières à domicile, mais l'application d'une telle décision pourrait se révéler très éprouvante pour vous...

— Je veux ce que souhaite David. Ce ne sera pas difficile pour moi. Et, s'il vous plaît, ne faites pas venir d'infirmière. Je n'aurai pas besoin d'aide. Nous serons tous les deux, David et moi, et tout ira bien.

« Oui, Mme Andrews, mais bientôt, très bientôt hélas, David va mourir, et au moment de sa mort, quand son âme partira pour toujours et que vous serez seule avec ce corps sans vie... » Stephen ne formula pas cette crainte, mais il lui fit promettre de l'appeler quand David décéderait, quelle que soit l'heure du jour ou de la nuit.

Alors qu'il reprenait en voiture le chemin du centre médical après sa visite à la boutique *Sydney's*, Stephen se remémora le jour où David était mort, et son visage s'assombrit en calculant que le premier anniversaire de son décès était passé de tout juste quelques jours. C'était un dimanche après-midi, au mois d'août, par une journée radieuse...

Stephen se trouvait dans son laboratoire quand Christine l'appela. Elle s'excusa de le déranger, alors que c'était lui qui aurait voulu s'excuser de n'avoir pu sauver son mari. Son immunothérapie constituait une formidable avancée dans la lutte contre le cancer, mais pour David et Christine Andrews ce n'avait été qu'un répit.

Elle l'accueillit à la porte de la modeste maison que les Andrews louaient à Twin Peaks, vêtue comme à son habitude de couleurs pastel, ses cheveux en douce cascade blonde coulant sur ses frêles épaules. Elle était très belle, très pâle, et son regard était mort comme le corps de son mari.

Tous les arrangements avaient déjà été faits, et avant même l'arrivée de Stephen, Christine avait passé les coups de téléphone nécessaires. Peu après lui, les deux hommes vêtus de noir se présentèrent et accomplirent en silence leur tâche solennelle. Stephen signa le certificat de décès et on emporta le corps de David.

Les parents de David étaient décédés, et la famille de Christine l'avait oubliée depuis des années, Stephen le savait. A l'hôpital, aucun ami n'avait rendu visite à David. Le monde de David et de Christine était celui, très privé, d'un couple amoureux, un monde dont Stephen avait sans doute été le témoin le plus intime. Christine était maintenant isolée, et Stephen aurait voulu rester avec elle pour lui apporter le réconfort d'une présence amie, mais il était très clair qu'elle préférait qu'il parte. Elle lui assura que « de très bons amis » viendraient dès qu'elle leur téléphonerait, et Stephen fut surpris de la calme conviction avec laquelle elle prononça ce mensonge.

Avant de partir à contrecœur, Stephen promit de l'appeler dans un jour ou deux.

— Non, répondit-elle aussitôt et, pour atténuer son refus, elle ajouta avec douceur : Merci.

Pendant quelques secondes, Stephen crut qu'elle voulait qu'il s'en aille pour se donner la mort afin de rejoindre David. Puis il se souvint de la vie qu'elle portait en elle, du bébé qui était une partie de David, et il sut qu'elle n'attenterait pas à ses jours.

Il partit donc. Plus tard, cette nuit-là, il lui téléphona malgré son refus car il avait été saisi du pressentiment incontrôlable qu'elle était à l'agonie. Si elle n'avait pas décroché, il serait retourné à Twin Peaks sur-le-champ. Mais elle répondit et lui affirma, d'une voix blanche mais claire, qu'elle allait bien.

Stephen décida de ne plus la contacter. Il était après tout en rapport direct avec la mort de David. Cinq jours passèrent et il lui téléphona une dernière fois parce qu'il s'inquiétait toujours pour elle... et parce que, se dit-il, David aurait voulu qu'il le fasse. Il perçut un peu plus d'énergie dans la voix de la jeune veuve, mais le message restait clair : elle voulait être seule.

Par la suite, il respecta ce souhait, s'interdisant tout nouveau contact téléphonique bien qu'il pensât souvent à elle. Avec le temps, son inquiétude se changea en espoir, et il imagina la même scène réconfortante qui avait permis à David de mourir en paix, et dans la joie : Christine avec le bébé.

Mais, à présent, Stephen avait revu Christine et toutes ces images rassurantes s'étaient évanouies : il n'y avait pas de bébé. Pendant les six mois de leur relation, Madolyn avait souvent parlé de Christine et à plusieurs reprises elle s'était interrogée sur ce qu'elle ferait si la styliste-couturière se trouvait enceinte.

Le bébé avait-il jamais existé, d'ailleurs ? Ou n'était-ce

qu'un mensonge de Christine, afin d'adoucir le départ de David ? Oui, songea Stephen, elle aurait été capable d'une telle preuve d'amour pour son mari.

Tandis qu'il garait sa voiture sur le parking du centre médical, Stephen se rembrunit un peu plus. Madolyn avait dit autre chose sur Christine. Elle avait parlé du nombre étonnant d'heures de travail de la jeune femme. Bien sûr, quelqu'un aspirant à entrer dans l'univers de la mode avait toutes les raisons de travailler dur chez Sydney, car la boutique était un excellent tremplin pour ce genre de carrière. Et peut-être Christine passait-elle autant de temps dans la boutique simplement pour échapper à la terrible solitude qui devait l'assaillir. Certes, réfléchit Stephen, c'était tout à fait plausible. Mais il ne pouvait s'empêcher de voir une autre possibilité : s'il y avait eu d'autres mensonges inventés par amour et affirmés à David pour qu'il meure en paix ?

11

Après trente minutes d'une discussion aussi étonnante que révélatrice avec le directeur du service de facturation de l'hôpital, Stephen alla commander les quatre épais volumes du dossier David Andrews au service des archives du centre, puis il reprit le chemin de son bureau d'un pas lent, tout en réfléchissant. Ainsi donc, il n'y avait pas eu de bébé. Cette promesse d'une vie nouvelle, d'un legs vivant de David, avait-elle été un mensonge ? Ou bien était-ce la vérité, et la situation terrible après le décès de David avait-elle eu d'autres conséquences pour Christine ?

— Stephen ?

— Elizabeth, répondit-il avant même de se retourner vers la voix familière qui l'avait tiré de ses interrogations. Ça va ?

— Ça va, oui, dit-elle en remarquant son regard troublé. Mais vous ?

— Vous avez le temps de bavarder un peu ?

— Bien sûr. En fait j'étais sur le chemin de votre bureau : je voulais voir si vous étiez revenu de votre entrevue avec l'architecte. Il y a un problème ?

— Oh non, rien. Si nous allions chercher un café ou un thé au distributeur, nous pourrions le boire dans mon bureau ?

— Vous vous souvenez de David Andrews ? s'enquit

Stephen quand ils furent installés dans son bureau, à l'abri de toute oreille indiscrète. C'était le patient atteint d'un cancer du foie...

— Bien sûr, je me souviens de lui.

— Eh bien, je viens de découvrir que la Christine de *Sydney's* que vous et Madolyn couvrez d'éloges est sa veuve. Vous le saviez ?

— Je ne l'ai appris que samedi.

— Et vous me l'auriez dit ?

Elizabeth se raidit sur son siège devant la brusquerie de la question, puis elle affronta le regard perplexe de son ami et répondit avec calme :

— Honnêtement, je ne saurais le dire, Stephen. Je n'avais pas encore décidé. Christine ne savait pas que nous sommes amis, mais seulement que nous travaillons tous les deux ici, et elle était au courant de votre relation avec Madolyn, qui est sa cliente. C'est elle qui a choisi de ne pas mentionner ses rapports anciens avec vous ou le centre.

— Jusqu'à samedi dernier...

— Non. Elle n'en a parlé qu'à cause d'une autre coïncidence. C'est une longue histoire, mais le résultat est qu'elle m'a appris la chose très naturellement. Christine n'a pas essayé de dissimuler, Stephen. Je crois qu'elle est simplement très discrète, sans chercher à attirer l'attention ou la sympathie. Une année s'est écoulée depuis la mort de David, après tout, et à l''évidence sa vie a repris son cours normal.

— Mais sa vie n'est pas normale, martela Stephen. Elle passe tout son temps à travailler pour payer les factures de l'hôpital qui auraient dû être réglées par sa compagnie d'assurances.

— Quoi ? s'exclama Elizabeth, ses yeux agrandis par la surprise et l'inquiétude. Comment cela se peut-il ?

— Apparemment, quand le diagnostic a été formulé, on s'est demandé si David était prédisposé au cancer du foie à cause d'antécédents familiaux d'hémochromatose.

— Paramètre à considérer pour tout patient présentant ce genre de cancer.

— En effet. Et David avait bien eu un cousin atteint du cancer du foie, mais par des métastases hépatiques, et non un cancer du foie d'abord, et entre-temps tous les facteurs de risques sous-jacents avaient été éliminés, y compris l'hémochromatose. Pourtant, la compagnie d'assurances en est restée à sa première théorie de précédents hémochromatiques possibles dans la famille de David, et elle a refusé de débourser un dollar pour ses soins.

— La facture doit être astronomique, dit Elizabeth. N'avait-il pas été traité dans un autre hôpital auparavant ?

Stephen acquiesça, l'air grave.

— Il avait subi une année de traitement très agressif mais très approprié à base de chimiothérapie, année durant laquelle il a eu plus que sa part de complications. Quand il a été transféré, la facture atteignait déjà trois cent mille dollars, et ici il est resté trois semaines à l'unité de soins intensifs, avant que nous ne décidions de tenter la LKC.

— Et à partir de cet instant toutes les dépenses médicales ont été prises en charge par le centre, n'est-ce pas ?

— C'est exact. C'est pourquoi je n'ai jamais eu de contact avec son assurance et je suis resté dans l'ignorance de sa situation réelle... Ni moi ni David ne le savions. Christine a rencontré discrètement les responsables de gestion des dossiers, ici et à l'autre hôpital, et elle s'est engagée à régler toutes les dépenses, sans limite de durée. David est mort en se croyant couvert par son assurance, ce qui est normalement le cas, mais pas cette fois-ci.

— David a bien dû apprendre que ses examens ne montraient aucune hémochromatose ?

— Je le pense aussi, bien que tout cela ait déjà été ancien quand il a été transféré ici. A mon avis, David savait que ce diagnostic avait été infirmé mais il ne connaissait pas l'importance de cette information. Et il n'en a probablement jamais rien dit à Christine, parce que cela ne changeait rien à l'évolution de son mal.

— Christine, elle, connaissait l'importance de ce détail sur la position de l'assurance, et pourtant elle n'en a apparemment jamais parlé à David ou à ses médecins...

— Parce que, répondit Stephen avec conviction, David aurait risqué d'apprendre qu'ils n'étaient finalement pas couverts. S'il avait su que sa maladie la laisserait démunie, il aurait refusé un jour de traitement de plus.

Les prunelles émeraude d'Elizabeth se firent graves à l'idée de l'amour dont David et Christine s'étaient donné des preuves aussi exceptionnelles. David aurait préféré se laisser mourir que d'endetter sa femme, et Christine vouait maintenant son existence à rembourser des soins qui avaient prolongé de quelques semaines la vie si précieuse de son mari.

— Je me demande aussi, dit Elizabeth, pourquoi Christine a attendu si longtemps après la disparition de David avant de venir vous confirmer le diagnostic ?

— Christine ne m'a rien révélé ; c'est le hasard. Peter London a été l'architecte de la boutique *Sydney's*, et il avait envie de créer une entrée sur le même principe pour l'Institut. Donc nous sommes passés voir la boutique cet après-midi. C'est ainsi que j'ai rencontré Christine, et nous nous sommes brièvement salués comme si nous ne nous étions jamais vus. Je suis reparti en me rappelant les propos de Madolyn qui me disait combien Christine travaillait dur. D'après elle, Christine avait besoin d'argent, mais je savais par David qu'elle aurait dû se trouver dans une situation financière satisfaisante. Cette bizarrerie m'a trotté dans la tête et je me suis arrêté au service de facturation du centre en passant.

— Et vous avez appris que Christine avait conclu un compromis et s'était engagée à payer.

— Cela, mais aussi qu'elle aurait pu se déclarer ruinée, ce que la très grande majorité des gens moins endettés qu'elle font habituellement... La voix de Stephen s'adoucit pour ajouter : Mais pas Christine. Elle rembourse toutes les factures comme elle l'a promis, lentement mais avec une constance admirable, en donnant autant qu'elle peut chaque mois et en gardant le minimum pour vivre. Je suis vraiment révolté à l'idée qu'elle ait lutté tout ce temps... et elle avait l'intention de continuer jusqu'à la fin de ses jours...

— Christine travaille très dur, Stephen, mais je crois qu'elle aime vraiment ce qu'elle fait chez Sydney. Elle et Larisa se sont un peu connues à l'université — c'est ainsi que tout est venu samedi dernier — et elle rêvait déjà de devenir styliste. Son emploi actuel chez Sydney n'est pas une mauvaise étape pour atteindre ce but, même si elle n'a guère de temps à consacrer à la création.

Elizabeth avait espéré que ces explications calmeraient un peu le trouble de son ami. Mais l'expression de Stephen s'assombrissait de plus en plus.

— A quoi pensez-vous, Stephen ? demanda doucement la jeune femme, et soudain elle ajouta, d'une voix tendue : Avez-vous décidé que Christine est une Cendrillon moderne qui a passé l'année écoulée à coudre la robe de bal de toutes les autres femmes ? Parce que, si c'est le cas, Madolyn et moi nous nous retrouverions dans le rôle des méchantes demi-sœurs...

— Eh ! s'exclama Stephen en voyant la lueur vive qui illuminait le regard d'Elizabeth. Ce n'est pas du tout ce que je pensais ! Je pensais au bébé. Sans doute est-ce une bonne chose pour Christine de travailler à *Sydney's*, dans une ambiance agréable et stimulante où elle est visiblement appréciée et respectée.

Elizabeth ne put que sourire.

— Oui, eh bien... pardonnez-moi mon mouvement d'humeur... D'un air songeur, elle dit à mi-voix : Même si vous ne le pensiez pas, à bien y réfléchir Christine est peut-être réellement une Cendrillon moderne.

— Comment cela ?

— Elle a effectivement rencontré son Prince charmant. Je me souviens de ce que vous me disiez sur leur couple et l'extraordinaire amour qui les liait, et en l'entendant parler de David samedi dernier je me suis rendu compte qu'elle avait vécu un magnifique et rare conte de fées. Leur amour n'a pu durer toujours, mais je crois que la mémoire qu'elle en garde accompagnera Christine jusqu'à son dernier souffle.

— Sans doute, approuva Stephen.

Il avait assisté à ce conte de fées entre David et Christine, et bien que David lui ait confié son espérance que Christine trouve un autre homme à aimer, Stephen jugeait impossible qu'un autre puisse jamais pénétrer le rempart de souvenirs magnifiques qui entourait son cœur aimant. Christine ne chercherait jamais un autre amour, n'en aurait jamais le besoin ou l'envie, mais elle avait d'autres rêves, et Stephen espérait la délivrer pour qu'elle puisse les accomplir.

— J'ai demandé le dossier médical de David aux archives, dit-il. Quand j'aurai sous les yeux les conclusions des analyses, j'appellerai la compagnie d'assurances pour régler cette affaire.

— Après en avoir parlé à Christine.

— Quoi ? Non, je n'avais pas prévu de lui en parler.

— Je pense que ce serait mieux, Stephen.

— Et pourquoi ? Elle ne verra certainement aucune objection à mon action. Je ne pense pas qu'elle ait délibérément choisi de passer le restant de sa vie à rembourser ces dettes. Même s'ils avaient des revenus modestes, elle et David avaient contracté une excellente police d'assurance, malgré son coût élevé. Je veux simplement corriger une erreur ancienne, Elizabeth. N'importe quel médecin s'occupant de David ferait la même chose à ma place. Je ne tiens pas à ce que Christine apprenne que cela vient de moi.

— Je suis d'accord avec vous, cette erreur doit être réparée et la compagnie d'assurances doit prendre à sa charge les dettes assumées pour l'instant par Christine. Mais je persiste à croire que vous devriez en parler à Christine avant d'agir. Je ne saurais vous expliquer pourquoi, Stephen, ce n'est qu'une intuition.

— Et habituellement vos intuitions se révèlent justes... ce qui m'ennuie un peu...

— Je me trompe peut-être, lui accorda Elizabeth avec un haussement d'épaules. Mes intuitions ne sont pas très bonnes aujourd'hui...

— Quelque chose en rapport avec Larisa ?

— Non. Quelque chose — ou plutôt rien — en rapport avec votre bon ami Nick. Comme d'habitude.

Elizabeth se força à un sourire nonchalant et repoussa le sujet d'un geste de la main. Inutile d'ennuyer Stephen avec le problème sans espoir que lui posait Nicholas Chase, pour prendre ensuite la défense du chirurgien, à la grande irritation de son ami. Elle préféra revenir à un sujet plus sûr :

— A propos de Larisa, elle doit en ce moment même rencontrer mon frère pour discuter de son divorce. J'espère qu'il pourra être prononcé rapidement. Elle n'ira mieux que quand tous les liens avec Julian seront définitivement rompus.

— Bonjour, Larisa.

Affable, Mark accueillit la jeune femme à la porte de son bureau. Larisa fut d'abord frappée par le peu de ressemblance physique qu'il avait avec Elizabeth, mais elle corrigea aussitôt cette première impression en lisant dans les yeux bleus de l'avocat la même compréhension et la même générosité qui habitaient les prunelles de son amie. Et la même force de caractère.

Souriant, il l'invita d'un geste à entrer dans son confortable bureau, désignant une partie de la vaste pièce visiblement réservée aux entretiens informels. Elle avança vers la fenêtre d'un pas qu'elle s'efforçait de rendre souple et facile. Le costume ample de soie qu'elle portait toujours, une semaine après sa fuite de New York, dissimulait heureusement ses ecchymoses qui commençaient à disparaître. Pourtant, si son énergie revenait peu à peu, la jeune femme se sentait encore très fragile, et elle était loin d'éprouver l'impression de force et de détermination qu'elle voulait donner.

Elle s'arrêta devant la fenêtre et considéra un instant la vue offerte sur le pont et la baie. Puis, pour prévenir un soudain accès de faiblesse qu'elle redoutait, elle s'assit gracieusement sur le canapé proche. Mark s'installa en face d'elle, dans un fauteuil, et ils échangèrent quelques propos anodins. Enfin l'avocat entra dans le vif du sujet :

— Si vous m'expliquiez, Larisa...

— Pourquoi je veux divorcer ?

— Vous n'êtes pas obligée de me donner des raisons précises si vous ne le désirez pas, s'empressa de dire Mark devant l'inquiétude qu'il lisait dans les yeux de la jeune femme. Et la cour se contentera de la notion de divergences inconciliables.

— Je crois que c'est très bien, dans ce cas. Et beaucoup plus discret.

— Oui... dans l'idéal, néanmoins, vous et Julian devriez savoir exactement pourquoi votre union se termine...

— Julian et moi le savons parfaitement, Mark, affirma Larisa. Mais cela ne signifie pas qu'il ne combattra pas ma décision. Julian déteste perdre. Il va être outré en apprenant que je demande le divorce ; je crois même qu'il ne l'acceptera pas.

— Vous obtiendrez le divorce, Larisa, lui assura Mark. Et c'est moi qui supporterai la mauvaise humeur de Julian jusqu'à ce qu'il comprenne que la séparation est inévitable. Si nous mettions au point notre stratégie ? D'après ce que je sais, vous êtes légalement en droit de réclamer la moitié de ce que Julian a gagné durant les six années de votre mariage. Ce qui représente une somme chiffrable en centaines de millions...

— Je ne veux pas un dollar, Mark. Je ne veux que le divorce, et retrouver ma liberté.

Un instant, les yeux de Larisa brillèrent d'espoir, mais cet éclat s'éteignit presque aussitôt et elle dit d'une voix songeuse :

— Mais ça ne représenterait pas un intérêt très grand, bien sûr...

Comprenant qu'elle parlait de ses honoraires, normalement calculés sur l'indemnité obtenue de la partie adverse, Mark maîtrisa à grand-peine la colère qui montait en lui. Mais en contemplant la jeune femme si frêle qui était assise en face de lui, il devina combien elle avait dû souffrir à cause de son mari et il ne lui tint pas rigueur de sa réflexion. Sans connaître les détails, il lui semblait clair qu'elle avait aimé et respecté son mari. Et qu'il l'avait trahie.

Quand il eut recouvré son calme, Mark expliqua, d'un ton égal :

— Je ne travaille jamais au pourcentage sur les dommages et intérêts dans les affaires de divorce, Larisa. Je n'ai en rien contribué à votre mariage, je ne vois donc pas pourquoi je bénéficierais de votre divorce... Avec un sourire, il ajouta : Mes honoraires pour mener à bien votre divorce seront ceux que j'applique habituellement à un membre de ma famille. Un sourire, peut-être ? A présent, je vais vous demander quelques éléments pour étayer notre stratégie...

De son propre aveu, l'opinion d'Elizabeth n'était basée que sur une vague intuition et non sur une raison claire et logique. Et parce qu'il respectait les intuitions de son amie,

Stephen prit le temps de réfléchir à son conseil avant de contacter la compagnie d'assurances.

Elizabeth possédait un don certain pour sentir les implications émotionnelles pouvant découler d'une situation. Mais, se dit-il, ici il n'était question que d'une erreur d'ordre administratif et non de quelque jugement intuitif. L'erreur devait être corrigée, et la responsabilité lui en revenait puisqu'il avait été le médecin et l'ami de David. Et en tant que tel, il devait s'assurer que Christine ne rembourserait pas à vie des dettes qu'elle n'avait pas à payer. Cette fois, décida-t-il, son intuition l'avait trompée.

Avec une ferme politesse, Stephen demanda à parler au représentant de la compagnie d'assurances. Il faudrait un certain temps pour prouver la valeur de sa requête, mais il était certain que la compagnie d'assurances, dont la réputation était excellente, aurait à cœur de régler cette erreur dans les plus brefs délais et en élevant le minimum d'objections une fois qu'il aurait prouvé le bien-fondé de sa demande.

Il convint avec son interlocuteur d'un rendez-vous pour examiner l'affaire dans ses moindres détails et s'engagea à produire les documents qui prouveraient de manière irréfutable que le cancer de David Andrews avait été une maladie tragique mais due au hasard et non à des antécédents familiaux.

12

— Nous, c'est-à-dire Larisa, vous et moi, savons très exactement ce qui s'est passé, M. Chancellor, dit Mark d'un ton posé. La véritable question est : voulez-vous que le reste du monde soit mis au courant ?

Le silence à l'autre bout de la ligne informa l'avocat qu'il existait entre Julian et Larisa un noir secret que la jeune femme ne confierait jamais. Elle n'en avait d'ailleurs rien dit, mais Marc avait décidé de tenter ce coup de bluff quand même. C'était une de ses seules cartes puisque depuis cinq jours Julian n'avait pas dérogé à sa position initiale, refuser le divorce. Aujourd'hui, il n'avait pas changé d'avis, mais il s'était montré plus disposé à discuter, pour une raison très simple : il voulait récupérer Larisa et Mark était le seul lien avec elle.

Julian était tel que l'avait décrit Larisa : arrogant, sûr de lui, péremptoire, persuasif. Avec cette lassitude hautaine des gens riches depuis toujours, il avait répété sans cesse qu'il n'y aurait pas de divorce, et avec une constance égale Mark avait affirmé sans provocation qu'il y aurait divorce. Finalement, comme l'avait prédit l'avocat, Julian avait changé d'attitude et s'était lancé dans une interminable litanie des fautes et crimes de son épouse. Mais il l'avait fait avec intelligence, d'un ton désolé, parlant avec des accents peinés de sa cocaïnomanie, de sa nymphomanie, de son instabilité émotionnelle. Il l'aimait tant qu'il était disposé à tout pardonner, mais il désirait s'assurer qu'elle disposait de toute l'aide dont elle avait un besoin évident. D'un ton presque convaincant, Julian expliqua à Mark qu'avec un traitement approprié Larisa se porterait beaucoup mieux et voudrait revenir à leur merveilleux amour.

Après cinq jours de ces faux-semblants inutiles, Mark se décida : il fit croire à Julian qu'il était au courant d'un secret des plus sordides que Larisa était prête à rendre public. Le silence qui suivit dura quelques secondes de plus que les habituelles pauses stratégiques du milliardaire, depuis cinq jours, et Mark sentit qu'il progressait enfin.

Lorsqu'il répondit, Julian Chancellor ne chercha même pas à masquer son mépris derrière des intonations policées :

— L'existence que j'ai offerte à Larisa a toujours été luxueuse, agréable, en un mot parfaite. Quoi qu'elle vous ait raconté sur les épreuves qu'aurait pu engendrer son mariage, c'est faux.

— Ah. J'étais pourtant persuadé... répondit Mark avec un calme dosé. Et je pense que la plupart des gens seraient aussi aisément persuadés que je l'ai été.

Il y avait quelque chose, il le sentait, comme il sentait que jamais Larisa ne l'avouerait en public, ni même à lui. Mais l'important était que Julian Chancellor croie le contraire.

— Elle vous a manipulé, M. Jennings, lâcha le milliardaire avec condescendance. Tout comme elle a joué avec moi.

— Je ne me sens pas manipulé le moins du monde, monsieur Chancellor.

Dans le silence résigné qui suivit, Mark décela la capitulation du milliardaire. Il attendit dans un mutisme tendu, et son interlocuteur prononça exactement les mots espérés :

— Je suppose Larisa tout aussi capable de se servir de la presse, dans ce cas, fit Julian Chancellor avant de pousser un lourd soupir. Très bien. Elle aura son divorce. Mais ce n'est pas parce que je ne veux pas faire les gros titres des feuilles à scandales que je vais me coucher à ses pieds et accepter ses quatre volontés. Vous pouvez lui dire que ce divorce sera assorti de certaines conditions.

— Il est vraiment d'accord pour le divorce ? murmura

Larisa, incrédule et joyeuse à la fois. Je ne peux pas y croire !

— Nous ne connaissons pas encore ses conditions, Larisa, lui rappela tranquillement Mark au téléphone. A partir de maintenant, je n'aurai plus affaire qu'à l'avocat de Julian. Notre premier entretien est prévu à dix heures, demain matin.

— Ses conditions importent peu, Mark ! Je vous l'ai dit, je ne veux rien de Julian sinon le divorce.

Mais ces conditions importaient beaucoup : la première, stipulée par l'avocat de Julian, se révéla tout simplement inacceptable pour Larisa. Julian voulait qu'ils vivent de nouveau ensemble, pour une période de six mois après laquelle, si elle n'avait pas changé d'avis, elle pourrait se séparer de lui en emportant la moitié de sa fortune.

— Je ne tiendrai pas, Mark. Je ne peux plus retourner vivre avec lui, répétait-elle. Je ne peux pas.

— Je le sais. J'ai déjà répondu à son avocat que je doutais de votre assentiment à cette condition, mais j'ai promis de vous en parler, bien sûr.

— Le divorce n'aura pas lieu, n'est-ce pas ?

— Si, Larisa. Gardez confiance. Ne vous laissez pas effrayer : ce genre de négociation est assez typique. Je vous rappellerai dès que nous serons passés au round suivant.

Malgré sa confiance de façade, Mark savait que ce divorce entre les époux Chancellor n'avait rien de très habituel. Dans la plupart des divorces, la discorde est basée sur l'argent, les avoirs, les enfants ; or tout dans le divorce des Chancellor reposait sur l'émotion, le contrôle, le pouvoir et l'image. Mark n'avait qu'une vague idée de la solidité de la position de Larisa, mais Julian l'attaquait avec une habileté certaine. Huit jours après leur premier contact, Mark téléphona à Larisa pour lui présenter la proposition qu'il pensait la plus acceptable :

— Tout d'abord, sachez que Julian refuse tout arrangement financier.

— Très bien, Mark. Je m'y attendais. Et comme je vous l'ai dit, ça n'a pour moi aucune importance. Je ne veux pas de l'argent de Julian.

— Je le sais, mais c'est là le point intéressant : il veut subvenir à vos besoins quels qu'ils soient, et régler vos dépenses même les plus extravagantes. Il assure qu'il paiera toutes les factures que vous pourrez lui envoyer sans question ni limite. Je n'ai rien demandé de tel, Larisa, et pour être franc cette proposition me déroute un peu. Mais Julian semble beaucoup y tenir.

Pour sa part, Larisa n'était pas du tout surprise. « Julian veut continuer de m'espionner de cette façon, de loin, par factures interposées. Par mes dépenses il saura ce que je fais et comment je vis. Comme si nous étions encore mariés... »

Elle lutta pour desserrer les chaînes invisibles qui opprimaient brusquement sa poitrine.

— Je me débrouillerai sans lui, lâcha-t-elle enfin.

— Bien. Les autres termes, à présent. Julian exige que les détails du divorce ne soient divulgués à personne. Puisque c'est une séparation par consentement mutuel, les termes du jugement resteront privés. Mais cela n'empêchera pas un certain intérêt pour votre divorce, bien entendu. C'est pourquoi Julian veut prendre les devants et diffuser dans la presse un communiqué approuvé par vous dès l'annonce du divorce.

— Pour limiter les ragots. Je suis d'accord.

— Larisa, prévint doucement Mark, Julian veut faire apparaître le divorce comme étant une décision de sa part, et aussi donner la très nette impression qu'il s'en veut tant de ne plus vous aimer qu'il se montre immensément généreux...

— Aucun problème, dit aussitôt Larisa. La fierté est un luxe très onéreux, et si Julian tient tant à son image, je ne me soucie pas du tout de la mienne.

— Vous êtes vraiment étonnante, vous savez.

— Non, je sais simplement ce que je veux... D'un ton moins ferme, elle enchaîna : Et vous pensez que je vais réussir à l'obtenir ?

— Il reste un point, un seul, dit Mark en sachant que cette dernière condition risquait de tout faire échouer. Julian veut une photographie pour accompagner le communiqué de presse, une photo de vous deux souriants, après la signature des papiers.

— Oh, Mark, balbutia-t-elle. Non...

— Il voulait un dîner à San Francisco mais j'ai rejeté cette demande sans même vous consulter et sans lui dire si vous habitez ici ou dans la région. Mais je pense que cette photographie est très importante pour Julian, Larisa...

— Vous voulez dire que si je refuse cela pourrait retarder le divorce ?

— Honnêtement, c'est possible, oui, répondit Mark avec solennité. Avec votre permission, j'aimerais suggérer un déjeuner à quatre, vous, moi, Julian et son avocat. A New York.

— Vous seriez présent ?

— Tout le temps. Je sais que cela vous sera très difficile, mais non seulement le divorce ira plus vite, mais aussi l'intérêt du public sera sans doute bien amoindri s'il n'y a pas le moindre soupçon de scandale apparent...

— D'accord. Mais quand aurait lieu ce déjeuner à New York ?

— Dans deux semaines. Tous les documents du divorce et le communiqué de presse auront été approuvés et signés auparavant, il ne resterait donc que ce déjeuner et la photographie. Nous arriverions le jeudi soir pour repartir le vendredi après-midi.

— Dans deux semaines, répéta Larisa d'une voix lointaine.

« Je vais revoir Julian dans deux semaines. Je le pourrai parce que c'est la seule manière d'être définitivement libre... »

— D'accord, s'entendit-elle répondre.

— Parfait. Et il reste un détail qui me semble positif, Larisa. Le communiqué de presse comportera l'accord écrit de Julian pour votre reprise de carrière dans la mode, si vous le désirez.

— Je n'arrive pas à croire qu'il ait accepté cela...

L'incrédulité de Larisa ne dura que quelques secondes, le temps de comprendre la réalité. Julian pouvait se permettre d'être magnanime avec sa carrière, car il savait comme elle que personne ne voudrait plus de Larisa comme mannequin. Et Julian ne lui croyait pas la force, le courage ou l'assurance pour entreprendre quelque chose de nouveau. Il était persuadé qu'elle serait toujours dépendante de lui, de son immense pouvoir, et qu'elle se laisserait contrôler comme au temps de son mariage. Et là Julian Chancellor commettait une grossière erreur.

— Julian a accepté de régler toutes les dépenses du divorce, je suppose ? dit-elle.

— Bien supposé. Y compris nos places d'avion aller-retour en première classe.

— Comment pourrai-je jamais vous remercier, Mark ?

— Vous pourriez m'accorder ce sourire que vous me devez. Je l'encaisserai dans deux semaines, si vous êtes d'accord. Disons sur le vol de vendredi après-midi qui nous ramènera à San Francisco.

Le sourire de remerciement pour Mark serait très aisé, mais celui adressé à Julian pour la photographie qui devait faire avorter toute rumeur de scandale lui paraissait presque impossible. Comment sourire de façon détendue et naturelle alors qu'elle se trouverait assise face à un homme qu'elle avait aimé mais que maintenant elle détestait et redoutait ? Il faudrait pourtant qu'elle y parvienne... Elle se rendit alors compte qu'elle avait besoin d'une étincelle d'espoir pour lui rappeler que la vie existerait après son entrevue avec Julian.

Le vendredi, elle le verrait à New York, et la nuit suivante San Francisco inaugurerait son nouvel Institut d'immunologie lors d'une réception suivie d'un bal somptueux à l'hôtel *Fairmont.* Quel plus beau symbole d'espoir que la célébration d'un bâtiment construit pour sauver des vies humaines et où, peut-être, le cancer serait enfin vaincu ? Elizabeth l'avait encouragée à l'accompagner à cette soirée fabuleuse, et il lui serait agréable de rencontrer enfin Stephen, et peut-être même le mystérieux Nick.

« J'irai, décida-t-elle. Et je porterai ma robe de soie blanche brodée de fils d'argent, celle que je voulais porter, pour ma nuit de noces et que Julian a refusée. »

Sa décision l'emplit un instant de courage, mais soudain cette fragile confiance s'effondra sous l'assaut de noires pensées. Et si Julian n'avait jamais eu l'intention de divorcer ? Si toutes ces tractations n'étaient qu'un traquenard démoniaque ?

13

San Francisco
Septembre 1991

« Parfait », approuva silencieusement Madolyn devant son reflet éblouissant. Elle se tenait devant un des miroirs en pied d'un des salons d'habillage de *Sydney's* et avait revêtu la robe créée par Christine pour le bal du *Fairmont*. La soie saphir drapait ses formes avec une élégance suggestive. Elle était fermée par une rangée de minuscules boutons nacrés cousus avec une minutie extrême par Christine, et du plus bel effet. Mais, pour Madolyn, cette fermeture avait un autre atout que celui de l'esthétisme : elle imaginait les doigts agiles de Stephen luttant contre l'impatience pour la déshabiller, le désir de son amant exacerbé par la frustration de l'opération. La désirait-il assez pour la demander en mariage ? Oui. Cela faisait partie de son rêve, ou plutôt de son projet, qui se concrétiserait pour le bal distant encore de huit jours.

Ce soir-là, dans l'ambiance de fête et de champagne, elle annoncerait à Stephen qu'elle avait accepté la place offerte par la chaîne new-yorkaise. Alors il la demanderait en mariage et, pendant quelque temps, leur union serait l'archétype de la sophistication moderne, chacun sur une côte pour des raisons de carrière. C'était bien évident, Stephen se sentirait obligé de rester à San Francisco jusqu'à ce que la construction de l'Institut soit parachevée et qu'on ait trouvé un autre directeur. Mais ensuite il pourrait partir n'importe où, alors qu'elle se devait de vivre à New York, l'épicentre de l'industrie audiovisuelle d'information.

Madolyn avait toujours su obtenir ce qu'elle désirait, et bientôt elle posséderait les deux choses qu'elle voulait le plus au monde : un emploi de rêve à New York et un mariage de rêve avec le riche, talentueux et séduisant Dr Stephen Sheridan. Madolyn était à peu près certaine de ne pas avoir besoin du subterfuge de la robe créée par Christine pour cette occasion. Mais un petit supplément à son charme naturel ne pouvait nuire, songea-t-elle avec un sourire lascif.

— C'est magnifique, Christine, complimenta enfin Madolyn en se souvenant que la jeune femme attendait son appréciation.

— Je suis heureuse que vous aimiez cette robe, Madolyn.

— Je l'adore, et Stephen l'adorera aussi, j'en suis sûre... Au fait, Christine, seriez-vous d'accord pour dessiner ma robe de mariée ? Nous n'avons pas encore arrêté de date, et je suppose que je devrai attendre la réaction de Stephen à cette création. Oh mais non, elle lui plaira, je le sais. Vous dessinerez toutes les tenues du mariage, bien sûr : la robe pour le banquet, celle des demoiselles d'honneur, et peut-être même quelques petites choses très romantiques pour notre lune de miel...

— J'en serais très heureuse, répondit Christine doucement.

Elle était agenouillée derrière Madolyn, sur la moquette épaisse du salon d'essayage, et apportait un point de correction à un pli de soie, si bien que Madolyn ne vit pas l'expression soucieuse de la jeune femme à la mention de Stephen. Depuis leur rencontre fortuite, deux semaines plus tôt, Christine craignait d'avoir offensé le médecin en feignant de ne pas le connaître, comme si elle le repoussait, comme s'il n'avait eu aucune importance pour elle dans le passé, alors qu'il lui avait offert le plus extraordinaire cadeau possible : une année supplémentaire d'amour avec David. Mais non, certainement Stephen comprenait qu'elle ne pouvait avoir oublié, et que son attitude avait pour seul but de rendre les choses plus discrètes. Mieux valait pour elle que son entourage professionnel et sa clientèle ne connaissent rien de son passé.

Quatre heures plus tard, alors qu'elle descendait du bus et parcourait à pied les quelques centaines de mètres la séparant encore de sa petite maison de location de Twin Peaks, Christine était toujours tracassée par son attitude envers Stephen. Elle regarda son courrier de la journée d'un œil distrait, jusqu'à ce qu'une enveloppe retienne son attention. L'en-tête était celle de la compagnie auprès de laquelle l'assurance-maladie de David avait été contractée. Or elle n'avait pas donné de nouvelles depuis plus de trois ans, peu après le diagnostic du cancer et de ses causes antérieures qui annulaient toute prise en charge.

Sans doute une circulaire lui enjoignant de renouveler son contrat, se dit-elle en l'ouvrant sans hâte, ne prêtant pas attention à la mention « PERSONNEL » barrant le coin supérieur gauche de l'enveloppe.

La lettre s'adressait à elle, en effet.

« Chère Mme Andrews,

Nous vous écrivons afin de vous informer d'une regrettable erreur relative à votre demande d'indemnisation. Jusqu'à ce jour les dépenses entraînées par les soins administrés à feu votre époux David Andrews n'avaient pas été prises en charge par notre société en raison de la clause d'exclusion induite par sa maladie antérieure. Mais, ce 22 août, le Dr Stephen Sheridan a porté à notre connaissance que le diagnostic d'antécédents familiaux d'hémochromatose entraînant la maladie de votre mari s'était révélé nul.

Aussi, en accord avec les termes de votre police d'assurance, nous prenons en charge toutes dépenses afférentes à la maladie de votre mari, comme spécifié dans le contrat souscrit. Nous avons déjà contacté les hôpitaux concernés et après calcul nous vous adressons avec la présente un chèque d'un montant de 12 380 dollars correspondant au total des remboursements effectués par vous à ce jour.

Soyez persuadée que tous les remboursements ultérieurs seront pris en charge par nos soins, et veuillez accepter nos excuses pour cette regrettable erreur et pour tous les inconvénients qu'elle a pu vous occasionner... »

Christine cessa de lire et agit, poussée par une vague de sentiments mêlés si subite qu'elle ne pouvait ni les maîtriser ni les analyser. Elle prit dans un tiroir de la cuisine son répertoire téléphonique personnel. Les numéros de Stephen, à son domicile, son bureau et pour son pager, qu'il lui avait donnés si longtemps auparavant, étaient gravés dans un coin de son esprit mais pour l'instant elle était incapable de se les remémorer.

On était vendredi soir et il était dix heures et demie. Pendant l'année où David avait été le patient de Stephen, celui-ci s'était souvent trouvé au centre hospitalier tard le soir, même les vendredis.

Le regard de Stephen passa de sa montre au téléphone. Dans un moment, la sonnerie retentirait. Madolyn l'appellerait de sa loge à la station, son texte déjà écrit et répété pour son intervention télévisée, les dernières retouches de maquillage prévues dans quelques minutes. Elle l'appellerait parce qu'on était vendredi soir et qu'elle était libre pour le week-end, ce qui signifiait qu'elle voudrait le voir. Madolyn serait très claire sur ses désirs, usant et abusant de sa voix sensuelle et d'intonations lourdes de provocation... et de promesses.

Mais les promesses de passion étaient les seules qu'ils aient jamais pu échanger. Stephen se renfrogna, surpris et vaguement gêné que leur relation durât depuis si longtemps sur des bases aussi légères. Mais c'était le déclencheur de leur relation, bien sûr, une attirance sur le plan physique, et ils s'étaient engagés envers la notion de plaisir, pas l'un envers l'autre.

Stephen n'avait jamais vécu de rapports semblables. Pour la première fois de son existence il partageait une relation dont était absent tout espoir d'amour, ce qui la rendait facile, mais aussi tellement vide. Pourtant, leurs rapports cesseraient bientôt. Madolyn obtiendrait très probablement le poste qu'elle convoitait dans une chaîne new-yorkaise. Et c'en serait fini de leur relation. C'était un instant qu'il anticipait avec autant de soulagement que de regret...

Le téléphone sonna. Exactement à l'heure, se dit Stephen en décrochant.

— Allô ?

— Dr Sheridan ? Ici Christine Andrews.

— Bonsoir, Mme Andrews, répondit aimablement Stephen.

Il se rembrunit un peu plus en notant que les prénoms utilisés la semaine précédente à *Sydney's* étaient apparemment oubliés. Ils en étaient revenus aux anciens rôles du médecin et de l'épouse du patient, mais la voix de la jeune femme était différente de celle, douce et courageuse, qu'il avait si souvent entendue pendant la dernière année de vie de David.

— Pourquoi avez-vous contacté la compagnie d'assurances ? s'enquit la nouvelle voix, toujours courageuse mais beaucoup moins douce que naguère.

— Parce que j'ai estimé injuste que vous payiez ce qui devrait avoir été couvert par l'assurance.

— Mais cela ne vous regardait pas !

— Je suis désolé. Je pensais le contraire.

— Pourquoi ?

— Parce que David était mon patient et que je me sens responsable devant lui et de ses souhaits. Or je sais qu'il n'aurait pas voulu que vous passiez le restant de votre existence à rembourser ses dettes de soins.

— Mais vous êtes-vous soucié de ce que je veux ?

Elle avait rétorqué sans réfléchir, et cette réaction la laissa abasourdie. Stephen avait raison. David avait espéré que la vie de sa femme serait sans nuage après sa disparition, et qu'elle pourrait retrouver le bonheur. Mais elle avait accepté la décision de la compagnie d'assurances sans élever la moindre objection, au contraire. Et pourquoi donc ? Parce qu'elle avait voulu vouer sa vie à rembourser ? Parce que de cette façon elle vivrait encore un peu avec David ? Parce qu'elle pourrait vivre pour toujours en sécurité dans le souvenir de leur amour, sans jamais sortir de ce passé, sans jamais être forcée de voir l'avenir et de nouveaux rêves ? Parce qu'elle avait peur ?

— Mme Andrews ? fit la voix calme de Stephen. Christine ?

— Je dois vous quitter, murmura-t-elle. Excusez-moi.

Elle raccrocha lentement. Des larmes brûlantes coulèrent de ses yeux lavande et son corps fut secoué de sanglots douloureux. Tout le chagrin et l'angoisse qu'aurait pu déverser son cœur un an plus tôt, le jour de la mort de David et du bébé, toute cette douleur qu'elle avait jugulée alors la submergeait maintenant.

Elle n'avait plus de dettes à rembourser... Et Christine pleura des larmes de souffrance terrible en affrontant enfin la perte irrévocable de son mari tant aimé... et de leur enfant.

« Elizabeth avait raison, se dit Stephen avec une certaine tristesse en reposant le combiné du téléphone. J'aurais dû parler à Christine avant de contacter la compagnie d'assurances. »

Mais pourquoi avait-elle été aussi choquée ? Parce qu'il s'était immiscé dans sa vie privée ? Ou bien parce qu'il avait brisé une pénitence qu'elle s'était imposée en acceptant ces remboursements ?

Stephen gardait la main sur le téléphone, comme pour la toucher, la réconforter. Après tout, c'est lui qui l'avait rendue si triste.

Quand la sonnerie retentit, il décrocha instantanément, avec l'espoir que c'était elle...

— J'ai essayé d'appeler tout à l'heure, mais la ligne était occupée, roucoula Madolyn. Ne me dis pas qu'il y a une autre femme...

« Oui, songea Stephen. Il y a une autre femme. Une jolie femme pleine de sensibilité que j'ai involontairement blessée. Et tout ce que je désire à présent, c'est un peu de solitude pour penser à la tristesse que j'ai déclenchée. »

TROISIÈME PARTIE

14

Manhattan
Septembre 1991

Julian, son avocat et le photographe qui devait prendre le cliché des divorcés à l'amiable attendaient devant le restaurant *Le Cirque* quand la limousine transportant Larisa et Mark arriva. A la vue de Julian, Larisa sentit les battements de son cœur s'accélérer encore, et son estomac se crisper à la limite de la douleur.

— Ça ira ? s'enquit Mark alors que la limousine s'arrêtait en douceur le long du trottoir.

— Non, avoua Larisa. Mais ça ira dans trois heures.

— Je suis certain que le vol de retour sera des plus agréables, promit Mark. On y va ?

— Allons-y.

Ils sortirent de la voiture et des présentations polies eurent lieu sur le trottoir, tandis que Julian la regardait fixement, de la même façon qu'au jour lointain de leur première rencontre, avec un mélange charmant de tendresse, de désir et de respect. « Le coup de foudre », lui avait-il dit plus tard, et elle avait eu la même réaction.

« Prends garde ! » cria une voix intérieure. Elle avait tant voulu croire à cet amour merveilleux, et elle l'avait accepté avec une joie et une reconnaissance éperdues... Mais elle voyait bien sa manœuvre maintenant, et le danger qu'il représentait toujours.

— Bonjour, Larisa, dit Julian avec la même intonation légèrement étonnée de leur première rencontre.

— Bonjour.

— Si nous entrions ? proposa-t-il aimablement, sans paraître se formaliser de sa froideur. Daniel a concocté tes plats préférés et Sirio nous a retenu notre table habituelle.

— Notre table habituelle ? répéta Larisa d'une voix faible.

Leur table se trouvait dans un coin reculé de la salle, un de ces rares îlots de discrétion dans cet endroit où les gens riches et célèbres venaient pour être vus. Mais Julian était au-delà de ces désirs puérils. Pendant les six années écoulées, le couple Chancellor avait toujours dîné à une table isolée.

— Déjeuneras-tu avec moi, Larisa ? demanda Julian avec calme. Rien que nous deux. S'il te plaît.

Son regard sombre portait en lui le défi et la supplique ; défi à son courage et supplique à son cœur qui avait tant aimé cet homme, qu'elle serait morte pour lui. Peut-être d'ailleurs était-elle morte pour lui, d'une certaine façon.

— Nous étions convenus de déjeuner tous ensemble, rappela Mark d'un ton ferme mais poli en s'adressant à Julian tout en envoyant un regard rassurant à Larisa, pour lui confirmer qu'il tiendrait sa parole.

— Et c'est ce que nous ferons si tel est le souhait de Larisa, enchaîna Julian avec un sourire tendre pour la jeune femme. Larisa ?

— Ne vous inquiétez pas, Mark, dit-elle après un instant. Je déjeunerai en tête à tête avec Julian.

Mais si elle acceptait le défi porté à son courage, en aucun cas elle ne répondait à la supplique de Julian.

« Il savait que j'accepterais », comprit-elle en arrivant à la table où deux couverts seulement étaient mis. Le photographe était déjà là et arrangeait le bouquet de fleurs, et le sommelier attendait pour leur servir le Dom Perignon frappé. Ils s'installèrent et firent tinter leur flûte en cristal l'une contre l'autre en souriant, donnant au photographe et au monde entier l'image éclatante de l'harmonie.

— Tu n'en bois pas du tout ? nota Julian quand ils furent seuls en la voyant reposer sa flûte sur la nappe rose. Une gorgée, pour fêter l'événement ?

— Non, merci, dit-elle, consciente qu'elle aurait besoin de toutes ses facultés. Mais vas-y, toi.

— Mais je n'ai rien à fêter... Non, ce n'est pas tout à fait vrai. Je fête la liberté que tu as justement reprise et que tu mérites. Il eut un sourire triste. Je suis très sérieux, Larisa. Je suis fier que tu me quittes, et j'ai honte au-delà des mots pour ce que je t'ai fait endurer. Et pas seulement cette dernière nuit, mais depuis longtemps. J'ai des problèmes... Cela, nous le savons tous les deux. Ton départ a été un électrochoc salutaire, et j'ai compris que j'avais besoin de l'aide d'un professionnel. Je vois un spécialiste, maintenant. Ce n'est qu'un premier pas, bien sûr, mais... peut-être que je trouverai certaines réponses. Et un jour, peut-être, tu seras capable de me pardonner...

— Ne me demande pas de te pardonner, Julian. Pas maintenant. Ni jamais, peut-être... Sous la table, Larisa crispait les poings si fort que les ongles entaillaient ses paumes. Mais je suis heureuse que tu aies trouvé de l'aide.

— Moi aussi, du moins je le pense. Pendant longtemps, j'ai pensé que je ne méritais même pas de m'améliorer... Il eut un sourire de sombre ironie et confessa à mi-voix : Pendant longtemps, je me suis dit qu'il aurait mieux valu que tu tires...

Les ongles mordirent un peu plus la peau tendre. Les images de cette nuit d'horreur lui revinrent à l'esprit brutalement. Comment il s'était moqué d'elle, l'avait narguée, la défiant d'appuyer sur la détente parce qu'il savait, comme un autre monstre des années auparavant, que même pour se protéger elle ne pourrait passer à l'acte : elle était si vulnérable, si désirable derrière le voile fragile de son courage, une victime tellement délicieuse...

Larisa avait toujours eu trop honte pour parler à Julian du viol qui lui avait arraché son innocence des années plus tôt. Il n'en avait donc rien su et pourtant, quatre semaines auparavant, il avait étrangement réitéré cette ancienne scène d'horreur, raillant la façon dont elle pointait le petit pistolet sur lui, l'encourageant à tirer, avant de la punir férocement de sa faiblesse.

Et maintenant il disait qu'elle aurait dû appuyer sur la détente.

— Je suis sérieux, Larisa, affirma-t-il. Je t'ai donné cette arme pour te défendre contre quiconque te voudrait du mal. Peut-être qu'à l'époque je sentais que ce pourrait être moi...

— Je ne veux pas en parler, Julian.

— Juste quelques mots encore. Je veux que tu prennes ce pistolet aujourd'hui. Mon avocat l'a apporté, ainsi que les documents demandés par les compagnies d'assurances pour le port d'arme. Il donnera le tout à Mark avant que vous repartiez.

— Je ne veux pas du pistolet, Julian.

— Je t'en prie, prends-le, Larisa, que je te sache en sécurité... Julian marqua un temps avant d'ajouter, d'une voix douce où perçait une pointe d'amertume menaçante : Et pour que je ne l'utilise pas contre moi.

— Julian...

— Ce n'est pas correct, excuse-moi. Mais prends quand même le pistolet, s'il te plaît. Et promets-moi que si jamais quelqu'un essaie un jour de te blesser, tu appuieras sur la détente.

— Très bien, je prendrai le pistolet, accepta-t-elle d'un ton relativement calme, en luttant contre la suffocation qu'elle ressentait. Maintenant, pourrions-nous parler d'autre chose ?

— Bien sûr.

Durant tout le repas exquis auquel ils touchèrent peu, Julian entretint avec son charme habituel une conversation légère et inoffensive agrémentée d'anecdotes amusantes. Ce n'est qu'au café qu'il y revint sans crier gare :

— Où habites-tu, Larisa ?

Prise de court, Larisa ne put masquer un hoquet de surprise. Elle n'était pas certaine de vouloir répondre. Mais cela n'avait plus d'importance maintenant, n'est-ce pas ? Ils avaient signé les papiers du divorce et dans quelques minutes ils se quitteraient pour toujours.

— Pour l'instant, j'habite à San Francisco.

— C'est bien. Je sais combien tu aimes cette ville, bien plus que Manhattan... Il posa sur elle un regard solennel et pensif, et après un long silence demanda d'un ton doux : Je pourrai te téléphoner ?

Aussitôt, elle reconnut le danger. Après avoir essayé de l'attendrir en lui exposant son découragement et ses efforts pour changer, il demandait maintenant son aide. Oh ! rien de très important, disait-il : un simple coup de fil occasionnel, d'une côte à l'autre. Mais pour Larisa ce serait une concession énorme. Et dangereuse...

— Julian, je ne...

— Il est trop tôt, bien sûr. Je sais. Je comprends. C'est encore trop tôt, trop douloureux pour moi aussi. Mais peut-être, dans un mois ou deux, je pourrais appeler Mark et lui demander ton numéro, ou au moins ton adresse ? Ainsi, je pourrais coucher sur le papier ce que je veux te dire, et toi tu resterais libre de déchirer la lettre sans l'ouvrir si tu en as envie...

Il paraissait tellement humble, tellement contrit... « Mais ce n'est pas le vrai Julian, prévenait la voix dans l'esprit de Larisa. Le vrai Julian est celui qui cherche à te culpabiliser de ton apparente répugnance à l'aider. »

Mais elle savait aussi que le vrai Julian reviendrait à la charge, au moins durant un certain temps, et elle répugnait surtout à interposer Mark dans cette affaire. Il avait rempli plus que son rôle d'avocat.

— Laissons Mark en dehors de tout cela, Julian. Je vais te donner mon adresse et mon téléphone. Mais je t'en prie... c'est vraiment encore trop tôt... Pas avant un mois, s'il te plaît.

— D'accord. Merci.

Il attendit en silence pendant qu'elle inscrivait ses coordonnées sur un morceau de papier tiré de son sac à main. Quand elle le lui tendit, leurs doigts s'effleurèrent. Les siens étaient tièdes, ceux de Larisa glacés.

— Ce n'était pas si dur, n'est-ce pas ? dit-il alors d'une voix enrouée. Notre histoire n'a pas été une si mauvaise histoire. Est-ce que nous n'avons pas connu des moments heureux ?

« Les moments les plus heureux de ma vie », songea-t-elle en retirant vivement sa main et en se levant de table avec une telle précipitation que sa tasse de café encore pleine se renversa sur la table. « Mais, se dit-elle, ces moments heureux n'ont existé que parce que je croyais à ton amour.

C'était folie de ma part, aveuglement. Tu m'as piégée alors, comme sans doute tu crois me piéger aujourd'hui encore. Mais cette fois tu te trompes, Julian. »

— Mark et moi devons repartir maintenant, Julian. Il va y avoir les embouteillages du vendredi après-midi, et...

— Et tu as besoin d'être loin de moi, termina-t-il en se levant lui aussi, ses yeux emplis de tristesse. Je comprends, Larisa. Et je ne t'en veux pas. Au revoir.

Alors que la limousine emmenait Larisa et Mark vers l'aéroport, Julian Chancellor retourna sans tarder à son appartement sur Park Avenue pour savourer son triomphe. Un de ses grands talents était sa capacité à déceler le point faible chez l'adversaire et à en jouer. C'était ce qu'il avait fait aujourd'hui — comme toujours — avec Larisa.

Il considérait l'élan qui portait Larisa à secourir les gens en détresse comme une faiblesse, mais à présent il appréciait fort ce défaut qu'il avait naguère tant méprisé. Il laisserait Larisa le secourir, ou croire qu'elle le faisait, et elle ne comprendrait la vérité que lorsqu'elle serait revenue à lui. Alors il serait trop tard pour elle.

Julian sourit en se rappelant la beauté de Larisa aujourd'hui, son courage masquant cette peur délicieuse qui l'habitait. Elle désirait toujours son amour, il l'avait lu sans équivoque dans la tristesse qui ternissait son magnifique regard si expressif.

Le sourire de Julian céda à une expression dure, et ses lèvres se réduisirent à une ligne menaçante quand il pensa à ce qu'il avait également vu dans ces prunelles bleues. Quelque part, il avait surpris un courage, une bravoure, une force qu'il n'avait jamais vus auparavant. On eût dit que Larisa croyait effectivement pouvoir le rayer de sa vie.

Il avait été obligé de lui accorder le divorce. Non, comme elle le pensait, parce qu'il redoutait qu'elle parle du viol ou de sa brutalité. Elle pouvait le crier sur tous les toits, qui la croirait ? Personne. Il s'en était assuré.

Non, ce n'était pas cette menace qui l'avait décidé, mais ce que Larisa aurait pu révéler par inadvertance. Si elle avait narré les événements qui l'avaient poussée à le quitter, cette nuit-là, elle aurait pu mentionner la rage terrible dans laquelle il était entré pour avoir raté l'achat d'une propriété... Et Julian ne voulait pas, ne pouvait pas permettre que Peter London apprenne dans quelle fureur il l'avait mis en le battant sur son propre terrain.

Un jour, quand Julian Chancellor le déciderait, Peter London paierait très cher ce coup d'éclat. Exactement comme Larisa paierait très cher d'avoir osé le quitter.

Ses pensées de vengeance allaient de Peter à Larisa, et le sourire cruel tordit de nouveau ses lèvres. Julian appréciait la bravoure fragile dont la jeune femme avait fait preuve aujourd'hui. Sa reconquête — et sa punition — n'en serait que plus excitante.

Larisa croyait pouvoir le quitter. En temps voulu, elle apprendrait quelle terrible erreur elle commettait.

15

— Comment ça se passe là-dedans ? s'enquit Larisa à travers la porte close de la chambre d'Elizabeth.

Il était presque huit heures et une limousine arriverait bientôt pour les emmener au *Fairmont* pour le bal. C'était le moment de la dernière vérification. Larisa l'avait déjà effectuée sur elle-même, rapidement, juste le temps de s'assurer que rien ne jurait dans sa tenue. Elle s'était vêtue comme elle l'aurait fait, si Julian l'avait permis, pour la soirée la plus joyeuse de sa vie. Alors, comme maintenant, elle aurait porté sa magnifique chevelure d'or libre, en une longue cascade de boucles soyeuses, et elle aurait revêtu cette robe de soie blanche délicatement brodée qui traduisait si bien l'espoir, l'innocence et la pureté.

Qui cherchait-elle à abuser ?

— Je crois que j'ai fait de mon mieux, annonça Elizabeth en ouvrant la porte de sa chambre.

— Et ton mieux est tout à fait ravissant, commenta doucement Larisa. Tu es très jolie.

— Merci, dit Elizabeth en gratifiant son amie d'un sourire chaleureux. Même chose pour toi. Je suis si heureuse que tu aies décidé de venir, finalement.

— Moi aussi. Je suis impatiente de rencontrer le très charmant Stephen Sheridan, sans parler du très infâme Nicholas Chase.

— Tu ne rencontreras peut-être pas Nick.

— Vraiment ? D'après ce que j'ai réussi à décrypter du

planning assez compliqué accroché dans la cuisine, j'en avais conclu que l'autre unité de transplantation est de service ce soir et que ni toi ni ton collègue n'êtes de garde pour le service de traumato.

— C'est exact. Je pense aussi que Nick viendra au bal, mais il y aura tant de gens...

« Et Nick ne me cherchera certainement pas dans cette foule », poursuivit Elizabeth mentalement. Soudain, un malaise très désagréable la saisit. Nick ne traverserait sans doute pas une salle de bal pour aller la saluer, mais il accomplirait certainement le voyage pour faire la connaissance de Larisa. Nick serait attiré par Larisa, et Larisa serait attirée par lui, et...

Interprétant le froncement de sourcils de son amie comme le signe qu'elle craignait quelque propos déplacé envers Nick, Larisa dit vivement, d'un ton rassurant :

— Ne t'en fais donc pas. Si je rencontre Nick, je resterai très polie, promis. Mais j'essayerai peut-être de détecter le défaut de sa cuirasse. Je sais, tu crois qu'il n'en a pas. Mais il doit en exister un, Liz, c'est forcé. Les hommes gentils t'apprécient toujours ; si Nicholas Chase ne réagit pas de cette manière, c'est que quelque chose ne tourne pas rond du tout chez lui !

— Tu es vraiment une amie hors pair !

— C'est toi l'amie, Lizzie, répondit Larisa d'un ton tranquille. Je ne dis que la vérité.

Les interrogations d'Elizabeth sur une éventuelle rencontre entre Larisa et Nick obtinrent une réponse dès l'entrée des deux jeunes femmes au *Fairmont*. Le chirurgien, qui venait lui aussi d'arriver, se trouvait seul au milieu de l'élégant hall de l'hôtel.

— C'est Nick, dit Elizabeth en comprenant que la rencontre était maintenant inéluctable.

Il les vit arriver. La politesse commandait qu'il attende leur venue, mais il eut une attitude plus galante encore : il vint au-devant d'elles.

— Et voilà l'ours, souffla Larisa à son approche.

Il leur sourit poliment, salua Elizabeth qui fit les présentations. Il souriait toujours quand son regard se fixa sur celui de Larisa, et celle-ci se rendit alors compte que, malgré ce que lui avait dit Elizabeth sur la réputation de séducteur nonchalant du chirurgien, elle n'était pas préparée à un charme aussi tangible.

« Êtes-vous un de ces hommes dont le physique a ravi toutes celles qu'il désirait ? se demanda-t-elle. Votre quête du plaisir a-t-elle toujours été menée sans effort ? N'êtes-vous attiré que par des femmes qui brillent d'un attrait superficiel, comme moi, et non par celles qui sont vraiment belles, comme Elizabeth ? Je suppose que vos yeux au bleu sombre, si arrogants et séducteurs, sont trop aveugles pour voir l'extraordinaire beauté d'Elizabeth. C'est bien dommagc pour vous, Nicholas Chase. Car pour quelque raison inexplicable, vous avez la chance de lui plaire... »

« De lui plaire beaucoup », songea-t-elle en jetant un coup d'œil à son amie et en remarquant la roseur très seyante qui trahissait son émoi en présence du chirurgien, alors que ses yeux émeraude brillaient d'un éclat profond. « Oh, Liz, tu es tombée amoureuse de cet homme extrêmement séduisant, n'est-ce pas ? C'est pour cela que tu le défends ainsi, malgré l'indifférence cruelle qu'il te montre. » Elle ne put s'empêcher de comparer Nicholas Chase à Julian, et un frisson d'appréhension pour son amie la parcourut.

Un moment, les prunelles bleu clair de Larisa se rivèrent à celles, bleu sombre, de Nick, et l'appréciation était mutuelle. Puis Elizabeth rompit le silence gênant qui s'étirait :

— Eh bien, je crois que je devrais essayer de retrouver Stephen et Madolyn, dit-elle pour prendre congé.

— Je viens avec toi, dit aussitôt Larisa, et elle décocha à Nick un regard de mépris glacé qui le laissa interdit. Au revoir, Nick.

— Au revoir, Larisa, répondit-il et, se détournant de son regard agressif vers celui, radieux mais incertain, d'Elizabeth, il dit d'une voix sereine :

— Au revoir, Elizabeth.

« Quel contraste ! » songea Larisa quelques instants plus

tard, quand Elizabeth lui présenta Stephen. Comme avec Nick, elle ne s'attendait pas à un tel charme, mais cela n'avait rien d'étonnant, car lorsque Elizabeth décrivait les gens, elle parlait de leur métier et de leurs occupations, et non de leur physique. Stephen était lui aussi très attirant, mais quand son regard sombre et sensuel se posa sur elle, Larisa sentit de la gentillesse et de la chaleur, et non de l'arrogance.

« Voilà l'homme dont Elizabeth devrait tomber amoureuse », se dit-elle. Mais à voir leurs rapports sans gêne, il était évident que ces deux-là étaient amis.

La conversation avec Stephen et Madolyn fut de courte durée car un homme arriva pour féliciter Stephen de son poste à la direction de l'Institut et lui parler de la LKC, et un moment plus tard, ce fut au tour de la présentatrice météo vedette.

Elizabeth et Larisa s'éloignèrent discrètement. Pendant quelques minutes, elles restèrent ensemble, puis d'un accord tacite se séparèrent. Larisa rassura son amie en lui affirmant que, si elle désirait aborder quelqu'un, elle irait simplement se présenter.

En fait, elle ne désirait aborder personne. Elle avait envie d'une certaine solitude, et de champagne. Le liquide léger et gazeux aidait beaucoup ; Larisa avait presque oublié à quel point. C'était une des leçons apprises durant son mariage, une leçon de survie, même si le mois dernier elle n'avait pas bu une goutte d'alcool. Mais elle avait eu besoin de garder les idées claires pour se concentrer sur la guérison de son corps meurtri. Par ailleurs, elle s'était sentie en sécurité auprès d'Elizabeth. En sécurité et très loin de Julian.

Mais à présent, Julian s'était rendu inévitable, et son image lui rappelait sans répit toutes ses trahisons et les souffrances vécues. Ces dernières vingt-quatre heures, elle avait enduré la peine du souvenir, et elle ressentait un besoin irrésistible d'échapper à ces pensées, au moins un moment, juste assez longtemps pour regagner un peu de la force nécessaire à son combat contre la souffrance.

Le champagne était un remède merveilleux, magique, qui engourdissait ses doutes, la rendait forte, courageuse...

L'intimité lui était impossible dans la foule des invités qui emplissait la salle de bal, mais Larisa trouva bientôt un coin où elle pouvait rester indéfiniment dos aux gens riches et aux célébrités, ne se retournant que pour prendre une coupe de champagne sur un des plateaux promenés par le personnel.

Dans ce coin plus tranquille était installée la maquette de l'Institut d'immunologie. Larisa avait par le passé vu des dizaines de ces modèles réduits de bâtiments, pièces de l'empire immobilier de Julian. Mais celui-ci ne déclencha pas de souvenirs désagréables, tant il était différent des créations commandées par Julian.

« Peter London, Architecte », lut Larisa sur la petite plaque dorée vissée dans le socle de la maquette. Ce nom, comme le style architectural, lui était tout à fait inconnu. Jamais ce Peter London n'avait été chargé par Julian de dessiner un de ses nombreux bâtiments. « Une erreur de plus pour Julian », ajouta-t-elle mentalement.

Lundi matin, la maquette serait installée dans le hall du centre, sans doute sous une vitrine en plexiglas, mais pour l'instant rien ne la protégeait, pas même un cordon de soie tressée pour empêcher qu'on l'approche. Larisa avança vers cette merveilleuse maison de poupée qui évoquait pour elle celle qu'elle n'avait jamais eue dans son enfance. Le modéliste avait pris grand soin des moindres détails, et c'était un enchantement pour le regard. Chaque chambre était équipée de minuscules appareillages hospitaliers, mais aussi décorée de peintures et de papiers peints pastel qui n'avaient rien de médical. Des figurines miniatures, personnel hospitalier et patients, habitaient la maquette. Un sourire ravi accrocha les lèvres de Larisa en découvrant que la moitié des médecins étaient des femmes.

Devant la maquette, elle éprouvait une extraordinaire sensation de réconfort et de chaleur humaine. Si quelqu'un devait être soigné ici, son séjour serait rendu le plus agréable possible par l'ambiance que dégageaient les lieux. A commencer par l'élégant hall d'entrée avec ses colonnades blanches, ses fontaines et ses bacs fleuris. Le bâtiment semblait offrir à ses visiteurs un accueil des plus humains.

Le sourire déserta brusquement le visage de Larisa quand elle remarqua deux personnages minuscules, une femme et une fillette, à l'évidence la mère et la fille. Mais elles ne marchaient pas ensemble. La mère se trouvait un peu en avant, et dans son cœur Larisa ressentit la panique de l'enfant essayant désespérément de rejoindre sa mère, effrayée à l'idée d'être abandonnée.

Larisa fit passer la coupe vide de sa main droite à la gauche et du bout de l'index poussa la fillette jusqu'à ce que sa main touche celle de la femme. « Voilà. » C'était ainsi que devaient être les choses et les gens : la mère tenant la main de sa fille pour la réconforter, la protéger.

Ce qui n'avait jamais été le cas dans la jeunesse de Larisa.

A quelques pas de là, silencieux, Peter London observait la jeune femme à l'extraordinaire beauté qui concentrait toute son attention sur la maquette. Elle était totalement absorbée par sa tâche, et Peter absorbé par sa contemplation, hypnotisé par le reflet doré des lustres de cristal dans sa chevelure, conquis par la grâce de princesse de cette inconnue à la robe virginale si seyante.

Peter avait été attiré par sa beauté, mais touché plus encore par l'émotion contenue dans le simple geste qui avait réuni les deux personnages de la mère et de la fille. Il avait senti toute sa tristesse et avait été envahi d'une envie spontanée d'approcher pour la prendre dans ses bras, et la serrer jusqu'à ce que cette immense peine quitte à jamais son cœur, qu'avec l'intuition la plus absolue il savait pur. Pourtant, il avança lentement, pour ne pas l'effrayer, jusqu'à se tenir derrière elle.

— Qu'en pensez-vous ? demanda-t-il.

Malgré le calme et la douceur de sa voix profonde, Larisa ne put réprimer un sursaut de surprise. Tirée brusquement de ses souvenirs, elle eut le réflexe de répondre sans se retourner, pour dissimuler les larmes qui troublaient sa vision.

— C'est merveilleux, souffla-t-elle. Très beau et accueillant. Et en même temps très fonctionnel.

— Je suppose que vous travaillez au centre ?

La gêne avait quitté ses yeux maintenant, et elle pouvait

faire face à l'arrivant. Un instant, elle eut une impression d'élégance et de pouvoir, une impression qui la fit frissonner car elle évoquait pour elle une personne redoutée : Julian. « Mais non », se dit-elle aussitôt avec soulagement. Peut-être à cause de la chevelure brune artistiquement coiffée, un peu trop longue pour appartenir à un descendant d'une famille prestigieuse de la Nouvelle-Angleterre. Ou peut-être à cause des yeux qui n'étaient pas noirs mais d'un vert sombre velouté, aussi attirant qu'une forêt à l'aube. Attirant ? Oui, pour Larisa une forêt au petit jour était un lieu attirant. Dans son enfance, elle avait passé des heures enchantées dans le sanctuaire vert des pins.

Larisa rencontra le regard de Peter, et pendant une fraction de secondes, elle faillit céder au réconfort que promettaient ces prunelles, y décelant une sagesse et une gravité surprenantes. Mais l'éclat intense qui passa dans ces yeux l'alarma et elle ne put s'empêcher d'établir un nouveau parallèle avec son ex-mari. « Il est comme Julian ! » songea-t-elle, effrayée.

Pour masquer son trouble, elle répondit à la question de l'inconnu, qui laissait supposer que lui-même ne travaillait pas au centre médical :

— Oui, je travaille au centre. Je suis chirurgien en traumatologie.

Larisa n'aurait pu dire si ce mensonge était l'expression de son désir d'être Elizabeth plutôt qu'elle-même ou un défi à cet homme séduisant et sûr de lui. « Je ne suis pas simplement une jolie femme qu'on peut s'amuser à séduire, voyez-vous. J'ai ma propre valeur, mon propre talent, mon propre pouvoir... »

Dès qu'elle eut parlé, Larisa attendit une réaction de moquerie de l'homme. Il allait certainement détecter l'improbabilité de l'affirmation et rire de sa prétention. Mais aucune lueur de surprise ou d'incrédulité ne traversa le regard vert qui la couvait.

— La chirurgie traumatologique doit être une spécialité très difficile, dit-il d'un ton aimable. Sur le plan émotionnel comme sur le plan purement technique.

— Oui, c'est vrai, admit Larisa, comme l'aurait fait Elizabeth. Mais c'est aussi un métier très gratifiant.

— Je n'en doute pas, dit-il avec un sourire. En qualité de chirurgien en traumatologie, viendrez-vous souvent à l'Institut d'immunologie ?

— Pas au début. Mais si la transplantation d'organes devient une procédure de soins courante en cas d'urgence, oui, c'est possible.

— Et vous pensez cette évolution probable ?

— Oui. *Du moins,* ajouta Larisa en pensée, Elizabeth le pense. Nous opérons pour maîtriser les dommages et réparer ce qui peut l'être, mais parfois un organe vital est trop sérieusement touché et on ne peut rien faire.

— Les blessures du cœur, par exemple ?

— Oui, souffla Larisa, prise au dépourvu par le double sens de la question.

Cette conversation malhonnête parce que cousue de mensonges prenait un tour personnel beaucoup trop honnête, et soudain elle ressentit le besoin pressant d'échapper à l'acuité de ce regard vert sombre qui, visiblement, attendait toujours quelque chose d'elle, et qui surtout risquait de découvrir la supercherie.

— Eh bien, il faut que j'aille rendre visite à un patient. Il y a l'équipe de garde à l'hôpital, bien sûr, mais...

— Mais c'est votre patient et vous voulez vous assurer vous-même que tout va bien ?

— Oui, c'est cela. Au revoir.

Elle s'éloigna rapidement, et il sentit qu'elle était aussi pressée de le quitter que d'aller voir son patient. Tandis que la masse dorée des cheveux disparaissait dans la foule, Peter éprouva un vide surprenant, une sensation de perte brutale. Elle se sauvait et il avait grande envie de s'élancer à sa suite... Il l'aurait peut-être fait, mais avant qu'elle ne soit engloutie par la masse des invités, il la vit échanger un sourire d'amitié avec Stephen Sheridan, et il sut alors qu'il pourrait la retrouver. Il pourrait demander à Stephen le nom de cette femme chirurgien dont les yeux trahissaient une telle tristesse.

Larisa traversa la salle de bal comme si elle se rendait réellement vers le hall d'entrée. Mais quand elle se jugea à l'abri du regard vert, elle changea de direction et se rendit à la fontaine près de la piste de danse.

Un sourire évanescent effleura ses lèvres. Elle pouvait rester ici toute la soirée, à écouter les chansons romantiques jouées par l'orchestre en contemplant les reflets changeants des lustres dans le petit bassin doré. Et il lui suffisait d'étendre le bras pour obtenir une flûte pleine de champagne.

C'était parfait.

— Vous ne l'avez pas encore noyé, Larisa ?

Cette fois encore, la voix masculine qui brisait ses pensées venait de derrière elle, mais elle était familière. Et importune.

— Je vous demande pardon ? dit-elle en pivotant sur ses talons.

— Vous n'avez pas encore noyé dans le champagne ce que vous essayez d'y noyer ? expliqua Nick avec calme.

— Excusez-moi, mais vous m'avez surveillée ? Exactement comme Julian m'aurait surveillé ? Auriez-vous compté le nombre de flûtes de champagne que j'ai bues ?

— J'ai compté, en effet, reconnut Nick sans paraître s'émouvoir des éclairs lancés par les yeux bleus de la jeune femme. Pendant un moment, ça m'a distrait. Mais j'avoue avoir fini par perdre le compte et l'intérêt.

— Et maintenant vous êtes soudainement intéressé, de nouveau ?

— Pas dans le nombre de verres bus, je sais qu'il est élevé, mais oui, je suis intéressé par la raison qui peut vous pousser à boire autant.

— Je ne suis pas ivre, docteur, rétorqua Larisa d'un ton froid et d'une voix claire.

Et c'était vrai. Elle se sentait à peine gaie, assez pour flotter un peu, dégagée du poids de son chagrin pour quelques instants merveilleux. Elle ne titubait pas, parlait d'une voix assurée et, jusqu'à maintenant, ses joues n'étaient pas roses. Et cette conversation avec l'inconnu aux yeux verts, durant laquelle elle avait usurpé la personnalité d'Elizabeth ? Non, ce n'était pas plus dû au champagne. A l'université déjà, elle s'amusait à endosser d'autres identités. Mais à l'époque ce n'était qu'un jeu, or ce soir le mensonge avait traduit son envie réelle d'être quelqu'un d'autre, quelqu'un de beaucoup mieux... Eh oui, peut-être le champagne avait-il permis à ce souhait profondément enfoui en elle de remonter plus aisément vers la surface.

— Je sais très bien que vous n'êtes pas ivre, déclara Nick avec gravité. Et c'est ce qui est le plus inquiétant, parce que cela signifie que vous êtes assez habituée à l'alcool pour avoir développé une tolérance à ses effets.

— Je ne sais rien de ma tolérance aux effets du champagne, en revanche je sais que ma tolérance aux effets de cette conversation est très réduite. En fait, elle est même dépassée... Larisa affronta l'arrogance des yeux bleus d'un air sarcastique. Je sais ce qui est arrivé : je me suis évanouie après avoir trop bu et on vous a désigné pour être mon ange gardien, mais je ne m'en souviens plus. C'est ça ?

— Je reconnais m'être désigné moi-même.

— Eh bien, vous êtes relevé de ce rôle, docteur. Je suis tout à fait capable de maîtriser ma consommation d'alcool seule. Et puis j'ai Elizabeth.

— Elizabeth ?

— Oui. Et c'est quelqu'un d'extraordinaire, au cas où vous ne l'auriez pas remarqué !

Larisa se tut et chercha à décrypter les yeux bleu sombre, mais comme toujours ils restaient impénétrables. Pourtant la jeune femme fut étonnée de ne pas les trouver froids. Y avait-elle bien vu une lueur d'intérêt ? Il y avait bien chez Nicholas Chase, derrière cette façade cynique, quelque chose qui, une fois défini, pourrait peut-être concilier l'avis peu flatteur de Larisa avec celui, plein de défi, d'Elizabeth qui le trouvait d'une sensibilité réelle. Il lui vint alors à l'esprit qu'en se montrant moins agressive et en parlant un peu plus longtemps avec Nick, elle pourrait peut-être le découvrir... Avec un sourire compréhensif, elle dit :

— J'apprécie beaucoup votre inquiétude, Nick. Vraiment. J'ai sans doute bu un peu trop de champagne ce soir, c'est vrai, mais l'événement que je fête est exceptionnel.

— Et quel est-il ?

« Je veux que nous parlions de vous, Nicholas Chase, pas de moi », songea-t-elle. Penchant sa tête de côté avec une coquetterie charmante, elle choisit d'éluder sa question par une autre question :

— Avez-vous jamais été marié, Nick ?

Larisa attendait une expression faussement horrifiée sur le visage de Nick, et une exclamation du genre : « Non, bien sûr que non ! » Alors peut-être pourraient-ils parler de son avis sur le sujet et elle en apprendrait un peu plus sur lui.

Mais Nick réagit en se fermant brusquement, et une soudaine tempête agita les yeux sombres. Quand enfin il répondit, ce fut sur le ton doux d'une confession honnête :

— Oui, j'ai été marié, Larisa. Une fois. Très brièvement.

Craignant qu'il ne soit arrivé quelque chose de tragique à son ex-femme, Larisa demanda aussitôt :

— Et vous êtes divorcé ?

— Oui.

— Ah ! Eh bien, peut-être pouvez-vous comprendre, alors. J'ai signé les papiers de mon divorce hier. Pour moi, c'est une très bonne occasion à fêter.

Le divorce de Nick avait aussi été une excellente occasion, une excuse parfaite pour passer un week-end entier dans les brumes du scotch.

— J'ai une très bonne idée, Larisa, dit-il après un moment de silence. Pourquoi ne pas fêter l'événement en dansant avec moi ? Ce sera bien meilleur pour vous que le champagne.

— Vous le pensez vraiment, docteur ?

— Pourquoi ne pas nous en assurer par nous-mêmes ?

Il lui prit de la main la flûte toujours pleine de champagne et la guida vers la piste de danse toute proche. Là, tandis qu'ils évoluaient au rythme d'une mélodie langoureuse, Larisa fit une découverte au sujet de Nicholas Chase : c'était un danseur excellent. Tout comme il devait être excellent amant, supposa-t-elle. Nick semblait posséder une compréhension instinctive de la façon dont les corps des deux sexes devaient accorder leurs mouvements.

— Si nous parlions de votre mariage ? suggéra-t-elle à mi-voix, avec un sourire de provocation.

— Si nous n'en parlions pas ? contra-t-il en souriant aussi, avec ce charme désarmant qui lui était particulier. Parlons plutôt du vôtre.

— Il n 'y a rien à en dire, sinon que sa fin est un heureux événement.

Ils continuèrent de danser en silence jusqu'à ce que Larisa repère Stephen, qui dansait avec Elizabeth non loin d'eux.

— Stephen Sheridan est quelqu'un de très bien, vous ne trouvez pas ?

Nick vit à son tour Elizabeth et Stephen. Il mit un moment à répondre, l'air songeur.

— Oui.

— Visiblement, il trouve Elizabeth ravissante.

Nick acquiesça, mais son regard restait sombre.

« Et vous, Nick, comment trouvez-vous Elizabeth ? » avait envie de lui demander Larisa. Avait-elle vu un éclair d'envie dans son regard lorsqu'il avait aperçu Elizabeth dans les bras de Stephen ? Mais elle ne posa pas la question, sachant trop bien que Nick n'y répondrait pas. Elle changea de stratégie.

— Au fait, Nick, je ne vous ai pas vu souhaiter bon anniversaire à Elizabeth.

— C'est l'anniversaire d'Elizabeth ?

— Oui. Si jeune et déjà si accomplie... Encouragée par l'intérêt qu'elle avait cru lire dans les yeux du chirurgien à la mention de ce détail personnel, elle pensa qu'il aimerait danser avec son amie et proposa à mi-voix : Pourquoi ne pas le lui souhaiter en dansant avec elle ?

— Non.

— Allons, Nick ! C'est merveilleux de danser avec vous, vraiment, bien plus grisant que le champagne, mais...

— J'ai dit non, Larisa.

La jeune femme était déroutée. Pourquoi Nick s'interdisait-il la chaleur et la bonté d'Elizabeth ? Trois ans plus tôt, quand Larisa avait voulu repousser l'amitié de son amie en cessant tout contact, c'était parce qu'elle était honteuse d'elle-même ou plus exactement de ce qu'elle s'était laissée devenir. Elle avait voulu épargner à son amie la révélation de la laideur qu'elle sentait en elle.

Se pouvait-il qu'il en fût de même pour Nick ?

Il mourait d'envie de danser avec Elizabeth, Larisa l'aurait juré. Mais la brusque tension de son corps informait la jeune femme qu'il ne céderait pas. Et très bientôt, elle le sentait, il allait s'éclipser. Il ne passerait pas une autre danse à contempler Elizabeth dans les bras de Stephen. Ce qui était pour le mieux, certainement, car Larisa avait entrevu l'espace d'un instant un éclair de doute dans les yeux émeraude de son amie en la découvrant avec Nick.

« Oh, Elizabeth ! Il n'y a rien entre Nick et moi ! Oui, il est très attirant, j'ai grand besoin du réconfort d'un homme qui ne verrait pas seulement de moi mon apparence physique. Mais jamais Nick ! »

Et avec une égale certitude, elle se dit que lui non plus ne se permettrait rien avec elle.

Le chirurgien s'écarta dès la dernière mesure du morceau. Néanmoins, il ne s'enfuit pas mais attendit patiemment que Larisa le regarde. Alors il déclara d'un ton serein :

— Si jamais vous avez besoin de quoi que ce soit, Larisa, n'hésitez pas à m'appeler. Je suis sérieux, Larisa. Je sais très bien écouter.

— Merci, Nick, dit-elle, un peu étonnée mais touchée par cette proposition sans ambiguïté. Merci, vraiment.

16

— J'ai de grandes nouvelles à t'annoncer, ronronna Madolyn une fois qu'elle et Stephen furent revenus à son appartement luxueux de Nob Hill après le bal à l'hôtel *Fairmont*. J'ai décidé d'accepter la place dont je t'ai parlé, à New York. Ils m'ont fait une offre que je ne pouvais pas refuser.

— Je savais qu'ils le feraient. Félicitations. Quand commences-tu ?

— Le 1er novembre. Mon dernier jour à la station ici sera le 1er octobre, ça me laisse donc un mois pour trouver un appartement, m'installer...

« Et pourquoi pas : préparer le mariage pour Noël ? » se dit Madolyn en approchant de Stephen d'une démarche féline. Elle plaça ses mains sur la poitrine de l'homme et leva les yeux vers son visage qui l'étonna par la gravité de son expression. Après avoir déposé un baiser sensuel sur ses lèvres serrées, elle demanda dans un murmure :

— A quoi penses-tu, Stephen ?

Stephen ne pensait pas. Il ressentait un immense soulagement à l'idée que leur relation intime et pourtant si vide sentimentalement arrivait à un terme aussi naturel, simple... et rapide.

— A rien, dit-il.

— Bien. Ne pensons pas, tu as raison. Agissons. Pourquoi ne me déshabillerais-tu pas ? Il y a des centaines de petits boutons qui doivent être défaits par tes doigts talentueux... Bien sûr, pendant ce temps, j'essayerai de te déshabiller aussi. Peu importe si tu perds patience, Stephen. Christine réparera les dommages qui arrivent parfois aux vêtements dans les moments de passion, ce n'est pas grave. Je lui dirai que ça prouve combien tu as trouvé réussie cette robe.

— Christine ? répéta Stephen en s'écartant brusquement. « Christine. » Quelle étrange sensation en prononçant à haute voix ce prénom qui vivait dans ses pensées et son cœur depuis qu'elle l'avait appelé, deux soirs plus tôt : Qu'y a-t-il avec Christine ?

— C'est elle qui a créé ma robe, pour le bal. Je lui ai dit combien cette soirée serait spéciale pour toi, pour nous.

— Quand l'a-t-elle faite ?

— Elle l'a dessinée il y a plusieurs semaines, bien sûr, mais elle ne l'a terminée qu'hier soir, tard. Elle est tellement perfectionniste !

— La nuit dernière...

Stephen imaginait Christine travaillant tard dans la nuit pour terminer cette magnifique toilette. Pour lui, pour qu'il puisse l'apprécier ce soir sur Madolyn, malgré toute l'angoisse qu'il avait déclenchée en elle.

— Stephen ! Enfin, qu'y a-t-il ? J'ai commandé à Christine une robe que je voulais irrésistible, et je trouve qu'elle s'en est très bien tirée ! C'est d'ailleurs pourquoi je ne comprends pas très bien que tu me résistes ainsi... Stephen ?

Madolyn s'approcha de lui, pour reprendre son œuvre de séduction, mais Stephen leva une main pour la maintenir à distance.

— Non, Madolyn, pas de ça, s'il te plaît, dit-il d'un ton posé. Laissons les choses se terminer sur notre dernière danse. C'est une très jolie image, ne trouves-tu pas ?

— Oui. Mais c'était un début, Stephen, pas une fin !

Il soupira. Il ne voulait pas de scène, mais simplement profiter d'un peu de solitude pour penser à cette femme admirable qui avait créé la très belle robe de soirée de Madolyn... Et il voulait surtout échapper à Madolyn qui ne voyait en Christine qu'une esclave à son service.

— Non, Madolyn. C'était une fin... La fin.

— Je ne comprends rien à ce que tu racontes ! s'écria Madolyn qui trépignait de colère. Tout d'un coup, tu as décidé que nos rapports devaient s'arrêter tout simplement parce j'ai accepté cette place à New York ? C'est mon succès qui te fait peur, Stephen ? Ton sexisme latent qui ressort brusquement ? Une épouse qui aurait présenté le bulletin d'informations local, ça passait encore, mais...

— Une épouse ? dit Stephen, abasourdi. Jamais nous n'avons parlé de mariage, Madolyn. En fait, nous n'avons jamais parlé de nous.

— Alors parlons de nous tout de suite ! Je t'aime, Stephen !

— Non. Tu ne m'aimes pas... S'il te plaît, Madolyn, ne fais pas cela. Ne change pas les règles à la dernière minute. Je suis désolé, très sincèrement, si tu t'es leurrée sur mes sentiments. Jusqu'à cette minute, je n'avais en toute honnêteté pas idée que tu pouvais attendre plus que ce que nous avons. Crois ce qu'il te plaira ; vraiment, cela n'a aucun rapport avec ta décision de partir à New York. Je pense que c'est une chance formidable pour toi. Tu as travaillé très dur et tu mérites cette place. Mais...

— Mais je ne te mérite pas, c'est ça ? Comment oses-tu me traiter avec une pareille condescendance !

Dans sa colère de voir ses plans si soigneusement établis ruinés en une minute, Madolyn éprouva le besoin irrépressible de détruire quelque chose. Si elle ne s'était pas trouvée au milieu de bibelots de prix, elle aurait sans doute saisi un quelconque objet pour le lui jeter au visage. Elle tourna donc sa fureur sur autre chose : la magnifique robe créée par Christine. A présent, le vêtement n'avait plus de valeur, puisqu'il avait échoué misérablement dans son rôle de séduction pour préparer sa proposition de mariage.

Dans un accès de frénésie rageuse, elle déchira le mince voile de soie de ses ongles peints, lacérant la somptueuse robe saphir au-delà de toute réparation avant que Stephen puisse l'arrêter. Alors qu'il assistait à la destruction insouciante et puérile de cette robe si longuement et minutieusement élaborée, Stephen ressentit l'immense puissance de sa propre colère... et à cet instant il sut qu'il devait quitter Madolyn. Et vite.

Stephen conduisit la voiture près de la plage puis marcha jusqu'à la limite de l'eau. Il écouta le grondement des vagues et regarda au loin dans les vastes ténèbres couvrant l'océan par cette nuit d'automne sans lune.

Et là, dans l'obscurité, Stephen pensa à l'amour, à l'extraordinaire lien qui avait uni David et Christine et au privilège unique d'en avoir été le témoin. Il s'en était émerveillé, avait respecté leur intimité... jusqu'à ce que, trois semaines plus tôt, il s'introduise par effraction dans ce domaine réservé.

Ces deux derniers jours, Stephen avait éprouvé le désir intense de se glisser de nouveau dans l'univers de Christine, de se rendre à la petite maison de Twin Peaks et de lui dire combien il s'en voulait d'avoir agi auprès des assurances sans la prévenir, et combien il était désolé que Madolyn l'ait traitée comme une esclave... Et plus que tout, il tenait à s'excuser d'avoir échoué dans ses efforts pour sauver David.

Stephen voulait retrouver l'univers de Christine... Mais il ne le fit pas.

Il s'en était déjà beaucoup trop permis.

A quelques kilomètres de là, sur son lit, dans sa maison de Twin Peaks, Christine se demandait si le fantôme de David n'allait pas apparaître soudain. Une telle vision lumineuse ne serait bien sûr qu'une illusion, elle le savait, son image un fantôme créé surtout par son propre esprit exténué, ses mots l'expression voulue des souhaits irréalisables qu'elle abritait dans son cœur meurtri.

Le fantôme de David n'apparaîtrait pas. Il ne serait pas attiré de l'autre monde par le désir de lui dire des mots qu'il n'avait pu lui exprimer de son vivant.

Car il les avait déjà prononcés.

Grâce à Stephen Sheridan, elle et David avaient eu la chance d'échanger tous les mots de l'amour, et les adieux les plus tendres. David n'avait donc nul besoin de revenir, mais son esprit reviendrait peut-être, songea-t-elle, pour lui répéter ces phrases prononcées avec une telle conviction peu avant sa mort : « Ne laisse pas le souvenir de notre amour emplir le restant de ta vie de tristesse, ma Christie. Souviens-toi de notre amour, ma chérie, mais continue à vivre. Je t'en prie, promets-moi de chercher un nouvel amour, une nouvelle joie de vivre, un nouveau bonheur. »

Christine avait promis en sachant que jamais elle ne tiendrait cette promesse. Chaque jour, elle se remémorerait leur amour tandis qu'elle travaillerait pour payer leurs dettes. Ces dernières lui avaient donné un but simple, une raison de vivre, la seule après la mort de leur bébé.

Jusqu'à deux jours auparavant et la lettre de la compagnie d'assurances, elle allait bien, vivant entièrement dans le passé, inintéressée par le présent et sans peur de l'avenir. L'avenir... Comme le présent, il ne pouvait recéler aucune surprise, aucune demande, aucun risque. Il serait utilisé à garder vivante la mémoire de David et à renouveler à chaque traite de remboursement la gratitude qu'elle éprouvait pour tous ceux qui avaient lutté sans désarmer pour le sauver.

Et maintenant, à cause du médecin qui avait fait le plus pour David mais à qui elle n'avait jamais dû aucun argent, elle avait recouvré la plénitude de sa vie, sans autre but que celui qu'elle choisirait... Et elle se sentait horriblement perdue, et effrayée.

Christine ne savait pas quoi faire de cette vie qu'on venait de lui donner, mais elle devait s'excuser auprès de l'homme dont les compétences et l'acharnement avaient octroyé une dernière année d'amour à David et, à elle, une nouvelle vie.

Elle devait présenter ses excuses à Stephen... et elle devait le faire en personne.

Un frisson de peur la traversa en s'imaginant de retour dans le laboratoire de Stephen. A une époque, elle s'y rendait souvent, tard le soir après que David se fut endormi dans sa chambre voisine. Elle confessait alors à Stephen toutes les peurs et les appréhensions qu'elle avait gardées soigneusement pour elle devant son mari adoré.

Il lui serait très pénible de retourner dans un endroit aussi chargé de souvenirs. Mais elle le devait au Dr Sheridan.

Christine aurait aimé avoir quelque chose de mieux que

de simples excuses à lui présenter. En y réfléchissant, il lui vint une autre idée pour lui prouver sa reconnaissance. Elle se leva et, dans l'obscurité qui précède l'aube, elle se mit à dessiner une très belle et très romantique robe de mariage pour Madolyn Mitchell.

Le lendemain soir, Christine prit le bus de neuf heures et demie reliant Union Square à Pacific Heights et arriva au centre médical peu avant dix heures. Il lui fallut huit minutes de plus pour marcher jusqu'à l'aile abritant les services de recherche. Elle ralentit en approchant du couloir qui desservait les chambres et s'arrêta en parvenant à son extrémité. Alors qu'elle contemplait le long couloir et son revêtement de sol plastifié, Christine fut transportée dans le temps. Si elle passait le bureau des infirmières et se rendait à la dernière porte sur la gauche, elle verrait David dans sa chambre, qui l'attendait, de nouveau robuste après une perfusion du composé-miracle mis au point par Stephen, heureux de la voir...

Elle cligna plusieurs fois des yeux pour chasser les larmes qui brouillaient sa vue, puis se força à tourner les talons pour s'engager dans le couloir qui menait au laboratoire de Stephen.

La porte entrouverte marquait le couloir d'un rai de lumière chaude qui invitait le plus timide des visiteurs à entrer. Combien d'épouses et d'époux de malades étaient-ils venus parler en privé au médecin de leur moitié ? se demanda-t-elle. Était-ce pour cette raison que Stephen travaillait toujours si tard dans la nuit, week-ends compris ? Afin d'être disponible pour eux hors du tumulte de la journée, parmi les heures de service, les conférences et la routine des consultations ? Stephen conduisait ses recherches durant ces heures de présence nocturne, bien sûr, mais certainement il devait arriver des moments où les cultures de tissus incubaient sans son intervention...

Christine n'avait jamais croisé d'autre épouse anxieuse lors de ses visites nocturnes au laboratoire du Dr Sheridan. Mais si ce soir il se trouvait avec quelqu'un qu'il rassurait et réconfortait comme il avait su le faire avec elle, Christine repartirait sans se montrer. Elle ralentit le pas en approchant de la porte, mais ne surprit aucun murmure de conversation. Un silence paisible semblait régner à l'intérieur du laboratoire. Risquant un coup d'œil par l'entrebâillement, elle le vit, l'œil rivé à son microscope. Traquait-il toujours le cancer, son ennemi juré ?

— Dr Sheridan ? dit-elle en s'arrêtant à la porte.

— Mme Andrews, bonsoir. Entrez donc, je vous en prie.

Un sourire chaleureux aux lèvres, il se leva et vint vers elle. Ses yeux bruns étaient aussi réconfortants que la lumière dorée qui marquait le couloir devant le laboratoire.

— Merci.

Sans même y penser, Christine s'assit dans le fauteuil où elle s'installait toujours, naguère. Et, comme il l'avait toujours fait, Stephen disposa son tabouret pour se trouver face à elle. Pendant quelques secondes, ils furent tous les deux submergés par une sensation de déjà vu intense et douce-amère car elle rappelait à la fois celle des premiers temps, quand il lui donnait des nouvelles pleines d'espoir, mais aussi celle des dernières semaines, quand il n'avait que de mauvaises nouvelles à annoncer et qu'ils discutaient calmement de la meilleure façon de permettre à David de mourir comme il le désirait, chez eux, près de Christie.

Mais ils n'étaient plus dans la même situation, et revenant au présent, ils murmurèrent à l'unisson :

— Je suis désolé.

Et, en réponse, chacun protesta doucement.

— C'était tellement gentil à vous de vérifier cette histoire d'assurance.

— J'aurais dû vous en parler d'abord.

— Non, vous n'aviez pas à le faire. Simplement... Je crois que j'ai été un peu surprise.

— C'est bien pourquoi je pense que j'aurais dû vous en parler d'abord.

Christine répondit par un sourire à celui du médecin.

— Et je m'appelle Stephen, Christine.

— D'accord, Stephen... Après un court silence, elle se lança enfin : Je me demandais si vous et Madolyn accepteriez de venir dîner chez moi un jour prochain. Je sais que vous êtes tous les deux très occupés et que ce sera peut-être difficile à arranger, mais...

— Madolyn et moi ne sommes plus ensemble, annonça Stephen avec calme et, voyant l'étonnement dans ses yeux lavande : Mais je serais très heureux de dîner chez vous. Si votre proposition est toujours valable.

— Oui, bien sûr ! murmura Christine.

Stephen sourit devant le regard amical et pourtant hésitant de Christine. Lui aussi se sentait peu assuré, non à cause du dîner mais des sentiments puissants et grisants qui bouillonnaient soudain en lui.

— Vous aviez une date précise ? Vous êtes très occupée vous aussi, je le sais...

— Eh bien, à partir d'aujourd'hui, je serai moins occupée, je passerai moins de temps à la boutique...

Christine haussa les épaules, hésita puis décida de se confier à cet homme à qui par le passé elle avait confié ses pires craintes :

— J'ai décidé que j'ai besoin d'un peu de temps libre pour réfléchir.

— Parce que sans vous le demander quelqu'un a brusquement changé tous les plans que vous aviez établis...

— D'une bonne manière, affirma-t-elle avec sérénité. C'est une bonne chose pour moi, Stephen, je le pense réellement. Il me faudra juste quelque temps pour m'adapter à la situation.

— Avez-vous idée de ce que vous allez faire ? La création de mode, peut-être ? La robe que vous avez dessinée pour Madolyn était magnifique, une véritable œuvre d'art.

— Oh, merci. Eh bien, oui, peut-être un peu plus de création, ou un peu plus de couture. Mais j'ai déjà dit à Sydney que j'aimerais ne travailler qu'un week-end sur deux, pendant quelque temps, et le prochain, je suis libre.

— Moi également.

— Eh bien, samedi à sept heures, saurez-vous vous rappeler où j'habite ?

— Oui, bien sûr ! « Comment pourrais-je jamais l'oublier ? »

17

— J'ai donné vos coordonnées à un grand nombre d'amies samedi dernier, lors du bal, dit Madolyn à Christine quand cette dernière arriva à *Sydney's* le jeudi après-midi pour son rendez-vous. Je pense que vous allez recevoir d'autres commandes de modèles.

— J'en ai déjà reçu. Et je tenais à vous remercier de me les avoir adressées.

— Ma robe a vraiment fait sensation, il faut le dire. Stephen l'a adorée, évidemment. Il avait du mal à garder ses mains dans ses poches ! Voulez-vous entendre une histoire bien triste, Christine ? Et sans attendre de réponse, elle poursuivit, avec un soupir mélodramatique à souhait : Je suppose que c'est l'histoire type des années quatre-vingt-dix, l'inévitable conflit entre les sentiments et la carrière... On vient de m'offrir une place de rêve sur une chaîne à New York. Mais ce triomphe professionnel a un revers, un prix très lourd à payer : ma relation avec Stephen.

— Oh, Madolyn, je suis désolée.

— Moi aussi, bien que Stephen le soit encore plus que moi. Je pensais que nous pourrions vivre un mariage moderne, et rester séparés pour un temps, en attendant qu'il puisse me rejoindre à New York. Étant donné son sens des responsabilités envers l'Institut, il aurait pu venir dans l'Est l'été prochain au plus tôt. J'aurais pu aisément supporter ce genre de séparation temporaire, mais malheureusement Stephen en est incapable. Il n'a rien voulu savoir. Madolyn poussa un autre soupir exagéré. Je croyais que nous avions libéré les hommes en même temps que nous, Christine, mais Stephen s'est révélé très traditionnel. Il m'a implorée de rester ici, pas simplement jusqu'à l'été prochain, mais définitivement.

« Mais l'amour de Stephen n'est-il pas plus important que n'importe quoi au monde ? » fut tentée de répondre Christine. Et son travail n'était-il pas primordial également ? Une semaine ou un mois d'arrêt de ses recherches retarderaient d'autant sa réussite, et coûterait la vie de combien de patients ?

— J'ai bien peur que le Dr Stephen Sheridan ne veuille avoir sa petite femme à la maison, ou au mieux à présenter la météo sur la chaîne locale... Elle secoua la tête d'un air étonné : Pauvre Stephen. La vérité, c'est que je ne l'aime pas assez pour lui sacrifier ma carrière. J'ai finalement dû me l'avouer, et le lui dire, bien que ça l'ait terriblement blessé. Mais une rupture nette maintenant m'a semblé une attitude plus correcte à long terme. Quand il se sera remis du choc, il pourra reprendre le cours de sa vie et je lui souhaite de rencontrer quelqu'un de plus domestiqué et qui ait moins de succès professionnel... Après un moment, elle prit une mine horrifiée : Mais j'y pense, que vais-je devenir sans vous, Christine ? Viendrez-vous avec moi à New York ? S'il vous plaît ? Je sais que Sydney prévoit d'ouvrir une autre boutique sur la Cinquième Avenue. Vous pourriez peut-être lui parler de vous faire transférer là-bas...

— Je suis très heureuse à San Francisco, Madolyn.

« Et vous devriez l'être tout autant, avec Stephen », songea-t-elle. Des émotions insoupçonnées surgirent en elle, le souhait sincère pour Stephen qu'il trouve l'amour et le bonheur, une certaine colère envers Madolyn pour son égoïsme forcené... Christine ne désirait pas que Stephen soit malheureux, même un seul jour, et pourtant une force inexplicable l'empêcha de conseiller à Madolyn de reconsidérer sa décision.

— Vraiment ? dit celle-ci. Eh bien, ça signifie donc qu'il me faudra profiter au mieux de votre talent avant mon départ. Je vais avoir besoin d'une nouvelle garde-robe, bien entendu. J'aimerais commencer mon choix de modèles aussi tôt que possible. A quelle heure seriez-vous libre samedi prochain ?

— Je ne serai pas libre, j'en suis désolée, répondit Christine avec assurance. Je ne travaille pas samedi prochain.

— Pas du tout ? s'étonna Madolyn d'un ton clairement désapprobateur.

— Non, pas du tout.

« En fait je vais passer la journée de samedi à préparer le repas pour la venue de Stephen. Ça n'est pas tout à fait dans l'ambiance des années quatre-vingt-dix. Ou peut-être que ça l'est en plein. Peut-être cette décennie sera-t-elle celle durant laquelle l'amour et la famille reprendront leur véritable importance, la décennie durant laquelle les choix seront dictés par les cœurs. »

— Bonsoir, Christine.

— Bonsoir, Stephen, répondit-elle avec un sourire. Entrez, je vous en prie.

— Merci.

Stephen se raidit en pénétrant dans la maison. Il n'y était venu qu'une fois auparavant, l'après-midi de la mort de David, et le sombre souvenir de cette disparition avait en quelque sorte enveloppé la maison dans un linceul lugubre. Ce soir, elle serait encore plus sombre car les nuages lourds qui s'amoncelaient depuis le matin venaient de crever.

Mais la maison de Christine n'était pas triste. Pas plus maintenant que le jour de la mort de David, se rendit soudain compte Stephen. Comment ces lieux auraient-ils pu l'être ? Christine avait passé son mariage à rendre son époux heureux, et leur foyer était resté le symbole accueillant de leur bonheur.

La maison donnait l'impression d'imiter sa maîtresse et de sourire comme elle. La jeune femme avait défait le chignon retenant sa chevelure, qui cascadait à présent en douces ondulations blondes sur ses épaules. Son sourire était chaleureux et réservé à la fois, et Stephen crut détecter autre chose dans les magnifiques yeux lavande.

— Est-ce que c'est un feu de cheminée dont j'entends les craquements ?

— Oui, dans le salon. Si vous voulez bien y passer, je vous apporterai quelque chose à boire. Un verre de vin blanc pour vous préparer au repas, ou bien au choix...

— Un verre de vin blanc, c'est parfait. Voulez-vous que je vous aide ?

— Non, merci.

Le salon lui parut identique à ce qu'il était le jour du décès de David. Rien n'y avait été bougé, ni ajouté...

Et rien n'y avait été enlevé, constata-t-il avec soulagement en posant son regard sur le magnifique portrait accroché au-dessus de la cheminée. Stephen avait craint son absence, qu'il ait été vendu pour payer les traites, mais non, il était toujours là, où David l'avait voulu.

Lors de sa première visite, Stephen avait à peine accordé un coup d'œil à la peinture. Les larmes qui noyaient son propre regard menaçaient trop de déborder pour qu'il prenne ce risque. Mais à présent il pouvait le détailler tout à loisir et il admira le talent qui y transparaissait, s'émerveillant de l'amour qu'il traduisait. De façon très extraordinaire, le portrait exprimait l'amour du modèle comme celui du peintre. L'artiste avait réussi à restituer la chaleur du regard de Christine et ce qu'il disait.

— Je n'ai pas pu me résoudre à le vendre, expliqua paisiblement Christine derrière lui.

— David n'aurait pas voulu que vous vous en sépariez.

— Oui. Il désirait que je garde quelque chose de lui, à jamais.

Stephen acquiesça. Il se rappelait la joie de David lorsque le malade avait compris qu'il vivrait assez pour terminer son œuvre. Un don d'amour éternel pour Christine, avait-il dit. Mais il se souvint aussi de la joie encore plus grande du disparu quand il avait appris que sa femme était enceinte.

— Je le sais, dit-il. David me l'avait dit.

Il se retourna et vit ses yeux agrandis un instant par la surprise, puis assombris par la réflexion, comme si elle hésitait à dire quelque chose de grave.

— Christine ?

Elle répondit en hochant doucement la tête, ce qui fit ondoyer la masse dorée de sa chevelure. Puis son regard rencontra le sien, et il vit que l'ombre l'avait quitté.

— La journée a été tellement grise que j'ai pensé commencer par une soupe à l'oignon, dit-elle en lui tendant son verre. C'est pourquoi le vin blanc m'a semblé indiqué...

— Il est excellent, déclara Stephen après en avoir bu une gorgée.

— J'espère que vous aimez la soupe à l'oignon ? J'aurais dû vous le demander avant...

— J'adore, affirma Stephen avec sincérité. C'est courageux de votre part : mon peu d'expérience dans le découpage des oignons a toujours été assez désastreux pour mes yeux...

— Il suffit de garder la bouche fermée quand on les épluche, c'est simple.

Christine le gratifia d'un sourire détendu, mais Stephen ne put chasser une image gênante. Quand elle avait découpé les oignons cet après-midi, la jolie bouche de Christine était sans doute restée close, car elle était seule, sans personne avec qui converser ou rire. Christine vivait solitaire...

Souffrait-elle de cette solitude ? Des larmes avaient-elles coulé de ses beaux yeux, malgré tout ?

« Arrête, se morigéna Stephen en pensée. Pour l'instant elle sourit. Et elle n'est plus seule... »

Stephen avait craint que les sujets de conversation leur échappent. Pendant l'année où David était son patient, ils avaient passé de nombreuses heures à discuter paisiblement. Mais ces conversations avaient toujours eu David pour sujet central.

Très vite il se rendit compte que leur intimité passée leur permettait d'aborder tous les sujets avec naturel. Et la conversation roula agréablement, comme une rivière au cours tranquille qui ne se hâte pas vers sa destination. Ils passaient d'un sujet à un autre avec l'aisance qu'autorise l'amitié. Parfois les yeux lavande étincelaient de joie, parfois une gravité retenue approfondissait leur éclat.

— Qu'y a-t-il, Christine ? demanda Stephen en voyant des nuages s'amonceler sur le visage lumineux.

— David vous avait-il dit que j'étais enceinte ?

— Oui.

— J'ai perdu le bébé, Stephen, déclara-t-elle avec une calme résignation. J'ai fait une fausse couche.

— Vous avez perdu le bébé le jour du décès de David, n'est-ce pas ? s'enquit-il.

— Oui. Elle secoua la tête dans un mouvement d'incrédulité, malgré tout le temps passé : Les douleurs ont commencé juste après sa mort, comme si le bébé n'avait été destiné qu'à vivre assez longtemps pour lui donner de la joie et de la paix pendant son agonic... Un sourire aimant passa sur ses lèvres. Et il est mort en paix.

« Oui », songea Stephen en contemplant cette femme remarquable dont l'amour avait protégé son mari de vérités qui l'auraient angoissé, et qui maintenant encore pensait au bonheur du disparu.

— Mais vous, Christine ? demanda-t-il enfin.

— Je suppose que d'apprendre le refus de payer de l'assurance le jour même du décès de mon mari et de notre enfant était mon destin, admit-elle. Mais ces dettes à rembourser ont donné un but tangible à ma vie, par la suite. J'en avais besoin, Stephen.

— Et maintenant que j'ai anéanti ce but ?

— Maintenant j'ai autre chose.

Et elle lui sourit, d'un sourire plein de courage qui l'assurait qu'elle était prête à réaliser de nouveaux rêves.

— En fait, je crois que mon nouveau but est de me découvrir. Cette semaine, j'ai accepté de dessiner six nouvelles robes...

Stephen quitta l'agréable petite maison de Twin Peaks peu après trois heures du matin. Il n'avait aucune envie de partir mais il devait voir des patients tôt le lendemain et Christine avait accepté de rencontrer une cliente pour lui montrer les esquisses de sa robe de soirée.

Stephen ne désirait pas laisser Christine ce matin, ni jamais, et tandis qu'il s'éloignait en voiture, il lutta contre l'envie aiguë de rebrousser chemin pour retourner auprès d'elle.

Son désir était très puissant, et l'émerveillait, mais l'arme avec laquelle il le combattait l'était tout autant.

Il venait de découvrir une réalité pleine d'espoir. Christine commençait une nouvelle vie. Le délicat papillon émergeait bravement de sa chrysalide pour s'envoler avec grâce vers ses rêves.

Mais cette réalité restait amère pour lui... Car dans son cœur Christine était toujours mariée.

18

Sausalito, Californie
Septembre 1991

« La belle et le milliardaire : la fin du conte de fées. »

Ce n'est pas le titre de la couverture de *People* qui accrocha le regard de Peter London alors qu'il faisait la queue à la caisse du magasin *Marina Grocery*, mais la photographie montrant Julian et Larisa Chancellor, une flûte de champagne en main, qui portaient un toast à leur divorce à l'amiable.

Peter prit un exemplaire du magazine et commença à le lire en attendant son tour à la caisse. L'article concernant le couple Chancellor était bref, mais il le jeta dans un maelström de pensées et de souvenirs. Pensées pour Larisa qui l'avait charmé neuf nuits plus tôt, lors du bal au *Fairmont*... et souvenirs de Julian, son ennemi juré.

Peter n'avait jamais connu sa mère, qui mourut en lui donnant le jour. Il avait vécu avec son père qu'il aimait profondément. Thomas London était âgé de cinquante-cinq ans lorsque son fils vint au monde. Il avait été charpentier-ébéniste pendant plus de quarante années, et illettré depuis toujours.

Son père souffrait de dyslexie, comprit Peter quand il fut lui-même assez éduqué et en âge de définir ce mal. Et malgré son talent réel d'artisan, Thomas avait toujours enragé de son incapacité à lire ou à écrire, un défaut inaltérable qui l'avait poussé à abandonner ses études à l'âge de douze ans et qui l'avait rendu solitaire jusqu'à son mariage, survenu seulement à la cinquantaine.

Peter était très conscient de la honte éprouvée par son père, et, tout jeune garçon, il essaya de lui apprendre à lire. Mais la chose se révéla impossible. La dyslexie de Thomas était beaucoup trop prononcée. En revanche, le père apprit à son fils tout l'art du bois, communiquant au jeune garçon son amour du travail et les espoirs qu'il avait pour lui. Thomas souhaitait pour Peter un luxe qui lui avait toujours été interdit : celui du choix, la possibilité d'une vie limitée seulement par le talent et le désir.

— Je veux devenir architecte, déclara Peter à son entrée en classe de terminale. Je vais aller à Harvard.

Ç'avait été le rêve inaccessible de Thomas, et ce que Peter désirait du fond du cœur. Il avait décidé de suivre l'enseignement de Harvard pour l'excellence de sa réputation mais aussi parce que l'université se trouvait proche de la demeure familiale, ce qui lui permettrait de rester près de son père vieillissant. Ils habitaient en effet Concord, où Thomas avait passé une bonne partie de sa vie à restaurer avec amour les demeures historiques datant de la guerre d'Indépendance. Leur existence était des plus humbles, et ils avaient passé des périodes difficiles, mais le bonheur simple qu'ils partageaient avait toujours contenté Peter, qui jamais ne s'était senti défavorisé.

Père et fils formaient une véritable famille, et Thomas endossait avec joie les rôles de père et de grand-père. Il était beaucoup plus âgé que les pères des condisciples de Peter, mais aussi beaucoup plus sage. Malgré les ans, il conservait une vigueur physique et une vivacité d'esprit que bien d'autres parents plus jeunes auraient pu lui envier. Lors de son soixante-treizième anniversaire, réduit à l'inaction par l'arthrite mais l'esprit toujours alerte, il fêta joyeusement l'entrée de Peter à Harvard.

Quand il arriva à l'université, Peter était un jeune

homme désireux d'accomplir ses rêves — et de partager avec son père cet accomplissement. Il se doutait que l'établissement offrirait des expériences inédites et de nouvelles amitiés, mais il n'aurait pas pensé se lier avec quelqu'un comme Julian Chancellor. Peter n'avait connu personne qui soit aussi riche et privilégié que Julian, et il fut surpris — et flatté, il dut le reconnaître — que celui-ci lui offre son amitié. Bien plus tard seulement, Peter comprit que Julian n'avait voulu de lui que le profit de ses capacités scolaires.

Peter fut à la fois charmé et quelque peu submergé par la personnalité séduisante et pleine d'assurance de son nouvel ami. Et c'est pourquoi, dans les premiers temps, il choisit d'excuser ses comportements étranges.

Julian Chancellor pouvait acheter tout ce qui lui faisait envie. Pourtant il volait. Ou plutôt, rectifia très vite Peter, il prenait. Sous prétexte d'emprunts, Julian s'appropriait les vêtements, les livres et même de petites sommes d'argent, sans intention de les restituer un jour ni de s'excuser, comme si son immense richesse et son ascendance prestigieuse l'autorisaient à faire selon son bon plaisir.

Négligence, voulut croire Peter. Son ami fortuné avait tellement l'habitude d'obtenir ce qu'il voulait sans effort qu'il ne comprenait pas la valeur de choses acquises à force de travail. Peter lui pardonnait. Julian était un esprit brillant, le doute n'était pas permis, mais il rechignait à se concentrer sur un quelconque travail scolaire. Toujours prodigue d'excuses irrésistibles, Julian apparaissait au matin d'un examen, après des nuits passées à s'amuser, et consultait les notes et les résumés établis patiemment par Peter.

L'insouciance et la paresse de Julian étaient les contreparties compréhensibles d'une jeunesse où tout effort avait été gommé. Pourtant, Peter ne comprenait ni n'excusait la façon dont Julian se comportait envers Marcy, sa petite amie, ni son attitude critique envers elle en public, quand ce n'était pas de la cruauté pure et simple. Peter London ne pouvait comprendre un comportement semblable, et le temps passant il chercha une occasion de l'exprimer à son ami.

Julian invita un petit groupe, dont Peter, à passer le

dernier week-end d'avril dans une propriété balnéaire à Cape Cod. Tard le vendredi soir, ils arrivèrent au « bungalow » de douze pièces appartenant aux associés du père de Julian, et durant l'après-midi du samedi Julian insista pour qu'ils l'accompagnent à une propriété voisine.

— Voici *Innis Arden*, annonça Julian en faisant passer sa Mercedes entre les lourds piliers de pierre qui marquaient l'entrée de la propriété.

Il conduisit en silence pendant un moment, laissant ses amis s'émerveiller de la beauté du lieu, un site retiré mais élevé dominant le Nantucket Sound. Enfin, lorsqu'il eut la certitude que tous comprenaient la valeur énorme de cette magnifique propriété, il ajouta :

— Et *Innis Arden* me revient de droit. Pour l'instant, elle est louée à des gens de Cape Cod, c'est un cadeau de ma grand-mère maternelle. La propriété appartient à sa famille depuis des générations, et quand la vieille cinglée est décédée il y a cinq ans, on a découvert que son testament stipulait qu'*Innis Arden* devrait rester ouverte au public pendant les vingt années suivant son décès. Une voiture apparut, roulant en sens inverse, et Julian eut une grimace éloquente. Et comme vous pouvez le constater, c'est le cas.

— Et après ces vingt années, tu en hériteras ?

— Non, répondit Julian avec un dégoût dirigé non à la question mais à cette grand-mère qui n'avait pas jugé bon de léguer un tel trésor directement à son petit-fils. Dans exactement quinze ans en août prochain, je devrai la racheter quand elle sera vendue aux enchères. Les offres seront faites par avance, sous enveloppe cachetée, mais c'est moi qui ferai la plus haute.

— Comment peux-tu en être aussi sûr ?

Julian haussa un sourcil en signe d'étonnement.

— Il y a des manières d'être sûr, et je le serai. Ensuite, *Innis Arden* m'appartiendra, comme c'était logique, et je le transformerai en un des lieux de séjours balnéaires les plus sélects du monde. Ça nécessitera beaucoup d'aménagements, bien entendu, et un investissement important. La bâtisse existante sera totalement démolie pour être remplacée par un hôtel de luxe, et je ferai construire des bungalows privés de ce côté, où se trouve actuellement la prairie.

Julian décida de commencer le tour de la propriété par la visite de la plage encaissée dans une crique. Un jour, assura-t-il, elle rivaliserait avec la marina de Monte-Carlo pour la fréquentation des yachts de milliardaires.

Le sentier qui menait à la crique passait par la prairie, et c'est là que Peter s'arrêta. Tandis que les autres descendaient vers la plage, il s'immobilisa en plein cœur de la prairie, victime consentante de l'enchantement de couleurs et d'odeurs qui l'entourait.

La prairie offrait un mariage extraordinaire de fleurs, certaines cultivées, d'autres sauvages, rassemblées en une profusion étourdissante sous la lumière dorée du soleil. Les myosotis côtoyaient les élégants iris : lis et lupins explosaient en une chatoyante symphonie de saphir, d'abricot, d'écarlate, d'ocre. Et les jonquilles et les marguerites s'ouvraient avec bonheur aux rayons chauds.

Les fleurs s'épanouissaient dans une harmonie de couleurs vertigineuses et, remarqua Peter en emplissant ses poumons avec ravissement, il planait sur la prairie une fragrance à l'harmonie équivalente. Le plus fort des parfums n'écrasait pas celui, plus délicat, de la fleur voisine. Lavande, jasmin, lilas et violette se mêlaient en un ensemble subtil pour constituer un parfum unique et enivrant auquel se joignaient l'odeur de la mer et les senteurs de la forêt.

Alors qu'il rassasiait ses yeux de ce spectacle magnifique et ses poumons de ce parfum merveilleux, Peter se sentit embrasé par un enthousiasme euphorique incontrôlable. Ici tout semblait possible. Tous les rêves... tous les espoirs... toutes les promesses...

Et Julian allait détruire ce paradis ? Non !

Une heure plus tard, alors qu'il errait seul dans la grande demeure, ce cri du cœur devint pour Peter une promesse solennelle d'amour à cet endroit. Entourée d'un manteau de glycines, la bâtisse était de grandes proportions et inspirait un sentiment d'élégance. Bâtie avec amour et maintenue en parfait état, c'était un triomphe de grâce architecturale et de savoir-faire. La structure originelle remontait à plus de deux siècles, mais on l'avait récemment embellie d'une pièce supplémentaire, un salon de musique aux fenêtres ouvrant sur cette prairie enchantée.

Peter y reconnut aussitôt le travail de son père. Dans cette pièce, les boiseries étaient travaillées avec un amour immédiatement identifiable. Cette joie du mariage des essences, l'utilisation artistique des nœuds et du grain pour affiner la texture des motifs, les détails méticuleux, la subtilité et la majesté de l'ensemble, tout portait la signature de l'artisan aux doigts magiques qu'avait été son père.

— Bonjour, papa !

— Peter !

Un large sourire illumina le visage de Thomas. Puis, alors qu'il passait une main déformée par l'arthrite sur le chaume rêche d'une barbe de plusieurs jours, son expression se fit gênée, confessant ainsi qu'il ne se rasait plus quotidiennement, car l'opération lui était trop douloureuse. Il ne le faisait qu'une fois par semaine, avant la visite régulière de son fils.

— Je... Je ne t'attendais pas. Je me serais rasé si tu m'avais prévenu de ton arrivée.

— Aucune importance, papa ! s'exclama joyeusement Peter en dissimulant l'émotion et la tristesse qu'il ressentait.

— Je croyais que tu avais prévu de passer le week-end avec tes amis à Cape Cod ?

— Je m'y trouvais la nuit dernière, mais... Papa, as-tu travaillé à *Innis Arden* ? J'y étais cet après-midi et la décoration du salon de musique m'a semblé tout droit sortie de tes mains.

— Elle l'est, dit Thomas avec un petit hochement de tête rêveur tandis qu'il laissait s'ouvrir les vannes de sa mémoire. Ça, par exemple... Mon travail là-bas remonte à une cinquantaine d'années, oh ! oui... Comment se fait-il que tu sois entré dans la maison, Peter ?

— *Innis Arden* est ouverte au public, à présent. Nous l'avons visitée parce qu'elle avait appartenu à la grand-mère maternelle de Julian.

— Ginny, dit doucement Thomas. Une de ses filles a épousé un Chancellor, hein ?

— Oui. Ginny ?

— Virginia Alcott Forrester. C'est par elle que j'ai obtenu ce travail. Elle avait vu une alcôve que j'avais décorée dans une propriété de Beacon Hill, et elle m'a demandé de travailler chez elle. *Innis Arden* lui appartenait déjà, à l'époque. C'était le cadeau de mariage de ses grands-parents. Son mari était un financier qui n'appréciait pas beaucoup l'isolement de Cape Cod, et la propriété est devenue le domaine de Ginny quand son mari a commencé une série de longs voyages et que ses enfants ont été envoyés dans les écoles réputées du pays.

— On dirait que tu la connaissais bien.

— Elle avait quarante ans et moi vingt, et elle était riche et bien éduquée alors que j'étais pauvre et illettré. Mais elle était très seule, enfermée par un mariage malheureux, et je l'aidais simplement en l'écoutant, mon inculture ne paraissait pas honteuse auprès d'elle. La seule autre femme que j'aie connue qui ait été aussi gentille et courageuse que Ginny Forrester, c'est ta mère... Ah, je vois bien dans tes yeux la question que tu n'oses pas me poser. Eh bien non, il n'y a jamais eu entre Ginny et moi qu'une profonde amitié. Mais oui, après tout, peut-être était-ce une sorte d'amour. Mais nous étions de deux mondes différents. Rien ne s'est jamais passé entre nous, Peter.

— As-tu gardé cette relation après avoir terminé ton travail dans le salon de musique ?

— Non. Pour elle, ça aurait été très bizarre, et même impossible, sûrement. Peu après avoir épousé ta mère, j'ai appris par la radio que le mari de Ginny était mort. J'ai pensé alors que maintenant elle était libre et je lui ai souhaité de vivre en paix la fin de sa vie à *Innis Arden*.

— Je crois que c'est exactement ce qu'elle a fait, papa. « Et, ajouta-t-il mentalement, je parie qu'elle n'est jamais devenue une vieille cinglée, comme le prétend son petit-fils avec un tel mépris. » Elle est décédée il y a cinq ans. Dans son testament, une clause stipulait que pendant les vingt années suivant sa mort *Innis Arden* appartiendrait à la population de Cape Cod.

— Pour les mariages et les pique-niques, j'imagine, enchaîna Thomas avec un sourire. Ginny a toujours pensé qu'*Innis Arden* était un endroit magique. Elle voulait le partager avec sa famille, mais je ne crois pas que son mari ou ses enfants aient jamais su l'apprécier.

— Et ils continuent. Du moins, son petit-fils n'est pas plus sensible au charme d'*Innis Arden.* Dans quinze ans, quand la propriété sera mise en vente, Julian veut l'acheter pour la transformer en relais de luxe. Mais, papa, je crois bien que c'est moi qui achèterai *Innis Arden...* Je trouve que ce serait un endroit idéal pour nous deux, qu'en penses-tu ?

— Un endroit tout à fait idéal, c'est sûr, approuva Thomas d'un ton ému, et même s'il savait qu'il aurait disparu dans quinze années, ses yeux s'emplirent d'espoir tandis qu'il imaginait la scène. Et un endroit idéal où mes petits-enfants pourront gambader !

Peter sourit à cette allusion. Un jour, il fonderait sa propre famille, certes, mais c'était encore un rêve lointain. Il en était d'autres, plus urgents, à concrétiser. Après un moment, il risqua une suggestion :

— Pourquoi n'irions-nous pas visiter *Innis Arden* la semaine prochaine ? Aimerais-tu revoir la propriété ?

— Oui, je le crois, Peter.

Dix jours après sa première visite à *Innis Arden*, Peter découvrit que Julian avait payé un autre étudiant pour dérober une copie d'un devoir d'examen qu'il devait passer. Julian ne chercha pas à s'en cacher, pas plus qu'il n'exprima la moindre honte.

Peter savait qu'il était temps d'affronter son ami. Dans un premier temps, il implora Julian de ne pas tricher, simplement parce que rien de bon n'en sortirait. Mais quand il fut évident que Julian n'avait pas l'intention de changer ses plans, Peter lui déclara gravement qu'il informerait l'administration de l'établissement de cette violation flagrante du code d'honneur, si Julian trichait à l'examen.

Pendant un long moment, le regard noir plein de morgue de l'héritier de grande famille et les iris verts du fils d'artisan s'affrontèrent. Enfin, avec un rire nonchalant, Julian céda et alla même jusqu'à remercier Peter de lui avoir montré où il allait se fourvoyer.

En même temps qu'il exprimait sa gratitude, Julian tramait la destruction du présomptueux Peter London. Et il savait exactement comment l'atteindre : par Marcy. Il était évident que Peter aimait bien la jeune fille. En fait, songea Julian, chaque fois qu'il se montrait cruel envers elle, c'était Peter qui semblait en souffrir le plus.

— Je me suis sauvée de chez Julian, murmura Marcy avec désespoir quand Peter lui ouvrit sa porte vers minuit, après l'avoir entendue tambouriner timidement. La lune faisait briller les larmes dans ses beaux yeux quand elle dit en sanglotant : Je le déteste, Peter ! Il est si cruel, si égoïste, si... différent de toi...

Marcy était jolie, triste, perdue, et Peter était jeune, compréhensif et gentil. Il lui fit l'amour avec une tendre passion, puis ils s'endormirent dans les bras l'un de l'autre. Quand, à l'aube, Peter ouvrit les yeux, Marcy était déjà habillée et s'apprêtait à partir. Elle adoucit ses brefs adieux d'un baiser langoureux et promit de revenir la nuit suivante.

Moins d'une heure après son départ, des officiels de l'école vinrent frapper à la porte de Peter. Ils avaient reçu un message anonyme les informant que Peter avait dérobé des copies d'un devoir d'examen. On les trouva en effet dans le tiroir de son petit bureau. Et on découvrit une importante somme d'argent, bien supérieure à celle représentée par sa bourse d'études, sous forme d'une liasse de billets glissée entre le matelas et le sommier, du côté du lit où avait dormi Marcy.

La commission de discipline fut convoquée. On entendit le témoignage de Marcy qui nia farouchement sa visite nocturne à Peter. Julian témoigna également, admettant avec tristesse que Peter comptait tricher à l'examen et qu'il avait essayé sans succès de l'en dissuader. De plus, Julian reconnut avoir subi le vol répété de sommes d'argent tout au long de l'année, le total atteignant un montant conséquent. Oui, il avait soupçonné Peter, mais s'était refusé à le dénoncer. Il ne regrettait qu'une chose : ne pas avoir réussi à faire plus pour aider son pauvre ami.

Quinze jours avant la fin de sa première année à Harvard, Peter London fut renvoyé.

— Je serai quand même architecte, papa, murmura Peter d'une voix rauque quand il revint à Concord et serra dans ses bras son père invalide. Tu verras. Il est encore trop tôt pour que je puisse entrer dans une autre école. Mais je te le promets, je reprendrai mes études. Je dirai simplement la vérité, j'expliquerai exactement comment tout est arrivé, et je finirai bien par trouver quelqu'un qui me croira et qui acceptera de me donner une seconde chance. Et en attendant, papa, je vais travailler comme charpentier.

Thomas London savait que son fils n'était ni tricheur ni voleur. Pourtant, malgré tous les efforts, l'honnêteté et le talent de Peter, ses espoirs lui avaient été dérobés. Et bien que Peter jurât de reconquérir son rêve — leur rêve —, la lumière qui avait toujours brillé dans les yeux vieillissants de Thomas quand il imaginait l'avenir radieux de son fils, cette lumière de vie et d'enthousiasme s'éteignit... Et en une nuit, sa santé entama un lent déclin.

Thomas vécut encore moins d'un an après l'expulsion de Peter de Harvard, assez pour retourner plusieurs fois à *Innis Arden* en compagnie de son fils, mais pas assez pour voir le début de l'immense réussite de Peter.

Peter retourna à *Innis Arden* trois jours après la mort de son père. On était à la fin avril, presque un an jour pour jour après sa première visite des lieux. L'extraordinaire prairie explosait d'une floraison exubérante, ayant enfin triomphé de l'étreinte glacée d'un hiver particulièrement rigoureux. Pourtant les fleurs délicates avaient survécu et dressaient leurs corolles lumineuses vers le soleil, en un défi joyeux à toute adversité.

Dans cette prairie enchantée où tout paraissait possible — tous les rêves, tous les espoirs, toutes les promesses —, Peter se grisa du parfum mêlé de mille fleurs avant de murmurer au vent :

— Je deviendrai architecte, papa, et j'achèterai cet endroit magique. Jamais je ne laisserai Julian détruire ce paradis. Il a déjà détruit tant de choses...

Une vague de colère brûlante déferla en lui et pendant un instant il ne vit plus la symphonie colorée de la prairie devant lui, mais la violence de sa rage ne troubla en rien sa vision déterminée de l'avenir :

— J'en fais la promesse, papa.

Il fallut à Peter plusieurs années et une bonne dose de stoïcisme devant l'affront d'innombrables refus avant de parvenir à convaincre une petite école du Middle West de lui offrir une seconde chance. En cinq ans, il était considéré comme un des étudiants les plus brillants ayant jamais fréquenté l'établissement. Dès le début de sa carrière d'architecte, Peter travailla seul, ne sélectionnant que les projets où son goût, son style et sa vision ne seraient pas entravés. Cette démarche sans compromission lui apporta une grande renommée et une fortune plus que suffisante pour faire l'offre la plus haute quand viendrait le temps de la vente aux enchères d'*Innis Arden*.

Pendant toutes ces années, il s'était souvent rendu à *Innis Arden*, visiteur parmi d'autres, mais chaque visite le rendait plus impatient et désireux de posséder cet endroit, pour le préserver et le chérir.

Et si, malgré sa fortune conséquente, la propriété revenait à Julian ? Peter pourrait peut-être sauver la bâtisse, ou du moins les panneaux de bois décorant le salon de musique, qu'il pourrait faire transporter ailleurs. Mais qu'adviendrait-il de la prairie ? Sa fragrance enivrante était un don unique de la nature, une harmonie exquise des murmures odorants des fleurs, de la forêt et de la mer, que nulle part ailleurs on ne retrouverait.

Quatre ans avant que la propriété ne soit mise en vente aux enchères, Peter se promit de ne pas laisser une telle perte survenir. Il trouva les meilleurs parfumeurs et les envoya dans la prairie durant la dernière semaine d'avril, mêlés aux autres visiteurs. Ils passèrent plusieurs heures à inhaler le parfum remarquable, en analysant et en mémorisant les subtiles nuances et les dosages naturels, puis ils retournèrent dans leurs laboratoires pour s'efforcer de reproduire ce parfum magique.

Trois années d'efforts furent nécessaires pour recréer à la perfection le parfum de la prairie d'*Innis Arden.*

Et Peter appela cette essence *Promesses.*

Plusieurs mois avant le jour d'août où les offres d'achat d'*Innis Arden* seraient décachetées, Peter fit contacter par son avocat ceux qui s'occuperaient de la vente. Il fut ravi, mais non surpris, d'apprendre que les hommes de loi représentaient également les intérêts des bénéficiaires de la vente, soit les quatre petits-enfants de Virginia Alcott Forrester, Julian Chancellor et ses trois cousins. Julian pourrait probablement « convaincre » un des avocats de « deviner » le montant des offres scellées afin d'en faire une supérieure pour remporter les enchères, en admettant que Julian soit toujours intéressé par *Innis Arden.*

Mais qu'il le soit ou non importait peu à Peter. Les raisons qui poussaient l'architecte à acquérir la propriété avaient à voir avec les rêves et les promesses, et aucun rapport avec une quelconque volonté de vengeance.

Peter déposa une offre scellée en juin. La somme engagée était certainement bien supérieure à la valeur estimée d'*Innis Arden.* D'après les règles de la vente aux enchères, toutes les offres scellées devaient être reçues au cabinet des avocats, à Manhattan, pour midi le 14 août au plus tard. A onze heures quarante-cinq, Peter et son avocat vinrent déposer en personne une nouvelle offre annulant la précédente, comme c'était leur droit, et ils ne quittèrent pas la pièce jusqu'à ce que les enveloppes soient décachetées.

La seconde offre de Peter était la plus haute. La plus proche de la sienne était celle de Julian, de dix mille dollars supérieure à la première offre faite par l'architecte. Pour ce dernier, la tricherie était donc patente, mais elle avait échoué. Peter avait pris Julian à son propre jeu sans pour autant faire preuve de malhonnêteté.

Innis Arden était à lui. Peter fêta l'accomplissement de son vœu solennel en passant ce chaud après-midi d'été à parcourir les catalogues de mannequins des grandes agences internationales. Il lui fallait un modèle pour *Promesses*, une femme qui devrait être aussi extraordinaire que le parfum lui-même, délicate mais courageuse, fragile mais vaillante, pleine d'espoir malgré l'adversité. Peter savait qu'il ne trouverait certainement jamais une femme personnalisant un tel mélange de force et de faiblesse. Peu à peu, il se résigna à l'idée de symboliser le parfum par de simples photos de la magnifique prairie.

A une heure du matin, par cette nuit chaude et humide d'août qui suivit le jour où *Innis Arden* était devenu sien, Peter se tenait sur le balcon de sa suite à l'hôtel *Plaza* de New York. Il se rappelait la promesse faite lors de sa première visite de la propriété.

Quelle était la réaction de Julian à son échec ? se demanda Peter. Le milliardaire avait fait une offre, il avait même triché pour emporter les enchères... Mais Julian Chancellor possédait déjà un vaste empire immobilier. Portait-il une réelle importance à l'acquisition d'*Innis Arden* ? Ou l'homme d'affaires qu'il était se contenterait-il du bénéfice substantiel tiré de la vente ?

La réaction de Julian n'avait plus d'importance, se dit Peter qui avait perdu toute volonté de vengeance depuis longtemps. Ce n'était que simple curiosité de sa part...

Pourtant, si Peter avait connu cette réaction et ses conséquences, il aurait considéré différemment la chose. Car à cet instant précis, à quelques centaines de mètres à vol d'oiseau, son ancien adversaire se vengeait avec une violence folle de la défaite subie en soumettant aux pires sévices sa femme terrorisée.

Dès l'instant où il posa les yeux sur la très jolie femme aux cheveux dorés et aux doux yeux bleus, Peter sentit son cœur se gonfler d'un sentiment de découverte. Et quand de l'index elle poussa la minuscule figurine de la fille auprès de celle de la mère, il sut avec une certitude absolue que la femme extraordinaire qu'il cherchait existait. Elle connaissait les promesses de l'amour, il le voyait. Elle comprendrait l'image qu'il voulait transmettre par *Promesses*, celle de l'opiniâtreté fragile mais indomptable des fleurs qui survivaient aux pires froids pour éclore au soleil du printemps... et l'image du courage humain qui fait battre les cœurs au rythme des rêves, même quand ceux-ci ont été brisés.

Peter avait dû s'envoler pour Tokyo le lendemain du bal au *Fairmont*, à la première heure. Pendant ces neuf jours passés au Japon, il avait attendu avec impatience le moment de son retour à San Francisco pour appeler Stephen et apprendre le nom de cette ravissante jeune femme qui était chirurgien en traumatologie. Or il venait de rentrer, et, sans avoir encore téléphoné à Stephen, il avait découvert dans le magazine *People*, alors qu'il faisait la queue à la caisse du *Marina Grocery* de Sausalito, l'identité de la jeune femme : Larisa Chancellor...

D'après l'article, Larisa serait bientôt l'ex-épouse fortunée de l'homme richissime qui avait naguère brisé les rêves de Peter. Malgré cette opulence assurée par Julian Chancellor qui d'après l'article ne désirait plus vivre avec elle, Larisa ne rejetait pas l'idée de reprendre sa carrière de mannequin.

Peter voulait que la jeune femme rencontrée au *Fairmont* soit le modèle personnifiant son parfum *Promesses*. Mais cette jeune femme était aussi Larisa Chancellor. Et une fois déjà, par le passé, Julian lui avait envoyé une jolie femme vulnérable pour annihiler ses espoirs.

Il semblait impossible que Larisa se soit trouvée au bal dans le but de le rencontrer. Mais pourquoi était-elle là ? Pourquoi lui avait-elle menti alors qu'elle savait la vérité sur le point d'être affichée en couverture de *People* ? Tout cela faisait-il partie d'un stratagème tortueux orchestré par Julian pour l'intriguer, le séduire... et le détruire ?

Cela semblait impossible.

Et Peter avait besoin de la jeune femme pour son parfum.

Il faudrait donc qu'il tire au clair cette énigme.

19

Debout devant la baie vitrée, dans le salon de l'appartement d'Elizabeth, Larisa contemplait la splendeur du crépuscule automnal qui s'épanouissait sur la ville.

Elle pensait à la paix émanant de cette vue quand le silence fut déchiré par le hurlement d'une sirène. Quelqu'un d'autre aurait traduit ce bruit par l'annonce lugubre d'une tragédie, mais pour Larisa, depuis ces dernières semaines, les hululements fréquents des ambulances étaient devenus les symboles de la sécurité et de la protection, les rappels réconfortants que dehors, tout près, des gens étaient en alerte constante pour combattre la douleur. Pour Larisa ces sirènes étaient devenues le symbole d'Elizabeth...

Le hululement cessa brusquement, indiquant que l'ambulance venait de s'arrêter devant la salle des urgences du centre médical. Presque aussitôt un autre son strident lui succéda, mais de l'intérieur de l'appartement. Le téléphone. Si elle n'avait entendu la sirène juste avant, elle aurait pensé qu'il s'agissait d'Elizabeth.

Mais peut-être était-ce son amie, décida-t-elle en allant décrocher. Toutes les ambulances n'amenaient pas des patients au service de traumatologie, après tout. Certaines étaient même synonymes de joie, d'accouchement imminent...

Mais ce n'était pas la voix d'Elizabeth, et, en reconnaissant le timbre de son interlocuteur, Larisa sentit toute paix la quitter.

— Bonsoir, Larisa.

« Non ! hurla-t-elle intérieurement. Tu avais promis que si je te donnais mes coordonnées tu ne m'appellerais pas avant au moins un mois. Et ça ne fait que dix jours ! »

— Julian, dit-elle finalement, d'une voix blanche.

— Je sais bien que j'avais promis de ne pas te contacter avant quelque temps, dit-il d'un ton d'excuse, mais je n'ai reçu aucune facture de toi et je voulais être certain que tu avais bien compris que je compte régler toutes tes dépenses.

— Je l'ai compris.

— Je sais que tu as pris presque quatre mille quatre cents dollars avec toi, mais j'ai supposé que maintenant tu étais peut-être un peu à court...

Comment connaissait-il la somme qu'elle avait emportée ? Il s'était toujours conduit avec une telle indifférence envers l'argent qu'il laissait à sa disposition à l'appartement, cela représentait un montant tellement insignifiant pour un homme aussi riche que lui... Mais non, comprit-elle soudain avec une clarté terrible, il avait sans doute toujours su ce qu'elle dépensait.

La voix de Julian avait anéanti le fragile rempart de confiance qu'elle avait réussi à se construire ici, simplement en lui rappelant qu'elle avait presque complètement dépensé l'argent dont elle disposait. La chambre au motel de l'aéroport Kennedy, la place d'avion pour San Francisco, les flacons de vitamines, la très jolie robe qu'elle avait choisie avec Christine pour le déjeuner et les photographies à New York... Bientôt, très bientôt, elle devrait accepter l'aide financière de Julian ou trouver un autre moyen de subvenir à ses besoins. La seule solution, bien sûr, était qu'elle assure son indépendance. Elle avait déjà décidé de commencer ses recherches dès la semaine suivante, quand son visage ne ferait plus la couverture du numéro courant de *People*. Elle avait même songé à approcher Sydney pour trouver un emploi — peut-être assistante de Christine ?

— Tu n'as pas besoin d'argent, Larisa ?

— Non.

— Très bien, dit Julian doucement. Je comprends. Tu ne veux rien de moi. Comment pourrais-je t'en vouloir ?

Mais, ma chérie, je veux que tu saches une chose : tu me manques beaucoup, et je passe chaque instant de ma vie à essayer de corriger mes défauts. Est-ce que je te manque au moins un peu, Larisa ? Pas le monstre que j'étais devenu, mais l'homme qui était tombé amoureux de toi ?

« Y a-t-il réellement deux hommes différents, Julian ? » se demanda-t-elle. Pour la séduire, le monstre qui s'était révélé dans les derniers temps ne s'était-il pas jusqu'alors dissimulé derrière le masque policé de l'homme du monde richissime et galant, avant de trahir toutes les promesses faites ?

— Larisa ?

— Je dois partir, Julian.

— Très bien, dit calmement Julian.

Il se forçait à prendre des accents résignés malgré la joie féroce qu'il éprouvait en sentant chez elle la peur qu'il lui inspirait toujours. Elle craignait encore le pouvoir qu'il avait sur elle. « Bien, songea-t-il. Excellent. » D'un ton plein de compréhension, il ajouta avant de raccrocher :

— Je comprends. Je t'aime, Larisa. Au revoir.

Quelle illusion de s'être crue forte ! Quelle folie de s'être émerveillée de ce coucher de soleil paisible, d'avoir imaginé qu'elle pourrait profiter d'un peu de cette sérénité. La voix de Julian avait ouvertes toutes grandes les vannes de la douleur et noyé sans merci ses espérances ridicules dans les flots menaçants d'une réalité brutale. Non, elle n'avait pas été aimée. Elle avait seulement été séduite, conquise, et trahie.

Il fallait absolument qu'elle endigue l'étouffante vérité, mais elle ne s'en sentait pas la force. Elle avait besoin d'aide. Une armée de médecins de l'âme n'aurait pas suffi... Mais un peu d'alcool, peut-être ? Juste un verre ?

Oui, ce serait un remède efficace, elle le savait. Et si elle pouvait s'échapper un peu, flotter sur les brumes de l'ivresse loin du torrent monstrueux du passé... Larisa connaissait le danger d'une telle échappatoire, bien sûr, mais elle éprouvait le besoin de se sentir ailleurs pour un moment...

Elle se rendit dans la cuisine d'un pas d'automate. Elizabeth devait bien y garder un peu d'alcool, dans l'éventualité d'invités. Elle se mit à ouvrir un à un les placards, en vain. Enfin, la dernière porte au-dessus du réfrigérateur révéla le trésor qu'elle traquait désespérément. Sur l'étagère étaient sagement rangées la bouteille de Courvoisier presque pleine qu'elle avait elle-même offerte à Elizabeth pour son vingt et unième anniversaire, une bouteille de scotch, une de gin, une de bourbon. D'une main tremblante, elle versa une large dose de bourbon dans un verre et en but aussitôt une gorgée.

Puis une autre.

La chaleur magique de l'alcool l'envahit doucement, tel un guerrier invincible toujours prêt à la secourir. Le bourbon s'attaquait aux blessures de son cœur et faisait taire les élancements de sa souffrance. Bientôt elle serait insensible. Un sourire naquit sur ses lèvres, qui disparut brusquement quand elle se retourna et vit les placards ouverts, témoignage silencieux de l'horrible frénésie qui l'avait saisie un instant plus tôt.

Elle s'était sentie si désespérée... à cause de Julian. A cause de lui ? Allait-elle le laisser continuer à contrôler sa vie ? Allait-elle trahir sa liberté retrouvée à cause de lui ?

Non ! Elle devait se montrer forte, et commencer dès cet instant. Si elle se réfugiait dans l'alcool pour fuir, cela signifierait que Julian avait gagné...

Il était inutile de repousser la vérité de ces réflexions, et elle en était consciente. Bien sûr, avec une autre gorgée de bourbon, ou un autre verre, elle parviendrait peut-être à les oublier. Peut-être. Mais elle en doutait. La voix qui avait formulé ses doutes était-elle venue d'elle, ou n'était-ce que le souvenir d'une voix entendue récemment et appartenant à un homme séduisant, au regard bleu sombre, qui semblait la comprendre.

Mais que peut savoir Nicholas Chase ? se demanda-t-elle dans une réaction de défi faussement insouciant, et elle approcha le verre de ses lèvres.

« N'hésitez pas à m'appeler, Larisa », avait dit Nick.

Elle posa le verre et consulta le planning de l'hôpital et la liste de numéros d'urgence posée à côté du téléphone. Nick n'était pas de garde ce soir, mais son pager serait sans doute allumé, comme l'était toujours celui d'Elizabeth. Et en cas contraire, elle pourrait toujours composer le numéro personnel du chirurgien, que Nick avait communiqué à Elizabeth même si celle-ci ne l'avait jamais utilisé.

Larisa décida qu'elle essayerait d'abord le pager de Nick. Seulement s'il ne répondait pas, elle tenterait son numéro personnel.

Nick venait d'endormir son fils en lui lisant une histoire de dragon magique et d'arc-en-ciel enchanté quand le bip discret de son pager retentit. Il sortit sur la pointe des pieds de la chambre de Justin et passa dans la sienne pour appeler le numéro d'Elizabeth qui s'était affiché sur le petit écran à cristaux liquides du boîtier électronique. Il n'était pas de garde et c'était la première fois qu'elle l'appelait chez lui, et Nick se demandait pourquoi elle le contactait.

— Larisa ? Bonsoir, ici Nick Chase. Je réponds à l'appel par pager que m'a adressé Elizabeth.

— Ce n'était pas Elizabeth, Nick, c'était moi, lui avoua Larisa. Vous avez commis l'erreur de me dire que si un jour je voulais parler... Mais le moment est peut-être mal choisi...

— Ce n'était pas une erreur, Larisa, et le moment est très bien choisi, lui assura Nick. Puis, très gentiment, il l'encouragea : Dites-moi ce qui se passe.

Larisa ne pouvait répondre tout de suite. Il lui fallut quelques secondes pour maîtriser l'émotion de la gratitude.

— Larisa ?

— Oui, je suis là. Ce qui s'est passé, c'est que Julian a téléphoné, et en ce moment même j'ai les yeux posés sur quelques bouteilles d'alcool. Jusqu'ici je n'ai bu qu'un peu de bourbon, mais j'aurais bien besoin de vider toutes les bouteilles.

— Mais vous ne le voulez pas.

— Oui, c'est vrai, répondit-elle. J'en ressens le besoin, mais je m'y refuse. Je crois surtout que je ne veux pas laisser Julian me faire ça.

— Julian vous force à boire ?

— Non, admit-elle. Ce n'est pas sa faute. C'est moi qui suis responsable, et je n'ai à m'en prendre qu'à moi-même. C'est ce qu'il faut dire, n'est-ce pas ?

— Pas si ce n'est pas la vérité.

— Eh bien, c'est la vérité. Je pense que c'est à moi de trouver un moyen de m'en sortir, non ?

— Vous avez toujours bu pour vous en sortir ?

— Non ! Je buvais rarement avant mon mariage. C'est vrai, presque jamais. C'était tellement important pour moi de rester maîtresse de la situation. N'est-ce pas étrange ? J'évitais de boire de l'alcool et maintenant j'éprouve le besoin de m'enivrer... Pourquoi fais-je ça ?

— Parce que boire est une forme de maîtrise. Parce que lorsqu'on boit on devient capable de supporter sa douleur.

— Vous savez de quoi vous parlez, n'est-ce pas, Nick ?

— Ce que je sais, Larisa, c'est que vous allez vous en sortir.

— Vraiment ? rétorqua-t-elle aigrement, énervée par la façon dont il avait éludé sa question. Dans votre bouche, ça a l'air terriblement simple, docteur.

— Ce ne sera pas facile, Larisa. Ce n'est pas ce que je dis, répondit Nick, persuasif. Mais vous avez beaucoup d'atouts : vous ne buvez pas depuis toujours. Vous comprenez pour quelle raison vous buvez maintenant. Et le plus important : vous savez que vous ne voulez pas boire. C'est exact ?

— Oui, c'est vrai. Mais j'ai mal, Nick. Tellement mal... Et ce que je veux plus que tout, c'est cesser d'avoir mal. Comment y parvenir ?

— En essayant de comprendre ce qui vous fait mal.

— Et ça fera disparaître magiquement le mal ?

— Il n'y a pas de recette magique, Larisa. Mais si vous comprenez pourquoi vous souffrez, vous reprendrez un peu de cette maîtrise que vous avez perdue. Ce qui vous permettra de faire des choix pour votre vie. Vous le savez, vous me l'avez dit vous-même. Si vous laissez la douleur vous commander, alors vous serez toujours sa victime. Et je doute très sérieusement que vous soyez la seule responsable de la douleur que vous ressentez en ce moment. En revanche, vous serez entièrement responsable de la façon dont vous choisissez de réagir.

— Pour l'instant, j'aurais tendance à réagir en voulant échapper à cette douleur. Je le veux tellement que ça frise le désespoir... Elle contempla les placards béants de la cuisine et fronça les sourcils : Je ne veux pas de ce désespoir... mais je le ressens. Je ne peux plus penser, analyser ou essayer de comprendre logiquement quand je suis dans cet état. Il y a en moi quelque chose de très fort qui me pousse à fuir la réalité. Comment puis-je m'empêcher de succomber à cette pulsion, Nick ? Comment faites-vous ?

Larisa regretta sa seconde question dès qu'elle l'eut prononcée. Elle voulait parler d'elle, et non de lui, et pourtant elle était sûre que Nick savait ce qu'elle vivait pour l'avoir vécu, lui aussi.

Nick hésita longuement avant de répondre. Enfin, d'une voix très calme, il déclara :

— Je cours, Larisa. Je cours aussi vite et aussi longtemps que j'en suis capable. Et après quelques kilomètres, je suis trop épuisé pour pouvoir penser ou ressentir quoi que ce soit. Je ne suis pas sûr que mon truc aurait le même résultat pour vous, et je ne vous conseille pas d'aller courir dans les rues de San Francisco en pleine nuit, mais...

— Je crois que cette méthode pourrait marcher pour moi, dit Larisa d'une voix où perçait l'espoir. Quand j'étais mannequin, je n'arrêtais pas de faire de la gymnastique. Et après les séances les plus fatigantes, je me souviens avoir ressenti une détente et un calme très appréciables. C'est une très bonne suggestion, Nick. Merci. Quel bruit était-ce ? Votre pager ?

— Oui. Il faut que j'appelle l'hôpital, mais je vous retéléphone après.

— Ce n'est pas la peine, Nick, dit bravement Larisa. Il est temps que je me mette au travail.

— Vous en êtes sûre ?

— Certaine. Dès que nous aurons raccroché, je vais courir sur place jusqu'à tomber d'épuisement.

— Très bien, commenta Nick avec un petit rire ravi, avant d'ajouter d'un ton redevenu sérieux : Rappelez-moi n'importe quand si vous en avez besoin, Larisa.

— Merci, Nick. Vous m'avez vraiment aidée.

Quand elle en parlait avec Nick, la méthode semblait

d'une simplicité enfantine, tellement ses mots étaient justes et le timbre de sa voix rassurant. Mais maintenant elle avait raccroché et se retrouvait seule dans la cuisine, face aux placards béants qui lui rappelaient son désespoir et aux bouteilles qui attisaient son désir. Combattant une panique naissante, Larisa referma posément toutes les portes des placards. Puis elle inspira profondément et rangea les alcools à leur place.

« Voilà », songea-t-elle triomphalement en rinçant le verre qu'elle avait utilisé. Mais son triomphe fut de courte durée. La douleur revint en force, exigeant un remède immédiat et lui rappelant combien elle était fragile. En hâte elle essuya le verre puis sortit vivement de la cuisine pour s'astreindre à une séance de gymnastique rythmique qu'elle voulait exténuante.

Elle choisit un disque des Rolling Stones, se plaça au milieu du salon et se mit à danser en rythme, sans ménager ses efforts. La danse avait toujours été pour elle une activité de plaisir, même la danse rythmique, et elle commença sur une cadence effrénée. Sa minceur n'était plus celle bien entretenue du mannequin, mais celle que procure l'angoisse, et très vite elle s'essouffla tandis que ses articulations devenaient douloureuses et ses muscles brûlants. Elle se rendit compte qu'elle n'était plus du tout en forme mais aussi que l'effet promis par Nick apparaissait déjà : cette souffrance physique nouvelle semblait étouffer celle qu'elle ressentait dans son cœur.

Le téléphone sonna au milieu de *Jumpin' Jack Flash*. Elle baissa le son avant de répondre, en se demandant soudain si l'appel n'émanait pas d'un voisin ennuyé par la musique qu'elle n'avait pourtant pas réglée très fort.

Ce serait Elizabeth, ou Nick, peut-être. Mais pas Julian...

— Allô ?

— Larisa ? C'est Stephen.

— Oh... 'soir... Stephen.

— Bonsoir. Tout va bien ? Vous semblez un peu essoufflée.

— A plat, pour être plus exacte, dit Larisa en parvenant à prononcer toute la phrase sans haleter. Je faisais un peu... de gymnastique... Elizabeth n'est pas...

— Je sais, c'est à vous que je voulais parler. Reprenez votre souffle pendant que je vous explique le but de mon appel. Ça vous va ?

— Parfait !

— Bien. Je viens de recevoir un coup de fil de Peter London, l'architecte qui a dessiné l'Institut. Il projette de lancer sur le marché un nouveau parfum au printemps, et il cherche un mannequin.

— Un architecte... qui lance un parfum ?

— Il m'a dit que c'était une longue histoire mais il ne me l'a pas racontée. Néanmoins, je peux vous affirmer pour avoir travaillé en étroite collaboration avec lui sur les détails de l'Institut que Peter n'aura rien négligé pour son parfum. Il se sera attaché les services des meilleurs professionnels et il aura recherché la qualité et l'excellence à toutes les étapes.

Larisa se souvint de la qualité qui transparaissait même dans la maquette de l'Institut.

— Et quel rapport avec moi ?

— Il cherche un mannequin pour personnifier ce parfum, et il a lu dans *People* que peut-être vous comptiez reprendre votre carrière. D'après ce qu'il m'a dit, il vous a vue au bal au moment où nous échangions un sourire, c'est pourquoi il m'a appelé pour savoir comment vous contacter. Je ne voulais pas lui donner votre téléphone sans vous en parler auparavant, mais je lui ai promis de vous appeler, et que vous lui téléphoneriez si la proposition vous intéressait. Sinon je peux le contacter moi-même pour lui dire que vous n'êtes pas intéressée.

— Intéressée ? Mais par quoi ?

— Pour être le mannequin-symbole de son parfum.

Larisa avait maintenant repris son souffle et respirait calmement, et c'est d'une voix posée qu'elle répondit :

— Je ne peux pas croire que ce soit ce qu'il veut, Stephen. Il désire simplement savoir si je connais un mannequin qui conviendrait...

— Non. Il a été très clair : c'est vous qu'il veut.

« Et moi je pense toujours que c'est impossible, se dit-elle. Il ne peut pas vouloir de moi. » Pourtant une impulsion la poussa à demander :

— J'ai l'impression que vous avez de l'estime pour lui, Stephen. Je me trompe ?

— Non. Je l'apprécie beaucoup, c'est vrai. Alors, je vous donne son numéro de téléphone ?

— Oui. Merci.

Avant d'appeler Peter London, Larisa repensa à cet architecte dont la réussite éclatante et la richesse lui permettaient d'investir dans le lancement d'un nouveau parfum, une entreprise qu'elle savait aussi coûteuse que risquée. Elle connaissait les raisons du succès de Peter London, elle les avait vues dans la maquette de l'Institut, au *Fairmont.* Mais elle se demandait s'il avait raison d'abandonner ses projets architecturaux pour un parfum. Le monde avait-il réellement besoin d'une nouvelle fragrance ? Peter avait-il découvert quelque mélange si subtil et unique que les femmes abandonneraient leur parfum préféré pour celui-ci ? Ou bien la création de l'architecte aurait-elle le même destin que la plupart des nouveaux parfums lancés sur le marché à grands renforts d'énergie et d'argent et qui disparaissaient très vite parce qu'ils n'avaient rien d'original ?

Après tout, décida-t-elle, c'était là le problème de Peter London. Et il n'était rien comparé à celui qu'elle devait maintenant affronter. Il l'avait remarquée au *Fairmont*, donc à la lueur dorée des lustres de cristal, peut-être la vue troublée par quelques flûtes de champagne... Quant aux photos parues dans *People*, elles avaient naturellement bénéficié de retouches habiles. Comment pourrait-elle ne pas décevoir Peter London quand il la verrait ?

Et si cette offre surprenante n'était qu'un piège tendu par Julian ? Peter était un architecte de renom, et Julian possédait un vaste empire immobilier. Certes Larisa n'avait jamais entendu son ex-mari parler de Peter, et la maquette de l'Institut ne ressemblait à aucun des bâtiments qu'avait fait construire Julian par le passé. Mais ils se connaissaient certainement...

Et si Julian Chancellor, sans jamais avoir utilisé les talents de Peter London pour la construction d'un de ses buildings, l'avait embauché pour approcher Larisa avec la tentation d'un emploi aussi agréable ? Mais dans quel but ?

Peter London était-il un ami ou un ennemi ? se demanda Larisa. Stephen avait à l'évidence une bonne opinion de l'architecte, et l'avis de Stephen lui semblait aussi sûr que celui d'Elizabeth, mais...

Avec un petit sourire résigné, Larisa se promit de reprendre sa séance de danse rythmique... dès qu'elle aurait raccroché le téléphone.

— M. London ? Ici Larisa Locksley.

Locksley, et non Chancellor. Si Peter travaillait pour Julian, peut-être marquerait-il un instant de surprise.

— Bonjour, Larisa, répondit Peter immédiatement, d'un air affable. Merci de m'appeler. Stephen vous a donc expliqué pourquoi je voulais vous parler ?

— C'est à propos d'un nouveau parfum que vous voulez lancer sur le marché, n'est-ce pas ?

— Exactement. Je cherche un modèle et, après avoir lu l'article vous concernant dans *People*, j'aimerais discuter avec vous et vous proposer de devenir le mannequin personnifiant mon parfum pour la campagne de lancement.

— D'accord, dit-elle d'un ton froid.

— Bien. Quelle date vous conviendrait ?

— Je suis très libre... Le mot tourbillonna follement dans son esprit : « Libre » ?

— Eh bien, alors, que diriez-vous de demain ? Mon cabinet d'architecte se trouve à Union Square, mais tout ce qui concerne le parfum est à mon appartement de Sausalito.

« A son appartement ? » s'étonna Larisa. Qu'un architecte lance un parfum était déjà assez peu courant, mais qu'il le fasse de son appartement, pour une opération de plusieurs millions de dollars, voilà qui était surprenant.

— Nous pourrions nous rencontrer à Sausalito, convint-elle avec une assurance feinte.

— Parfait. Dois-je envoyer une voiture vous chercher, et prévoir que vous resterez à déjeuner ?

— Non, merci, fit-elle d'un ton léger. J'ai ma propre voiture, et ce n'est pas la peine que vous me nourrissiez...

Peter raccrocha lentement, en souriant. Dans la voix de Larisa, il avait senti ce mélange de courage et de fragilité qui l'avait enchanté au *Fairmont* et qui symbolisait si bien pour lui la délicatesse et la force des fleurs d'Innis Arden triomphant de l'hiver. Son sourire disparut en songeant au piège qu'il venait de tendre à la jeune femme. Il ne lui avait pas dit qu'ils avaient déjà fait connaissance au *Fairmont*, mais cet oubli était nécessaire. Il voulait voir si sa surprise en le revoyant serait sincère... Si elle était feinte, parce qu'elle savait très bien qui il était, depuis le début, cela signifierait qu'elle avait été envoyée par Julian pour détruire ses rêves.

De tout son cœur, Peter espérait lire dans les yeux limpides de Larisa un étonnement spontané.

Dans l'appartement d'Elizabeth, Larisa souriait elle aussi en s'imaginant de nouveau mannequin... Mais cette joie fut de courte durée. Peter London ne pourrait qu'être déçu en la voyant à la lumière du jour et en découvrant son regard hanté. Et s'il travaillait pour le compte de Julian... Le résultat serait le même, se dit-elle. Il lui dirait qu'elle ne convenait pas. Mais du moins pourrait-elle se sauver rapidement, sans devoir subir l'épreuve d'un déjeuner.

Et si c'était un piège ? Si demain Julian l'attendait dans l'appartement de Sausalito ?

Ces doutes terribles tournèrent instantanément l'esprit de Larisa vers la cuisine où attendaient les bouteilles d'alcool. Faisant appel à sa volonté, elle ralluma la chaîne stéréophonique. Un instant plus tard, elle dansait vigoureusement au rythme de *Satisfaction*.

20

— Le Dr Chase vient d'appeler, annonça la secrétaire d'Elizabeth quand celle-ci entra dans son bureau. Je lui ai dit que vous deviez revenir d'une minute à l'autre.

— Il veut que je le rappelle ?

— En fait, il voudrait vous voir. Il a dit qu'il resterait dans son bureau pendant toute l'heure qui vient.

— Très bien. Je vais y aller maintenant. Merci.

Tandis qu'elle descendait la volée de marches et parcourait les deux couloirs séparant leurs bureaux, Elizabeth se demanda quel sujet ne pouvait être discuté au téléphone.

Peut-être Nick voulait-il parler enfin de cette opération désespérée qu'ils avaient menée cinq semaines plus tôt, sur le corps dévasté du petit Danny. Depuis, ils avaient opéré ensemble au même rythme qu'auparavant, avec la même harmonie silencieuse, les mêmes succès et les mêmes échecs. Et Nick avait continué de se montrer poli et distant.

Mais aujourd'hui, peut-être, il avait décidé de lui expliquer enfin la raison de son attitude glaciale. Lui ferait-il comprendre qu'il ne pouvait fonctionner en tandem avec toute l'efficacité nécessaire quand il avait aussi peu d'accord personnel avec son assistante ? Ou serait-il plus subtil, par exemple en parlant d'une place exceptionnelle qui se libérait ailleurs et qui serait parfaite pour elle, lui proposant même de la recommander ?

— Bonjour.

— Elizabeth, dit Nick en se levant immédiatement derrière son bureau. Bonjour.

— Jane m'a dit que vous désiriez me voir ?

— En effet... Mais j'aurais pu me déplacer.

— C'est sans importance. J'avais envie de marcher.

Elizabeth avança de deux pas dans la pièce et se figea, aussi immobile qu'une statue, prête à entendre le pire. Quand le chirurgien contourna le bureau pour venir vers elle, la jeune femme remarqua la longue enveloppe qu'il tenait dans sa main droite. Un courrier d'un collègue de la côte est qui cherchait désespérément une assistante possédant une double spécialisation en traumatologie et en chirurgie transplantatoire, peut-être ?

Nick se campa devant elle, à distance respectueuse, et lui tendit l'enveloppe. Sans y jeter un coup d'œil, Elizabeth garda son regard rivé à celui du chirurgien.

— Dites-moi ce qu'elle contient, Nick.

« Que se passe-t-il, Elizabeth ? » pensait au même moment Nick devant la tension qui habitait la jeune femme, et en voyant dans les magnifiques yeux verts une lueur qui ressemblait fort à de la peur.

— C'est arrivé hier après-midi, fit-il pour briser un silence qui ne pouvait qu'accentuer le malaise de sa collègue. Une invitation pour le Congrès international de chirurgie transplantatoire qui se tiendra à Paris en février prochain. Le comité de planification du Congrès aimerait avoir une intervention sur la greffe de foie prélevé sur donneur vivant, ainsi qu'une présentation des dernières techniques en immunothérapie et en transplantation rénale. Ils m'ont demandé de me charger de l'exposé sur la transplantation de donneur vivant, et Stephen se chargera de la partie immunothérapie. Vous accepteriez peut-être de faire l'exposé sur la transplantation rénale ?

Nick s'interrompit en constatant la brusque et merveilleuse transformation qui s'opérait dans les prunelles de la jeune femme, où l'appréhension faisait place à la joie. Pendant un moment, il se sentit aspiré par ce monde si doux, mais il se reprit aussitôt. Il n'avait aucun droit à cette chaleur.

— Il faudra que vous repreniez les différentes publications sur le sujet pour étayer votre expérience personnelle, poursuivit-il en se maîtrisant. C'est un surcroît de travail important, mais sans doute très gratifiant, et le Congrès en lui-même est un événement intéressant. Bien sûr, tous les frais seront pris en charge, et les compensations financières proposées sont plus que généreuses.

« Vous voulez vraiment que je vienne, Nick ? » songea Elizabeth, surprise par le regard du chirurgien. Une seconde, celui-ci avait presque paru tendre. Mais à présent, ses yeux exprimaient de nouveau leur habituelle froideur polie.

— Vous avez dit que le Congrès avait lieu en février ? dit-elle enfin.

— Oui. Il débutera par mon exposé, le soir du 16. C'est un dimanche. Et il se terminera le jeudi 20 à midi. J'ai l'intention de revenir dès la clôture du Congrès, mais si vous désirez passer quelques jours supplémentaires en Europe, je serais heureux de faire les arrangements nécessaires ici. Stephen espère également y rester un peu plus, pour visiter les plus grands centres d'immunologie d'Europe, et comme j'ai cru comprendre que vos parents profitaient d'une année sabbatique en Angleterre...

— C'est exact. Je dois aller les voir pour Noël, mais j'y retournerai avec plaisir en février.

— Vous êtes donc d'accord pour aller à Paris ?... Mais vous avez le temps de réfléchir, je ne dois donner ma réponse au comité d'organisation qu'en début de semaine prochaine.

— C'est tout réfléchi, Nick. Je serai très heureuse d'aller à Paris. Et je vous remercie.

C'était une journée d'automne d'une douceur exquise. Larisa voulait sentir la caresse de la brise venue de la baie et, avant de commencer le trajet qui la mènerait à Sausalito par le Golden Gate Bridge, elle baissa toutes les vitres de la voiture d'Elizabeth. Elle se recoifferait avant d'arriver, à moins qu'elle ne laisse son opulente chevelure telle quelle. Après tout, c'était tout à fait dans l'imagerie de la jeune femme californienne, et cela correspondrait peut-être au parfum créé par Peter London, qu'elle imaginait frais et naturel.

Les instructions de l'architecte étaient précises et elle n'eut aucune difficulté à trouver son immeuble, proche de la marina. C'était une construction simple et d'une élégance avenante. Visiblement une création de Peter London, alliant grâce et discrétion.

Peter London occupait l'étage supérieur. Avant de pénétrer dans l'ascenseur privé qui l'y emporterait, Larisa s'examina d'un regard critique dans les grandes glaces de l'entrée. Elle était satisfaite de sa silhouette et de la masse soyeuse de ses cheveux, quant à son regard... Avec un peu de chance, Peter London accepterait qu'elle porte des lunettes de soleil, pour dissimuler la tristesse qui hantait ses prunelles.

Larisa soupira et appela l'ascenseur. Au dernier étage, lui aussi décoré de glaces, elle se dirigea directement jusqu'à l'unique porte et sonna.

— Bonjour, Larisa, dit-il en ouvrant.

— Oh, souffla-t-elle en rencontrant ce regard évoquant les sous-bois de son enfance, aussi chaleureux et charmant en plein jour qu'à la lumière des lustres de cristal du *Fairmont*.

Elle ne chercha pas à cacher sa surprise.

— Oui, approuva Peter avec un sourire rayonnant qui traduisait en partie son soulagement devant cet étonnement sincère.

Il s'attendait à de l'indignation de la part de la jeune femme, mais elle prit une mine gênée.

— Je crois que je n'aurais pas dû me prétendre chirurgien... dit-elle d'un air contrit. Ce n'était pas un stratagème très plausible, n'est-ce pas ?

— Au contraire, dit Peter. Je n'ai pas douté un instant. Vous sembliez très bien connaître ce dont vous parliez.

— Ma meilleure amie est chirurgien...

— Je vois, fit Peter avec un sourire de connivence qu'elle trouva plein de charme... Entrez donc... C'est en désordre, mais il y a une certaine logique dans ce fouillis.

L'appartement de Peter était effectivement en désordre, mais c'était celui de la passion créatrice et non la conséquence d'une indifférence paresseuse. Des esquisses étaient étalées un peu partout, ainsi que des plans très fouillés qui un jour se matérialiseraient sous forme de constructions élégantes, et des projets à tous les stades de la conception. Ici et là étaient posées des maquettes d'immeubles et de propriétés somptueuses. Aux murs étaient accrochés des clichés encadrés d'autres réalisations dont l'architecte pouvait être fier.

Cet appartement était très différent de celui des Chancellor. Julian avait toujours montré une intolérance absolue au désordre. Les grandes pièces luxueuses de leur foyer new-yorkais étaient entretenues dans le strict respect de la disposition définie par le décorateur d'intérieur. Aucun meuble, aucun objet ne devait être bougé d'un centimètre, et Julian ne voulait pas voir de grain de poussière.

Avec cette rigueur imposée par le milliardaire dans leur logis comme dans leur vie, comment Julian se serait-il comporté devant le joyeux désordre que crée toujours un enfant ? Pour cela au moins, Larisa s'était fort bien accommodée de sa propre stérilité.

Peter était tout le contraire de Julian, se dit-elle en souriant vaguement à cette constatation. Et elle avait la conviction qu'il s'amuserait du désordre causé par un enfant.

— A quoi pensez-vous ? interrogea-t-il, touché par le doux rayonnement qui épanouissait son visage et réchauffait son regard.

— Oh... Je me disais que j'aimais bien ce désordre.

Le salon où ils se trouvaient était baigné par le soleil automnal qui entrait à flots par la grande baie vitrée. Après un moment, Larisa leva les yeux et offrit leur tristesse au regard de l'architecte. Soudain elle voulait en finir au plus vite, qu'il se rende compte qu'elle n'avait rien de commun avec toute cette créativité joyeuse.

La réaction de Peter fut inattendue.

— J'espère que vous accepterez d'être le modèle de *Promesses*, dit-il avec un sourire presque timide

— *Promesses ?*

— Vous vous attendiez à *California Dreamin'*, ou *Star*, ou *Étincelle*, peut-être, railla-t-il gentiment.

— Peut-être. Mais *Promesses*... Oui, c'est un joli nom.

— Voyons si le parfum lui-même vous plaît, dit-il en sortant de la poche de sa chemise une petite fiole qu'il lui tendit.

Les doigts fins de Larisa ôtèrent le minuscule bouchon et elle appliqua le goulot sur chacun de ses poignets.

— Oh, s'exclama-t-elle avec ravissement en sentant le parfum. Oh, Peter, qu'il est agréable !...

« Romantique », « enthousiasmant », lui vinrent à l'esprit pour définir *Promesses*. « J'achèterais cet extraordinaire parfum sans hésiter, se dit-elle, mais je ne peux pas le représenter... Ce serait une erreur. »

Elle leva les yeux vers l'architecte, qui observait sa réaction avec intérêt, et elle se demanda pourquoi il réagissait ainsi, alors qu'elle affichait un soudain découragement. A moins que...

« Combien vous paie Julian, Peter ? Combien de projets immobiliers vous a-t-il accordés en échange de cette mascarade ? »

— Julian est derrière tout ceci, n'est-ce pas ? lâcha-t-elle brusquement, d'un ton accusateur.

— Julian ?

Peter paraissait sincèrement dérouté par la question, mais ne montra aucune culpabilité. Pourtant il y avait dans son regard un étonnement que Larisa ne parvenait pas à interpréter.

— Non, dit-il gravement. Julian n'a rien à voir avec *Promesses*.

— Mais vous le connaissez ?

— Je l'ai connu très brièvement, il y a de cela quinze ans, alors que nous étions tous deux à Harvard, en première année.

Peter observait Larisa avec autant d'attention qu'elle-même un instant plus tôt. C'était une actrice de tout premier ordre, ou elle ne savait absolument rien de ce qui s'était jadis passé entre Julian Chancellor et Peter London. Mais le milliardaire n'avait sans doute rien dit de cet épisode à son épouse. Après tout, la ruine des espérances de Peter London n'était pour lui qu'une anecdote, un stratagème ingénieux qui avait permis d'écraser un ennemi de plus, aussitôt oublié.

— Je n'ai pas eu de contact avec Julian depuis ce temps. Et je puis vous jurer qu'il n'est pour rien dans ma décision de vous demander de poser pour *Promesses*.

— Alors je ne comprends pas pourquoi c'est moi que vous voulez, murmura-t-elle, presque pour elle-même.

— Depuis cette soirée au *Fairmont*, avoua-t-il avec le plus grand naturel, je voulais vous contacter pour savoir si vous pourriez trouver dans votre emploi du temps de chirurgien quelques heures pour accepter une ou deux séances de photos. Pour ce que vous êtes, Larisa. Tout simplement.

— Moi, vieille et marquée comme je suis ? dit-elle à mi-voix, incrédule.

— Oui. Vous êtes pleinement une femme, Larisa, et *Promesses* est un parfum de maturité. Pour moi, il ne s'adresse pas aux jeunes filles naïves et inexpérimentées. Il exprime une compréhension des combats de l'existence, de ses revers, mais aussi l'enthousiasme et l'espoir dans la vie.

Larisa acquiesça. C'était aussi ce qu'évoquait pour elle *Promesses*. Mais elle, là-dedans ? Oui, elle connaissait les combats et les revers de l'existence. Mais Peter ne voyait-il pas son désespoir et sa peur ?

— J'ai l'impression que vous aimez ce parfum, commenta Peter qui l'observait. Pourtant, vous hésitez...

— Vous pensez vraiment que je suis le modèle qui convient pour *Promesses* ?

— Je ne le pense pas : je le sais.

Voyant sa mine déconcertée, il répéta d'une voix convaincue :

— C'est vous, Larisa. Avez-vous un agent avec qui je devrai traiter ?

— Non.

— Alors nous pourrions peut-être définir les termes de notre collaboration maintenant ?

Larisa désirait tant croire ce que ces yeux verts lui affirmaient qu'elle acquiesça, d'une voix encore étonnée :

— D'accord.

— Parfait... Il débarrassa un fauteuil proche et le lui désigna. Mettez-vous donc à l'aise et dites-moi pour commencer quels termes vous importent particulièrement, ce sera plus simple.

Il s'assit en face d'elle et attendit qu'elle soit installée.

— Eh bien... commença-t-elle. Tout d'abord, j'aimerais être Larisa Locksley, et non Larisa Chancellor.

— Aucun problème. Je vous l'ai dit : il s'agit de vous-même. Autre chose ?

— Stephen m'a dit que vous vouliez commercialiser *Promesses* au printemps prochain ?

— Oui. La dernière semaine d'avril, pour être précis.

— Quand seront publiées les premières publicités ?

— Cette même semaine, dit Peter qui devina la raison de sa question. Vous aimeriez que le plus de temps possible s'écoule entre le reportage dans *People* et votre prochaine apparition dans un magazine, c'est bien cela ?

— Si cela ne vous dérange pas...

— Pas le moins du monde. Votre collaboration sera gardée secrète jusqu'à la parution de la première publicité cette semaine-là.

— Oui, s'il vous plaît.

« Parce que si Julian n'est pas au courant, il ne pourra pas intervenir. »

— Accordé, dit Peter en souriant. Quant à vos honoraires, si je ne me trompe, les mannequins touchent environ dix mille dollars par jour... cela vous conviendrait-il ?

Larisa n'en croyait pas ses oreilles. Il la traitait sans hésiter comme si elle était au plus haut de sa gloire de mannequin, et non à la retraite forcée depuis six ans... Elle sentit monter en elle une bouffée de gratitude.

— Larisa ?

— Oui, cela me convient, bien sûr... Elle avait le vertige. Combien de jours de pose lui suffiraient pour se libérer à jamais de Julian ? Vous prévoyez combien de jours de travail, Peter ?

— Je ne le sais pas encore. Pour l'instant, j'ai seulement pensé aux photos qui serviront de publicité dans les magazines : elles sont prévues pour la troisième semaine de février... Devant l'étonnement de Larisa il expliqua : Je n'étais pas sûr de trouver le modèle pour *Promesses*, mais je voulais pour photographe Emily Rousseau Adamson. Elle est très enthousiaste sur ce projet, mais elle va bientôt avoir son premier bébé. Nous avons donc repoussé les dates en février. Et les séances auront lieu chez elle, à Los Angeles.

— Emily Rousseau Adamson ? répéta Larisa, impressionnée.

Elle connaissait le nom de la fameuse photographe, bien entendu, de même qu'elle avait vu ses extraordinaires portraits de célébrités.

— Voilà mon projet pour *Promesses*, Larisa, répondit Peter. Seulement le meilleur.

Il vit la rougeur qui envahissait les joues de la jeune femme à ce compliment à peine masqué et s'empressa d'enchaîner :

— Nous avons calculé au moins cinq jours de séances photo, peut-être plus si c'est nécessaire, et je risque de décider d'un ou deux spots publicitaires pour la télévision. Donc, vous auriez entre quinze et vingt-cinq jours de travail. Mais je vous demanderai de signer un contrat d'exclusivité...

— Qu'est-ce que cela signifie ? dit-elle en se raidissant.

Elle le savait, bien sûr. Cela signifiait qu'aussi aimable et chaleureux que fût Peter London, il n'était pas différent de tous les hommes qu'elle avait toujours attirés. Il voulait la posséder, comme les autres.

— Cela signifie que vous n'engageriez aucun autre contrat, répondit Peter, surpris de la soudaine dureté qui s'était glissée dans la voix et le regard de la jeune femme. Je pensais vous proposer un contrat d'un an renouvelable... Mais quelque chose vous ennuie ? Dites-moi ce que c'est, Larisa.

— C'est l'idée d'être possédée.

— Croyez-moi, je déteste cette idée moi aussi, et je vous assure que ce n'est pas mon intention. *Promesses* est pour moi tellement inimitable que le modèle devra être associé uniquement à ce parfum... Après un instant, il reprit : Mais si ce contrat d'exclusivité vous heurte trop, nous nous en passerons.

— Non, dit-elle fermement. Je serais très fière d'associer mon image à *Promesses*. Je signerai le contrat d'exclusivité.

— Merci, dit-il. Je vais donc faire établir par mon avocat un projet de contrat stipulant que vous vous engagez à poser uniquement pour *Promesses* pour une durée minimale d'un an, renouvelable. 1992 étant une année bissextile, et si le contrat va d'octobre à octobre, cela nous fera donc un salaire annuel total de trois cent soixante-six jours à dix mille dollars par jour.

« Trois millions six cent soixante mille dollars. » Il allait la payer pour chaque jour de l'année du contrat, qu'elle travaille ou non. C'était bien le genre de contrat exclusif que signaient les mannequins, mais...

— Larisa ?

— C'est d'accord, murmura-t-elle enfin, encore stupéfaite.

— Avez-vous un avocat à qui je puisse envoyer le projet de contrat ?

— Oui. Il s'appelle Mark Jennings. Je dois avoir une de ses cartes dans mon sac... Peter, pourriez-vous demander à votre avocat d'ajouter une clause irrévocable stipulant que Mark touchera dix pour cent de mes honoraires ?

— Bien sûr.

21

La pièce de l'appartement abritant le projet du parfum *Promesses* était aussi spacieuse que le salon, et aussi encombrée. Mais on sentait une organisation invisible dans ce désordre apparent, et l'architecte aurait pu guider Larisa suivant une progression très logique, des idées de marketing aux croquis de flacons en passant par les photographies de divers arrière-plans pour les publicités. Dès qu'elle pénétra dans la pièce, Larisa entreprit de l'explorer seule, et Peter la regarda découvrir les secrets du lieu par elle-même.

Il était heureux... et anxieux. Reconnaîtrait-elle la prairie d'*Innis Arden* quand elle en verrait les clichés ? Julian lui avait-il montré cet endroit magique qu'il avait naguère voulu détruire ? S'il l'avait fait, Larisa reconnaîtrait certainement le lieu et il leur faudrait de nouveau parler de Julian, ce que Peter ne voulait pas. Il avait vu trop de souffrance hanter le joli regard de Larisa quand elle avait prononcé le nom de son ex-mari. Plus tard, Peter l'espérait, il pourrait lui raconter en détail ce qu'il savait de Julian. Et peut-être se déchargerait-elle de tous les souvenirs douloureux qui l'alourdissaient.

Larisa se dirigeait vers le coin opposé de la pièce et le pan de mur où étaient accrochés des agrandissements d'*Innis Arden*. Peter la suivit et presque immédiatement ses craintes s'évanouirent, car son émerveillement prouvait qu'elle contemplait les clichés de la prairie pour la première fois. Tout d'abord, elle se contenta de s'arrêter devant les prises de vues multicolores, pour s'emplir les yeux de ce spectacle de rêve. Puis elle s'approcha, et sa main se tendit pour toucher les fleurs sur le papier. Ses doigts effleurèrent doucement la multitude de corolles figées dans l'éternité. Cela ne lui suffisait pas, Peter le sentait. Larisa aurait voulu entrer dans la prairie, communier avec sa beauté, et lui ne rêvait que d'une chose : l'emmener là-bas. C'était une révélation ahurissante parce qu'elle survenait avec une confiance qu'il n'avait pas connue depuis très longtemps, depuis l'histoire avec Julian. « Larisa, je suis là, dit Peter en pensée. Je sais que vous êtes encore blessée, fragile et lasse, qu'il faudra du temps. Mais vous pouvez me faire confiance, Larisa. Jamais je ne vous blesserai. Croyez-moi... »

A cet instant, elle se tourna vers lui, comme en réponse à l'appel muet de son cœur, et pendant une seconde ses yeux semblèrent lui répondre.

Puis, prise d'une gêne soudaine, elle détourna la tête pour contempler une photographie.

— Est-ce là qu'est né *Promesses* ?

— Oui. Une prairie sur une propriété, à Cape Cod. Mais elle ne refleurira pas complètement avant la fin avril, et nous utiliserons donc ces clichés agrandis en fond, pour les photos de vous.

— Vous n'avez pas besoin de moi, dit Larisa très sereinement, hypnotisée par la beauté de la prairie.

— Si, Larisa.

Elle releva les yeux, et au message qu'envoyaient les yeux de l'architecte ceux de la jeune femme semblèrent répondre par l'affirmative.

Très vite, Peter se força à déclarer d'un ton professionnel :

— Pour l'instant, Larisa, j'aurais besoin de votre avis sur le choix d'un styliste pour les tenues que vous porterez. J'ai une liste de noms célèbres de la mode, mais peut-être avez-vous une préférence ?

La jeune femme parut chasser les doutes qui l'assaillaient et mesura dans les yeux de l'architecte tout l'intérêt qu'il portait à son opinion.

— Eh bien, je connais quelqu'un qui serait parfait : elle s'appelle Christine Andrews, et travaille à San Francisco, chez Sydney... L'atmosphère accueillante et lumineuse de la boutique lui revint soudain en mémoire. C'est vous qui avez dessiné cette boutique, *Sydney's, Of Course*, n'est-ce pas ?

— Oui. C'est là que travaille Christine Andrews ?

— Oui. Elle a beaucoup de talent.

— Alors, je la contacterai pour voir si elle est intéressée, dit Peter, puis réfléchissant, il demanda : A moins que vous ne préfériez lui en parler vous-même ?

— Oui, répondit-elle dans un sourire. J'aimerais beaucoup lui en parler...

— Qu'y a-t-il ? dit Peter, saisissant au vol cette douceur.

— J'ai rencontré Christine il y a des années, à l'université. Nous avions partagé le rêve qu'un jour elle dessinerait les robes que je présenterais... Quand nous nous sommes revues, il y a six semaines, nous en avons reparlé, mais ce rêve nous paraissait impossible.

— Et maintenant il va se concrétiser.

— Oui... Elle considéra un moment Peter, qui lui souriait amicalement, et ajouta : Mais c'est ce que symbolise aussi *Promesses*, n'est-ce pas ? Les rêves qui finissent par devenir réels ?

— Je l'espère, Larisa.

Peter aurait voulu dire plus, beaucoup plus, mais avec cette jeune femme fragile il savait qu'il devrait faire montre de patience.

— Puisque vous avez si aisément résolu le problème du styliste, voulez-vous maintenant me donner votre avis sur la décoration du flacon ? J'ai décidé de graver dans le cristal une seule sorte de fleur, avec les feuilles sur le bouchon. J'ai fait faire des croquis de chaque variété présente dans la prairie. Si vous voulez y jeter un coup d'œil et me dire laquelle vous paraît plus adéquate pour décorer le flacon...

— Les myosotis, dit-elle aussitôt. J'en ai vu sur les photographies.

— Je suppose que le sentiment qu'ils vous inspirent est agréable ? dit-il en fouillant dans les croquis.

— J'adore les myosotis : ils symbolisent la délicatesse, mais aussi l'espoir.

Larisa sourit à Peter, un peu gênée de sa déclaration. Alors, il vit que l'extraordinaire couleur de ses yeux était du même bleu que les fleurs qu'elle aimait tant, et qu'elle n'y pensait pas. Et, comme le myosotis, Larisa avait en elle l'envie irrésistible d'atteindre le soleil malgré l'adversité et les pièges de l'hiver.

— Donc vous êtes très partiale, plaisanta Peter. Ce croquis conviendrait-il, d'après vous ? continua-t-il en présentant un dessin..

— Il est très joli.

Et Peter décida qu'un myosotis stylisé décorerait le flacon.

Quand, à onze heures ce soir-là, Elizabeth rentra chez elle, une Larisa rayonnante l'accueillit en lui tendant un flacon en cristal.

— Oh, Larisa ! s'exclama-t-elle quand elle eut senti le parfum. Il est merveilleux !

— N'est-ce pas ? Il s'appelle *Promesses* et, pour quelque raison totalement inconnue, Peter veut que je sois le mannequin qui le représentera...

— Je ne comprends vraiment pas pourquoi il t'a choisie, plaisanta gentiment Elizabeth, pour ajouter aussitôt, plus sérieusement : Tu seras parfaite, Lara.

— Merci. En tout cas nous serons fixées en avril, quand *Promesses* sera présenté au public... Peter a accepté de garder mon rôle secret jusque-là.

— A cause de Julian... Alors, maintenant donne-moi des détails sur ce parfum !

— Eh bien... Je suis à peu près sûre que Christine va dessiner les robes que je porterai pour les photos. Je l'ai appelée tout à l'heure et nous devons déjeuner ensemble demain pour discuter... Larisa marqua une courte hésitation, puis ajouta : Après quoi, je vais commencer à chercher un appartement et une voiture.

— Mais tu as déjà un appartement et une voiture !

— Liz, ne crois-tu pas que j'en ai abusé depuis trop longtemps déjà ?

— Mais je suis très heureuse de ta présence, Lara ! Alors, je t'en prie, pars si tu le veux, parce que tu ne supportes plus les sirènes ou que tu as besoin de plus d'intimité — tu n'as pas à me donner tes raisons — mais pas parce que tu crois que je le désire, ou que tu me gênes !

Larisa se sentait bien dans cet appartement. Le hululement des sirènes était devenu un bruit ami, et les horaires d'Elizabeth lui offraient plus d'intimité qu'elle n'en avait besoin pour conduire son combat contre ses souvenirs douloureux. Une solitude absolue aurait sans doute été un test décisif pour mesurer sa force de caractère, mais elle se savait encore trop fragile. Ce lieu était tellement réconfortant, dans cette chambre qu'elle pourrait décorer de photos d'*Innis Arden*, emplissant ainsi son petit univers de *Promesses*.

— Mais toi, Lizzie ?

— Je te promets de t'avertir si je commence à me sentir envahie !

— Eh bien, alors... Je resterai... Mais seulement si je peux payer la moitié des dépenses.

D'un sourire affectueux, les deux jeunes femmes scellèrent leur accord.

— Mais il faudra quand même que j'achète une voiture, réfléchit Larisa. Si je dois souvent aller à Sausalito pour les réunions de travail...

— Stephen apprécie beaucoup Peter, dit Elizabeth. On dirait que toi aussi, tu t'entends bien avec lui.

— Oui, il est très gentil...

« Gentil, s'étonna-t-elle. Mais ce genre d'hommes n'était-il pas plutôt attiré par Elizabeth d'habitude ? Une minute ! Est-ce que je ne me laisserais pas aller à penser que ce très gentil, très talentueux... et très séduisant architecte est charmé par ma personne ? » Allons, il désirait juste qu'elle pose pour *Promesses*, rien de plus ! Pour quelque raison inconnue, comme elle l'avait elle-même dit...

— En parlant de gentillesse... commença Elizabeth.

— Oui ? dit aussitôt son amie, heureuse de voir balayées ses pensées dangereuses.

— Eh bien, aujourd'hui, Nicholas Chase m'a proposé une intervention scientifique importante pour un congrès prestigieux qui se tiendra à Paris en février... Elle eut un petit haussement d'épaules et s'efforça à une expression nonchalante : J'interprète cette offre comme une preuve de confiance en moi.

— Et je suis sûre que c'est cela, Liz ! dit gaiement Larisa. « Tout comme je suis sûre que Nicolas Chase est quelqu'un de très gentil... et de profondément blessé. » Et Nick ira lui aussi à Paris ?

— C'est lui qui fera l'exposé le plus important, répondit Elizabeth en souriant du ton malicieux de son amie. Et ne nous emballons pas, Lara !

QUATRIÈME PARTIE

22

San Francisco
Décembre 1991

— Voilà mes derniers croquis.

— Ils sont ravissants, Christine. Je suis sûre que Peter sera du même avis. D'ailleurs, pourquoi ne pas les lui montrer maintenant ? Il doit passer toute la journée à Union Square, à son étude.

— Allez-y, Larisa, répondit la styliste en souriant. Comme vous pouvez le constater, avec tous ces tissus et ces croquis qui encombrent la maison, j'ai quelques projets à terminer.

Les yeux de Christine brillaient d'un éclat nouveau, et elle parut à Larisa beaucoup plus heureuse que lors de leur première rencontre, en août.

— Vous occuper des robes pour *Promesses* ne vous pose pas de problème, Christine ? demanda quand même le mannequin. Vous n'êtes pas trop surchargée de travail, j'espère ?

— Non, pas du tout. Je suis très prise, c'est vrai, mais pas débordée ! Elle désigna un tas impressionnant de coupons de satin et de soie. J'ai encore quelques robes à finir avant les fêtes de Noël, mais la commande la plus pressée concerne le spectacle costumé organisé par l'école élémentaire du quartier.

— Vous faites les costumes pour tous les participants ? s'étonna Larisa, admirative.

Christine prit une expression de modestie amusée.

— Disons plutôt que je suis une sorte de chef d'atelier ! Les mères et les institutrices m'aident beaucoup. Mais la fête de l'école a lieu le 21, c'est-à-dire dans une semaine samedi, et la répétition en costumes le 18. Vous voyez, j'ai de quoi m'occuper. Aussi, je préférerais que vous portiez les croquis à Peter, si ça ne vous dérange pas.

Le moral de Christine Andrews était en effet bien meilleur que lors de leur rencontre à la boutique *Sydney's*. « Et le mien aussi, songea Larisa en conduisant vers Union Square. Grâce à Nick et Peter... et à Julian. »

L'influence de son ex-mari était exclusivement passive. Il ne s'était pas manifesté de nouveau depuis presque trois mois, et Larisa en éprouvait le plus grand bien. Pourtant elle n'avait pas besoin de la voix de Julian pour que s'éveillent en elle des souvenirs de douleur et de trahison. Ces souvenirs l'assaillaient toujours de façon sporadique, et ils la submergeaient aux moments les plus inattendus. Alors elle se sentait prête à basculer dans le désespoir et souhaitait à tout prix leur échapper.

Mais elle n'avait pas bu une goutte d'alcool depuis la nuit où Julian lui avait téléphoné. Elle avait combattu ces envies soudaines par l'exercice physique, comme Nick le lui avait conseillé, et avait trouvé une autre arme pour leur résister : *Promesses*. Quand chaque parcelle de son corps hurlait de souffrance et qu'elle oscillait au bord du gouffre, elle se rendait dans sa chambre et trouvait refuge dans la contemplation des photographies d'*Innis Arden*. Elle humait le merveilleux parfum, et les émotions douces et positives qu'il déclenchait lui étaient comme une armure invisible offerte par l'essence des fleurs délicates. *Promesses* était une sorte de potion magique dont l'effet bénéfique la laissait toujours émerveillée.

Pendant les premières semaines suivant son appel désespéré, Nick lui avait téléphoné plusieurs fois, toujours tard le soir et, Larisa l'avait noté, lorsque Elizabeth se trouvait à l'hôpital. Dès qu'il avait eu la certitude que Larisa allait mieux, il avait espacé les appels, et leur dernier contact téléphonique remontait maintenant à plus de deux semaines.

Peut-être ne lui téléphonerait-il plus, songea Larisa. Et ce serait sans doute mieux. Tous deux éprouvaient un malaise diffus à entretenir ainsi une relation amicale à l'insu d'Elizabeth. Bientôt Larisa se sentirait assez forte pour parler à son amie de l'aide que lui avait apportée Nick, mais en agissant ainsi elle devrait évoquer la confiance qui s'était établie entre eux. Or elle ne pouvait sans trahison révéler à Elizabeth ce que lui avait avoué Nick, son mariage bref et malheureux, et sa lutte contre l'alcoolisme.

Plus que tout, Larisa allait mieux grâce à Peter. Au parfum *Promesses*, corrigea-t-elle mentalement, se sermonnant une fois de plus. Ses rapports avec Peter étaient uniquement professionnels.

Il s'était montré d'une extrême générosité avec elle, et lui avait permis de participer aux différents aspects créatifs entourant le lancement du parfum. Il avait semblé très attentif à son opinion, l'invitant souvent à prendre part aux réunions de marketing, aux tables rondes sur la campagne de publicité, l'encourageant à l'appeler à toute heure si une idée lui venait, et même à passer le voir à son étude d'Union Square si elle allait chez Sydney.

« Relations professionnelles, se répétait Larisa dans l'ascenseur qui la menait aux bureaux de l'architecte. *Promesses* est très important pour Peter, et je suis le mannequin de la campagne de publicité du projet. Cela ne signifie pas que je sois moi-même importante pour Peter... Même si parfois, quand son regard vert se pose sur moi, j'ai l'impression qu'il ne voit pas le mannequin mais une femme...

Mais je sais qui je suis, Peter, songea-t-elle avec une pointe d'amertume. Et vous n'aimeriez sans doute pas me connaître intimement... »

— Larisa !

— Bonjour, Peter. Vous m'aviez proposé de venir vous voir, si je passais dans les parages...

Son cœur bondit devant son accueil si chaleureux.

— Christine a fini les croquis, et ils sont tellement réussis que j'ai pensé vous les montrer tout de suite.

Ils étudièrent ensemble les esquisses de la styliste, accordant à chacune toute l'attention et l'admiration qu'elle méritait. Ils n'auraient pu espérer créations plus belles et plus en accord avec *Promesses*.

— Nous devons célébrer l'événement, Larisa, déclara enfin Peter.

— Vraiment ? A cause des robes ?

— Entre autres raisons. Nous n'avons jamais officiellement fêté notre collaboration, ni l'idée de graver un myosotis, ni aucune des autres décisions importantes que vous m'avez aidé à prendre pour *Promesses*. Et il y a une autre raison : ce week-end, la prairie de Cape Cod sera légalement ma propriété. J'ai signé l'acte d'achat il y a quelques mois déjà, mais il a fallu tout ce temps pour établir les papiers selon les règles. Le titre de propriété devient mien samedi, à minuit. Alors, Larisa, accepteriez-vous de fêter tout cela avec moi ?

— Oui, répondit-elle en souriant.

Peter sourit à son tour, heureux du plaisir que son invitation amenait dans les yeux myosotis. Après un moment, il dit calmement :

— Je possède une maison à Lake Tahoe. Aimeriez-vous y aller avec moi pour le week-end ?

— Lake Tahoe.

Le cœur de Peter se serra devant la méfiance et la peur soudaines de la jeune femme.

— Oh, Larisa, dit-il doucement, sur un ton d'excuse, vous ne pouvez ignorer mon attirance pour vous. Mais, en toute honnêteté je vous proposais seulement de passer quelque temps ensemble, à simplement nous promener dans la neige, lire devant un feu de cheminée et discuter des idées que nous avons pour *Promesses* sans risquer d'être dérangés. Je sais qu'il est trop tôt...

« Non, Peter, il n'est pas trop tôt ! » eut-elle envie de répondre. Mais en songeant aux fantômes de Tahoe qui la hantaient toujours, elle pensa tristement qu'il n'était pas trop tôt... mais qu'il était peut-être déjà trop tard.

— Laissons tomber cette idée de week-end à Tahoe, dit Peter, conciliant. Mais, Larisa, je veux que vous sachiez que, quel que soit le lieu où nous nous trouvions, à midi dans mon bureau ou seuls dans une maison de Tahoe à minuit, vous pouvez avoir confiance en moi.

« Ce n'est pas vous que je redoute, Peter ! C'est Tahoe. »

— J'ai confiance en vous, Peter, répondit-elle d'une voix timide. Et, combattant sa peur, elle poursuivit : Et j'aimerais beaucoup aller à Tahoe avec vous ce week-end.

Stephen considéra les deux places de concert posées devant lui, sur son bureau. Il connaissait par cœur ce qui était écrit sur les rectangles de carton :

Casse-Noisette
Union Square Theater
21 décembre — 20 heures

Les numéros des places gravés sur les deux tickets bleu foncé correspondaient à ceux de son abonnement annuel.

Il hésita encore une seconde puis décrocha son téléphone et appela Christine.

— Je pensais justement à vous, avoua-t-elle quand il se fut annoncé.

— Vraiment ?

— Oui, dit-elle, ravie qu'il semble aussi flatté.

Stephen inspira un peu d'air pour se calmer et lui expliqua platement l'objet de son appel :

— J'ai deux places pour la représentation de *Casse-Noisette* le 21, dans une semaine, et... je me demandais si cela vous dirait d'y aller avec moi.

— Oui, répondit-elle aussitôt, pour corriger sans marquer de temps d'arrêt : Mais je ne serai pas libre. J'aimerais beaucoup accepter votre invitation, Stephen, mais je ne peux pas. Il y a une fête costumée à l'école élémentaire de mon quartier et comme j'ai participé à la création des costumes, j'ai promis d'aider en coulisses pendant le spectacle. C'est d'ailleurs à cela que je pensais quand vous avez appelé.

— Cela avait un rapport avec moi ?

— Eh bien, j'avais pensé... Bien sûr, ce n'est qu'une fête scolaire, rien de comparable avec le ballet de *Casse-Noisette*, mais ce sera très amusant et...

— Et bien mieux que *Casse-Noisette* ! Si c'est une invitation, je l'accepte avec grand plaisir, dit-il.

23

Lake Tahoe
Décembre 1991

Dès qu'ils quittèrent l'appartement de Pacific Heights à midi le vendredi et jusqu'à ce qu'ils ne soient plus qu'à quelques kilomètres de Lake Tahoe, Peter et Larisa discutèrent à bâtons rompus, avec aisance et un plaisir réel. Mais en approchant de leur destination, alors qu'ils abordaient les pentes enneigées des montagnes, Larisa s'enfonça dans un silence de plus en plus nerveux. Peter remarqua la tension qui gagnait la jeune femme, son attitude à chaque minute plus rigide.

« Que se passe-t-il ? se demanda-t-il. Quel monstre invisible l'emplit d'une telle appréhension ? » Il aurait voulu l'aider, mais la jeune femme ne le lui permettait pas.

Alors qu'ils arrivaient à South Lake Tahoe, elle tourna très légèrement la tête pour observer au passage un motel et un groupe de petits cottages disséminés à proximité. Les constructions n'avaient rien de remarquable, mais pendant un instant le regard de Larisa prit une intensité et une profondeur étranges. Puis le motel et les cottages furent derrière eux, et elle se détendit peu à peu. Tête penchée, elle resta pourtant plongée dans un mutisme étrange, comme écrasée par un poids invisible et terrible.

Cinq minutes plus tard, Peter arrêta la voiture dans l'allée menant à sa maison au bord du lac.

— Nous y voilà.

Larisa leva enfin les yeux et oublia l'image du motel et des cottages en découvrant la ravissante maison en bois et en pierre qui se dressait devant elle.

— Qu'elle est belle ! souffla-t-elle.

S'il avait existé des constructions aussi élégantes et accueillantes dans sa jeunesse, Larisa ne les avait jamais vues. Et elle avait tant sillonné les alentours du lac lors de ses promenades solitaires qu'elle n'aurait pu les manquer. Elle avait adoré cette région montagneuse, et elle s'était ressourcée au contact de la nature. Elle avait suivi les pistes presque invisibles tracées par les cerfs, avait contemplé la sérénité du lac à toutes les saisons...

— J'aimerais marcher un peu, dit-elle en obéissant à une impulsion soudaine. Si ça ne vous dérange pas. Ce ne sera pas long.

— Bien sûr, Larisa, dit Peter avec sa gentillesse coutumière. Mais, s'il vous plaît, laissez-moi d'abord vous trouver un vêtement un peu plus chaud.

Il descendit de la voiture et entra dans la maison. Deux minutes plus tard, il réapparaissait, les bras chargés d'une parka, de bottes fourrées, de gants et d'une casquette de ski. Larisa attendait, adossée contre l'aile de la voiture, le regard fixé sur le lac.

— C'est une longue marche jusqu'au motel, Larisa, dit-il paisiblement. Et il serait trop dangereux de commencer cette promenade maintenant. Le soleil se couchera dans une heure tout au plus, et le service météo annonce une tempête de neige en début de soirée. Si vous voulez absolument retourner là-bas, pourquoi ne pas prendre la voiture ? Ou me laisser vous y conduire, si vous préférez ?

— J'avais seulement l'intention de marcher un peu en bordure du lac, affirma-t-elle. Ma réaction au motel a été si visible ?

— J'ai seulement eu l'impression que ce motel ne vous rappelait pas de très bons souvenirs.

— Pas très bons, c'est vrai...

Quels que soient ces mauvais souvenirs, songea Peter, ils ne pouvaient avoir de lien avec Julian. Jamais le milliardaire n'aurait accepté de séjourner, ne fût-ce qu'une nuit, dans un endroit aussi peu sophistiqué que ce motel à la sortie de la ville.

Une brise glacée balaya le lac, annonciatrice de la tempête qui approchait.

— Est-ce que vous ne voudriez pas discuter de ces mauvais souvenirs ou de ce que vous voudrez devant un bon feu de bois ? proposa-t-il. En buvant un chocolat chaud, peut-être ? Ce motel sera toujours là demain matin, Larisa...

— J'espérais peut-être qu'on l'aurait rasé, dit-elle d'une voix absente.

Mais ses souvenirs n'auraient pas disparu de son esprit pour autant.

— Ça fait combien de temps ?

— Depuis que je suis venue ici ? Douze ans. Mais j'ai passé les dix-huit premières années de mon existence ici.

Elle frissonna involontairement, à cause du vent glacé qui soulevait maintenant des mèches de ses cheveux... ou à cause des fantômes qui s'agitaient en elle.

— Entrons, dit Peter, et elle le suivit.

— J'avais passé une commande à une des épiceries du coin avant notre départ de San Francisco, expliqua-t-il lorsqu'elle vit les cartons de victuailles posés sur la table de la cuisine.

Quarante-cinq minutes plus tôt, il lui avait montré sa chambre, une pièce très agréable à l'étage, dont les fenêtres ouvraient sur le lac, avant de la laisser pour redescendre préparer la maison. Il nourrissait un peu d'appréhension à son égard, mais du moins elle était là, avec lui, en sécurité.

Immobile sur le seuil de la cuisine, elle l'observa un moment tandis qu'il rangeait les provisions dans les différents placards.

— Vous êtes un cordon-bleu, Peter ?

— Pas exactement, répondit-il en souriant car il tenait en main un paquet de spaghettis. J'aime cuisiner, mais je ne sais faire que des plats simples.

— Simples mais bons, conclut Larisa en s'avançant pour regarder le contenu des cartons.

— J'essaie. En fait, je crois que je ne me débrouille pas trop mal. Ce n'est pas de l'orgueil, aucune des recettes que j'applique n'est de moi.

— De qui vous viennent-elles ?

— De mon père. Ma mère est morte en me mettant au monde, et nous avons vécu tous les deux, mon père et moi. Des années durant, je l'ai observé pendant qu'il cuisinait nos repas. Ensuite, quand j'ai eu une quinzaine d'années, il a commencé à souffrir d'arthrite et je l'ai remplacé aux fourneaux. Et je continue.

Larisa fut émue par la tendresse qu'elle perçut dans les paroles de Peter. Mais elle se souvint qu'ils se trouvaient à Lake Tahoe, dans cet endroit où planaient tant de ses propres souvenirs, et son visage se ferma.

— Larisa ?

— Je n'ai jamais appris à cuisiner...

Il reconnut dans cette phrase la gêne de quelqu'un qui aurait aimé apprendre mais dont personne ne s'était occupé et non la revendication à être servi.

— J'ai promis un feu de cheminée et un chocolat chaud, rappela-t-il d'un ton enjoué pour la dérider. A moins que vous préfériez une boisson plus corsée ?

— Non, merci. Un chocolat chaud me fera du bien.

— Compris. Pourquoi n'iriez-vous pas vous installer dans le salon pendant que je finis de ranger ? Je vous apporte votre chocolat dans une minute. Le salon est par là, à gauche dans le couloir. J'y ai allumé le feu tout à l'heure.

Lorsqu'il la rejoignit, Peter trouva Larisa assise sur une antique chaise en bois tourné, en face de la cheminée. Elle avait choisi ce siège peu confortable plutôt que les fauteuils et le canapé moelleux. A l'évidence, la sévérité de la chaise correspondait mieux à son état d'esprit.

— Vous voulez que je vous laisse ? proposa-t-il gentiment, mais à contrecœur, en lui tendant son chocolat.

— Non, s'il vous plaît, dit-elle en croisant son regard avant de regarder de nouveau le feu. J'aimerais vous parler du motel...

Il s'assit de l'autre côté de la cheminée, sur le socle en pierres massives. La pièce n'était éclairée que par les flammes, et ainsi il pouvait voir son profil, même s'il s'était placé plus loin d'elle qu'il ne l'aurait aimé. Mais il désirait la mettre en confiance.

— Je crois que je devrais commencer par le commencement... Je suis née ici. Ma mère travaillait comme entraîneuse dans les cafés. Je n'ai jamais su qui était mon père, et elle non plus, je suppose. Je ne sais pas pourquoi elle m'a mise au monde. Elle m'a assez souvent répété que j'étais la plus grande erreur qu'elle ait faite dans sa vie.

— Personnellement, je suis très heureux de cette erreur.

Larisa le contempla en silence un instant, attirée par la douceur de sa voix. Mais, malgré son propre désir, elle eut un recul intérieur : « Vous ne voudrez plus de moi quand vous saurez tout, Peter... »

Plongeant de nouveau son regard dans les flammes, elle reprit :

— Sa grossesse l'a empêchée de trouver d'autres contrats d'entraîneuse. Elle a travaillé comme serveuse, puis comme croupière. Elle fréquentait tout le temps des hommes différents, et je crois que certains la payaient en argent, d'autres en drogue, mais je suis sûre qu'elle ne s'est jamais considérée comme une prostituée. Jusqu'à ce que j'aie huit ans, nous n'avons jamais habité le même endroit plus d'un an. Parfois nous nous installions chez son amant du moment, parfois nous vivions avec un groupe de gens. C'étaient les années soixante, et même ici il y avait des communautés de hippies... Durant l'été de mes six ans, il y a eu un festival de musique rock dans la région, et nous y sommes allées. Plusieurs jours de musique, de drogue et d'amour libre... L'ami de ma mère m'a retiré mon tee-shirt et a peint « Faites l'amour, pas la guerre » sur mon torse, et le signe de la paix dans le dos. Ils m'ont fait parader dans cette tenue pendant toute une journée... Le feu alluma des reflets dans sa chevelure quand elle la secoua légèrement, l'air incrédule : C'était ma première expérience de mannequin, d'une certaine façon... C'est étrange. J'ai toujours aimé poser quand j'étais mannequin. Jamais je ne me suis sentie salie ou gênée pendant ma carrière. Mais j'ai détesté ce jour-là... Et à mes huit ans, nous sommes arrivées au motel. Ma mère connaissait le gérant et avait appris qu'un des cottages n'était jamais loué, même en hiver. Il devait servir d'entrepôt car il était isolé des autres, de l'autre côté du parking, près des grands containers à détritus. Il est encore là, je l'ai vu aujourd'hui, mais je ne pourrais dire s'il est habité... A l'époque, nous l'avons eu pour rien. Nous faisions juste un peu d'entretien dans les autres cottages. Moi, j'aidais à nettoyer après l'école et pendant les week-ends...

— A huit ans ? intervint Peter, indigné.

— Ça ne me dérangeait pas de travailler, Peter. Et j'aimais beaucoup ce petit cottage. C'était tellement plus intime que tous les autres endroits par où nous étions passées, et, derrière le parking, il y a des bois où j'adorais me promener... Jusqu'à l'âge de douze ans, j'y ai vécue heureuse. Et puis, une nuit... Elle se tut, hésita, reprit : C'était un samedi soir. Un homme est venu frapper à la porte. Il devait être environ minuit. Je dormais sur mon lit de camp, dans le salon, et ma mère était encore au casino, car elle ne finissait pas avant deux heures du matin. Mais l'homme m'a dit qu'elle l'avait envoyé et je lui ai ouvert. Ça n'avait rien d'inhabituel. Il y avait toujours des hommes qui arrivaient à n'importe quelle heure, et, comme d'habitude, j'ai dit à celui-là qu'il y avait de la bière au frigo et une télévision dans la chambre de ma mère...

Elle se tut un instant, perdue dans ses souvenirs, le visage grave et l'expression butée. Peter attendit qu'elle reprenne son récit, d'une voix tendue :

— J'étais une petite fille de douze ans, très naïve, mais je commençais à avoir un corps de femme. Je ne l'avais pas remarqué, mais ma mère, oui... Larisa inspira brièvement, comme avant de se jeter à l'eau : Il était venu pour moi, Peter, pas pour elle, et c'était elle qui l'avait envoyé. Elle m'avait échangée contre quelque chose, de l'argent, de la drogue ou l'effacement d'une dette de jeu... Il m'a dit qu'il était de la police. Je ne sais pas si c'était vrai ou faux, il n'avait pas d'uniforme. Mais il portait un pistolet.

— J'espère que vous l'avez tué, ne put s'empêcher de commenter Peter, bouillant lui-même du désir impossible de remonter le temps pour lui épargner l'horreur.

— Non, je ne l'ai pas tué. Il a dû deviner que je n'en serais pas capable, car quand il m'a vue regarder son arme qu'il avait posée sur la table, il m'a laissé lui échapper et la prendre. Le pistolet était très lourd, et j'ai eu du mal à le pointer sur lui. Il s'est contenté de rire en se moquant de moi. Et quand il m'a violée, il a prétendu que je n'avais pas tiré parce qu'en fait j'avais envie de ce qui m'arrivait...

Elle s'interrompit quelques secondes, puis ajouta d'une voix lointaine :

— Je me suis toujours demandé ce qui me serait arrivé si j'avais appuyé sur la détente...

— Vous auriez vécu une autre sorte d'enfer, dit doucement Peter, la gorge serrée par l'injustice du destin. Avez-vous prévenu la police ?

— Non. Je n'en ai parlé à personne, jamais. Jusqu'à aujourd'hui.

Peter était bouleversé de la confiance qu'elle lui témoignait, mais plus encore par la douleur de la confidence.

— Et votre mère ?

— Nous n'en avons jamais parlé, mais elle a compris ce qu'elle avait fait, qu'elle était allée trop loin... De ce jour, je n'ai eu qu'un seul désir : quitter Tahoe. Ça a été possible le jour où je suis entrée à l'université. Je ne suis jamais revenue. Ma mère était déjà partie de Tahoe cinq mois plus tôt, pour aller à Las Vegas avec un amant de passage. Je n'ai eu aucune nouvelle d'elle depuis. J'ai pensé qu'elle était sans doute morte, mais si elle est encore en vie et qu'elle ne m'a pas contactée malgré tout l'argent que j'ai gagné comme mannequin, alors c'est qu'il lui reste un peu de décence.

Il voulut intervenir, mais elle lui lança un regard éloquent et elle reprit son récit :

— Quelques jours après le viol, je suis tombée gravement malade. Je souffrais d'une infection pelvienne, maintenant je le sais, mais à l'époque j'ai cru que c'était une punition, que j'allais mourir. Et c'était exactement ce que je souhaitais. Quand j'ai compris que la fièvre et la douleur ne me tueraient pas, j'ai cherché à me soigner. Ma mère fumait beaucoup et avait des crises de bronchite. L'armoire à pharmacie était remplie d'antibiotiques, et j'ai ingurgité ceux que je trouvais, au hasard. Plus tard, à l'université, j'ai appris que ceux que j'avais pris — ampicilline, tétracycline et érythromycine — étaient ce qu'il me fallait. Mais je suis restée des jours entiers avant de prendre quoi que ce soit, et quand l'infection a enfin disparu, le dommage était irréversible.

Larisa affronta enfin la réaction de Peter, et elle vit qu'il la couvait du même regard tendre et compréhensif. Il avait entendu ces secrets honteux sans dégoût. Et la douce lumière de ses yeux verts affirmait les mêmes sentiments. Elle inspira une nouvelle fois lentement, avant de conclure d'une voix qu'elle voulait ferme :

— Je suis incapable d'avoir des enfants, Peter. Il y a maintenant des techniques sophistiquées que je pourrais tenter, bien sûr, mais les dommages ont été tellement profonds...

— Vous ne pouvez peut-être pas enfanter, Larisa, mais vous pouvez avoir des enfants. Il y a des enfants abandonnés ou orphelins qui ont désespérément besoin d'une mère... Et je pense que vous feriez une merveilleuse mère, Larisa : je vous ai vue rapprocher la figurine de la fillette de celle de la femme, dans la maquette, au *Fairmont*.

— Vous m'avez vue faire ça ?

— Oui. Et c'est le moment où je suis tombé amoureux de vous. Larisa... J'ai très envie de vous prendre dans mes bras...

Pour toute réponse, la jeune femme se leva en même temps que lui et vint à sa rencontre.

L'instant suivant, il la serrait tendrement, et le plus naturellement du monde.

Peter aurait pu rester ainsi éternellement, à s'émerveiller de l'extraordinaire bonheur qu'il éprouvait. Mais elle leva vers lui sa bouche sensuelle, et leurs lèvres se joignirent en un lent baiser de découverte.

Il y avait une telle innocence dans ce baiser, et pourtant une telle intimité, un désir qui n'avait rien de possessif, une tendresse mutuelle et un plaisir étonné d'être aussi bien compris de l'autre.

Et finalement, quand ils voulurent partager et donner à l'autre tout ce qu'ils avaient à offrir, ce fut Larisa qui murmura cette demande que de sa vie elle n'avait jamais prononcée :

— Faites-moi l'amour, Peter. Je vous en prie.

24

Larisa et Peter s'éveillèrent dans un monde radieux. Le soleil matinal brillait sur le paysage couvert de neige du lac gelé et des bois alentour.

Au petit déjeuner, Peter apprit à Larisa comment faire des pancakes, puis ils sortirent se promener. La neige était légère et douce et crissait sous leurs pas tandis qu'ils longeaient le lac. Après environ deux kilomètres, Larisa l'entraîna sur une sente que sans doute elle seule connaissait et qui les mena à la ville... et au motel.

Larisa n'était pas certaine de vouloir s'approcher trop près du cottage, mais alors qu'ils avançaient vers le motel Peter balaya l'endroit d'un regard calme et dit avec le plus grand naturel :

— Nous pourrions demander au gérant si le cottage est vacant, et peut-être jeter un coup d'œil à l'intérieur... Après un bref silence, il ajouta doucement : Nous pourrions même y passer la nuit, Larisa, si vous le voulez.

Après son viol, elle avait passé les nuits des six années suivantes à se remémorer sa terreur, et depuis qu'elle était partie de ces lieux, l'idée de séjourner une seule nuit au cottage ne l'avait jamais effleurée. Mais dans les bras de Peter, peut-être serait-ce envisageable...

Alors qu'elle réfléchissait à cette suggestion, la porte du cottage s'ouvrit. Brusquement, Larisa perdit le fil de ses pensées et ils se figèrent tous deux, stupéfaits. Du cottage venait d'émerger un officier de police en uniforme, son arme à la hanche, suivi d'une fillette blonde du même âge que Larisa à l'époque où elle avait été violentée par un homme se prétendant policier...

— 'Jour, fit aimablement l'officier en venant vers eux avec la fillette.

Ils souriaient tous deux avec décontraction.

— Je peux vous aider ? s'enquit le représentant de l'ordre.

— Il s'est passé quelque chose ? demanda Peter en désignant le cottage.

— Quoi ? Oh, non. J'habite ici. Je suis en tenue parce que je pars prendre mon service. Ma femme et moi tenons le motel — enfin, elle plus que moi —, et avec ma fille nous étions en train de régler le poste de télévision dans ce cottage.

— Il marche « génial », maintenant, déclara fièrement la fillette.

— Voulez-vous parler à ma femme ? Je m'appelle Craig, et c'est ma fille, Melanie. Il lança un sourire aimant à la jolie petite femme blonde qui arrivait du motel. Eh bien, je crois que Darleen nous a trouvés.

Après des présentations en règle, Peter expliqua la raison de leur étonnement :

— Larisa a habité ici, justement dans le cottage d'où vous venez de sortir, d'où notre réaction de surprise.

— Et maintenant, dit Darleen, c'est à moi d'être surprise ! Vous êtes Larisa Locksley, n'est-ce pas ? Nous étions au lycée en même temps. Nous ne nous sommes pas connues à l'époque, mais par la suite j'ai suivi votre carrière, bien sûr, comme tout le monde ici. J'avais oublié que vous aviez habité un des cottages... Vous faites un petit pèlerinage ?

— C'est à peu près ça, approuva Larisa.

C'était en partie vrai, après tout.

— Je me demandais si nous pourrions jeter un coup d'œil à l'intérieur du cottage, dit-elle.

— Bien sûr. Nous l'avons loué pour deux jours à des clients qui doivent arriver un peu plus tard dans la matinée, mais en attendant profitez-en.

A cet instant, la sonnerie amplifiée du téléphone leur

parvint du motel, et Darleen s'excusa pour aller répondre, car elle tenait la réception. Craig annonça qu'il devait partir aussi, et c'est donc Melanie qui fut chargée de servir de guide pour la visite du cottage.

Elle précéda les visiteurs dans cette petite construction qui recélait tant de peurs pour Larisa.

— Ce n'est pas le plus spacieux, expliqua Melanie avec un sérieux juvénile. Mais maman l'a complètement redécoré, et papa a ajouté une fenêtre. Moi je le trouve génial, et j'espère que l'année prochaine j'arriverai à décider mes parents de me le donner pour que je m'y installe. Ça serait vraiment hyper-génial.

Le cottage était plus clair et plus accueillant que dans le souvenir de Larisa. Mais malgré le bavardage d'oiseau de Melanie et la clarté nouvelle de l'endroit, elle ne parvenait pas à exorciser les fantômes de sa mémoire. Ils étaient toujours là, et elle sentait leur présence. Invisibles, ils dansaient dans les coins maintenant brillamment éclairés de la pièce, ou se tapissaient dans les murs.

Mais ils paraissaient moins menaçants, moins monstrueux.

« Comment cela se peut-il ? » s'étonna-t-elle.

Puis elle comprit que les combats récemment menés pour libérer de ses chaînes son cœur meurtri avaient eu un résultat. Mais les fantômes n'avaient pas disparu. Il lui restait encore à explorer, découvrir et accepter, jusqu'à ce qu'elle puisse un jour se regarder dans un miroir et voir la femme qu'elle voulait être, celle que Peter voyait déjà.

— Il faut que j'y aille, dit Melanie à regret. Je vais skier avec des amis.

— Merci de nous avoir montré le cottage, dit Larisa.

— Votre cottage. Maman m'a souvent montré des photos de vous dans des magazines... Les joues pleines de Melanie rosirent un peu et elle ajouta avant de les quitter : Je trouve que c'est vraiment génial que vous ayez habité dans ce cottage quand vous aviez mon âge !

— Dois-je ouvrir le champagne ? Logiquement, le transfert de propriété n'aura lieu que dans une heure et demie, mais nous pourrions porter d'autres toasts qu'à la prairie en attendant...

Le regard vert de Peter disait avec une tendresse éloquente quelles « autres choses » il voulait célébrer avec Larisa, qui, elle aussi, avait grande envie de fêter la découverte de leur bonheur. Mais les émotions éprouvées ces dernières vingt-quatre heures la maintenaient dans un état de griserie plus fort que n'importe quel alcool. Une coupe de champagne en compagnie de Peter ne représentait aucun risque, mais elle voulait garder entière conscience des sentiments magiques qu'elle éprouvait à sa simple présence.

— Est-ce que je pourrais porter les toasts avec quelque chose de plus doux ?

— Bien entendu ! Chocolat chaud pour deux !

Ils étaient déjà réveillés quand le téléphone sonna, le dimanche matin à six heures. Ils avaient fait l'amour, dormi, fait de nouveau l'amour et somnolé. Ils étaient maintenant enlacés et goûtaient l'aube. Peter se dégagea à contrecœur de l'étreinte amoureuse de Larisa pour aller répondre.

— Je laisse toujours un numéro où me joindre quand j'ai des projets en construction, expliqua-t-il.

Sa voix était calme, mais un pli soucieux barrait son front. Il avait certes des projets en phase d'exécution, et des problèmes survenaient fréquemment, mais un appel aussi tôt le dimanche impliquait une urgence sérieuse.

Son visage se rembrunit un peu plus tandis qu'il écoutait en silence son interlocuteur. Quand enfin il parla, ce fut pour poser une question :

— Le salon de musique a-t-il été endommagé ?

La réponse parut le rassurer un peu, mais il restait grave.

— A partir d'aujourd'hui, je veux des gardes vingt-quatre heures sur vingt-quatre. Je pars demain pour Chicago, et je devrais arriver à Boston jeudi dans la soirée. Appelez-moi dès que vous aurez du nouveau sur la cause du sinistre.

Il raccrocha lentement et se tourna vers Larisa, qui l'observait avec inquiétude.

— C'était mon avocat à Boston, celui qui s'est occupé de l'achat de la propriété de Cape Cod. La nuit dernière, peu après minuit, un feu s'est déclaré dans la maison.

— Oh, Peter...

— Par chance, un couple d'adolescents se trouvait sur la propriété à cette heure, sans doute des amoureux qui n'auraient pas dû se trouver là. Mais ils ont eu le courage d'aller prévenir les autorités immédiatement, et grâce à eux la plus grande partie de la bâtisse a été sauvée des flammes. Sans quoi, *Innis Arden* serait partie en fumée.

— Qu'y a-t-il à propos du salon de musique, Peter ? Je t'ai entendu demander s'il avait été endommagé.

— Avant que mon père ne soit rendu impotent par l'arthrite, il exerçait le métier de charpentier, mais aussi d'ébéniste. Il a décoré ce salon de musique, il y a soixante-cinq ans, et c'est peut-être son chef-d'œuvre. Grâce à ces adolescents, rien de ce qu'il y a fait n'a été détruit...

— J'en suis heureuse, Peter... Mais tu as l'air bizarre. Que se passe-t-il donc ?

— Je me demande si cet incendie ne serait pas d'origine criminelle...

— Tu penses que c'est possible ?

— Je ne sais pas. Non, probablement...

« J'espère que non », se dit Peter. Mais la coïncidence était troublante. Quelques minutes après être devenu légalement sa propriété, *Innis Arden* avait failli flamber, et sans l'intervention fortuite de ce jeune couple qui avait donné l'alerte... Peter ne voyait qu'une personne capable d'ordonner une telle destruction : Julian Chancellor. Peter pensait que leur rivalité était depuis longtemps oubliée, mais s'il n'en était rien pour Julian ?

Pendant tout ce week-end, Larisa n'avait pas parlé de son ex-mari, et Peter n'était pas pressé de l'entendre expliquer le grand amour que cet homme avait bafoué. Un jour, lorsque leur amour aurait gagné la solidité que donne le temps, Larisa lui raconterait tout, et en retour il lui narrerait ce qu'il savait de Julian. Mais si l'incendie à *Innis Arden* se révélait prémédité, alors Peter devrait précipiter ses révélations.

Et si ce n'était qu'un accident ?

Alors, comme prévu, Peter expliquerait la situation à Larisa en avril, quand ils iraient ensemble se perdre dans la prairie odorante de *Promesses*.

Le magnifique bouquet de myosotis arriva le mardi soir. Quand il avait appelé de Chicago la veille, il lui avait expliqué qu'il aurait un souper avec des clients et ne pourrait sans doute pas l'appeler. Il avait donc envoyé ce joli bouquet pour se faire pardonner.

Elle posa les fleurs sur la table basse du salon et pendant un long moment se contenta de les contempler. Enfin, elle prit la carte qui les accompagnait, souriant par avance au message qu'il lui avait envoyé.

« Jamais je ne t'oublierai, Larisa. Ne m'oublie jamais.
Julian »

« Non ! » hurla-t-elle intérieurement. Julian savait qu'elle adorait les myosotis, et dans un grand mouvement romantique il avait même dérogé à la tradition et lui avait permis de porter un bouquet de ces fleurs lors de leur somptueux mariage. Mais depuis ce jour, il ne s'était plus soucié de son amour pour les myosotis parce qu'il n'avait plus besoin de ces artifices : Larisa lui appartenait. Jusqu'à aujourd'hui...

A présent Julian lui envoyait ces fleurs qu'elle avait toujours aimées, accompagnées d'un message qui, malgré les apparences, n'avait rien de doux. C'était là une mise en garde. Il ne l'oubliait pas, Julian le lui assurait. Et, de façon plus menaçante encore, il lui ordonnait de ne pas l'oublier.

Larisa lui avait été sincèrement reconnaissante de ce qu'il avait respecté son souhait et s'était abstenu de la recontacter. Elle espérait qu'il ne rappellerait jamais, qu'il perdrait tout intérêt pour elle et oublierait. Mais elle se rendait maintenant compte de la folie d'un tel espoir, et son esprit affolé envisageait le pire. Si Julian l'avait fait surveiller ? Si le bouquet de myosotis était un message subtil pour lui prouver qu'il connaissait tout de *Promesses*, y compris le motif choisi pour le cristal du flacon ?

Larisa se força à réfléchir posément aux différentes éventualités. Si Julian savait qu'elle serait le modèle de *Promesses*, il utiliserait tout son immense pouvoir pour saboter le lancement du parfum et le merveilleux cadeau que Peter voulait offrir au monde. A cause d'elle, *Promesses* serait détruit.

Larisa ne pouvait le permettre.

« Il faut que je parle à Julian, décida-t-elle. Je dois trouver un moyen de savoir s'il est au courant. Et s'il sait ? Alors il me faudra abandonner *Promesses*... et Peter. »

Elle répugnait à composer le numéro de l'appartement sur la Cinquième Avenue, mais elle s'y força. Pour *Promesses*. Et Peter.

— C'est Larisa, annonça-t-elle d'un ton neutre quand il décrocha.

— Je suppose que tu as reçu les fleurs. Sont-elles jolies ? demanda-t-il d'une voix basse et caressante. Le fleuriste m'a dit qu'il aurait quelques difficultés à trouver des myosotis, mais il m'a assuré qu'ils seraient de premier choix.

— Ils le sont.

— Tant mieux. Je me suis souvenu combien tu les aimes.

— Est-ce pour cela que tu m'as envoyé ce bouquet ?

— Quelle autre raison pourrait-il y avoir ? Sauf, bien sûr, l'évidence : j'espérais que tu m'appellerais... ajouta Julian avec un soupçon de chaleur dans la voix. Je me suis beaucoup inquiété à ton sujet, Larisa. Tu ne m'as encore envoyé aucune facture. Tu dois bientôt manquer d'argent ?

— J'ai trouvé un moyen de renflouer mes finances, Julian, répondit-elle d'un ton aussi détaché que possible. J'ai trouvé un travail.

— Un travail ? Quel travail ?

La voix de Julian avait perdu toute suavité, et sa brusquerie maintenant apparente révélait tous ses mensonges. Mais il était étonné aussi qu'elle ait trouvé un emploi, de cela elle était certaine.

Julian était furieux de la révélation, et elle devrait se montrer très prudente. Et très convaincante.

— On pourrait appeler ça un poste de consultante indépendante dans le domaine de la mode. Je donne des conseils aux femmes pour leurs tenues, les accessoires, la coiffure, le maquillage... Ne t'en fais pas, Julian, tout le monde me prend pour une femme immensément riche qui ne travaille que pour s'occuper.

— Mais tu reçois de l'argent pour tes services.

— Bien sûr. En fait je suis même très bien payée. Mais si mes honoraires n'étaient pas élevés, la confiance qu'on accorde à mon avis ne le serait pas non plus... Larisa marqua un temps, puis lança une pique à celui qui si souvent l'avait raillée : C'est toi qui m'as appris cela, n'est-ce pas, Julian ? « Plus les gens paient cher quelque chose, plus ils y tiennent. »

— Et tes autres occupations, Larisa ? s'enquit-il. Y a-t-il d'autres hommes dans ta vie ?

— La réponse est non, dit-elle avec légèreté puis, pour le convaincre, elle ajouta avec une indignation glaciale : Non pas que cela te regarde, d'ailleurs. Notre mariage est dissous, Julian. La vie de chacun ne regarde plus l'autre.

— Tu feras toujours partie de ma vie, Larisa.

Ces mots auraient pu être le serment romantique d'un amour éternel, mais dans la bouche de Julian ils n'étaient qu'un avertissement redoutable. Il cherchait à la terroriser, la contrôler de nouveau, la manipuler par la peur comme il l'avait toujours fait.

— Laisse-moi tranquille, Julian, dit-elle avec détermination. C'est fini entre nous. Adieu.

« Oh ! non, ma douce, ce n'est pas fini, jura Julian dans un accès de fureur silencieuse tandis qu'elle le défiait en raccrochant. Jamais ce ne sera fini entre nous. Mais ce nouveau courage que tu exhibes est des plus excitants. Je vais te laisser à ton existence pendant un moment, Larisa, juste assez longtemps pour que tu croies que je te permets de mener ta vie loin de moi. Alors, mon amour, je te rappellerai la seule vérité qui tienne : tu m'appartiens, et pour toujours. »

25

San Francisco
Décembre 1991

Le samedi 21 décembre, alors que Peter rencontrait un spécialiste des incendies à Cape Cod, que Larisa et Elizabeth faisaient leurs valises pour l'Europe, que Christine repassait les costumes froissés durant la répétition du spectacle de l'école et que Stephen essayait de penser à son travail plutôt qu'à un certain regard lavande, Nicholas et Justin Chase se joignirent à la foule des acheteurs de dernière minute qui encombraient Union Square.

Nick était de garde au service de transplantation, mais tout était très calme. Tous les patients qui le pouvaient avaient rejoint leur foyer pour les fêtes, et les contrôles de routine sur les quelques malades qui restaient avaient été terminés à midi. Aussi Nick s'était-il autorisé à aller chercher son fils pour choisir avec lui un cadeau de Noël pour Margaret. A quatre ans, le très généreux fils de Nick avait « tout un tas » d'idées de cadeaux pour cette femme qu'il adorait. De plus, il appréciait fort l'agitation désordonnée de la foule et les vitrines brillamment décorées, et c'était lui qui donnait le rythme de cette chasse au cadeau. Nick se contentait d'être patient, et il voyait avec bonheur l'image enchantée que l'enfant se faisait de Noël, ce que lui-même n'avait jamais eu.

Alors qu'ils traversaient Geary Boulevard pour admirer

de plus près le grand sapin étincelant qui se dressait au centre de la place, Nick entendit courir derrière lui. Un frisson d'anxiété le saisit, car resurgit en lui l'idée d'une urgence.

Il se retourna et vit deux hommes, l'un poursuivant l'autre : chacun était armé, et soudain le deuxième homme tira. Le poursuivi roula sur le sol, mortellement atteint, et se mit à tirer au hasard en s'effondrant. Tout s'était produit en l'espace de quelques secondes, et la foule resta en grande partie tétanisée. Comme les adultes qui l'entouraient, Justin ne comprit pas le danger. Et même quand les balles sifflèrent autour de lui, quand l'arme se braqua dans sa direction, Justin n'eut pas peur. Nick plongea devant son fils pour le protéger de son propre corps, le plaqua contre lui et lui détourna la tête d'une main, pour lui éviter le spectacle de l'agonie et du sang.

Mais le corps de Nick et tout son amour ne pouvaient faire obstacle à la violence des balles.

Justin éprouva un choc assourdi quand le projectile le frappa après que la balle eut transpercé la poitrine de son père. Celui-ci se releva, son fils toujours serré contre lui, et se mit à courir pour s'éloigner du lieu du carnage où la foule déjà faisait cercle.

Nick n'avait pas l'intention d'attendre l'expertise de la police ou d'un auxiliaire médical. Il ne comprenait que trop bien la situation. La balle avait traversé son torse, lui brisant des côtes et transperçant le poumon pour ressortir et se loger dans la partie supérieure droite de l'abdomen de Justin. Et il savait également que la blessure de son fils était autrement plus grave que la sienne.

Nick avisa une des voitures de police qui fonçaient vers les lieux du drame et fit de grands signes. L'officier au volant s'arrêta en voyant le sang sur son veston et Nick lui demanda de les conduire au centre médical de Pacific Heights.

— Pourquoi ne pas appeler une unité médicale ?

— Mon fils a besoin de soins plus importants, et nous gagnerons du temps si vous nous conduisez là-bas maintenant. Je vous en prie...

Sirène hurlante et gyrophare tournant, la voiture de

patrouille fonça vers Pacific Heights en ignorant les feux. Tout en conduisant avec maestria, l'officier transmettait à son central les informations que la police relayerait à Pacific Heights.

— J'ai un garçon de quatre ans touché par balle à l'abdomen. Son père est blessé aussi. Apparemment il est toubib au centre médical : Dr Nicholas Chase. Il me dit qu'il faut prévenir l'équipe de traumato que le gamin est en état de choc, inconscient mais vivant, et qu'il aura besoin d'une chirurgie exploratoire immédiate. Il pense que le projectile a perforé le foie...

Quelques instants après l'arrivée de la voiture de police à la porte du service des urgences, Justin se trouvait confié au Dr Ed Moore. Le chirurgien de permanence l'examina tandis que les autres membres de l'équipe branchaient les perfusions, les intraveineuses et le tube dans sa trachée.

Peut-être était-il déjà trop tard, ils le savaient tous. D'après l'impact de la balle, il était évident que le projectile avait transpercé le foie de l'enfant, un organe extrêmement fragile et tout aussi difficile à soigner.

— C'est bon. Je le veux en salle d'opération dans une minute, commanda Ed.

Moins de cinq minutes s'étaient écoulées depuis l'arrivée du médecin et de Justin.

Ed regarda Nick. Tous deux avaient le même âge et la même réputation. Ils avaient passé des centaines d'heures ensemble en salle d'opération. Mais si tout le monde entendait Ed parler de son fils, lui ne savait pas que Nick était père, et risquait de perdre Justin.

Ed s'apprêtait à demander à son malheureux collègue s'il voulait assister à l'opération quand il remarqua la tache de sang qui s'élargissait sur sa chemise et son veston. Nick avait été touché lui aussi et, à voir sa respiration courte, sa survie était menacée.

— Nous ferons de notre mieux, Nick, promit Ed avant de se tourner vers un de ses adjoints : Prenez soin du Dr Chase.

— Nous avons pu contrôler les saignements et pour l'instant son état est stationnaire, mais nous n'avons pu sauver qu'une très petite partie du foie, annonça Ed en maîtrisant son émotion. Je suis vraiment désolé, Nick.

Soigné et pansé, Nick ne parut pas entendre. Ou peut-être était-ce trop douloureux pour être entendu, se dit Ed.

— Y a-t-il d'autres blessures, Ed ?

— Non, seulement le foie. Avec votre permission, Nick, je vais mettre le nom de Justin sur la liste d'attente des transplants de foie.

— Ce ne sera pas nécessaire. Vous avez bien dit que son état est maintenant stationnaire, n'est-ce pas ?

— Oui. Nous avons pu arrêter tous les saignements et la pression sanguine est correcte. Il est en train de revenir à lui en unité de soins intensifs. Quand je l'ai quitté, il était encore inconscient.

Mais tous deux savaient bien que l'état stationnaire de Justin ne durerait pas. Il resterait ainsi quelque temps, puis, le foie n'assurant pas ses fonctions, il mourrait.

— Il faut que vous joigniez Elizabeth pour moi, Ed. Dites-lui que je suis désolé, je sais qu'elle doit s'envoler pour l'Angleterre dans quelques heures, mais j'ai besoin de son aide.

— Entendu.

— Pourrez-vous me prévenir dès que vous l'aurez contactée ?

— Bien sûr. Autre chose ?

— Je voudrais écrire certaines choses noir sur blanc.

Ed sortit de sa poche de blouse des bristols vierges et un stylo qu'il donna à Nick.

Dès que son collègue l'eut laissé pour s'enquérir d'Elizabeth, Nick s'abandonna aux larmes. Quand il eut libéré le trop-plein de sa douleur, il se maîtrisa et se mit en devoir d'écrire.

En haut du premier bristol, il marqua le premier mot qui lui vint à l'esprit : Elizabeth.

— Ça va être très amusant, s'enthousiasma Larisa.

Assise sur le lit d'Elizabeth, elle regardait son amie finir sa valise. « Nous nous détendrons et nous pourrons parler toutes les deux, sérieusement », se dit-elle.

Le téléphone sonna, et Elizabeth sourit à Larisa qui se trouvait près du poste.

— Peter, dit-elle doucement.

— Je l'espère, répondit Larisa en décrochant.

Elle espérait que Peter appelle, que le spécialiste des incendies lui ait affirmé que le sinistre était accidentel, qu'il lui souhaite un bon voyage et lui promette de l'appeler à Londres, qu'il lui confirme leur rendez-vous pour le réveillon du Nouvel An. Surtout, elle souhaitait que ce ne soit pas Julian.

Le Dr Ed Moore demanda poliment à parler au Dr Jennings.

— Un instant, je vous prie, dit Larisa avant de couvrir le micro de sa paume. C'est un Dr Moore pour toi, Liz. Tu n'as pas oublié de signer la feuille de sortie ?

— Non. Que me veut-il donc ? fit-elle en fronçant les sourcils et en prenant le combiné tendu par Larisa. Bonjour, Ed...

Larisa ne put voir le visage de son amie car celle-ci se plaça devant la baie vitrée pour contempler la ville. Elle resta d'une immobilité de statue en écoutant son correspondant.

— Dites-lui que j'arrive tout de suite, répondit-elle enfin d'une voix monocorde.

Elle raccrocha et se tourna vers Larisa. Celle-ci fut effrayée par le trouble qu'elle lut dans les yeux émeraude.

— Qu'y a-t-il, Liz ?

— Nick a été blessé par balle, répondit-elle. Et son fils également.

— Son fils ?

— Son fils âgé de quatre ans est dans un état grave. C'est tout ce que je sais, Lara. Il faut que j'y aille.

— Je t'accompagne.

26

— Ed ? interrogea Elizabeth en arrivant avec Larisa dans le bureau des infirmières, au service des urgences.

Le chirurgien se retourna.

— Eh bien, vous avez été rapides.

— Nous avons couru, expliqua Larisa. Que s'est-il passé ?

— C'est mon amie Larisa, expliqua Elizabeth. Elle refuse absolument de patienter dans la salle d'attente.

En voyant l'inquiétude d'Elizabeth, Ed comprit qu'elle avait besoin de la présence de son amie et décida d'enfreindre la règle interdisant qu'on discute les détails confidentiels hors du cercle professionnel. D'ailleurs, la nouvelle serait bientôt sur toutes les radios et les chaînes de télévision.

— D'après la police, deux hommes armés se sont tirés dessus dans Union Square, apparemment pour une histoire de drogue qui a mal tourné. Un des hommes a été mortellement blessé par l'autre, et avant de mourir il s'est mis à vider son arme au hasard dans la foule. Nick et Justin ont eu la malchance de se trouver là. A en juger par les blessures, Nick a protégé son fils de son corps... Il montra des radiographies accrochées sur les écrans muraux lumineux : Ce sont les radios du thorax de Nick. L'arme était très puissante. Le projectile l'a transpercé.

— Et son cœur, Ed ? s'enquit Elizabeth en découvrant les dégâts énormes occasionnés au côté gauche de la cage thoracique.

— Par bonheur la balle ne l'a pas touché. Elle a traversé le corps de Nick et est ressortie pour se loger dans le foie de Justin. Son foie est très endommagé, et nous n'avons pu en sauver qu'une portion infime, à peine suffisante pour assurer ses fonctions vitales.
— Où est Nick, en ce moment ?
— Toujours en bas, en salle d'urgence 3. Justin a été transporté à l'unité de soins intensifs pour enfants. Nick voulait l'accompagner, mais je l'ai convaincu de vous attendre. Quand je l'ai quitté, il m'a demandé de quoi écrire : je suppose qu'il veut faire une liste des gens à prévenir et qu'il vous la donnera. Essayez de le convaincre de se laisser soigner.
— Il n'a eu aucun soin ? s'exclama Elizabeth, horrifiée.
Elle n'avait pas besoin de regarder de nouveau les radios, son œil exercé avait évalué les dégâts énormes et la souffrance qui devait en découler.
— Il veut sans doute rester conscient pour Justin, dit Ed. Pour tenir la main de son fils s'il doit mourir bientôt. Mais il va s'épuiser à combattre ainsi la douleur.
— Je vais voir ce que je peux faire, dit Elizabeth avec gravité.
— Je t'attendrai ici, Liz, dit Larisa et, se tournant vers Ed, elle ajouta : Si ça ne dérange pas, bien sûr.
— Pas du tout, Larisa.

Elizabeth et Nick s'étaient déjà trouvés ensemble dans la salle d'urgence 3, mais jamais dans ces circonstances. Lui était allongé sur une civière, immobile, le visage livide et crispé, les yeux clos. Ses longs cils noirs luisaient de larmes récemment versées.
Le cœur d'Elizabeth se serra à sa vue, et il lui fallut un moment avant de pouvoir parler, d'une voix qu'elle voulait douce et confiante :
— Nick ?
Les yeux bleus s'ouvrirent brusquement, et au-delà du feu de la souffrance elle vit autre chose. De l'espoir ?
— Merci d'être venue, Elizabeth. Je sais que vous deviez partir en Angleterre ce soir.

— Aucune importance, Nick.

« Rien n'est aussi important que vous, et ce que je peux faire pour vous... et Justin. » Mais que pouvait-elle faire ? Que pouvait-on faire ?

— J'ai besoin de vous, Elizabeth... J'ai besoin que vous accomplissiez une transplantation du foie d'après un donneur vivant : moi.

— Nick... Non.

— Je sais que vous avez une copie du protocole dans votre bureau, mais je l'ai quand même réécrit point par point. Peut-être pour garder l'esprit occupé, reconnut-il, laissant enfin apparaître son angoisse pour son enfant.

Pendant un moment, il resta silencieux, et quand il reprit la parole il avait abandonné le ton de la confession pour celui, analytique, du chirurgien :

— A mon avis il est possible de faire tous les tests et de réunir l'équipe pour opérer dans un délai de six heures. Même si cette intervention n'a jamais été effectuée en urgence jusqu'alors, j'ai toujours pensé que l'urgence jouerait un jour un rôle majeur dans notre secteur.

— Je l'ai toujours pensé aussi, dit Elizabeth en s'efforçant d'aborder la conversation sous un angle uniquement professionnel. Mais Justin a quatre ans, Nick...

Nick savait fort bien, comme elle, que les précédentes greffes de ce type avaient été effectuées sur des nouveau-nés. Il connaissait aussi la règle physique limitant ces interventions : l'impossibilité pour tout donneur d'une transplantation trop importante.

— Justin est le candidat idéal pour recevoir cette transplantation, Elizabeth, dit Nick d'un ton presque détaché. C'est un petit garçon très robuste. Son excellente santé en fait un receveur plus apte que tous ceux qui souffrent de troubles hépatiques. Le foie de Justin est complètement sain, il a seulement besoin de temps pour se régénérer. La transplantation lui offrira ce délai.

« Et vous, Nick ? voulut-elle dire. Et votre survie ? Si vous donnez la quantité de tissu nécessaire à Justin jusqu'à ce que son propre foie puisse se régénérer... »

— Il faut lui donner mon foie entier s'il en a besoin, Elizabeth, dit calmement Nick devant la question informulée. Je suis sérieux.

La gravité du regard bleu assura Elizabeth qu'il disait vrai. Nicholas Chase avait déjà une fois aujourd'hui prouvé qu'il était prêt à donner sa vie pour son fils. Mais à présent il le faisait de façon raisonnée, calculée.

— Je ne peux pas faire ça, Nick...

— Bien sûr que si. Vous êtes le meilleur chirurgien que je connaisse. Il saisit l'expression de surprise sur le visage de la jeune femme : Vous pouvez le croire !

Pour l'instant, rien n'importait plus que de le convaincre qu'il voulait l'impossible, et l'aider à accepter l'inévitable : la mort de son fils.

— Vous êtes vous-même gravement blessé, Nick, lui rappela-t-elle.

C'était la vérité. Sa perforation pulmonaire et ses côtes brisées auraient nécessité des soins urgents.

— Quelques côtes cassées, dit-il d'un ton insouciant.

Il scruta les yeux inquiets d'Elizabeth pour y trouver une trace de ce qui la faisait peut-être reculer : il n'était pas un donneur viable. Il avait espéré que Larisa ne trahirait pas sa confiance en révélant ses secrets à son amie, et le regard d'Elizabeth lui indiqua que Larisa n'avait pas failli à sa réserve. Mais à présent, c'était à lui de dévoiler cet aspect de sa personnalité :

— Jusqu'à il y a trois ans et demi, Elizabeth, je buvais beaucoup. Je n'ai pas bu une goutte d'alcool depuis, et pour autant que je sache, mon alcoolisme n'a provoqué chez moi aucune fragilité hépatique, mais il fallait que vous le sachiez.

Il avait raison, bien sûr. Mais Elizabeth s'interrogea sur le motif qui le poussait à cette confession : était-ce uniquement pour la préparation de l'opération, ou pour la préparer, elle, à sa mort probable ? Pour qu'elle ne s'accuse pas s'il ne survivait pas, et qu'elle puisse accuser ses antécédents alcooliques ?

Le matin où ils n'avaient pu sauver un autre petit garçon de quatre ans, Nick n'avait pas voulu partager avec elle sa douleur, et ce jour-là une étrange pensée s'était imposée à l'esprit d'Elizabeth : « Je vous déteste, Nick ». Ce n'était pas vrai, bien sûr, mais à présent, bouleversée par une tempête d'émotions, Elizabeth se demandait si ce n'était pas ce qu'elle ressentait au fond d'elle-même.

« Je vous déteste, Nick, pour me faire seulement maintenant une confiance aussi totale. Je vous déteste, Nick, pour me demander cela sans me laisser le choix. »

Elle comprenait très clairement dans ses yeux que si son fils mourait la meilleure part de Nicholas Chase mourrait avec lui. Elle devait opérer Nick même si pour sauver la vie du fils elle risquait de perdre celle du père, un homme qu'elle aimait, le seul homme qu'elle ait jamais aimé.

— Acceptez-vous d'opérer, Elizabeth ?

— Oui, répondit-elle doucement à son regard implorant. J'opérerai, Nick.

« J'essayerai de sauver votre fils, parce que c'est ce que vous désirez si désespérément... et parce que je vous aime. »

— Merci, Elizabeth... Il y a aussi une personne à prévenir...

— Oui ? dit la jeune femme sans pouvoir s'empêcher une certaine raideur.

— Margaret, dit Nick. A mon adresse personnelle. Peut-être Larisa accepterait-elle d'aller lui expliquer la situation ?

— J'en suis certaine, dit Elizabeth. Après un instant, elle ne put s'empêcher de demander d'un ton qu'elle s'efforça de rendre neutre : Margaret est la mère de Justin ?

— Non.

Nick lui expliqua alors son passé, et dans ses yeux Elizabeth lut la crainte.

— Nick, qu'y a-t-il ?

— Je pensais à la mère de Justin et... Nous sommes divorcés, mais il faut que je demande à un avocat ce qui se passerait pour Justin si je mourais.

— Vous n'allez pas mourir !

Malgré sa douleur lancinante, Nick eut un sourire reconnaissant à l'adresse de la jeune femme.

— Il faudra quand même que je parle à un avocat. Je ne veux pas qu'elle ait la garde de Justin. Il y a toujours un avocat de garde en relation avec l'hôpital, n'est-ce pas ?

— Oui, mais uniquement pour les problèmes relatifs à des questions médicales... Je vais appeler mon frère. Il est spécialisé dans les divorces et se trouve à son cabinet cet après-midi. Elle vit l'hésitation de Nick et ajouta : Ce n'est pas une obligation, Nick, mais il n'est qu'à quelques minutes d'ici en voiture, et il ne part pas en Angleterre avant demain soir.

— Merci, Elizabeth... Dans le tiroir supérieur de mon bureau, il y a une grande enveloppe marquée « Justin ». Elle contient tous les documents légaux que voudra consulter votre frère ainsi que les études immunologiques faites sur moi, et sur Justin à sa naissance. Les concordances sont extraordinaires. Stephen va être ravi.

Ed et Larisa n'avaient pas bougé quand Elizabeth les rejoignit dans le bureau des infirmières.

— Nick veut faire transplanter une partie de son foie sur Justin, annonça Elizabeth avec calme. Nick comprend parfaitement la situation. Il sait que Justin mourra s'il n'est pas opéré, et il mesure les risques qu'il court lui-même.

— Il sait qu'il risque de mourir ? s'étonna Ed. Il sait que c'est même très probable ?

— Oui. Il le sait, dit-elle simplement. C'est moi qui ferai la transplantation, Ed. Il faudra environ six heures pour avoir tous les tests et les équipes prêtes. Justin dispose-t-il d'un tel délai ?

— Six heures ? Oui, je le pense. Mais pas beaucoup plus longtemps. Elizabeth...

— C'est possible, Ed. Ça n'a encore jamais été tenté, mais c'est possible. Le foie de Justin pourra se régénérer, je ne transplanterai donc que ce qu'il faut de celui de Nick pour qu'il donne le sursis nécessaire à Justin. Avec les scanners et l'avis de Bill, je devrais savoir exactement ce qu'il lui faut avant d'entrer en salle d'opération.

— Qui est Bill ? s'enquit Larisa.

— Bill Barnes, l'hépatologue-pédiatre.

— Et y aura-t-il un hépatologue pour vous dire ce que Nick a besoin de garder ?

— Oui. Rebecca Lansing.

Ed savait inutile toute discussion, et il était lui-même père d'un petit garçon. Faisant taire toutes ses objections, il dit avec simplicité :

— Je suis là, Elizabeth. Et bon sang, tout le monde au centre sera là ! Nous ne devrions pas avoir de problème

pour constituer les deux équipes. Si vous voulez, je vais me charger de cette question dès maintenant.
— Merci, Ed, ce sera une grande aide.

Après le départ d'Ed, Elizabeth se tourna vers Larisa. Elle allait lui demander d'aller chez Nick chercher les documents et prévenir Margaret quand elle remarqua le trouble de son amie.
— Que se passe-t-il, Lara ?
— Nick t'a-t-il dit qu'il buvait beaucoup, dans le passé ?
Pendant un long moment, Elizabeth dévisagea Larisa. Enfin elle acquiesça.
— Eh bien, est-ce que cela ne représente pas un danger supplémentaire pour lui, maintenant ?
— Si... Elizabeth hésita un instant, mais ne put y tenir plus longtemps : Comment sais-tu cela ?
— Lors du bal, en septembre, j'ai bu beaucoup. Nick l'a remarqué et nous avons engagé une conversation sur ma résistance à l'alcool et le fait que l'ivresse était souvent un moyen d'échapper à ses problèmes. Il m'a offert son aide et je la lui ai demandée dix jours plus tard, quand Julian m'a appelée.
— Nick est venu à l'appartement ?
— Non. En fait je ne l'ai jamais revu depuis le bal au *Fairmont*. Nous avons seulement discuté plusieurs fois au téléphone... En voyant la lueur douloureuse dans les yeux de son amie, Larisa ajouta aussitôt : Il n'y a rien entre lui et moi, Liz !
— Mais tu ne m'as rien dit de vos contacts téléphoniques.
— J'ai senti que Nick ne voulait pas que tu sois au courant de son alcoolisme passé. Mais il fallait que tu le saches, pour l'opération...
— Il t'avait parlé de Justin ?
— Non. Je savais qu'il avait été marié pendant peu de temps, et j'ai eu l'impression que ce mariage avait été un désastre, mais jusqu'à aujourd'hui je ne savais pas qu'il avait un fils.
— Sais-tu qui est Margaret ?

— Margaret ? Non. Nick et moi parlions surtout de moi, tu sais. Il ne voulait pas parler de lui, pas à moi, en tout cas. Tu avais raison à son propos, Liz : c'est un homme sensible et plein de compréhension. Rien que par nos conversations téléphoniques il m'a été d'un grand secours. Et maintenant je voudrais l'aider, à mon tour...

Encore un peu déconcertée par ces révélations, Elizabeth acquiesça lentement.

— Je suis désolée de ma réaction, Lara. Mais il se passe tant de choses, et si vite... Tu es mon amie, et j'ai en effet besoin de ton aide. Nick veut absolument que la personne qui s'appelle Margaret et qui vit chez lui soit prévenue de vive voix de ce qui est arrivé. Peux-tu t'en charger ?

— Bien sûr.

Quand sa sœur lui téléphona, Mark Jennings accepta sans hésitation de venir à l'hôpital au plus vite. L'appel suivant de la jeune femme fut pour Stephen, qui aujourd'hui était de garde. Malgré ses doutes sur la réussite de la transplantation, l'immunologue l'assura qu'il arrivait immédiatement pour se mettre au travail. Avant de rejoindre son amie au service des urgences, Stephen appela Christine pour lui annoncer qu'il ne pourrait assister à la fête costumée de l'école.

— Quelle épreuve pour Elizabeth, murmura la styliste, compréhensive. Vous me téléphonerez pour me dire comment s'est passée la transplantation ?

— Bien sûr, Christine. Le plus simple serait de m'appeler ici par pager dès que vous serez rentrée. L'opération ne sera sans doute pas terminée, mais j'aurai peut-être de bonnes nouvelles. Du moins je l'espère...

27

— Elizabeth, dit Larisa, je te présente Margaret.

Elizabeth accueillit d'un sourire chaleureux la septuagénaire qui venait d'entrer dans le bureau des infirmières en compagnie de Larisa.

— Bonjour, Elizabeth, répondit la femme dont le visage avenant était marqué par l'inquiétude. Je suis tellement heureuse de votre présence. Et Nick doit être soulagé, lui aussi. Certaine qu'il ne quitterait pas Justin, elle demanda : Où sont-ils ?

— A l'unité de soins intensifs pédiatriques, au cinquième. J'aimerais vous y accompagner, mais j'attends l'arrivée de mon frère.

— Si tu veux, je peux l'attendre à ta place, proposa Larisa. Montez toutes les deux, et dès que Mark sera arrivé, nous vous rejoindrons.

Nicholas Chase aurait dû reposer dans son lit d'hôpital, sous forte dose de Demerol, pour rassembler ses forces avant l'assaut chirurgical. Mais il restait assis dans un fauteuil collé au lit où gisait Justin. Le visage de Nick était celui d'un père aimant et angoissé, mais il était aussi d'une pâleur terrifiante. Les muscles tétanisés de ses mâchoires trahissaient la souffrance physique qu'il endurait toujours, car il n'avait pris aucun sédatif, pour rester pleinement conscient. Nick portait une robe de chambre sur une blouse, fournies par l'hôpital, et le bracelet d'identification propre aux patients. Le tube fin d'une perfusion partait de l'aiguille fichée dans son avant-bras droit.

Nick observait son fils endormi d'un regard attendri, et en esprit il lui réitérait son serment de tout tenter pour le sauver.

Elizabeth entra, accompagnée de Margaret apportant M. L'Ours et quelques effets chers à Justin, ainsi que le dossier demandé par Nick. Tandis que celui-ci remerciait Margaret, une infirmière entra pour annoncer que l'enfant devait être emmené au service de radiologie. Justin ouvrit les yeux et les fixa aussitôt sur son père qui lui souriait.

— Ils vont t'emmener pour prendre des photos de ton foie, expliqua Nick avec douceur. Ce ne sont que des photographies, Jussie, ça ne fait pas mal du tout.

Pendant que Margaret accompagnait Justin au service de radiologie, Nick signa les papiers d'admission faisant de lui un patient officiellement enregistré du département 8 de l'aile sud. Il accepta de s'allonger, bien qu'il refusât toujours toute médication contre la douleur. Il voulait garder l'esprit clair pour son entrevue avec Mark.

Nick gisait dans son lit d'hôpital quand Elizabeth entra dans sa chambre en compagnie de son frère, et le blessé s'assit en hâte. Le mouvement lui arracha une grimace de douleur, et il lui fallut quelques secondes pour résister à l'évanouissement. Il se sentait terriblement faible. Il y avait pourtant tellement à faire...

— Merci beaucoup d'être venu, Mark.

— C'est normal, Nick. Elizabeth m'a dit que vous aviez quelques soucis pour la garde de votre fils ?

— Je vais attendre dans la salle des urgences, Mark, dit Elizabeth pour les laisser seuls.

— Voudriez-vous rester, Elizabeth ? la pria Nick. Vous allez prendre soin de Justin, il est donc nécessaire que vous sachiez la vérité.

« Et je veux que vous sachiez tout, songea-t-il. Ainsi vous supporterez mieux ma mort. »

— Comme vous voudrez, accepta Elizabeth.

— Merci... Nick se tourna de nouveau vers Mark : Il y a cinq ans, j'ai eu une liaison avec une femme nommée Glenna Parker. Nous n'étions pas amoureux, loin de là, mais elle désirait rendre notre relation permanente et pour ce faire elle est tombée enceinte. Nous nous sommes mariés, mais bien avant la naissance de Justin notre union était un désastre, et nous avons décidé de divorcer après l'accouchement. Glenna exigeait la garde de Justin — et une pension très conséquente — et je lui ai accordé les deux sans discuter. Il faut que vous le sachiez, Mark, car si elle prétend qu'il fut un temps où je ne voulais avoir aucun rapport avec mon fils, elle ne dira que la vérité.

— C'est noté, répondit l'avocat. Y avait-il une raison à cette position ?

— Oui. J'étais — je suis — alcoolique. Pour cette raison et d'autres que j'ai découvertes sur moi-même, je croyais qu'il valait mieux pour Justin que je n'essaie jamais d'être son père... Quand il a eu six mois, Glenna a décidé qu'elle ne voulait plus de lui, bien qu'elle n'ait jamais vraiment pris soin de Justin... Il était évident qu'elle l'avait totalement négligé : il était très craintif, et complètement replié sur lui-même. Il faut que vous compreniez comment Glenna a traité Justin quand elle l'a eu à sa garde, Mark. Il ne peut pas, il ne doit pas retourner auprès d'elle.

— Et vous pensez qu'elle réclamera sa garde ? A-t-elle jamais tenté ce genre de manœuvre ?

— En trois ans et demi, je n'ai pas eu de nouvelles de sa part. Mais si je meurs, elle l'apprendra certainement, car les médias parleront de la transplantation, et elle se rendra alors compte que Justin n'a pas de parent mais beaucoup d'argent, ce qui a toujours eu une grande importance pour elle. Justin héritera non seulement des économies substantielles que j'ai faites durant les dernières années ; mais j'ai aussi souscrit une police d'assurance de deux millions de dollars dont il est le seul bénéficiaire, et Margaret a mis la plus grosse partie de sa fortune personnelle en fidéicommis au nom de Justin. Nick désigna la grosse enveloppe que Larisa avait posée sur la table de chevet : J'ai fait un testament, bien sûr. Il est dans cette enveloppe, avec tous les papiers relatifs au mariage et au divorce. Je déclare Margaret tutrice légale de Justin.

— Excusez-moi, Nick, interrompit Mark, mais qui est Margaret ?

— Margaret Reilly, dit Nick. Pour Justin, elle est à la fois une mère et une grand-mère, mais elle n'a aucun lien légal avec lui. Margaret est la veuve du chirurgien qui a été mon mentor durant mon internat. Quand Glenna m'a apporté Justin, j'ai demandé à Margaret de m'aider, et depuis nous formons une sorte de famille. Justin l'aime et lui fait confiance, et, dans l'éventualité de ma disparition, je désire qu'il lui soit confié. C'est ce qui est couché par écrit dans mon testament, mais je crains que les tribunaux donnent la garde de l'enfant à la mère biologique, et non à une femme de soixante-quatorze ans qui n'a aucun lien de parenté avec lui... Nick fronça les sourcils, et scruta un moment le visage grave de Mark : Est-ce que cette crainte est fondée, Mark ?

— Je le pense, oui, répondit l'avocat avant d'ajouter avec un sourire : C'est pourquoi nous allons nous assurer que cela ne se produise pas. Puis-je voir les documents ?

Pendant que Mark se plongeait dans leur étude, Nick se tourna vers Elizabeth. « Maintenant vous savez quel genre d'individu je suis, disait son regard. Maintenant vous comprenez pourquoi je me suis tenu loin de vous. »

Le message qu'il lut dans le regard émeraude le prit totalement au dépourvu. « Je vous aime, Nick », disait-il. Et parce que Nick était affaibli et surpris, il laissa parler son cœur, et envoya un message muet : « Je vous aime, Elizabeth. »

— C'est intéressant, commenta Mark en reposant les documents. En plus de vous reconnaître la garde exclusive de Justin, Glenna a signé des papiers qui permettraient à une future épouse d'adopter légalement Justin, si évidemment vous vous remariez. C'est un peu inhabituel, un peu plus précis que la simple reconnaissance de garde exclusive.

— N'est-ce pas une preuve supplémentaire que Glenna n'aimait pas son fils, Mark ? demanda Elizabeth.

— Oui, mais...

— Mais c'est sans utilité tant que je ne suis pas remarié, termina Nick, interprétant avec justesse ce qu'hésitait à dire Mark.

Alors Nick regarda Elizabeth, et bien que l'extraordinaire moment de sincérité partagé ait été brisé par les mots de l'avocat, bien que la question fût pour Justin et non pour lui, Nick se sentit plein d'espoir quand il demanda à la jeune femme :

— Voulez-vous m'épouser, Elizabeth ?

— Non.

La réponse sèche venait de Mark et non d'Elizabeth, qui était restée stupéfaite.

— Tout d'abord, expliqua plus calmement l'avocat, les représentants de Glenna feraient valoir et prouveraient aisément qu'Elizabeth ne connaît pas Justin depuis longtemps. Et ensuite, Nick, je suis déjà assez inquiet de l'opération que vous demandez à ma sœur d'accomplir.

— Que voulez-vous dire ?

— Que si vous veniez à décéder durant cette opération, ma sœur pourrait être attaquée pour pratiques contraires à l'éthique médicale et peut-être avoir des ennuis. Si elle devenait la bénéficiaire légale de votre disparition, nul doute qu'elle serait aussitôt attaquée. Et qu'elle perdrait.

— Je ne demande pas à Elizabeth de faire quoi que ce soit de contraire à l'éthique médicale, Mark. Je lui demande de mettre son extraordinaire talent au service de la vie d'un petit garçon innocent. Il regarda de nouveau la jeune femme et, avec la même tendresse qu'auparavant, lui demanda : Est-ce que je demande trop de vous, Elizabeth ?

« Oui, Nick, répondit-elle silencieusement à sa question précédente. Oui, je veux vous épouser. Et oui, Nick, vous demandez trop de moi. Vous me demandez de vous regarder mourir. »

Mais ce que Nicholas Chase demandait à Elizabeth Jennings était si peu, en rapport de ce qu'il exigeait de lui-même, sa vie contre celle de son fils, qu'elle n'hésita pas :

— Non, ce n'est pas trop me demander, Nick. Et ce n'est pas contraire à l'éthique médicale, Mark, mais seulement un peu novateur.

— Il n'empêche que tu ne peux apparaître comme bénéficiaire potentielle. Légalement, le mieux serait une déclaration écrite sous serment et datée d'aujourd'hui, dans laquelle Nick reconnaîtrait spécifiquement les accusations que Glenna pourrait porter contre lui et tous les détails prouvant le désintérêt de la mère pour son enfant, autant quand il était à sa garde que par la suite. Il faudrait ajouter que la volonté du scripteur est de faire de Margaret la tutrice légale de Justin.

— Ce pourrait être fait aujourd'hui, maintenant, avant l'opération ? s'enquit Nick.

— Bien sûr, je m'en charge, dit Mark et, voyant la gratitude dans le regard fiévreux de cet homme qu'il avait peut-être mal jugé, l'avocat ajouta : Et je vous promets que je ne laisserai pas Justin aux mains de Glenna. S'il le faut, je ferai traîner la procédure jusqu'à sa majorité, et je ne toucherai pas un dollar de son héritage.

Après que Mark se fut absenté pour s'occuper de la déclaration sous serment, Elizabeth resta en compagnie de Nick pour l'ausculter afin de s'assurer que son état ne s'aggravait pas. Il était en effet toujours possible qu'une hémorragie interne se déclenche, ou qu'un éclat d'os touche la rate, ou qu'on décèle une arythmie cardiaque entraînée par le choc. Elizabeth devait donc vérifier la stabilité de son état.

Évitant son regard, elle le palpa avec des doigts experts, comme pour n'importe quel autre patient, car elle s'efforçait de se comporter avec lui comme avec un blessé anonyme.

Mais c'était Nick.

En tant que chirurgien, il facilita la tâche à Elizabeth afin qu'elle puisse l'examiner sans parler, comme lorsqu'ils opéraient, dans une harmonie naturelle. Enfin, lorsqu'elle eut fini d'écouter sa respiration sifflante au stéthoscope, Nick prit la parole :

— Elizabeth ?

Elle ôta les branches du stéthoscope de ses oreilles et le regarda enfin.

Il y avait tant de choses qu'il aurait pu lui dire avant de mourir. Mais il ne prononça qu'un mot :

— Merci.

Et, alors même qu'elle se promettait de lui dire beaucoup plus quand lui et Justin seraient tirés d'affaire, tout ce qu'elle trouva à répondre fut :

— Il n'y a pas de quoi.

28

Tout San Francisco aurait dû retenir son souffle. Toute activité frénétique aurait dû cesser, et la ville observer une immobilité solennelle.

Mais, en dépit de la tragédie qui avait touché Nicholas et Justin Chase, le monde continuait sa ronde folle, et, ce samedi précédant Noël, le personnel du centre médical de Pacific Heights fut accaparé par un flot ininterrompu de patients. Si bien que personne à part Larisa n'aurait pu se consacrer au rôle qu'elle assuma sans faiblir. Pendant les six heures qui précédèrent l'intervention historique, Larisa apporta des collations et du café dans la salle de conférence où les deux équipes mettaient au point tous les détails de l'opération. Et elle vérifia que tous les messages parviennent à Elizabeth, Stephen et aux deux hépatologues. L'effervescence était telle que son rôle improvisé de coordination se révéla d'une grande utilité.

Ces six heures passèrent à une vitesse surprenante. Beaucoup avait été accompli, mais l'ensemble des mesures prises ne constituait que le préambule indispensable à l'opération.

Cette intervention était-elle possible ? Larisa avait surpris des échanges anxieux murmurés quand Elizabeth ne se trouvait pas dans les parages, et le sentiment général était une inquiétude légitime pour les deux vies en jeu. Les scanographies du foie de Justin montraient en trois dimensions le peu de l'organe qui n'avait pas dû être ôté, et celui de Nick, parfaitement sain. Larisa était là quand Bill Barnes avait tendu à Elizabeth une fiche portant son estimation la plus juste de la quantité de tissu à transplanter sur Justin pour qu'il survive. Et Larisa avait vu, comme Elizabeth sans doute, l'expression grave qui avait envahi le visage de Rebecca Lansing en prenant connaissance de ces données. C'était beaucoup trop, disait-elle.

Les six heures préparatoires arrivaient à leur terme. Les deux équipes chirurgicales et les deux patients étaient en route vers la salle d'opération. Larisa ne pouvait plus rien faire sinon attendre avec Stephen et Margaret dans la salle voisine, tandis que Mark retournait auprès de sa femme et de ses filles, chez lui, à Atherton. A dix mille kilomètres de là, les parents d'Elizabeth attendaient aussi.

Alors que Larisa s'asseyait à côté de Margaret, les haut-parleurs retransmirent son nom.

— Probablement la direction du personnel qui veut utiliser de nouveau vos talents, fit Stephen avec un sourire.

— Ou la presse, contra la jeune femme avec un froncement de sourcils ennuyé.

Très vite, on lui avait donné une blouse blanche afin qu'elle puisse se déplacer incognito entre la salle de radiologie, l'unité de soins intensifs et la salle d'opération. Mais parmi les journalistes envoyés pour couvrir le drame, certains avaient identifié la célèbre ex-épouse de Julian Chancellor.

— D'où puis-je téléphoner ? demanda-t-elle.

— Dans le hall, sur votre gauche. Demandez au standard le nom de votre correspondant avant de prendre la communication, Larisa, conseilla Stephen. Et si c'est quelqu'un que vous ne connaissez pas, ne répondez pas.

Mais elle connaissait fort bien la personne qui désirait lui parler. Elle n'avait su comment le joindre à Boston, et elle n'en aurait de toute façon pas eu le temps. Mais à présent, à l'instant précis où elle ressentait un tel besoin de lui, il appelait.

— Peter !

— Bonjour. Je viens d'entendre le journal télévisé de

onze heures. Le présentateur disait que l'opération allait commencer.

— Oui.

— Comment se présentent les choses ?

— Je ne sais pas, Peter. Elizabeth a un tel talent... mais il y a une limite à ce qui est possible.

— Et toi, comment te sens-tu ?

— Inquiète, mais je vais bien. Je suis très fière d'Elizabeth et de Nick.

— Il y a quelqu'un avec vous ?

— Oui. Stephen, et une dame charmante, Margaret.

— Bien. J'arrive aussi vite que possible, mais ça risque de prendre un peu de temps à cause de la tempête de neige que nous subissons ici. Il y a des retards à Logan.

— Tu reviendras cette nuit ?

— Bien sûr.

La voix tendre de Peter l'enveloppa comme s'il était déjà présent et qu'elle pouvait se réfugier dans l'étreinte rassurante de ses bras. Se souvenant de la raison de sa présence à Boston, Larisa demanda :

— Quelles sont leurs conclusions à propos de l'incendie ?

— Rien ne prouve de façon certaine une origine criminelle, donc ils ont officiellement conclu à un sinistre accidentel.

— N'est-ce pas plus rassurant que si l'incendie avait été allumé intentionnellement ?

— Oui, mais ils n'ont pas de certitude absolue. Si rien ne prouve l'acte criminel, ils n'ont pu l'exclure totalement des causes possibles.

— Tu sembles découragé, constata Larisa d'une voix compréhensive.

— Et je le suis un peu. J'avais espéré une réponse définitive et je sais que jamais je ne l'aurai.

Il gisait devant elle, pâle et immobile, sans défense. L'anesthésie avait détendu son esprit, son corps et sa volonté, et il avait remis sa vie entre les mains d'Elizabeth.

« Nous aurions dû nous parler, Nick ! songea-t-elle dans

un éclair de panique aussitôt jugulé en contemplant son visage hâve et figé sous les lumières de la salle d'opération, comme celui d'un mort. J'aurais dû vous dire que je vous aime, j'aurais dû prononcer ces mots au lieu de simplement espérer que vous les liriez dans mes yeux. J'ai cru que le moment n'était pas venu, sans doute le pensions-nous tous les deux, mais... si c'était le seul moment qui doit nous être offert ? »

— Vous êtes prête, Elizabeth ? s'enquit Ed.

Aussitôt elle abandonna ces pensées intimes pour concentrer toute son attention sur la tâche délicate qui l'attendait et qui déciderait du sort de deux personnes.

— Oui, répondit-elle. Prête.

Elle inspira doucement, puis pratiqua une incision nette et droite dans la paroi abdominale de Nick.

— Christine, dit Stephen en se levant de son siège quand elle pénétra dans la salle d'attente du bloc opératoire, peu après dix heures.

— Bonjour. J'ai essayé de vous joindre par votre pager, mais c'était impossible. Alors j'ai sauté dans un taxi... Je voulais être là, confessa-t-elle après une seconde d'hésitation.

— J'en suis très heureux, dit Stephen, et son regard réconfortant appuya cette affirmation.

— Je suis très heureuse aussi que vous soyez là, intervint Larisa en se joignant à eux. Peter va arriver de Boston... Christine, je vous présente Margaret.

Chacun retomba dans un silence inquiet, comme un lien avec les opérés.

Deux heures plus tard, juste après minuit, Elizabeth pénétra dans la salle d'attente. Ses yeux traduisaient son épuisement, mais derrière la fatigue brillait l'espoir.

— Ils vont bien ? souffla Larisa.

— Ils ont survécu à l'opération tous les deux, annonça Elizabeth. Justin l'a passée sans aucune complication.

— Et Nick ?

Le visage de la jeune femme s'assombrit.

— Nick a souffert d'une commotion peu après le prélèvement pratiqué sur son foie.

— Réaction à l'anesthésie, suggéra aussitôt Stephen en sentant Elizabeth mettre en doute ses compétences.

— A l'anesthésie ou à l'incision elle-même. On n'a pas trouvé d'autre raison.

— Sa pression sanguine est redevenue normale ?

— Oui, et son état général est stabilisé. Ils ont été transférés en haut, Nick au septième, dans l'unité de soins intensifs postopératoires, Justin dans l'unité de soins intensifs pédiatriques, au cinquième. L'enfant a déjà repris connaissance, Margaret, bien qu'il soit groggy. Nous allons l'avertir que vous êtes là.

— Et Nick ? S'est-il réveillé ? demanda Margaret.

— Non, répondit lentement Elizabeth. Nick était totalement inconscient lorsque je suis sortie de la salle d'opération...

29

« Ton papa dort », répondait-on à Justin chaque fois qu'il demandait à voir Nick. Ces mots rassurants étaient prononcés avec gentillesse par Margaret, Elizabeth et les infirmières. Margaret avait expliqué ce qui était arrivé au gamin l'été précédent, quand un virus anodin l'avait replongé dans l'état de prostration muette qu'il avait connu les six premiers mois de son existence. Un jour passa, puis plusieurs, et Margaret n'avait aucune idée de la façon dont ils pourraient prévenir une telle régression si elle se produisait maintenant.

Justin avait besoin de longues heures de sommeil et son état d'intense fatigue lui faisait aisément accepter que son père ait lui aussi besoin de dormir beaucoup... Les médecins qui surveillaient Nick au service de soins intensifs, en revanche, ne comprenaient pas pourquoi il n'avait pas encore repris connaissance. Nicholas Chase restait dans un coma aussi mystérieux et inexplicable que la commotion qui l'avait frappé soudainement en salle d'opération.

Au soir du 23 décembre, quarante-huit heures après l'intervention chirurgicale qui constituait une première, Nick, d'un point de vue purement chirurgical, était dans un état stationnaire. Pas d'hémorragie lors de l'incision hépatique, et la cicatrice nette pratiquée par le scalpel d'Elizabeth se refermait normalement. Nick était maintenant aux soins d'un neurologue qui essayait de comprendre les raisons de son état et d'un spécialiste des poumons qui soignait les dégâts occasionnés par la balle. Présente depuis la première minute, le Dr Rebecca Lansing surveillait avec une attention scrupuleuse toutes les données transmises par les analyses de laboratoire et tentait de définir si la quantité de foie laissée suffirait à maintenir les processus vitaux en attendant que l'organe recrée lui-même des tissus.

Elizabeth devait maintenant s'occuper de nouveaux cas, dont deux transplantés du rein que Nick aurait dû opérer le 22 et le 23, tandis qu'elle aurait dû se trouver à Londres avec Larisa, à faire du shopping...

— Peter et moi avons pensé que ce serait une bonne idée de nous réunir tous pour réveillonner à Noël, dit Larisa.

« Tous » signifiait Larisa, Peter, Stephen, Christine, Margaret et Elizabeth, et à l'exception de cette dernière, ils étaient réunis dans la salle d'attente de l'unité de soins intensifs quand Larisa formula sa suggestion.

— C'est une excellente idée, Larisa, approuva Christine.

Larisa sourit à la styliste avant de se tourner vers Margaret.

— L'appartement où Elizabeth et moi vivons est situé tout près d'ici, et j'ai pensé que si nous préparions le repas pour huit heures, quand Justin sera endormi, vous pourriez être des nôtres.

— Si Justin dort, peut-être...

— Le repas attendra qu'il se soit endormi.

— Alors d'accord, Larisa, répondit Margaret. Merci.

— Aimeriez-vous qu'on vous aide pour le menu ? proposa Christine.

— Oh oui ! Pour l'instant, nous n'avons décidé que la traditionnelle dinde farcie ; Peter s'engage à la cuisiner selon une recette apprise de son père. Toute autre spécialité serait la bienvenue.

Christine se tourna vers Stephen à l'instant même où il la regardait. Elle comprit parfaitement le message silencieux qu'il lui envoyait et acquiesça en souriant.

— Par le plus grand des hasards, je sais que Christine fait une soupe à l'oignon absolument sensationnelle...

— Vraiment ? Accepteriez-vous d'en préparer une pour demain, Christine ? Faites-la directement à l'appartement, ce sera plus pratique.

— Oui, volontiers... Penchant la tête de côté, elle décocha un regard lumineux à Stephen : Et peut-être pourrai-je vous montrer ma technique pour découper les oignons.

— Je serai là, promit Stephen. Je me charge du dessert, si vous voulez.

— Bravo ! s'exclama Larisa pour reprendre aussitôt une expression grave. Mais je voudrais que vous vous chargiez d'une autre mission pour demain, Stephen.

— D'accord. De quoi s'agit-il ?

— D'amener Elizabeth, dit calmement Larisa.

Elizabeth, qui travaille beaucoup trop dur. Elizabeth, qui aurait besoin de confier ses peurs mais qui s'y refuse... et plus que tout à propos du coma de Nick.

— Il faut que je m'arrête une minute ! s'exclama Christine avec un étonnement ravi.

Elle se tourna et Stephen vit dans ses yeux les larmes déclenchées par les oignons, car elle avait continué de les couper en parlant au chirurgien, avec un empressement joyeux qui l'enchantait, comme si pendant ces trois derniers mois elle avait gardé en elle tout ce qu'elle ne voulait dire qu'à lui. Et, à présent, les mots cascadaient de sa jolie bouche en un flot animé, malgré l'inconvénient de l'épluchage d'oignons.

— Je parle trop, murmura-t-elle.

« Vous ne parlez pas assez », corrigea mentalement Stephen.

Le sourire dans ses yeux bruns ne faiblit pas, même quand Christine essuya ses larmes d'un revers de sa main gauche, celle qui portait son alliance. Le fin anneau d'or lança un éclat discret qu'il interpréta comme un rappel involontaire destiné à lui seul : Christine serait toujours mariée à David. Elle poursuivait le cours de sa vie et accomplissait son rêve en travaillant pour la boutique de Sydney comme styliste. C'était ce qu'aurait souhaité le disparu pour sa bien-aimée Christie, songea Stephen avec une pointe de mélancolie. Un léger sourire aux lèvres, il la regarda éplucher le dernier oignon avec des gestes rapides tandis que tournaient dans son esprit des questions qu'il n'osait pas encore formuler.

« Quels sentiments avez-vous maintenant, Christine ? Pourriez-vous dessiner un jour une robe de mariage pour vous-même ? »

Margaret arriva peu après huit heures. Justin dormait d'un sommeil paisible, et l'état de Nick restait inchangé, leur annonça-t-elle. A huit heures et quart, quand Elizabeth n'eut pas donné signe de vie malgré la promesse qu'avaient réussi à lui arracher Larisa et Stephen, ce dernier déclara qu'il allait la chercher à l'hôpital.

Stephen connaissait très bien les patients d'Elizabeth puisqu'il s'occupait de leur traitement immunodépresseur, et il les savait dans une condition satisfaisante. Son amie ne serait pas auprès d'eux, bien sûr, mais auprès d'un autre patient pour qui elle avait déjà fait tout ce qui était en son pouvoir. Il la rejoignit à l'unité de soins intensifs, au septième étage. Immobile devant le grand panneau vitré donnant sur la chambre de Nick, elle observait la forme inerte.

— C'est l'heure de la soupe !

— Oh, Stephen ! fit-elle en se retournant vers l'arrivant, visiblement tirée de pensées lointaines. C'est déjà l'heure ? Je ne croyais pas qu'il était si tard.

— Je suis venu en personne pour vous escorter jusqu'au lieu du banquet.

— Allez-y, Stephen, je vous rejoins très bientôt, je vous le promets. Dites aux autres que j'ai été retenue et demandez-leur de commencer sans moi, s'il vous plaît. Je vais venir, mais il me reste quelque chose d'important à faire avant.

— Très bien, dit Stephen sans argumenter, car les yeux fatigués d'Elizabeth semblaient résolus.

« Quelque chose d'important que je dois dire à Nick. »

Souvent, ces derniers jours, Elizabeth avait parlé à la forme immobile de Nick. Elle avait contemplé ce beau visage figé par le coma sur une expression où transparaissaient des tourments profonds. Elle lui avait murmuré des paroles rassurantes sur la façon positive dont se remettait Justin, et elle l'avait imploré de reprendre conscience. Parfois même, elle le lui avait ordonné avec une douce fermeté, il restait pourtant des paroles qu'elle n'avait pas prononcées.

Elle pénétra dans la salle et se pencha sur Nick.

— Bonsoir, Nick, c'est moi, Elizabeth. Je viens de voir Jussie. Il va bien. Il dort tranquillement et son état s'améliore d'heure en heure. Il est très impatient de voir son papa... Elle dut s'interrompre pour maîtriser le tremblement de sa voix. Quand elle eut repris son calme, elle confessa d'un ton paisible : Je vous aime, Nicholas Chase. Vous le saviez déjà, c'était sans doute visible depuis le premier jour. Et je pense que vous m'aimez aussi, Nick. Peut-être avez-vous cru que je ne vous aimerais pas à cause de votre ancien goût pour l'alcool, ou de votre conviction passée que Justin vivrait mieux s'il ne vous connaissait jamais... Mais je sais cela maintenant, et je vous aime quand même, Nick. Je vous aime éperdument...

Elizabeth dut s'arrêter de parler. Sa voix était trop faible et les larmes brouillaient sa vue. Elle détourna la tête et fixa la fenêtre en attendant que son trouble se dissipe. La chambre de Nick avait la vue la plus jolie sur la ville et au-delà de la baie. Mais Elizabeth ne voyait pas les myriades de lumières qui fêtaient Noël. Elle n'était consciente que des ténèbres au loin, semblables à celles qui obscurcissaient son cœur. Elle frissonna.

— Elizabeth ?

Pendant une seconde, elle douta de ce qu'elle entendait. Mais ce n'était pas une hallucination. Elle se tourna vers Nick et vit les yeux bleus qui la contemplaient avec un mélange d'incrédulité et d'espoir.

— Nick, murmura-t-elle sans pouvoir endiguer ses larmes de joie. Nick, Justin est sauvé.

— Sauvé...

— Oui. La greffe a très bien pris et, psychiquement, il ne s'est pas renfermé. Mais bien sûr, il réclame son père...

— Combien de temps a passé ?

— Trois jours. Il est vingt heures trente et nous sommes le 24 décembre... Elle précisa devant son air perdu : Votre opération a été un peu plus compliquée que celle de Justin, Nick. Vous avez subi une commotion.

— Mais je suis sorti du coma, dit-il doucement, et les inflexions de sa voix lui en attribuaient tout le mérite. Et Jussie est sauvé.

— Il va être fou de bonheur de vous retrouver.

— Et moi donc !

Elizabeth aurait voulu que cette réunion ait lieu sur-le-champ.

— Ni vous ni lui n'êtes plus mes patients, officiellement. Il faut donc que je prépare vos retrouvailles dans les règles. Quelques coups de fil à donner... En attendant, vous-même pourriez passer un coup de téléphone...

— Ah ?

— Oui. Le repas de réveillon se passe à mon appartement. Larisa a beaucoup insisté pour qu'il débute quand Justin dormirait, afin que Margaret puisse se joindre à nous... Entendre votre voix constituerait un merveilleux cadeau de Noël pour Larisa.

— D'accord, dit Nick en souriant. Puis ses traits prirent une gravité impressionnante et il la regarda intensément : Elizabeth ?... Merci...

Elle attendit car Nick semblait avoir encore à se confier. Mais l'ombre dans ses yeux n'annonçait pas de déclaration d'amour, elle le comprit aussitôt.

— S'il vous plaît, Elizabeth, ne vous souciez plus de moi. J'ai très peu à offrir, beaucoup trop peu...

Elle saisit immédiatement le sens dévastateur de ces paroles prononcées d'un ton résigné. Peut-être avait-il entendu sa confession, à moins qu'il ne se souvînt simplement des messages silencieux que ses regards avaient laissé comprendre quand il s'était cru condamné. Mais il voulait corriger au plus vite les conclusions qu'elle avait pu tirer de ces expressions amoureuses. C'était un cadeau d'adieu afin qu'elle puisse croire qu'il partageait ses sentiments, un cadeau peu risqué puisqu'il pensait qu'il allait mourir.

A présent, Nick se rendait compte qu'il survivrait, et il lui fallait tout de suite dissuader la jeune femme de tout espoir inutile.

— Je sais que vous m'aimez, Elizabeth, mais je ne vous aime pas vraiment...

Nick se mit à parler lentement, d'une voix calme, se donnant galamment le rôle le plus vil, celui du séducteur voleur d'amour, comme à son habitude.

Mais Elizabeth connaissait la vérité. Nick ne voulait pas lui offrir ce qu'il avait. Ses explications avaient la clarté du cristal et le froid de la glace, et elle sentit se creuser en elle un désert.

Pourtant, elle trouva la force de sourire, et le courage de lui répondre :

— Je comprends, Nick. Maintenant, il faut vraiment que j'aille passer ces coups de fil.

Quand le téléphone sonna dans l'appartement, Larisa pensa qu'Elizabeth allait lui annoncer qu'elle ne pouvait les rejoindre... Elle décrocha et se mit à sermonner son amie sans lui laisser le temps de parler :

— Elizabeth Jennings, tu viens ici immédiatement ! Il n'y a absolument aucune raison pour que tu restes à l'hôpital et ce n'est d'ailleurs pas bon pour toi. Il faut que tu te changes les idées, Elizabeth, au moins quelques heures.

— Vous feriez un excellent médecin, Larisa, fit une voix mâle dans le combiné.

— Nick ? mumura-t-elle. Nick !

CINQUIÈME PARTIE

30

San Francisco
Février 1992

Les cauchemars étaient pires que ceux qu'il avait auparavant. Il rêvait de Justin, bien sûr, et revivait inlassablement le drame de Union Square. Mais à présent, il rêvait également d'Elizabeth. Il y avait des revolvers pointés sur elle, et il ne pouvait arrêter les balles malgré ses efforts désespérés. « Je vous aime, Nick », disait Elizabeth en tombant dans les abysses sans fond. Et lui se tenait au bord du gouffre. Il voyait sa chute interminable et, en réponse à son serment, il lui répondait sèchement : « Ne vous souciez plus de moi, Elizabeth ! » Ses mots avaient un effet plus dévastateur que tous les projectiles qui avaient ensanglanté le corps de la jeune femme. Dans ses magnifiques yeux émeraude, pendant une seconde terrible, il découvrait l'immensité du chagrin qu'il lui infligeait, puis elle disparaissait dans les ténèbres éternelles.

Les cauchemars hantaient chacune de ses nuits, le réveillant en sursaut. Alors il se levait et forçait son corps encore terriblement faible à se déplacer jusqu'à la chambre voisine où le spectacle de son fils paisiblement endormi le réconfortait.

Six semaines s'étaient écoulées depuis la fusillade de Union Square, et cinq depuis que lui et Justin avaient pu quitter l'hôpital. L'enfant se rétablissait très bien. La partie de foie transplantée remplissait parfaitement son rôle, et même si elle devait être rejetée maintenant, l'organe de Justin s'était déjà suffisamment régénéré pour fonctionner de façon satisfaisante. Son fils était presque remis. Il n'avait rien vu de la tuerie, et son séjour à l'hôpital n'était pour lui qu'une succession d'images brumeuses mais chargées d'affection où se superposaient des visages souriants. Son père avait été là, et M. L'Ours, et Margaret, et la dame qui s'appelait Elizabeth et beaucoup d'autres gens aussi gentils.

Justin dormait d'un sommeil tranquille, tandis que celui de Nick était plus tourmenté qu'avant. Il n'avait plus la force de sortir pour courir, car son corps était celui d'un convalescent de longue durée qui ne se remettait pas de son opération. Et tous les tests de laboratoire avaient confirmé ce que Nick savait déjà par cette faiblesse persistante : son foie ne se régénérait pas comme il l'aurait dû. Sa survie n'était pourtant pas menacée, et il aurait pu s'estimer heureux de son sort : il pourrait vivre dans cet état des dizaines d'années sans problème particulier, et regarder grandir son fils, un luxe qu'il n'aurait pas osé espérer avant la transplantation. Et cette femme courageuse, cette femme qu'il aimait tant, c'était elle qui avait sauvé son fils et lui avait offert la vie...

Nick savait quelle tristesse Elizabeth éprouverait à le voir dans cet état de faiblesse. Depuis qu'il avait quitté l'hôpital en compagnie de Justin, il n'avait eu aucun contact avec elle. Pour éviter toute rencontre fortuite, il ne se rendait pas au département d'hépatologie du centre : Margaret lui faisait une prise de sang hebdomadaire qui était envoyée à Rebecca pour analyse et tests, et il en discutait avec elle au téléphone. Ainsi, sa faiblesse physique ne pouvait être rapportée à Elizabeth. Mais on était déjà le 3 février, et dans quelques heures il lui faudrait passer le coup de téléphone qu'il repoussait depuis déjà plusieurs semaines, dans l'espoir d'être assez remis pour la revoir sans honte le 15.

Il téléphonerait aujourd'hui, décida-t-il. Et d'une façon ou d'une autre, dans les douze jours à venir, il irait mieux. Il le fallait. Pour elle.

Elizabeth inspira profondément pour se calmer et appuya

sur le bouton clignotant pour établir la communication. Un appel du Dr Nicholas Chase, avait dit la standardiste.

— Bonjour, Nick. Comment vous sentez-vous ?

— Bien. Bien mieux que ne le suggèrent mes tests, dit-il d'une voix ferme.

Il ne savait si Elizabeth avait suivi le manque de progrès que révélaient ses tests, mais si elle n'était pas au courant, assurément elle se renseignerait après cette conversation.

— Je vais bien, Elizabeth, lui affirma-t-il d'une voix adoucie. Et j'ai un petit garçon en excellente santé. Et vous, comment allez-vous ?

— Tout va bien ici, éluda-t-elle en répondant comme si sa question avait concerné le service de transplantation. Il n'y a aucun problème.

— J'en suis heureux. Mais ce n'est pas pour cette raison que je vous appelle... Je me demandais si vous accepteriez de faire le discours programmé au Congrès international.

— Vous n'irez pas à Paris ?

— Si, mais j'ai pensé que pour l'ouverture du Congrès je serais plus adéquat dans le rôle de spécimen que dans celui de conférencier. Et un panorama des techniques de transplantation d'organes prélevés sur donneurs vivants serait à l'évidence incomplet sans un rapport de ce que vous avez réussi en décembre. Je peux vous faire parvenir tout le reste du résumé que j'ai déjà préparé et qui n'est qu'un préambule à l'exposé de votre opération. Il faut qu'elle soit décrite en détails, Elizabeth... Accepterez-vous de faire le discours d'ouverture ? Je sais que c'est une requête de dernière minute, et je serai heureux de me charger de l'exposé sur la transplantation rénale si cela peut vous permettre de dégager du temps pour la préparation du discours de présentation.

— L'exposé sur la transplantation rénale est presque terminé. Je pourrai vous donner mes notes.

— Non, si vous avez déjà fait le travail, autant que ce soit vous qui le présentiez. Pourquoi ne pas présenter les deux, dans ce cas ?

— Eh bien... d'accord, dit-elle d'un ton égal.

Elle repoussa le souvenir de la joie éprouvée le jour où il lui avait confié l'exposé sur la transplantation rénale. Une preuve de confiance, avait-elle décidé alors. Mais depuis Nick lui avait donné la plus grande preuve de confiance possible : il avait remis la vie si précieuse de son fils entre ses mains... et sa propre vie. Et depuis l'opération, elle désirait plus encore ce qu'elle n'était pas en droit de désirer : l'amour de Nick. « Nicholas Chase est vivant, se rappela-t-elle. C'est là tout ce qui importe. »

— Voulez-vous que nous nous rencontrions avant de partir pour Paris ?

— Ce n'est pas nécessaire. C'est votre exposé, Elizabeth.

Stephen sourit en voyant sur la page de son calendrier le nom du saint du jour : Valentin. Il n'avait nul besoin qu'on le lui rappelle. Ce soir, il devait dîner avec Christine au restaurant panoramique *Top Of The Mark*, en haut du *Mark Hopkins Hotel*, avec toute la ville à leurs pieds, des roses autour d'eux et de la musique romantique en fond sonore. Depuis Noël, ils se voyaient régulièrement. Mais pour la Saint-Valentin, il avait fallu prévoir plusieurs semaines à l'avance. Elle avait accepté sans hésiter son invitation, et ils avaient décidé de dîner en tenue de soirée pour cette occasion particulière.

Stephen sourit en y songeant, mais son sourire se dissipa quand il pensa aux seize jours qui suivraient. Trois mois plus tôt, il avait planifié sa visite aux principaux centres de recherche immunologique européens, un itinéraire passionnant d'un point de vue scientifique. Après deux jours à Paris, il passerait les deux semaines suivantes à Vienne, Édimbourg, Genève et Stockholm, avec ses collègues les plus prestigieux. Quand il avait préparé son voyage, cela avait semblé un laps de temps raisonnable.

A présent, cela signifiait seize jours sans voir Christine.

Il ne pouvait annuler les engagements pris, mais il détestait l'idée d'être loin d'elle aussi longtemps. Il avait même envisagé de lui proposer de l'accompagner. La première semaine, elle ne le pourrait pas puisqu'elle serait à Los Angeles, dans la propriété d'Emily Rousseau Adamson, avec Peter et Larisa, pour les séances de photographie de *Promesses*. Larisa aurait besoin de Christine en cas de retouches, et la styliste avait accepté l'invitation avec gratitude. Et la deuxième semaine ? Comme à l'habitude, Christine serait très occupée à créer ces robes de soirée qui étaient de plus en plus demandées dans toute la ville.

Mais il y avait une autre raison qui avait décidé Stephen à ne pas lui proposer le voyage en Europe : il ne voulait pas s'imposer dans l'existence de Christine. Une semaine entière ensemble aurait été d'une tout autre dimension que les soirées qu'ils avaient déjà partagées, parfois jusqu'à l'aube, à discuter après avoir soupé dans un restaurant fin. Mais il n'y avait jamais eu plus.

Ce dont rêvait Stephen resterait peut-être à jamais du domaine du rêve, il le savait. Si Christine s'estimait toujours mariée à David...

Alors, résolut-il, il essayerait de rêver aussi longtemps qu'il le pourrait.

Quand elle ouvrit la porte de la maison de Twin Peaks, Stephen remarqua certes sa beauté, sa fraîcheur et son plaisir à le voir, ainsi que la robe seyante qu'elle s'était faite sur mesure. Mais il remarqua surtout sa main, qui ne portait plus l'alliance. Devant la fixité de son regard, elle dit calmement :

— J'ai décidé qu'il était temps pour moi de la retirer.

Il la ramena vers minuit, après une soirée enchanteresse. Ils avaient dansé au son d'une musique délicieuse, savouré un dîner succulent à la lueur douce de bougies roses et parlé sur un registre feutré de sujets agréables et anodins.

Et là, à la porte de la petite maison de Twin Peaks, abrité de tout regard indiscret par l'ombre du porche, il avait déposé un baiser sur ses lèvres frémissantes, et elle avait répondu avec une passion retenue. Puis elle avait reculé, confuse du geste et de ce qu'il impliquait.

— Merci pour cette merveilleuse soirée, Stephen.

L'instant suivant, elle avait disparu à l'intérieur de sa maison, avec le bouquet de roses en bouton qu'il lui avait offert, et il ne fit aucune tentative pour l'en empêcher ou la suivre. Son besoin d'intimité était trop évident pour qu'il s'impose. Mais alors qu'il s'éloignait dans sa voiture, Stephen sut qu'il lui parlerait le lendemain matin, avant de partir pour Paris...

Dès qu'elle eut refermé la porte derrière elle, Christine sentit sa vision se brouiller. Machinalement, elle traversa sa maison, leur maison, jusqu'au salon. Là, elle s'immobilisa, leva ses yeux embués de larmes vers le magnifique portrait qu'il avait peint d'elle et murmura doucement :

— Oh, David...

Stephen attendit huit heures pour lui téléphoner. Il n'y eut pas de réponse, non plus qu'à huit heures quinze, ou trente. Inquiet, il se rendit chez elle. Elle ne vint pas lui ouvrir, mais la boîte aux lettres béante indiquait qu'elle avait pris son courrier du matin, signe qu'elle avait déjà quitté les lieux, et sans doute rejoint le magasin de Sydney.

C'est la propriétaire elle-même qui l'accueillit quand il arriva au magasin, où il demanda à parler à Christine.

— Elle n'est pas là aujourd'hui, Stephen. Elle doit prendre le petit déjeuner avec Colin Gallagher, en discutant affaires.

— Colin Gallagher ?

— Le styliste new-yorkais le plus coté actuellement.

Plusieurs semaines plus tôt, Christine avait déjà dit à Stephen combien il était doué et innovateur ; pourtant, elle ne lui avait pas parlé du styliste durant la soirée de la veille. Stephen restait incrédule quand Sydney poursuivit :

— Je sais qu'elle a passé l'après-midi d'hier avec lui, et je ne serais pas étonnée qu'il lui ait offert un petit dîner aux chandelles ensuite. Il déploie tous ses charmes pour la décider à venir à New York, travailler avec lui, vous comprenez...

C'étaient d'excellentes nouvelles selon les critères de Sydney, mais il lui sembla que Stephen était d'un avis différent.

— Ce qui est certain, c'est que Christine ne doit pas venir ce matin. Mais Sheila est disponible, et je suis sûre qu'elle serait heureuse de vous renseigner.

— Non, merci, Sydney, fit Stephen avec un sourire crispé. Je passais juste lui dire bonjour. Il faut que je me presse, j'ai un avion à prendre.

Alors qu'elle rejoignait son siège réservé dans la cabine des premières classes, Elizabeth se demanda si les instructions avaient été transmises à l'agence de voyages de Paris quant à la disposition des passagers durant le vol. Elle savait déjà qu'elle serait assise à côté de Stephen. Et Nick ? Elle le vit installé près d'un hublot, de l'autre côté de l'allée centrale. Des consignes avaient donc bien été données.

Ils avaient échangé quelques mots polis dans la zone d'embarquement, mais Elizabeth se serait volontiers éloignée au plus tôt si Margaret et Justin n'avaient voulu la saluer. Pendant qu'ils discutaient amicalement, Nick les avait observés en silence.

Il était très pâle, amaigri, et son sourire n'avait plus l'assurance nonchalante de jadis. Pourtant, la jeune femme avait senti en lui le feu de sa volonté et cette même force contenue qui le rendait si imposant.

Était-ce son orgueil qui avait réussi l'extraordinaire amélioration générale constatée dans les derniers tests hépatologiques ? Le changement avait commencé six jours plus tôt et de façon si brutale que Rebecca, enchantée mais incrédule, avait demandé à Margaret des échantillons sanguins supplémentaires la veille. Et ceux-ci donnaient des résultats encore meilleurs.

Il était fier, fort et volontaire. Les mêmes adjectifs convenaient à Elizabeth. Elle aussi était très pâle, et ses yeux lumineux étaient marqués par la fatigue et le manque de sommeil. Depuis Noël, chaque jour n'avait été qu'un tourbillon frénétique : la jeune femme avait assuré la responsabilité administrative du service de transplantation en l'absence de Nick, sans pour autant cesser ses gardes en traumatologie. Bien que très occupée, Elizabeth, comme Nick, s'était préparée à la rencontre.

Elle avait espéré que le temps la détournerait de lui, et rien n'avait changé. Alors, comme il avait guéri son corps brisé à force de volonté, Elizabeth avait cicatrisé son cœur grâce à sa force de caractère. Au moins assez pour que son regard le défie : « Je vais bien, Nick. Sans vous. »

Pendant ces semaines folles du début de l'année, Elizabeth n'avait pas eu l'occasion de discuter avec son ami Stephen. Mais dès qu'elle s'assit à côté de Stephen, elle comprit que lui aussi était perdu dans ses pensées. Elle laissa s'écouler un long moment avant de ne plus tenir devant la mine sombre de son ami.

— Quelque chose ne va pas, Stephen ? lui demanda-t-elle gentiment, à mi-voix.

— Vous avez entendu parler de Colin Gallagher ?

— Oui, bien sûr. Pourquoi ?

— Saviez-vous que Christine allait peut-être travailler avec lui ?

— Non.

— Il est à San Francisco en ce moment, et il essaie de la convaincre de venir à New York.

— En toute honnêteté, je n'étais pas au courant, Stephen. Depuis Noël, je n'ai pas revu Christine. Larisa la rencontre souvent, mais si Christine lui a parlé de Colin Gallagher, elle ne m'en a rien dit... Elizabeth hésita une seconde, puis ajouta : Je n'étais pas non plus au courant, pour vous et Christine....

— Christine n'en a sans doute pas parlé à Larisa non plus. Mais qu'aurait-elle pu lui dire ? Rien d'important pour elle, à l'évidence.

— Nous avons déjà discuté de la discrétion proverbiale de Christine, Stephen... lui rappela Elizabeth.

— Oui, elle sait être très discrète, approuva-t-il avec amertume. Hier, elle a passé tout l'après-midi avec ce Colin Gallagher, et la soirée avec moi, et elle ne m'a même pas dit qu'il se trouvait à San Francisco.

— Il y a peut-être des raisons tout à fait anodines à cela.

— Vous croyez, Elizabeth ? J'en cherche depuis des heures, et je n'en ai pas trouvé une seule...

— Eh bien, vous téléphonerez à Christine de Paris, pour qu'elle vous donne elle-même la solution.

Stephen avait évidemment envisagé cette possibilité, mais ce n'était pas le genre de conversation qu'il aimait mener au téléphone. L'idée l'avait effleuré de prendre le premier vol de retour pour San Francisco, dès qu'il serait à Paris, mais il avait finalement renoncé.

— Elle n'attend pas votre coup de fil, Stephen ?

— Je ne sais pas ce qu'elle attend, Elizabeth, et je ne sais pas ce que je vais faire. Quel intérêt de lui en parler puisqu'elle voulait visiblement que je l'ignore ? Bien sûr, je pense qu'elle devrait accepter la proposition de Gallagher, mais j'avais espéré que nous en discuterions ensemble...

— Vous la suivriez à New York si elle vous le demandait, n'est-ce pas ?

— Oui, Elizabeth. Sans aucune hésitation.

31

Paris
Février 1992

L'avion atterrit à l'aéroport Charles-de-Gaulle à huit heures du matin. Le ciel de février était lourd et morne comme leur humeur quand ils débarquèrent après ce long voyage. Elizabeth, Stephen et Nick prirent un même taxi pour se rendre au *Ritz*. Ils empruntèrent ensemble l'ascenseur, car les suites réservées pour eux se trouvaient au même étage. Enfin ils se séparèrent pour prendre un peu de repos durant les dix heures restant avant l'intervention d'Elizabeth au Congrès.

La jeune femme resta longtemps devant la fenêtre de sa chambre et contempla le jardin des Tuileries, la Seine au-delà et, au loin, la tour Eiffel. Malgré sa fatigue, elle éprouvait l'attrait irrésistible de Paris et de ses mystères. « Après m'être reposée un peu, se promit-elle, je sortirai me promener. »

Son exposé était prévu pour huit heures du soir dans la salle de bal de l'hôtel. Elizabeth régla la sonnerie de son réveil pour cinq heures, mais elle se réveilla fraîche et dispose à une heure de l'après-midi et passa le reste de ce dimanche après-midi à déambuler dans Paris, révisant mentalement les grands axes de son discours. Le temps passait et son anxiété s'accroissait.

Bien avant que le président n'ouvre officiellement le

Congrès, chaque siège de la grande salle était occupé. Les salons adjacents étaient eux aussi envahis. On y avait installé un système vidéo en circuit fermé permettant de suivre les interventions par écrans de télévision interposés. Après quelques phrases de bienvenue et de remerciements divers, le président présenta l'orateur vedette de la soirée, et la jeune femme sentit son appréhension grandir brusquement.

Elle monta au pupitre sous les applaudissements et contempla la salle dans une immobilité pétrifiée. Quand l'assistance se fut calmée, elle commença par quelques phrases banales, et aussitôt elle sentit son trouble s'envoler.

Son exposé fut un modèle du genre. Trente minutes plus tard, la salle lui faisait un triomphe. Le président du Congrès dut intervenir pour mettre fin à la session. L'estrade où Elizabeth se tenait toujours fut rapidement envahie par des chirurgiens désireux de poser des questions à cette collègue si brillante.

En temps normal, dans l'état d'euphorie qui suivait l'exposé, Elizabeth appréciait beaucoup la possibilité de discussions informelles avec ses collègues. Mais ce soir, et malgré le succès incontestable rencontré, elle se sentait harassée. Elle avait besoin d'un peu de tranquillité. Mais, surtout, elle voulait éviter de croiser le chemin de Nick. Ce serait difficile, elle s'en rendit compte en voyant sa mince silhouette près de la sortie.

C'est Stephen qui vint à son secours.

— Désolé, Elizabeth, mais nous avons des réservations pour le repas et nous ne pouvons tarder plus.

— Nous sommes en retard, n'est-ce pas ? dit-elle avec un sourire d'excuse pour le cercle de visages attentifs. J'assisterai à toutes les autres conférences durant les quatre jours à venir. Nous aurons le temps de nous revoir, mesdames et messieurs.

Guidée par Stephen, elle passa non loin de Nick que les autres chirurgiens bloquèrent en refluant vers la sortie. Elle sentit le poids de son regard, mais elle ne se retourna pas.

Ils n'avaient bien sûr aucune réservation pour souper, et Elizabeth aurait pu se passer de manger et regagner discrètement sa suite, ou partir pour une promenade solitaire dans le Paris nocturne. Mais Stephen insista pour qu'ils se restaurent dans un café du Quartier latin.

— Votre exposé était en tout point remarquable, dit-il quand ils furent installés à une table. Mais dites-moi, Elizabeth, vous pensez que Nick aurait pu parler avec autant de sang-froid de la blessure par balle de son fils ? Vous le savez, je ne suis pas un des plus grands zélateurs de Nick, mais j'étais là ce jour de décembre et je ne doute pas une seconde de l'amour qu'il a pour son fils.

— Vous avez raison, admit-elle. Nick n'aurait sans doute pas pu raconter les événements de cette journée avec le détachement scientifique nécessaire. Et à mon avis, il le savait, Stephen. Ajouté au fait que c'est moi qui ai opéré, cela peut expliquer pourquoi il m'a demandé de faire l'exposé à sa place... Elle soupira. Enfin, ce qui est arrivé est arrivé.

— Ce qui est arrivé, Dr Jennings, a été un exposé exceptionnel.

Le témoin lumineux annonçant un message clignotait sur le téléphone quand Elizabeth réintégra sa suite après un agréable repas en compagnie de Stephen.

— Le Dr Chase désirerait que vous le rappeliez, lui apprit le réceptionniste. Son numéro est le 716. Voulez-vous que je vous connecte à sa ligne ?

— Non, merci.

Elle ne voulait pas parler à Nick, quel que soit l'objet de son appel.

Elizabeth s'accorda une longue douche chaude, puis passa une chemise de nuit et une robe de chambre. Ensuite, elle s'installa dans un fauteuil au rembourrage moelleux, face à la fenêtre, pour se perdre dans la contemplation de la Ville Lumière. En pensée, elle repassa le film de la soirée. Son exposé avait été fort bien mené, Stephen l'en avait convaincue, et, au fond, elle le savait. Peut-être l'appel de Nick n'avait-il pour but que de lui exprimer ses félicitations...

Eh bien, se dit-elle, demain elle le rencontrerait par

hasard, parmi d'autres chirurgiens, et il pourrait la complimenter comme les autres.

La sonnerie du téléphone la tira de ses pensées.

— C'est Nick, Elizabeth. Je ne vous ai pas réveillée, au moins ?

Le Dr Nicholas Chase avait réveillé le Dr Elizabeth Jennings de nombreuses fois durant l'année écoulée, quand il avait besoin du talent de la jeune femme pour opérer, et jamais lorsqu'il la contactait en pleine nuit pour une urgence il ne s'était excusé. Mais ces appels étaient de caractère professionnel, et c'est sans doute pourquoi aujourd'hui sa voix exprimait un embarras qui ne lui était pas coutumier.

— Non, je ne dormais pas.

— Puis-je venir vous voir ?

— Maintenant ?

— Oui. Je sais qu'il est tard... Nick s'interrompit brutalement, puis reprit : Et vous n'êtes pas seule. Je suis vraiment désolé de vous avoir...

— Je suis seule, Nick.

— Alors, puis-je venir ? Il faut que nous parlions, Elizabeth

La formule paraissait de mauvais augure, mais il l'avait prononcée avec une telle douceur qu'elle prit sa décision sans réfléchir.

— D'accord.

— Merci. J'arrive.

Elle raccrocha et se rendit compte de sa tenue. Elle n'aurait pas le temps de se changer. Mais il l'avait vue dans ces sortes de pyjamas qu'ils portaient en chirurgie, et en comparaison la robe de chambre était une armure bien peu sensuelle. Et ses cheveux encore humides, son visage démaquillé ? Mais Nick l'avait vue harassée par le travail aussi bien que maquillée de frais.

D'ailleurs, cela n'avait aucune importance.

32

La suite luxueuse d'Elizabeth était meublée de fauteuils confortables et disposés avec goût. Quand elle ouvrit la porte à son visiteur nocturne, elle le précéda sans un mot dans l'élégant salon. Arrivée au centre de la pièce, elle pivota et lui fit face, son corps mince tendu par la nervosité et la fatigue sous l'épaisse robe de chambre.

Nick s'immobilisa à quelques pas, à une distance polie autant que prudente. Il paraissait également las et nerveux. Mais de ses yeux émanait seulement de la douceur.

— Il faut revenir sur ce qui s'est passé le soir du réveillon de Noël. Lorsque je vous ai dit de ne plus vous soucier de moi. Vous m'avez répondu que vous compreniez... Mais, Elizabeth, je ne crois pas que vous ayez compris...

— Parce que vous ne m'aimez pas, murmura-t-elle en affrontant l'intensité de son regard.

— Je vous aime, Elizabeth...

« Je vous aime, Elizabeth... » La plénitude de ces mots fut exprimée très clairement par l'émotion de sa voix... et confirmée par la tendresse de ses yeux. Le cœur d'Elizabeth se gonfla d'une joie immense.

— Vous m'aimez vraiment...

— Oui, et depuis longtemps.

— Et de très loin, ajouta-t-elle sans acrimonie. Pourquoi, Nick ?

— Parce que je savais notre amour impossible.

Ces mots auraient pu être aussi dévastateurs que ceux

qu'il avait prononcés pour la maintenir à l'écart : cette nuit-là, elle avait tiré ses propres conclusions, supposant qu'il ne l'aimait pas. Aujourd'hui, elle lui laisserait la chance de s'expliquer.

— A cause de Justin ? dit-elle après un long moment de silence qui la fit frissonner d'un froid soudain.

— Non, Elizabeth. C'est à cause de moi. Je crois que vous avez oublié ce que vous savez sur moi, mon alcoolisme... et l'abandon de Justin avant même sa naissance.

— Je sais que vous vous adonniez à la boisson, Nick, dans le passé... et je sais que vous aimez Justin plus que votre propre vie.

Elle recula vers l'ombre d'une alcôve et il s'approcha.

— L'alcoolisme ne disparaît pas, Elizabeth, même s'il n'y a plus d'alcool. Je buvais pour échapper à un vide intérieur. Je ne bois plus, mais le vide est toujours là.

— A cause de votre enfance.

— Oui, je n'en fais pas mystère. Je ne sais pas si j'ai été aimé durant mon enfance. En tout cas je n'en garde pas le souvenir. Ce dont je me souviens, c'est que ma mère s'est ouvert les veines quand j'avais trois ans, et que mon père, un alcoolique perfectionniste et éternel insatisfait, m'a accusé d'être responsable de son suicide.

Elle regardait par la fenêtre la nuit belle et froide qui nimbait Paris. Elle résista à l'envie soudaine de se retourner et de se serrer contre lui.

— Mais vous n'avez pas cru cela, quand même, Nick !

— J'avais trois ans, Elizabeth, et c'était mon père. J'ai passé toute mon enfance sans amour, accusé d'avoir poussé ma mère au suicide. Je sais maintenant que je n'étais pas coupable de sa mort, et je sais que mon père était un monstre. Mais cette compréhension d'adulte ne peut changer ce que j'ai enduré... Toujours j'aurai en moi ces blessures... et ce vide. Je n'avais pas conscience de ce vide intérieur avant Justin — et vous —, mais maintenant je comprends ce qui m'a manqué toutes ces années.

— Qu'était-ce, Nick ?

— Un sentiment de joie intérieure, répondit Nick avec sérénité. Vous l'avez en vous, Elizabeth, et malgré les six premiers mois de sa vie, Justin le possède lui aussi. Quand j'ai repris Justin, il avait presque perdu la joie, mais avec de l'amour et de l'attention il l'a retrouvée. Je suppose que je suis né avec un potentiel de cette joie, mais jamais elle n'a été entretenue... Et maintenant elle est simplement absente de moi.

— Mais je vois un tel bonheur quand vous êtes avec Justin, Nick.

— C'est sa joie et son bonheur, Elizabeth. Tout vient de lui, et j'en suis baigné. Il emplit mon vide intérieur. Je n'ai rien à donner, sinon la tristesse.

— Vous avez donné tant d'amour à Justin, Nick... et vous étiez prêt à donner votre vie pour lui.

— Je dois donner à Justin tout ce qui m'a manqué dans mon enfance. Il serait mieux avec un autre père, mais il a beaucoup de chance d'avoir Margaret.

— Il a beaucoup de chance de vous avoir.

— Justin serait bien mieux avec quelqu'un d'autre, répéta Nick à mi-voix. Et vous aussi, Elizabeth... C'est ce que j'étais venu vous dire ce soir, pour être certain que vous comprendriez.

— Je comprends, répondit-elle en se retournant vers lui, que vous m'aimez... et que je vous aime... et c'est tout ce qui importe.

— Non, Elizabeth...

— C'est tout ce qui importe maintenant, Nick. A l'instant, dans cet endroit, c'est tout ce qui importe.

Nick comprit qu'il aurait dû repartir, mais il en était incapable. Comment l'aurait-il pu alors que les émeraudes de ses yeux le couvaient d'un désir égal au sien.

— Elizabeth...

De la main, il effleura sa joue, la caressa. Ils cédèrent ensemble...

Elizabeth arriva dans l'amphithéâtre avant Nick, posa son pull sur une chaise et son carnet de notes sur une deuxième, puis elle avança dans la salle pour parler à Stephen.

— Bonjour. Tout est prêt ?

— Parés. Les diapos sont rangées en ordre, l'éclairage de

l'estrade réglé... Stephen s'interrompit et la dévisagea. Qu'est-ce qui vous est arrivé ?

— Pardon ?

— Vous avez l'air...

Alors qu'il cherchait le terme adéquat — rayonnante de joie ? transformée ? —, il la vit tourner son regard lumineux vers Nicholas Chase qui entrait dans la salle. Son visage resplendissant de joie était un spectacle pour le moins inhabituel et Stephen en resta abasourdi quelques secondes.

— J'ai une petite idée de ce qui vous est arrivé, dit-il enfin à Elizabeth.

— Ne prenez pas cet air catastrophé !

— Soyez prudente, Elizabeth...

— Je n'ai pas peur de Nick, Stephen. Je n'ai jamais eu peur de lui.

— Je le sais. Seulement on se laisse facilement aveugler par l'amour, on décrypte mal les sentiments de l'autre parce qu'on désire plus que tout qu'ils reflètent les siens... Se rappelant le visage épanoui de Nick, il se reprit aussitôt : Excusez-moi, Elizabeth. Je parle pour moi. Je souhaite que tout aille comme vous le désirez.

— Je le sais.

— Soyez quand même prudente.

— Promis, dit-elle.

Mais elle savait qu'il n'était déjà plus question de prudence.

Pendant les trois jours et les trois nuits suivants, Elizabeth et Nick ne se quittèrent pas, que ce soit pour les exposés scientifiques ou lors de leurs promenades à travers Paris.

Nick baignait dans la joie irradiée par Elizabeth, et, à certains moments, il avait presque l'impression que ce bonheur naissait de l'intérieur de son être. Pourtant il savait qu'aucun feu de cette qualité n'existait en lui. C'était Elizabeth, son bonheur contagieux, son optimisme persuasif. Elle donnait, et il prenait...

Le jeudi matin, quelques heures avant qu'il n'embarque sur le vol qui le ramènerait à San Francisco tandis qu'elle irait en Angleterre retrouver ses parents, Nick fit pour la dernière fois l'amour à Elizabeth. Et dans sa tendresse et la douceur de sa passion, elle sentit le désespoir de cet adieu.

En silence, elle le regarda s'habiller. Alors qu'il boutonnait sa chemise, elle craignit qu'il parte ainsi, sans lui parler. Cachant avec une couverture sa nudité un moment plus tôt joyeuse et insouciante, elle ne put contenir son appréhension.

— Nick ?

— Je vous aime de tout mon cœur... pour ce qu'il vaut, dit-il sans la regarder. Mais je sais que ce n'est pas assez.

— C'est assez pour moi ! s'écria-t-elle avec désespoir. Avez-vous donc décidé durant ces trois jours que vous ne m'aimiez pas vraiment ?

Il se retourna vers elle.

— Ne pensez jamais cela, Elizabeth.

— Que puis-je penser d'autre, Nick ?

— Ce que je vous ai dit ce soir de décembre, et dimanche : je n'ai rien que de la tristesse à vous donner... Souvenez-vous de ce que je vous ai dit le jour où nous n'avons pas pu sauver le petit Danny. L'alcoolisme est un mal qu'il ne faut pas donner à autrui, qu'il faut garder pour soi... Oh, Elizabeth, je pensais que vous compreniez. C'est trop risqué, trop dangereux...

— Je comprends, Nick. Je comprends le danger et je suis prête à prendre ce risque.

Nicholas Chase avait pris sa décision.

L'amour et la joie qui avaient pétillé dans le bleu sombre de ses yeux durant les trois derniers jours avaient disparu, remplacés par la froideur polie d'avant.

— Qu'allons-nous faire, Nick ? s'enquit Elizabeth dans une brusque flambée de colère. Continuer à opérer ensemble comme si rien ne s'était passé ? Ou passer de temps en temps une nuit de passion, pour l'équilibre physique ?

— Je ne retourne pas au centre médical, répondit-il sans hausser le ton. Je trouverai une place ailleurs.

— Non ! rétorqua Elizabeth. Si l'un de nous deux doit partir, je veux que ce soit moi. Grâce à votre attitude aimable, ça fait déjà quelque temps que j'y songeais. De plus, il me serait difficile de travailler dans un endroit hanté par des souvenirs de vous, alors que le contraire ne vous dérangera certainement pas. Je veux partir, Nick.

Il la contempla longuement, le visage lugubre.

— Je suis désolé, Elizabeth, murmura-t-il finalement, la voix enrouée par l'émotion. Je suis vraiment désolé.

Après le départ de Nick, Elizabeth resta complètement déroutée. Elle décida de réagir et se rendit en Angleterre le lendemain. Elle eut ses règles et sut qu'elle ne portait pas l'enfant de Nick. En compagnie de ses parents enchantés de sa visite, elle se jura d'essayer de toutes ses forces de se convaincre que Nick avait agi par amour, que sa fuite était un sacrifice magnifique, qu'il l'aimait profondément et qu'il pensait qu'elle serait mieux sans lui.

Mais chaque moment prouvait un peu plus que son cœur voyait clairement la douloureuse vérité. Nick ne l'avait tout simplement jamais aimée assez, il ne lui avait jamais fait assez confiance.

Le cœur brisé, Elizabeth se demandait comment elle pourrait survivre à la vérité.

SIXIÈME PARTIE

33

San Francisco
Février 1992

Stephen se rendit directement de l'aéroport à la maison de Christine sur Twin Peaks. Elle ne l'attendrait pas, bien entendu. Depuis leur baiser d'au revoir à la Saint-Valentin, il n'avait pas eu de contact avec elle. Mais il revenait deux jours plus tôt que prévu, après avoir resserré son emploi du temps en Europe. Ainsi, il était de retour le dernier vendredi de février au lieu du dimanche initialement prévu, et bientôt il lirait la vérité, quelle qu'elle soit, dans les beaux yeux de Christine.

Il engagea sa voiture dans la dernière courbe de City View Drive menant au modeste foyer de Christine, et son cœur s'arrêta.

Devant la petite maison se trouvait un gros camion de déménagement. Avec une stupéfaction attristée, il vit deux hommes y charger le lit de Christine — de Christine et de David. Christine déménageait. S'il était revenu dimanche, comme il le lui avait annoncé lors de leur dîner de la Saint-Valentin, elle aurait été partie depuis deux jours...

Il avait garé la voiture de l'autre côté de la rue et regardait les déménageurs refermer les portes de leur camion et monter dans la cabine. Le lourd véhicule disparut bientôt. Stephen resta assis dans sa voiture, à contempler la petite maison. La porte d'entrée s'ouvrit soudain, et il vit Christine qui s'éloignait d'un pas plein d'assurance dans la pluie fine de cette fin février, sa chevelure dorée ressemblant à un casque, sa mince silhouette sanglée dans un long imperméable. Elle ne portait que son sac à main en bandoulière et marchait fièrement, tournant le dos à la maison et à son passé, s'éloignant de Stephen dans sa voiture, qu'elle n'avait pas remarqué.

Il descendit de son véhicule et en quelques foulées souples la rejoignit.

— Christine ?

Elle se retourna vers lui, et sur son visage passèrent l'étonnement, l'espoir et la douleur en voyant l'expression fermée de Stephen.

— Laissez-moi vous conduire où vous voulez, Christine, dit-il sobrement. J'aimerais vous parler.

Pendant les cinq kilomètres séparant Twin Peaks de l'adresse qu'elle lui avait donnée — au coin de Lincoln Way et de la Vingt et unième Rue —, ils n'échangèrent pas une phrase. La circulation de ce vendredi après-midi était déjà très dense et rendue dangereuse par la pluie. Concentré sur sa conduite, Stephen était très conscient de la jeune femme tendue à côté de lui, mais il ne parlait pas. C'est elle qui finit par rompre le silence lourd qui régnait dans la voiture :

— C'est cet immeuble, là, dit-elle en désignant une bâtisse en brique rouge de quatre étages. Nous pourrons parler à l'intérieur, si vous voulez.

Stephen réussit à se garer non loin de l'entrée de l'immeuble, mais leur course depuis le véhicule jusqu'au hall suffit pour qu'ils aient les cheveux trempés. Au troisième étage, Christine sortit des clefs de son imperméable et ouvrit une porte.

Elle se défit de son imperméable et le débarrassa de son manteau. Puis elle lui proposa une serviette pour qu'il se sèche les cheveux.

En se frictionnant énergiquement, il jeta un coup d'œil

autour de lui. Le mobilier en rotin clair ne lui était pas familier. Il ne connaissait ni les lampes en porcelaine délicate ni les gros coussins, mais les roses...

C'étaient celles qu'il lui avait offertes quinze jours plus tôt, quand il était venu la chercher pour leur soirée de la Saint-Valentin. Le bouquet s'était épanoui et décorait encore un très joli vase posé sur la table basse.

Ces roses étaient ici son seul repère... avec le sourire timide de Christine qui s'approchait de lui.

— Où sommes-nous ? demanda-t-il.

— Dans mon nouvel appartement. Enfin, pas vraiment nouveau, et pas à moi. Je l'ai en sous-location jusqu'à la première semaine de mai, mais ça me donnera le temps de trouver un appartement ailleurs.

— A New York, par exemple ?

— New York ? Non...

— Vous ne partez pas pour New York pour travailler avec Colin Gallagher ?

— Non. Elle pencha la tête de côté : Comment savez-vous cela ?

— Le matin de mon départ pour Paris, je suis passé chez Sydney qui m'a parlé de cette proposition de travail que vous faisait Colin Gallagher. Pourquoi ne m'en avez-vous rien dit ?

— Parce que je savais que je n'aillais pas accepter son offre. Je le lui ai dit d'abord quand il a téléphoné, mais il a insisté pour venir discuter avec moi, dans l'espoir de me persuader.

— Et il a échoué ? D'après Sydney, ça semblait pourtant une chance à saisir.

— Sans doute, mais je ne veux pas quitter San Francisco... Au fait, pourquoi étiez-vous passé à la boutique ce matin-là ?

— Parce que je voulais vous revoir avant mon départ. Pour vous parler de notre baiser... Je voulais vous dire que je comprenais votre trouble et que nous avions le temps...

— Mais vous ne regrettez pas ce baiser, n'est-ce pas ?

— Oh non, Christine, je ne l'ai pas regretté un instant. A dire vrai, j'ai passé ces deux semaines à redouter qu'il ne se reproduise pas.

Il fouilla les yeux de la jeune femme à la recherche d'une ombre de réticence et ne vit que le bonheur. Alors il se pencha vers elle et ils échangèrent un second baiser, plus sensuel et confiant que la première fois.

Christine rompit doucement le contact et lui prit la main.

— Venez dans la chambre, Stephen.

Le lit était neuf, comme l'édredon matelassé mauve et les oreillers en dentelle ivoire. Dans cette pièce non plus il n'y avait rien d'ancien ni de familier, et c'est alors seulement qu'il se rendit compte que, ne l'ayant pas vu dans le salon, il s'était inconsciemment attendu à le trouver ici.

Mais il n'y était pas.

— Où est le portrait ? demanda-t-il.

Christine lâcha doucement sa main et s'écarta d'un pas à peine de lui, avant de répondre.

— J'en ai fait don au musée de peinture municipal. Ils étaient enchantés, et leur enthousiasme aurait ravi David... Une expression songeuse passa sur son joli visage et elle ajouta à voix basse, comme si elle se parlait à elle-même : Et je crois qu'il aurait compris...

Elle leva les yeux vers les siens et dit, d'une voix douce et ferme à la fois :

— Je voulais que nous ayons un endroit nouveau, Stephen, un endroit où nous pourrions créer nos propres souvenirs...

Le cœur de Stephen le pressait de la prendre dans ses bras et de l'aimer, mais son esprit s'y refusait encore.

— Mais les souvenirs sont en vous, dit-il, un peu incertain du sujet qu'il abordait ainsi. Les souvenirs de David sont en vous...

Elle acquiesça en souriant, puis le regarda avec une surprise affectueuse :

— Avez-vous peur des souvenirs que j'ai de David ?

— Peut-être...

— Moi aussi j'ai peur, Stephen, mais pas des souvenirs... J'ai peur de vous perdre, Stephen, non de vous aimer.

— Christine... souffla-t-il en l'étreignant tendrement.

Il ne pouvait lui promettre qu'un jour une tragédie ne

l'enlèverait pas brutalement à son amour, et ils en étaient tous deux conscients, mais il pouvait faire une promesse sans crainte aucune :

— Je vous aime, Christine. Et je vous aimerai toujours.

— Moi aussi, Stephen, je vous aimerai toujours...

Et, avant qu'il ne dépose sur ses lèvres entrouvertes le baiser qui les mènerait sur le lit, elle ajouta :

— Et je n'ai pas peur de vous aimer...

34

San Francisco
Avril 1992

— Nick ? C'est Larisa. J'ai besoin de vous voir.

— Très bien, répondit le chirurgien, surpris de son appel ; il y détecta une note d'urgence qui balaya toute tergiversation. Quand ?

— Maintenant, si possible. Pouvez-vous venir ?

Il était dix heures du soir ce mercredi 22 avril. Justin dormait, Margaret lisait et Nick était sur le point de sortir. Il pouvait courir de nouveau, à présent, et depuis qu'il avait quitté Elizabeth deux mois plus tôt, son besoin de sport s'était accru à chaque instant.

— A votre appartement ? A l'appartement d'Elizabeth ?

— Oui. Nous serons seuls. Elizabeth vient d'être appelée pour une urgence très grave. Vous n'êtes jamais venu ici, n'est-ce pas ? Ce n'est qu'à quelques pâtés de maisons de votre appartement...

A Paris, Elizabeth lui avait parlé de l'amour de Larisa pour Peter, et elle pensait que cet amour avait encore accentué la beauté de Larisa. Et à présent, alors que Larisa ouvrait la porte de l'appartement, Nick voyait que c'était vrai. La jeune femme était plus jolie que jamais, radieuse, ses joues rosies et sa chevelure soyeuse illuminée du feu le plus brillant. Son regard aussi contenait des flammes, mais de colère.

— Entrez, Nick. Voulez-vous un verre ?

— Si vous en prenez un.

— Alors non merci.

Larisa pouvait s'accorder une coupe de champagne avec Peter, pour fêter leur amour, mais elle préférait ne pas toucher une goutte d'alcool afin de préserver le merveilleux miracle que l'amour faisait croître en elle. Un joli sourire effleura ses lèvres un instant quand elle songea au bébé, mais elle se reprit et s'imposa une expression dure pour faire face à Nick.

— Qu'y a-t-il, Larisa ?

— Qu'avez-vous fait à mon amie ?

— Que vous a-t-elle dit que je lui avais fait ?

— Rien ! s'exclama Larisa, laissant éclater son indignation. Elizabeth dit qu'il ne s'est rien passé, mais je sais que c'est faux. Il y a eu quelque chose entre vous deux à Paris, Nick, et quoi que ce soit, vous l'avez terriblement blessée.

— Je n'ai pas voulu la blesser.

— Eh bien, vous l'avez fait quand même ! Elle ne veut pas l'admettre, bien entendu. Personnellement, quand je me sens blessée ou trahie, je cherche des moyens d'échapper à la souffrance. Mais Elizabeth Jennings réagit en travaillant plus dur que jamais et en se montrant plus forte encore... Larisa regarda Nick, que ses paroles troublaient visiblement. Allons, que lui avez-vous fait ?

— Je lui ai dit la vérité, Larisa. Je lui ai dit que je l'aimais et que je savais notre amour impossible. Elle mérite bien mieux que moi.

— Oh, Nick...

— Vous savez que c'est vrai, Larisa. Vous pouvez comprendre...

— Comprendre que vous ne pouvez être sauvé ?

— Non, répondit-il calmement. J'ai été sauvé par mon fils. « Et moi j'ai été sauvée par cette vie innocente qui grandit en moi, songea Larisa, et par le merveilleux amour du père de cet enfant. » C'était une pensée toute de joie, et pourtant un frisson glacé la parcourut soudain, un rappel sournois qu'elle avait déjà aimé et fait confiance auparavant, pour être brutalement trahie. Mais cette fois, jamais Peter ne la trahirait.

Larisa contempla longuement cet homme qui s'interdisait avec une telle noblesse l'amour d'Elizabeth, puis elle déclara :

— Vous en connaissez assez sur mon compte pour savoir que j'ai des défauts profonds, moi aussi, dont l'un que vous partagez : cette extraordinaire aptitude à me trahir moi-même, ainsi que mon bonheur. Peut-être ne le devrais-je pas, mais j'essaie de nouveau, je m'offre une autre chance d'aimer et d'être heureuse, en faisant confiance à Peter... et à moi. Elle hésita un moment avant d'ajouter, d'un ton à la fois pressant et serein : Elizabeth vous aime profondément, Nick.

— Et j'aime profondément Elizabeth, Larisa.

— Vous devenez intraitables tous les deux dès que vous souffrez ! s'exclama-t-elle face au regard résolu du chirurgien. Je vous déteste pour la peine que vous lui faites.

— Je me déteste pour la peine que je lui fais, Larisa, répliqua Nick et, après un silence tendu, il ajouta d'une voix adoucie : Mais je suis très heureux pour vous d'apprendre que vous avez trouvé l'amour.

— Bonsoir, dit Peter avec une surprise ravie lorsque Larisa lui téléphona vingt minutes plus tard. Que se passe-t-il ?

— Elizabeth a dû se rendre à l'hôpital pour une urgence, et mon plan pour la forcer à me parler s'en est trouvé impossible à appliquer. Mais j'ai obtenu quelques précisions de Nick.

— De Nick ? s'étonna Peter.

— Sur un coup de tête, après le départ d'Elizabeth, j'ai appelé Nick. Je voulais qu'il vienne ici, dans cet appartement où elle vit, pour qu'il sente sa tristesse.

— Je regrette que tu ne m'aies pas mis au courant, dit Peter avec une inquiétude perceptible. Nick aurait pu se mettre en colère.

— Merci de vouloir me protéger, Peter. Mais Nick n'est pas dangereux, sauf sans doute pour lui-même et, je suppose, ceux qui l'aiment.

— Et qu'a-t-il dit ?

— Il a avoué à Elizabeth qu'il l'aime, ce qui me semble évident, et il lui a aussi expliqué que leur amour est impossible à cause de ce qu'il sent en lui d'autodestructeur. Et ce n'était pas une excuse en l'air, Peter, Nick croit vraiment ce qu'il dit.

— Au moins maintenant tu sais ce qui ennuie tant Elizabeth. Espères-tu toujours lui parler ce soir ?

— Non. D'après elle, l'urgence qu'elle devait assurer lui prendra certainement toute la nuit.

— Veux-tu que je vienne te chercher, dans ce cas ?

Larisa ressentit la tendresse de cette voix comme s'il était physiquement là, auprès d'elle, sur le point de la prendre dans ses bras. Mais...

— Je suis très fatiguée, Peter. « Et ton bébé et moi nous avons besoin de nous reposer. » Je crois que je vais me mettre au lit bientôt, ici. Je veux être en forme pour notre voyage de demain.

— Très bien, je viendrai te chercher à neuf heures, demain matin, comme prévu. Dors bien, ma chérie.

— Promis, dit-elle.

Avant de sombrer dans le sommeil, Larisa repensa aux journées qui l'attendaient. Dans cinq jours exactement : lundi prochain, *Promesses* serait lancé. Au même moment, les magnifiques photographies d'Emily prises devant les fonds représentant la prairie paraîtraient dans tous les grands magazines du pays tandis que les flacons de cristal décorés de myosotis seraient envoyés chez tous les revendeurs.

Tous les gens associés à l'élaboration et au lancement de *Promesses* étaient persuadés que le parfum se vendrait de lui-même, une fois présenté au public. Peter voulait néanmoins ajouter des spots publicitaires télévisés afin de montrer au moins la splendeur de la prairie où était réellement né le parfum. Les publicités télévisées seraient tournées la semaine prochaine, de lundi à vendredi, ce qui permettrait à Peter et Larisa de revenir à San Francisco à temps pour assister au mariage de Christine et Stephen, le samedi.

La semaine à venir promettait d'être passionnante — et chargée — mais c'étaient les prochains jours que Larisa attendait avec le plus d'impatience et de joie. Demain, elle et Peter s'envoleraient pour Boston, et dès vendredi matin ils entameraient un pèlerinage sentimental sur les lieux de l'enfance de Peter, terminant le dimanche par une visite de la propriété de Cape Cod. Peter lui avait expliqué qu'il désirait partager avec elle les endroits et les souvenirs de sa jeunesse et, avait-il ajouté avec gravité, il aurait des choses importantes à lui dire.

Larisa voulait annoncer une seule chose à Peter, mais d'une importance inégalable : l'annonce du miracle vivant qui croissait en elle. Comme la plus brave des fleurs sauvages, le petit embryon de vie avait défié toutes les probabilités et s'épanouissait en elle. Larisa était certaine que le bébé serait une fille, et elle décida de parler à Peter de sa fille miraculeuse quand ils seraient dans la prairie magique qui avait donné naissance à *Promesses*.

Alors qu'elle se laissait aller au plus paisible des sommeils, elle eut la vision du visage rayonnant de Peter quand elle le lui annoncerait...

Peter avait prévu de conduire Larisa à Concord le vendredi, et de visiter Boston avec elle le samedi. Mais en s'éveillant le vendredi matin, si près d'*Innis Arden*, il voulut l'y emmener d'abord. Parce que c'était là, dans cette prairie, qu'il lui dirait la vérité sur ses rêves d'enfant et sur l'homme qui les lui avait volés. Et c'est là, parmi les fleurs, qu'il lui dirait le plus important : l'amour qu'il avait pour elle et le désir de passer sa vie à la tenir dans ses bras.

Peter avait déjà parlé un peu de son père à Larisa, et pendant le trajet jusqu'à Cape Cod, il lui expliqua la dyslexie qui avait mutilé les rêves de l'artisan si talentueux bien avant que l'arthrite ne l'empêche d'exprimer son art, et il lui parla des rêves merveilleux que son père adoré et lui avaient partagés.

Mais ce n'est que lorsqu'ils se trouvèrent à *Innis Arden*, assis sur l'herbe dans la prairie ensoleillée embaumant le parfum naturel de *Promesses*, que Peter lui raconta ce qui était arrivé à ces rêves.

— Je t'ai dit que j'avais connu brièvement Julian, à Harvard, commença-t-il, et son cœur se serra en voyant le regard joyeux de la jeune femme s'assombrir à la mention de son ex-mari. Je suis désolé, Larisa, mais il faut que tu entendes toute l'histoire. — « Et ensuite, à ton tour, tu pourras me confier toute la douleur qu'il t'a causée... Et nous pourrons définitivement tourner la page et nous consacrer à notre amour. »

— D'accord, souffla-t-elle, à peine capable de respirer sous l'étreinte soudaine de ces chaînes invisibles dont elle avait cru se délivrer mais qui maintenant se resserraient sur sa poitrine.

Peter lui relata les faits essentiels qui l'avaient opposé à Julian. Mais bien avant qu'il ait fini son résumé, les yeux de Larisa avaient abandonné les siens pour se perdre dans l'immensité de la mer, au loin.

Voyant l'air absent de la jeune femme, il avait arrêté son récit à ce jour d'août où il avait acquis *Innis Arden.*

— Larisa ?

— Quel jour d'août était-ce, où tu as si finement battu Julian sur son propre terrain ?

Peter ne répondit pas immédiatement. La froideur désincarnée de sa voix l'avait terrifié. Il dut faire un effort pour se remémorer la date précise.

— Le 14, dit-il enfin.

Comme elle ne le regardait toujours pas, il se plaça devant elle, et face à ces yeux tout à coup si durs, il l'implora :

— Larisa, parle-moi !

— Tu n'étais pas sûr que Julian ait perdu tout intérêt pour *Innis Arden*, dit-elle d'une voix blanche. Eh bien, Peter, tu seras sans doute heureux d'apprendre qu'il a très mal réagi à ton achat de la propriété.

— Que t'a-t-il fait ? dit Peter, saisi d'un pressentiment terrible. Et voyant dans son regard la même lueur douloureuse que lorsqu'elle lui avait raconté ce qu'elle avait subi à douze ans, il demanda en contrôlant sa voix : Il t'a violée, Larisa ?

Elle le contempla tristement.

— Ne prends pas cet air choqué, Peter. Julian a fait ce que les hommes m'ont toujours fait. Toi aussi, non ?

— Oh, Larisa, murmura-t-il avec difficulté. Comment peux-tu dire une chose pareille ?

— Cette idée de m'utiliser comme mannequin pour *Promesses*, avec cette prairie en arrière-plan, ce n'était pas une partie de ton plan pour te venger de Julian ? Une façon de lui dire « Regardez, Julian, regardez ce que je vous ai volé. Non seulement votre précieuse propriété, mais aussi votre femme ! ».

— Larisa, je t'aime. Je t'ai emmenée ici pour que tu saches mes ennuis avec Julian, et pour te demander de m'épouser...

Il sortit de sa veste un écrin de velours et le lui tendit. Devant son immobilité, il ouvrit lui-même le petit boîtier, révélant la bague de fiançailles faite à l'image d'un myosotis en saphirs bleus entouré de feuilles délicates en brillants.

Les yeux de Larisa allèrent du somptueux bijou au visage amoureux de Peter. Un autre homme lui avait offert de semblables bijoux, faux symboles d'amour mais vrais signes de propriété, un autre homme dont Peter voulait détruire l'empire.

Elle mesurait combien Peter avait trahi son amour et sa confiance.

— Me prendre comme modèle pour *Promesses*, m'étaler partout sur fond de prairie à *Innis Arden*, ce n'était qu'une partie de ton plan ? Tu es donc prêt à aller jusqu'au mariage pour parachever ta vengeance ?

— Larisa, je suis vraiment amoureux de toi.

Elle ignora Peter comme elle refusait la révolte de son propre cœur contre sa réaction.

— Tu pensais qu'en m'épousant tu mettrais la main sur la moitié de la fortune de Julian... Eh bien, Peter, j'ai bien peur que ma seule fortune soit mon salaire. Je ne voulais pas de l'argent de Julian, vois-tu. Quelle plaisanterie cruelle, vraiment... Je me suis laissé posséder par toi afin de ne plus l'être par lui.

— Je ne veux pas de l'argent de Julian, Larisa. Et je ne veux que passer ma vie à t'aimer.

— Je m'étais promis de ne plus jamais croire en quelqu'un, dit-elle presque tendrement. Mais j'ai eu confiance en toi...

— Tu peux me croire, Larisa, affirma-t-il, la gorge serrée par l'émotion. Je t'aime.

« Je veux tellement le croire, Peter... »

— Tu aurais dû me parler plus tôt de cet incident avec Julian.

— Oui, je m'en rends compte maintenant. Mais dès le premier jour j'ai senti que tu ne voulais pas parler de lui, et franchement cela m'arrangeait plutôt. Tout ce que je savais de votre divorce, c'est ce que j'avais lu dans *People*, et d'après l'article c'est Julian qui s'était séparé de toi. J'ai passé ces six derniers mois à t'aimer en redoutant que tu ne l'aimes toujours.

— Peter, murmura Larisa, jamais je n'ai aimé Julian, ce n'était qu'une illusion, je le sais maintenant. Moi aussi, je t'aime, Peter...

C'était une vérité merveilleuse à énoncer, rassurante, mais d'autres éléments l'empêchaient de se livrer aux bras aimants de l'architecte.

— Tu crois que Julian est responsable de l'incendie de décembre ici ?

— C'est possible.

— Julian n'oublie ni ne pardonne jamais un affront, nous le savons tous deux. Il sera fou de rage quand il saura que je suis le modèle de *Promesses*, et s'il apprenait notre relation... Ses yeux myosotis s'emplirent d'une peur irrépressible et sa voix perdit toute force.

— Écoute, Larisa. Julian n'a pas besoin de savoir quoi que ce soit. Retournons à la propriété maintenant, pour que j'annule le lancement du parfum par téléphone...

— La plupart des magazines sont déjà sous presse, et même s'ils pouvaient supprimer la publicité, plus d'un rédacteur aura dû dire aux médias, sinon à Julian lui-même, que je suis le modèle. *Promesses* est déjà dans le domaine public. Julian le saura forcément, et il fera tout ce qui est en son pouvoir pour détruire le parfum, et pour nous détruire.

— Alors je t'installe à *Innis Arden*, et ensuite j'irai le voir à New York.

— Le dommage est déjà fait, Peter. A ce point, rien de ce que tu pourras lui offrir ne l'apaisera.

— Ce n'est pas mon intention, dit fermement l'architecte, je veux l'avertir qu'il a tout intérêt à rester à l'écart de notre vie.

— Il est trop tard...

Cette pensée avait jailli dans son esprit comme une mise en garde, avant même que Peter et elle ne soient amoureux : il était trop tard pour eux. Elle aurait dû écouter cette voix intérieure, mais elle ne l'avait pas fait et maintenant une vie innocente était en jeu. Larisa savait que la rage de Julian à la perte d'*Innis Arden* et celle qu'il éprouverait en la découvrant posant pour *Promesses* seraient insignifiantes comparées à la fureur qui l'embraserait s'il apprenait qu'elle portait l'enfant de son ancien ennemi. Soudain, elle dit :

— Il faut que je parte d'ici, maintenant.

— Nous partirons ensemble, ma chérie.

— Non, Peter, c'est impossible.

— Je ne comprends pas, dit Peter d'une voix posée, malgré l'appréhension qui montait en lui.

Peter London n'éprouvait aucune peur physique de Julian Chancellor, mais il se méfiait grandement de l'homme qui une fois déjà lui avait volé ses rêves...

— Nous nous aimons, Larisa, plaida-t-il.

— Laisse-moi partir, Peter !

Elle se rendit alors compte qu'il ne la retenait pas. Malgré la peine sincère qu'elle lisait dans ses yeux verts, il respectait son choix.

— Veux-tu que j'aille téléphoner à un taxi ? proposa-t-il. J'attendrai ici jusqu'à ce que tu sois partie... Il fit taire ses émotions et ajouta, d'un ton maîtrisé : Après ton départ, je ferai arrêter le lancement de *Promesses*, et j'irai ensuite à New York pour parler à Julian.

— Je t'en prie, ne lui dis pas que nous sommes amants.

— D'accord, je ne lui en dirai rien. Mais nous ne sommes pas simplement amants, Larisa. Nous nous aimons. Après un silence, il demanda d'un ton posé : Garderas-tu la bague de fiançailles ?

— Non, Peter, je ne le peux pas, murmura-t-elle d'une voix brisée.

Elle était anéantie à l'idée de devoir fuir les liens merveilleux qui l'unissaient à cet homme à cause de Julian. Mais elle avait une vie innocente à protéger, à présent, une fleur qui avait le droit de s'épanouir dans la joie et l'espoir, et pour leur enfant elle devait trouver un refuge sûr, même au détriment de leur amour.

— Il faut que je parte, Peter. Au revoir.

Après le départ du taxi qui emmenait Larisa, Peter retourna à la grande demeure et passa les appels téléphoniques qui stopperaient le lancement du parfum. Puis il prit sa voiture et se rendit à l'aéroport de Logan pour embarquer sur le premier vol jusqu'à New York. Larisa se trouvait à l'aéroport, elle aussi. Peter le savait par Ellen, la gouvernante d'*Innis Arden* qui l'avait entendue téléphoner pour réserver une place à destination de San Francisco à quatorze heures quarante. Il attendit son avion sans la chercher. Il savait qu'elle avait besoin d'être seule, et il lui était réconfortant de savoir qu'elle serait en sécurité à San Francisco, dans l'appartement d'Elizabeth. Et bientôt il pourrait la rejoindre et lui annoncer qu'elle n'avait plus rien à craindre du spectre de Julian Chancellor.

Mais comment pouvait-il avoir une telle certitude ? se demanda-t-il durant le court vol entre Logan et La Guardia. Il avait l'intention d'avertir Julian de rester éloigné de Larisa, et de sa vie, mais de quoi pourrait-il le menacer si le milliardaire se moquait de sa mise en garde ? Il n'avait pas beaucoup d'atouts, sinon le fait que Julian était un tyran domestique, et donc un pleutre, très certainement.

Il décida de ne pas le menacer verbalement. Son attitude calme et déterminée suffirait à le mettre en garde... Mais il n'était pas certain de pouvoir garder son calme face à celui qui avait martyrisé Larisa. Si, se dit-il. Son amour pour la jeune femme lui donnerait la force nécessaire.

Quand il fut introduit dans le bureau de Julian, Peter contrôla sa fureur. Il dut se représenter la folie d'un tel geste pour éliminer ses envies de meurtre.

— Peter, dit Julian d'un ton méprisant. Quelle bonne surprise...

— Une surprise, vraiment ?

— Je ne m'attendais pas que vous veniez m'informer en personne du lancement de votre parfum et du rôle qu'y joue ma femme.

Le sourire de Julian était aussi menaçant que son regard noir. Il désigna un magazine qui lui avait été envoyé avant sa sortie et la publicité pour *Promesses*.

— Comme vous pouvez le constater, je suis au courant.

— Votre ex-femme, corrigea Peter.

— Ah, oui. Et votre actuelle maîtresse ? Question indiscrète, je le concède. Elle est très jolie, n'est-ce pas ? Et tellement disposée à satisfaire tout désir sexuel...

— Je suis venu vous mettre en garde, Julian, dit Peter d'un ton glacial, malgré le feu assassin qui brûlait dans ses yeux. Je sais ce que vous avez fait endurer à Larisa. Et je sais aussi que vous êtes responsable de l'incendie à *Innis Arden*.

— Je ne suis pas au courant d'un tel incendie. Et en ce qui concerne Larisa... Julian s'interrompit le temps d'un sourire conciliant. Écoutez, Peter, il est évident que nous avons à discuter, afin de dissiper certains malentendus. J'ai dans quelques minutes une réunion très importante à laquelle je ne peux me soustraire. Mais pourquoi ne nous rencontrerions-nous pas tous les trois plus tard dans la journée ? Disons autour d'un dîner ?

— Pas tous les trois, Julian. Et pas de dîner.

— Alors ici même, à neuf heures. Ma secrétaire préviendra le service de sécurité de l'immeuble de votre venue.

Quelque chose de grave dans l'attitude de Peter avait laissé pensé à Julian que Larisa n'avait pas accompagné son ennemi à New York. Mais Peter et Larisa s'étaient trouvés ensemble très récemment, à partager leurs secrets réciproques. A *Innis Arden*, peut-être... Oui, probablement. Larisa s'y terrait-elle encore, attendant le retour triomphant de son amant ?

Julian payait une armée d'informateurs sur tout ce qui concernait ses adversaires, et il savait qu'*Innis Arden* était maintenant sous la surveillance de gardes, embauchés depuis l'incendie. Le mois précédent, une gouvernante s'était installée dans la demeure. Et le numéro de téléphone n'avait pas changé.

Ce fut d'une grande simplicité. Il lui suffit d'appeler *Innis Arden* et de se faire passer pour un des responsables de la campagne de presse de *Promesses*. Il voulait joindre le mannequin attitré du parfum, et sans se méfier le moins du monde Ellen l'informa que miss Locksley était partie prendre un avion pour San Francisco. La gouvernante connaissait-elle l'heure du vol, afin qu'il puisse la contacter dès son arrivée ? Oui, elle l'avait entendue : quatorze heures quarante. Il la remercia de son amabilité et raccrocha, un sourire aux lèvres.

Avant de passer d'autres coups de téléphone, Julian sortit d'un tiroir de son bureau un fin dossier qu'il ouvrit. Il y avait là tous les renseignements sur Peter London, dont certains auraient dû rester confidentiels : numéro de carte de crédit, de permis de conduire, adresse personnelle, numéro de téléphone sur liste rouge. Les limiers du milliardaire étaient très efficaces...

Pour les deux communications téléphoniques suivantes, Julian usurpa purement et simplement l'identité de Peter. Le premier appel eut pour objet la réservation — payée par carte bancaire — d'une place sur le vol de dix-huit heures cinquante à destination de San Francisco. Le second fut pour retenir une voiture à une compagnie de location chez qui Peter avait un abonnement privilégié, ce qui signifiait que le véhicule l'attendrait à l'aéroport de San Francisco, sans qu'il ait à remplir de dossier à un quelconque comptoir.

Ensuite, Julian Chancellor quitta son bureau pour se rendre à San Francisco sous l'identité de Peter London. Sa mise anonyme lui garantirait l'incognito. Son visage n'était pas connu du grand public, et il ne voyageait habituellement que sur son jet privé, comme ses richissimes pairs qu'il ne risquait donc pas de rencontrer.

Et si le personnel de la compagnie d'aviation se souvenait d'un bel homme du nom de Peter London qui avait pris le vol du soir pour San Francisco ? Excellent, se dit-il, ils témoigneraient que l'architecte se trouvait bien à San Francisco au moment où avait été perpétré l'assassinat brutal de l'ex-épouse de Julian Chancellor.

— Oh, oui, M. London, dit le garde de la sécurité qui accueillit Peter London quand celui-ci arriva au Chancellor Building peu avant neuf heures. Malheureusement, M. Chancellor ne pourra vous recevoir comme prévu. Il a téléphoné un peu plus tôt. Il a été appelé en ville pour régler une affaire urgente. Il ne pense pas revenir à New York avant plusieurs jours, et il m'a demandé de vous transmettre ses excuses. Mais il vous propose de fixer un rendez-vous pour la semaine prochaine, à San Francisco.

« San Francisco. » Peter fut pris de vertige. Était-ce là qu'était parti Julian ?

— Où est-il ? demanda-t-il sèchement. Où est-il allé traiter cette affaire urgente ?

— Je ne sais pas, monsieur, je suis désolé. Il ne me l'a pas dit.

— Y a-t-il un téléphone, ici ?

— Bien sûr. Veuillez me suivre.

Le dernier vol direct de la journée pour San Francisco était à vingt heures, et le prochain à six heures le lendemain matin. Il réserva sur un vol à deux escales partant de New York à vingt-deux heures trente et arrivant à San Francisco à l'aube. Puis il appela l'appartement d'Elizabeth. Larisa ne serait pas encore arrivée, mais avec un peu de chance il pourrait joindre le chirurgien afin qu'elle prévienne Larisa de ne pas sortir de l'appartement. Peut-être s'inquiétait-il sans raison, mais son amour pour Larisa et sa haine pour Julian lui commandaient de prendre cette précaution.

Les sonneries s'additionnèrent, mais personne ne décrocha. Elizabeth ne se trouvait pas chez elle.

Peter décida de continuer à la rappeler, jusqu'à son retour.

35

L'avion de Larisa était prévu à San Francisco pour dix-huit heures dix, temps Pacifique, mais des problèmes mécaniques obligèrent à une halte de contrôle à Chicago, et l'avion n'atteignit sa destination qu'à vingt et une heure quarante. Une heure et demie avant celui de Julian.

Pendant ce laps de temps, Larisa fut la proie de l'étrange sentiment qu'elle devait accomplir ce qu'elle avait décidé au lieu d'attendre le matin, malgré sa fatigue. Tout d'abord, elle combattit cette impression. Mais chaque moment écoulé l'accentuait, et au moment où l'avion de Julian touchait le sol, elle céda et se prépara à partir.

Larisa fit ses préparatifs en hâte, comme lorsqu'elle avait fui l'appartement de la Cinquième Avenue. Elle jeta dans sa valise ses vieux vêtements fétiches, le sweat-shirt de Berkeley, le jean usé, la robe de chambre et la chemise de nuit. Mais elle laissa la magnifique robe brodée qu'elle avait portée lors de sa première rencontre avec Peter. Cette fois, le symbole d'innocence et d'espoir ne devait pas l'accompagner... Elle prit à la place le petit pistolet que Julian lui avait donné. Larisa plaça l'arme dans la valise avec une assurance qui la surprit, alors qu'elle se savait incapable de l'utiliser.

Il était presque minuit et Elizabeth n'était pas encore rentrée. Larisa composa le numéro du pager de son amie, mais le standard lui répondit. Le Dr Jennings se trouvait en salle d'opération où elle venait de débuter une transplantation rénale qui durerait plusieurs heures. Larisa lui écrivit alors un message : « Chère Liz, je dois m'absenter pour quelque temps. Ne t'inquiète pas pour moi, s'il te plaît, tout va bien. Je t'embrasse. Lara. » Après un moment d'hésitation, elle ajouta : « Et tu as intérêt à aller bien, toi aussi, Elizabeth Jennings ! »

Larisa posa le mot sur la table de la cuisine, coincé sous la chope décorée de ballons multicolores qu'elle avait offerte à son amie pour son vingt et unième anniversaire. Puis elle prit dans son sac la petite carte que lui avait donnée Darleen Buchanan en décembre et téléphona au motel de Lake Tahoe. C'était la basse saison, et elle put sans encombre réserver pour le soir même le cottage où elle avait vécu.

Dès qu'elle eut raccroché, elle ferma sa valise et adressa un au revoir silencieux à l'appartement. Cette fois, se dit-elle, elle ne fuyait pas vers un refuge sûr où elle serait accueillie par une amie compréhensive. Cette fois, Larisa Locksley allait se sauver elle-même.

Elle se rendrait au petit cottage de son enfance pour y affronter les fantômes glacés qui y vivaient toujours. Elle les forcerait à sortir de leur repaire qu'ils hantaient, elle les affronterait bravement jusqu'à connaître tous leurs secrets et les vaincre à jamais. Elle contemplerait ensuite dans le miroir la femme qu'elle était devenue et qui avait enfin défait les spectres de son passé. Alors, elle aurait la preuve que son amour pour Peter n'était pas une illusion. Et elle pourrait consacrer sa vie à chérir et protéger leur enfant.

Julian venait de ranger la voiture louée au nom de Peter London en face de l'immeuble quand Larisa sortit par la porte du garage. Elle conduisait un modèle américain banal, et sans le reflet allumé dans sa chevelure opulente dans le halo d'un réverbère, il ne l'aurait peut-être pas remarquée.

Bien sûr, Larisa ne le repéra pas. Il n'était qu'une ombre immobile dans un des véhicules garés le long du trottoir opposé. Même quand il se mit à la suivre, elle ne vit pas cette voiture qui roulait tous feux éteints. Il n'alluma ses phares qu'en s'engageant dans Divisadero Street, où la circulation était assez dense pour le camoufler en ce vendredi soir.

Larisa conduisait prudemment. Elle forçait son esprit las à se concentrer sur le long trajet qui l'attendait et repoussait toute pensée du cadeau merveilleux qu'elle portait en elle.

Julian la suivait discrètement. Durant les premiers kilomètres, il fut irrité par la lenteur imposée à sa filature, puis il s'installa dans son rôle de chasseur et savoura chaque seconde de sa traque. Il se délectait par anticipation, imaginant la terreur de sa proie et le triomphe dont il jouirait bientôt.

Sans le savoir, Larisa agissait exactement selon ses désirs. Elle le conduisait à quelque retraite isolée, peut-être connue seulement d'elle et de son amant. Et pendant ce temps, Peter lui aussi agissait dans le sens du plan échafaudé par le milliardaire. Sans aucun doute, il était déjà en route pour San Francisco, frénétique, après avoir compris que le rendez-vous fixé par Julian n'était qu'un leurre. Excellent, se dit Julian. Quoi de plus excitant que Peter arrivant pour trouver Larisa assassinée ? Il se précipiterait pour étreindre son corps sauvagement poignardé, se couvrirait de sang et signerait ainsi sa culpabilité.

Les lèvres de Julian se retroussèrent sur un rictus vengeur tandis qu'il imaginait la scène et l'horreur absolue de son ennemi. Quel dommage qu'il ne puisse y assister !

Mais alors il serait déjà loin de là, et il attendrait avec une délicieuse impatience l'annonce de ce meurtre sadique dont avait été victime son ex-épouse. Même s'il l'avait répudiée, le monde entier savait qu'il l'avait toujours traitée comme une princesse.

Julian surveilla Larisa de loin quand elle se rendit au motel pour remplir sa fiche. Du regard, il la suivit jusqu'au petit cottage isolé où elle entra, et il attendit qu'elle ait tiré les rideaux et éteint les lumières pour se mettre en mouvement. Il se rendit lui aussi au motel, loua une chambre pour la nuit sous une fausse identité et monta s'y enfermer. Il savait qu'il ne dormirait pas, son excitation le lui interdirait, mais c'était aussi bien. Il pourrait profiter de chaque seconde le rapprochant du dénouement sanglant qu'il avait planifié.

Julian aurait pu passer à l'action immédiatement, à la faveur des ténèbres. Mais plus il y réfléchissait et plus il lui semblait que Peter viendrait rejoindre Larisa au cottage. Il décida donc d'attendre assez longtemps pour que l'architecte soit arrivé à San Francisco et ait pris la route vers Lake Tahoe. De plus, l'idée de tuer Larisa au petit matin lui paraissait beaucoup plus excitante que maintenant, alors qu'elle était peut-être trop épuisée pour résister et l'implorer. Et il l'avait toujours trouvée plus attirante au réveil... Et au matin, il pourrait acheter un couteau de chasse au magasin repéré avant d'entrer dans le motel et qui, d'après l'enseigne, était *Le Paradis du chasseur.* Il savait déjà qu'il choisirait le modèle à lame dentelée.

L'avion de Peter toucha la piste de San Francisco alors que le soleil dardait ses premiers rayons dans l'air printanier. Dès qu'il eut débarqué, il chercha la plus proche cabine téléphonique. Cette fois, on décrocha.

— C'est Peter, Elizabeth. Je suis désolé d'appeler aussi tôt, mais il faut absolument que je parle à Larisa.

— Elle n'est pas là, Peter.

Un froid terrible l'envahit.

— Elle est passée, expliqua Elizabeth, et elle m'a laissé un mot disant qu'elle devait s'absenter quelque temps, mais que tout allait bien.

— Julian a-t-il appelé ? voulut savoir Peter, le cœur affolé.

— Non. Tout cela a un rapport avec Julian ?

— Oui, admit Peter en prenant conscience de l'horreur de la situation.

Cela avait un rapport direct avec Julian, qu'il fût ou non à San Francisco. Larisa fuyait Julian, mais aussi Peter, car leur antagonisme avait brisé son fragile espoir de vivre un amour paisible.

— S'il téléphone, ne lui dites rien, je vous en prie, et contactez-moi aussitôt. Je serai à mon appartement de Sausalito.

— Vous pensez que Larisa pourrait s'y trouver ?

— Non, répondit-il d'un ton douloureux. Je ne sais pas où elle est, Elizabeth.

— Que s'est-il passé, Peter ?

— Julian et moi avons un différend qui remonte loin dans le passé, et que j'espérais enterré. J'en ai parlé à Larisa hier... et il est évident que Julian n'a rien oublié.

La rage l'embrasa en pensant à cette nuit d'août où il avait martyrisé Larisa pour se venger de son échec à acquérir *Innis Arden.*

— Et cette nouvelle a bouleversé Larisa, n'est-ce pas ? dit Elizabeth dans le silence lourd qui s'était installé.

— Oui... Avez-vous une idée de l'endroit où elle pourrait se trouver ?

— Non. Il faudrait que j'y réfléchisse...

— S'il vous vient une idée, appelez-moi. Et si vous avez des nouvelles...

— Je lui dirai que vous avez téléphoné et que vous êtes à Sausalito, promit Elizabeth.

Cela, elle pouvait le promettre, mais, malgré l'intensité de l'amour qui liait l'architecte à Larisa et malgré son évidente angoisse, elle ne pouvait s'engager à lui confier une éventuelle intuition du lieu où se trouvait son amie. Pas avant d'avoir demandé l'autorisation de Larisa, si elle arrivait à la joindre. Car Larisa avait sans doute fui Peter pour une raison inconnue. D'un ton qu'elle voulait optimiste, elle ajouta :

— Et vous, Peter, si vous avez des nouvelles de Larisa, faites-le-moi savoir, s'il vous plaît. Je suis de garde en traumatologie ce matin, je me trouverai donc sûrement à l'hôpital.

Le téléphone à peine raccroché, Peter sut où Larisa avait pu aller. Il obtint le numéro auprès des renseignements téléphoniques et le composa aussitôt.

— Oui, répondit l'employée du motel, miss Locksley est

bien ici, monsieur. Mais les cottages ne sont pas équipés du téléphone et nous avons pour règle de ne pas importuner nos clients à une heure aussi matinale. Sauf si c'est pour une urgence, bien sûr. Est-ce le cas ?

— Non, répondit Peter en se laissant aller au soulagement.

Ce n'était plus une urgence. A présent, il savait où se trouvait Larisa, et qu'elle était en sécurité. Julian ne connaissait pas l'existence du motel de Lake Tahoe. Larisa s'était réfugiée dans un endroit qu'il ignorait et où elle savait que Peter pourrait la retrouver. Elle était en sécurité, et peut-être l'attendait-elle.

— Y a-t-il un message à communiquer à miss Locksley, monsieur ?

— Non, merci.

« Je lui apporterai en personne tous les messages d'amour quand je la verrai. »

Larisa avait craint de ne pouvoir dormir dans le cottage où régnaient les fantômes de son passé. Mais dès qu'elle y était entrée, elle s'y était sentie étrangement à l'aise, en sécurité. Ils lui étaient familiers, après tout. Aussi n'avait-elle eu aucun mal à sombrer dans un sommeil réparateur, sans rêve ni cauchemar, pour se réveiller à neuf heures, fraîche et dispose.

Elle ouvrit les rideaux sur une matinée ensoleillée, puis elle se doucha, se vêtit de son vieux jean et de son sweat-shirt. Elle s'apprêtait à aller prendre un petit déjeuner copieux à l'extérieur, pour elle et le bébé, quand on frappa à la porte.

C'était sans doute Melanie, la fillette qui ressemblait tant à celle qu'elle avait été naguère. Non, corrigea-t-elle, jamais elle ne s'était sentie aimée et protégée comme l'était Melanie. Mais l'enfant qu'elle portait en elle aurait tout l'amour et la sécurité possible, se jura-t-elle.

En souriant, elle alla ouvrir la porte.

— Bonj...

Son sourire se changea en une expression horrifiée.

— Bonjour, répondit Julian en avançant prestement dans l'encadrement de la porte.

Larisa voulut la refermer et il la repoussa aisément. La force de la jeune femme le surprit, mais lui-même ne s'était jamais senti aussi puissant, aussi invincible. Il pénétra dans le cottage.

— Sors d'ici, Julian.

— Désolé, Larisa, mais je crains de ne pouvoir obéir.

Avec un sourire aimable et pourtant menaçant, il ferma la porte du talon. Le battant claqua et se verrouilla automatiquement.

— Que veux-tu ?

— Voyons... fit Julian d'un ton badin, enivré par la terreur qu'il lisait dans les yeux de son ex-épouse. Avec autant de calme que s'il négociait l'achat d'une quelconque propriété, il déclara : Ce que je veux, c'est découper lentement ton adorable corps... pour ensuite laisser ton amant payer pour ton assassinat.

De la poche intérieure de sa veste il sortit le couteau de chasse acheté dix minutes plus tôt et ajouta tranquillement :

— Tu le sais, Larisa, j'obtiens toujours ce que je veux, et je n'ai jamais voulu que tu me quittes.

Elle s'écarta de cet homme qui se maîtrisait, même s'il était visiblement fou. Elle avait déjà vu des crises chez lui auparavant, mais à présent la folie le possédait tout entier. Elle se lisait dans son regard brillant d'excitation, dans son rictus menaçant, dans le terrifiant plaisir qui perçait dans sa voix alors qu'il parlait calmement de la tuer. Larisa combattit désespérément sa propre terreur. Elle était consciente de ne pouvoir le vaincre physiquement, et elle devait donc le manœuvrer, le faire parler pendant qu'elle cherchait un moyen d'échapper à son exécution.

— Julian, murmura-t-elle, tu as été d'accord pour que nous divorcions...

— Il le fallait ! Je ne voulais pas que ton gigolo comprenne combien je lui en voulais pour *Innis Arden*... Julian eut un sourire de conspirateur et ajouta : J'avais déjà établi mes plans, tu vois...

— L'incendie.

— L'incendie, oui. Un succès relatif, comme tu le sais. Mais il y aurait eu un autre incendie, quand Peter aurait été à *Innis Arden*... Julian eut un mouvement insouciant de la main qui tenait le couteau. Mais c'est mieux ainsi, finalement. Tu ne vas pas crier, Larisa ?

« Non », répondit-elle mentalement. Des cris précipiteraient sa fin, et le cottage était trop isolé pour que quiconque prête attention à ses appels au secours, s'ils pouvaient être entendus. Et elle n'aurait pas le temps de pousser un second cri...

— Tu n'as jamais crié, ma douce... poursuivit Julian devant le mutisme tendu de Larisa. J'aurais pourtant beaucoup apprécié cela. Mais peut-être ne t'avais-je pas fait assez souffrir jusqu'alors... Cette fois, je crois que j'aurai plus de chance de te faire changer d'attitude.

— Jamais je n'aurais dû demander le divorce, dit soudain Larisa, décidée à gagner du temps, avec l'espoir qu'il relâcherait son attention un instant, assez longtemps pour qu'elle s'échappe. Je t'en ai beaucoup voulu, Julian, c'est vrai, mais si j'avais su l'importance que tu attachais à *Innis Arden*... J'ai beaucoup pensé à toi, à nous, je me suis souvenue de ce que nous avions, de ce que nous pourrions encore avoir.

— Il n'y a plus rien pour toi sinon la mort, putain !

Il se rua sur elle. La lame aiguisée lacéra le tissu du sweat-shirt et s'enfonça dans la chair tendre. Larisa ne ressentit aucune douleur, seulement la tiédeur de son propre sang. Elle bondit de côté, mais Julian s'était immobilisé, savourant le début de la torture. A l'éclat insane qui brûlait dans ses yeux, elle comprit qu'il voulait profiter longuement de son agonie, en la tailladant sans hâte, au rythme de sa haine sadique.

« C'est la fin, se dit-elle avec une étonnante lucidité. Le cercle est refermé. Je suis déjà morte une fois ici, dans mon cœur et mon esprit, et maintenant c'est au tour de mon corps... »

Julian s'attendait qu'elle le combatte, elle le voyait à son assurance ; il aurait aimé qu'elle lutte bravement, mais en pure perte. Et soudain, elle sentit monter en elle une force inconnue, aussi violente que la folie de Julian. Elle ne savait pas si c'était la petite vie en elle qui se révoltait avec une telle puissance, comme une fleur fragile décidée à atteindre le soleil, mais brusquement elle décida de résister.

Et elle combattit, esquivant de son mieux les coups de couteau vicieux et de plus en plus calculés à mesure que Julian s'abandonnait à son plaisir. Elle était couverte de sang et la faiblesse la faisait vaciller, mais elle continuait. Et Julian jouissait de ses vains efforts pour vivre encore un peu, il se délectait de son agonie et ralentissait ses attaques pour faire durer le supplice.

Il la laissa lui échapper pour lui donner le mirage d'un espoir. Ce serait encore meilleur ! D'un œil intéressé, il la vit chuter et ramper pour s'écarter de lui. Il pensait qu'elle tenterait d'atteindre la porte, mais elle déçut ses prévisions et se traîna jusqu'au lit où se trouvait sa valise. Quand elle plongea la main sous les vêtements et en extirpa le petit pistolet qu'il lui avait lui-même donné, Julian sentit son plaisir décuplé. Un sourire de pur ravissement sur ses lèvres cruelles, il la regarda serrer la crosse de ses deux mains et pointer l'arme vers lui. Alors il éclata de rire, un rire insultant comme celui qu'il avait eu au mois d'août, comme celui de l'homme qui avait violenté Larisa, dix-huit ans plus tôt, dans cette même pièce.

Mais Larisa n'était plus une enfant de douze ans. Elle se devait de protéger la vie en elle. Pourtant, alors qu'un étourdissement la faisait vaciller et brouillait sa vision, elle entendit une voix de fillette crier comme tant d'années auparavant :

— Arrête ! Arrête, je t'en prie, ou je vais tirer !

Larisa savait que ses lèvres ne prononçaient pas ces mots désespérés. Elle essayait d'emplir ses poumons d'air, pour garder connaissance encore quelques secondes. Les cris de la fillette venaient du plus profond d'elle-même, de la fillette innocente et terrorisée qu'elle avait été jadis, ou de sa propre fille.

Et Larisa Locksley fit ce dont elle n'avait pas été capable quand elle n'avait que sa vie à sauver.

Elle braqua le pistolet sur la poitrine de Julian et pressa la détente.

Un tonnerre soudain explosa dans la petite pièce, et Larisa vit une expression d'incrédulité envahir le visage de Julian, puis une ultime grimace de fureur. Et alors qu'il s'écroulait sur elle, il plongea le couteau dans le corps de Larisa et la précipita dans un monde de ténèbres.

36

Elizabeth n'avait jamais composé le numéro personnel de Nick, mais elle le connaissait si bien... Et à présent, c'était son cœur qui la poussait à appeler.

— J'ai besoin de vous. Nick.

— Elizabeth, répondit-il avec tendresse. « Moi aussi, j'ai besoin de vous ; tellement besoin de vous... » Que se passe-t-il ?

— Je viens de recevoir une communication émanant d'un médecin des urgences à Lake Tahoe... Elizabeth inspira profondément pour calmer le torrent de ses émotions, mais sa voix était encore angoissée quand elle reprit : C'est Larisa, Nick. Elle a été gravement blessée... poignardée.

Abasourdi, Nick dut faire un grand effort pour garder son calme. Il devait apparaître serein à Elizabeth, pour la rassurer.

— Dites-moi ce qui s'est passé, Elizabeth, en détails, fit-il du ton ferme du chirurgien contrôlant la situation. Vous dites que l'appel émane du service des urgences de Lake Tahoe ?

— Oui. Elle se trouvait dans un motel là-bas. Je ne sais pas pourquoi. Elle et Peter auraient dû se trouver à Boston ce week-end, mais elle est revenue la nuit dernière et m'a laissé un message disant qu'elle devait partir. Peter m'a téléphoné très tôt ce matin. Il semblait très inquiet à son sujet. Il ne savait pas où elle était allée, et pourtant il est arrivé au motel quelques instants après qu'elle a tiré sur Julian.

— Larisa a tiré sur Julian ?

— En état de légitime défense, bien sûr. Il voulait l'assassiner. Les blessures de Larisa en sont une preuve indiscutable. Et il y a un témoin de sa tentative de meurtre. La fille du couple qui tient le motel était venue rendre visite à Larisa au cottage, et elle a tout vu par la fenêtre. Comme la porte du cottage était verrouillée, elle est revenue en courant prévenir ses parents. Puis elle est retournée au cottage avec les clefs et a ouvert la porte quelques secondes avant que Larisa appuie sur la détente. Peter et le père de la fillette, qui est officier de police, sont arrivés sur les lieux presque immédiatement.

— Julian est mort ?

— Oui.

— Et Larisa, quel est son état ?

— Elle a perdu beaucoup de sang. Le pire est qu'avant de mourir Julian lui a donné un dernier coup de couteau dans la partie supérieure de l'abdomen. D'après le médecin qui m'a contactée, il est impossible que le coup ait évité la rate, et ils l'envoient ici en vol sanitaire prioritaire. Une de nos équipes d'urgence héliportées est déjà partie l'attendre à l'aéroport... Elle réprima un soupir et reconnut simplement : Je n'y arriverai pas seule, Nick. Je ne peux pas opérer de nouveau quelqu'un que j'aime, pas sans aide.. votre aide, Nick.

— J'arrive.

— Merci. Nick ? Il y a autre chose. Larisa est inconsciente, maintenant, mais elle a repris conscience un instant et a murmuré quelques mots à propos d'un bébé. Le médecin qui l'a examinée à Lake Tahoe pense qu'elle est enceinte d'environ quatre mois... D'après lui, aucun coup n'a atteint la partie basse de son abdomen. Elle a dû tout faire pour l'éviter.

— Donc le bébé ne semble pas en danger.

« Pour l'instant », se dit-elle. Le bébé était sauf... à moins que la rate de Larisa ne résiste pas.

— Je pars à l'instant, Elizabeth.

La rate lacérée de Larisa éclata en salle d'opération avec

une violence soudaine. Si elle avait opéré seule, ou sans Nick, Elizabeth n'aurait certainement pas été capable des gestes rapides et décisifs qui sauvèrent sa meilleure amie.

Mais contre la mort, ses mains habiles et précises accompagnèrent celles de Nick en un ballet d'une précision absolue, maîtrisant sans erreur le puissant épanchement de sang et ôtant avec délicatesse les tissus irrémédiablement endommagés.

Ensemble, ils sauvèrent la vie de Larisa sans jamais mettre en péril celle du bébé. Après avoir suturé l'incision abdominale, ils allèrent retrouver Peter.

Mais avant de passer dans le couloir menant à la salle d'attente, Elizabeth se tourna vers Nick et demanda, son joli visage assombri par la réflexion :

— Vous n'avez rien remarqué sur la rate de Larisa, Nick ?

— Elle avait subi une lésion sérieuse auparavant, dit-il gravement. Pourquoi cette question ?

— Quand elle est arrivée à San Francisco en août, pour échapper à Julian, elle était très faible. Elle m'a affirmé qu'il n'y avait pas d'autre cause à son état que la fatigue, mais...

— Mais cette lésion lui a sans doute sauvé la vie, assura gentiment Nick pour calmer Elizabeth, car dans les yeux émeraude il avait vu qu'elle s'inquiétait de n'avoir rien fait à l'époque. Ce sont ces vieux tissus cicatrisés qui ont contenu la hernie jusqu'à ce qu'elle arrive ici. Sans cette cicatrice, la rate aurait éclaté beaucoup plus tôt...

— C'est ce que je pensais aussi, dit-elle avec une mimique étonnée, et un sourire hésitant étira ses lèvres.

— Pourquoi souriez-vous ?

— D'une certaine façon, elle a été sauvée des envies meurtrières de Julian par les anciennes violences de Julian...

Elizabeth vit le regard plein de tendresse que Nick posait sur elle et cet optimisme qui permettait à la jeune femme de voir le bon côté de toute chose. Son sourire disparut et son cœur qui n'avait survécu ces deux derniers mois qu'en se caparaçonnant se libéra soudain de sa prison et hurla silencieusement : « Je ne vois rien de positif dans la perte de notre amour, Nick ! »

— Allons voir Peter, dit-elle après un instant.

Ils n'avaient pas encore vu l'architecte, qui n'avait pu embarquer dans l'hélicoptère de l'équipe d'urgence. Ils opéraient déjà quand il était enfin arrivé à l'hôpital.

— Vous l'avez déjà rencontré, n'est-ce pas ? dit-elle en feignant le calme.

— Oui. « Elizabeth, ne soyez pas aussi triste ! » J'ai participé à plusieurs réunions à propos de l'institut et j'ai discuté quelques minutes avec lui, au bal du *Fairmont*.

Peter se leva dès leur entrée dans la salle d'attente. Ses yeux verts reflétaient son angoisse.

— Elle va bien, le rassura aussitôt Elizabeth. Elle a eu une lésion de la rate, mais l'éclatement n'est survenu qu'en salle d'opération et nous avons pu le résorber. Elle gardera des cicatrices, bien sûr. Ses bras et ses jambes étaient profondément entaillés...

— Les cicatrices sont sans importance, dit-il à voix basse. Seule importe Larisa... Et le bébé, Elizabeth ?

— Le bébé va bien aussi.

— Merci, murmura Peter aux deux chirurgiens. Puis il se tourna de nouveau vers la jeune femme, qu'il connaissait mieux, pour demander : Où est-elle, Elizabeth ? Puis-je la voir ?

— En ce moment même on l'emmène à l'unité de soins intensifs. Les infirmières mettront quelque temps à l'installer, et même si l'anesthésie a été légère à cause du bébé, il faudra un peu de temps avant qu'elle reprenne conscience.

— J'aimerais être auprès d'elle quand elle se réveillera...

Elizabeth hésita une seconde avant de répondre :

— Laissez-moi d'abord lui parler, Peter.

— Pour lui demander si elle accepte de me voir ?

Peter déchiffra la réponse sur le visage compréhensif mais résolu. Comment aurait-il pu lui en vouloir ? Quelques heures plus tôt, il avait demandé son aide pour retrouver la femme qui l'avait fui.

— Je suis désolée, Peter.

— J'aurais dû tuer Julian.

— Je croyais que vous étiez arrivé au motel après que Larisa eut tiré ?

— C'est exact. Je veux dire que j'aurais dû le tuer à New York... Je vous en prie, Elizabeth, poursuivit-il, dites à Larisa que je l'aime. Seulement cela.

— Je le lui dirai, promit-elle. Et dès que je lui aurai parlé, je viendrai vous retrouver dans la salle d'attente de l'unité de soins.

— Merci. Je vais aller m'y installer maintenant, dit Peter avec un sourire pâle où perçait l'espoir. Peut-être qu'elle me demandera en se réveillant.

Après le départ de Peter, Elizabeth et Nick se trouvèrent seuls. Il n'était pas nécessaire qu'ils se précipitent à l'unité de soins intensifs, ils savaient Larisa en de très bonnes mains. Malgré la souffrance qu'elle avait éprouvée en voyant une telle tendresse dans ses yeux, elle résolut bravement d'affronter une fois encore son regard.

— Merci beaucoup de votre aide, Nick.

— Elizabeth, j'aimerais vous parler d'un cauchemar que j'ai ces derniers temps, expliqua-t-il avec douceur à la jeune femme qu'il sentait sur ses gardes. Vous voulez bien ?

— Bien sûr, dit-elle en baissant les yeux vers le sol.

— Il me poursuit toutes les nuits, mais aussi dans la journée. Et dans ce cauchemar, Elizabeth, je ressens un vide immense à l'idée de passer le restant de mon existence sans vous, sans jamais vous parler, ni vous toucher, ni vous aimer...

Devant les yeux d'Elizabeth, le sol se brouilla dans un rideau de larmes. Mais elle n'osa pas relever la tête. Elle se contenta de retenir son émotion pour écouter comment Nicholas Chase allait vaincre son cauchemar.

Et soudain, à travers ses larmes, elle le vit devant elle, agenouillé, relevant d'une main au tendre toucher son menton jusqu'à ce que l'émeraude de ses yeux rencontre le bleu profond des siens.

— Devrai-je passer le restant de mon existence sans vous, Elizabeth ? demanda-t-il d'une voix enrouée en prenant le beau visage de la jeune femme entre ses deux mains souples. Et parce qu'il lisait dans ce regard, noyé maintenant de larmes de joie, la réponse qu'il avait tant espérée, il s'autorisa enfin à lui murmurer : Je vous aime, Elizabeth.

Un instant s'écoula, puis elle répondit :

— Oh, Nick, moi aussi, je vous aime.

— Peter ! lança Nick à mi-voix, du seuil de la salle d'attente jouxtant l'unité de soins intensifs.

Peter se leva aussitôt de son siège.

— Nick ! Puis-je voir Larisa, maintenant ?

— Je ne l'ai pas encore vue moi-même. Les infirmières ont à peine fini de l'installer. Mais elle est réveillée, et j'allais la voir. Je venais d'abord voir si vous aviez entendu le haut-parleur : un appel extérieur vous attend au standard.

Peter était bien trop perdu dans ses pensées, dans d'imaginaires et merveilleuses conversations avec la femme qu'il aimait.

— Vous pouvez le prendre par le poste intérieur, là. Le standard fera le relais. Je reviens dès que j'aurai parlé à Larisa, Peter.

Nick sourit largement en scrutant le regard bleu de la blessée. Larisa ne semblait pas du tout souffrir d'un état de choc.

— Comment vous sentez-vous, Larisa ? Pas trop déboussolée ?

— Je sais que nous sommes samedi 25 avril, répondit-elle, que je me trouve dans l'unité de soins intensifs du centre médical, que vous et Elizabeth m'avez opérée... Sa voix s'adoucit et ses yeux se mouillèrent brièvement de gratitude : Et mon bébé va bien.

— Et vous souffrez certainement, suggéra Nick. Vous avez eu plusieurs blessures profondes.

Larisa haussa les épaules. La douleur terrible qu'elle éprouvait n'avait rien de physique.

— Nick, qu'est-il arrivé à Julian ? Je sais que je lui ai tiré dessus, mais les infirmières n'ont pas voulu me dire ce qu'il était advenu de lui.

— Il est mort, Larisa.

Nick vit l'ombre qui s'appesantissait sur son regard et décida de ne pas s'attarder sur ce sujet.

— Vous avez du pain sur la planche, Larisa, et il va falloir guérir très vite, parce que deux mariages vous attendent. De l'avis général, celui de Christine et de Stephen devrait avoir lieu d'ici une dizaine de jours, et juin n'est plus très loin non plus.

— Juin ?

Il essayait d'éloigner l'esprit de la blessée des tourments du passé en le braquant sur l'avenir.

— Le mariage sera forcément en juin, puisque les parents d'Elizabeth ne rentrent pas d'Angleterre plus tôt.

— Nick ? dit Larisa en se redressant un peu sur sa couche, tirée de ses pensées par l'amitié et l'espoir qu'elle avait toujours pour sa meilleure amie.

— Oui, elle voulait vous l'annoncer elle-même, mais alors que nous venions vous voir, elle a été appelée en salle d'urgence ; et elle comprendra pourquoi j'agis ainsi. Elizabeth a accepté de m'épouser, Larisa.

— Oh, Nick ! Je suis si heureuse !

— Moi aussi. Et je sais qu'Elizabeth voudra que vous soyez sa dame d'honneur.

— Sa dame d'honneur ?

— J'imagine que votre mariage aura lieu avant le nôtre, Larisa...

— Je ne me marierai pas, Nick.

— Pourquoi donc ? demanda-t-il alors que, à sa question, le regard de Larisa s'était voilé comme lorsqu'elle avait appris la mort de Julian.

— Laissez-moi deviner, dit-il. Parce que vous êtes une meurtrière ?

— Oui, Nick, répondit Larisa calmement. J'ai assassiné un homme.

— Vous avez abattu un homme qui tentait de vous tuer, rappela Nick. Et qui a bien failli réussir, ne l'oubliez pas. Il l'aurait fait si vous ne lui aviez pas tiré dessus.

— Mais justement...

— Bien sûr, vous l'avez fait. Pour vous, peut-être, mais aussi pour le bébé. Julian aurait tué votre bébé. Vous avez fait la seule chose qui restait possible à un parent aimant, dit Nick d'un ton convaincu. Vous avez éliminé un homme qui méritait ce sort, Larisa. Et à présent un autre homme attend à l'extérieur de cette chambre, et qui vous aime beaucoup... Il regrette de ne pas avoir tué lui-même Julian.

— Peter est ici ?

— Oui, et il s'est trouvé au motel également. Il est arrivé quelques secondes après que vous aviez abattu Julian. Peter désire vous voir, Larisa, et il veut vous aimer, tous les deux.

— Vous avez parlé du bébé à Peter ?

— Non. Après avoir tiré, vous avez repris conscience brièvement et vous en avez parlé vous-même.

— Je ne peux pas voir Peter.

Nick contempla un moment la jeune femme alitée, et quand il reprit la parole, ce fut avec un calme impressionnant :

— Si vous refusez, Larisa, si vous tuez l'amour de Peter à cause de Julian, alors vous serez vraiment une meurtrière... Je vais le chercher.

— Non !

— Je suis votre médecin, et j'estime qu'actuellement vous avez prioritairement besoin de voir l'homme qui vous aime. Nick se permit un sourire puis effleura la joue de la jeune femme d'un geste amical : Tout ira bien, et pour chacun de nous. Tout sera merveilleux.

— Bonjour, dit-elle en regardant vivement ses yeux inquiets, avant de fixer de nouveau ses mains.

— Nous devons parler d'un tas de choses, Larisa, annonça Peter d'une voix douce. Mais pour le moment il faut que tu prennes une décision très importante.

Larisa regarda ce visage si séduisant et si grave.

— De quoi s'agit-il, Peter ?

— Je viens de recevoir un coup de fil de Craig Buchanan. Larisa, peux-tu me raconter ce qui s'est passé au cottage ?

Il vit la méfiance qui brillait maintenant dans son regard.

— Je sais combien c'est pénible, Larisa, et je suis désolé de te le demander, mais c'est vraiment très important.

— D'accord, dit-elle calmement, lui montrant en un seul mot toute la confiance qu'elle mettait en lui.

— Bien, dit Peter. D'abord, dis-moi où tu t'es procuré cette arme.

— Julian me l'avait donnée quand nous nous sommes mariés. Il a insisté pour que je la garde après le divorce.

— Je vois... Dis-moi tout ce dont tu te souviens des moments précédant celui où tu as tiré.

Larisa puisa dans son regard tendre la force de revivre les événements :

— Il a ri et m'a narguée, exactement comme il avait ri en août, et comme cet homme avait ri de moi il y a des années quand il avait compris que je ne tirerais pas. J'ai même entendu ma propre voix — celle que j'avais quand j'étais enfant — qui l'implorait de cesser, en l'avertissant que je tirerais s'il continuait. Mais il a continué à rire. Alors j'ai appuyé sur la détente, et il y a eu ce bruit énorme, et il a eu l'air tellement surpris... et furieux.

— Julian pouvait être surpris, Larisa. Il savait que l'arme qu'il t'avait donnée pour te protéger était chargée de balles à blanc.

— Mais je l'ai tué, Peter.

— Non, ma chérie, tu ne l'as pas tué. C'est Melanie qui a tiré. Elle était venue te rendre visite et quand elle a vu le drame, elle est retournée en courant au motel pour appeler ses parents. Elle a pris le passe et l'arme de Craig et c'est sa voix que tu as entendue, Larisa, cette voix de petite fille suppliant Julian d'arrêter. Vous avez sans doute tiré toutes les deux en même temps car Craig et moi arrivions au cottage au pas de course, et nous n'avons entendu qu'une seule détonation.

— Melanie a tué Julian ?

— Oui.

Larisa fronça les sourcils et demanda très doucement :

— Elle le sait, Peter ?

— Non, pas encore.

— Et il est indispensable qu'elle le sache ?

— Pas du tout. Le dossier de la police contiendra la vérité, bien sûr, mais elle peut rester dans leurs archives, et la version que la presse a déjà acceptée, celle selon laquelle c'est toi qui l'as tué, pourrait ne jamais être corrigée.

Larisa savait quelle décision elle devait prendre, et elle le fit sans hésitation. Elle vainquit ainsi pour toujours ses vieux fantômes, car elle permettait à une enfant de douze ans de vivre sans angoisse. « Une autre sorte d'enfer », avait dit Peter lorsqu'elle s'était demandé ce qu'aurait été sa propre vie si elle avait tiré sur son violeur.

— Je ne veux pas qu'elle connaisse la vérité, Peter.

Il l'approuva tendrement.

Alors, après avoir si longtemps maîtrisé ses émotions et parce qu'il avait failli perdre le plus précieux de tous ses rêves, il murmura :

— Je t'aime, Larisa.

— Moi aussi je t'aime, Peter. J'ai dû fuir à cause de Julian, parce que je savais que si jamais il apprenait l'existence du bébé...

— Le bébé, répéta Peter avec une joie paisible. Je peux la toucher ?

— La toucher ? demanda Larisa.

— Ça devrait être une fille, dit doucement Peter en posant une main légère sur l'abdomen de Larisa. Une fille avec des yeux myosotis.

Il baisa les yeux de Larisa où brillaient des larmes de bonheur, puis ses lèvres tremblantes, et entre ses baisers il lui murmura toutes les promesses de l'amour.

Achevé d'imprimer en décembre 1993
sur presse CAMERON
dans les ateliers de la S.E.P.C.
à Saint-Amand-Montrond (Cher)

N° d'Édition : 6193. N° d'Impression : 411.
Dépôt légal : décembre 1993.

Imprimé en France